AF273382

BESTSELLER

Antonio Hidalgo (Madrid, 1996) estudió Realización e Interpretación. Desde niño ha mostrado siempre una gran inquietud por la creación de historias y actualmente combina esta pasión con la seguridad y coordinación de eventos de artistas del mundo de la música y el libro.

Es amante de las películas de Tarantino, le encanta el boxeo, rodar con la moto y escuchar música a todas horas. Su mayor sueño es ver a sus personajes en la gran pantalla.

Con su primera novela, *Tan cerca de ti* (Grijalbo, 2023), obtuvo un éxito absoluto entre las lectoras de romántica, que continúa con el desenlace de la historia de amor entre Kobo y Eva: *Tan lejos de nosotros*.

Puedes seguir a Antonio Hidalgo en sus redes sociales:

📷 @antohidalgog

♪ @antohidalgog

ANTONIO HIDALGO

Tan lejos de nosotros

DEBOLS!LLO

Papel certificado por el Forest Stewardship Council®

Primera edición en Debolsillo: junio de 2025

© 2024, Antonio Hidalgo
Autor representado por Editabundo Agencia Literaria, S. L.
© 2024, 2025, Penguin Random House Grupo Editorial, S. A. U.
Travessera de Gràcia, 47-49. 08021 Barcelona
Diseño de la cubierta: Penguin Random House Grupo Editorial
Imagen de la cubierta: Composición a partir de las imágenes
de © Asís G. Ayerbe y Shutterstock

Printed in Spain – Impreso en España

ISBN: 978-84-663-7938-0
Depósito legal: B-6.408-2025

Compuesto en Llibresimes
Impreso en Black Print CPI Ibérica
Sant Andreu de la Barca (Barcelona)

P 3 7 9 3 8 0

*Dicen que los verdaderos amigos son los que
entran cuando la habitación se vacía.*

A los que se quedan

Prólogo

A doscientos kilómetros por hora, encima de una moto, todo a tu alrededor desaparece. Lo único que importa está delante de ti, y todos tus sentidos se centran en llegar. Todo se reduce a eso. Tu esfuerzo físico y mental puestos en un mismo objetivo. Porque, si no es así, todo acaba.

Nos pasamos la vida sufriendo, llenando nuestra cabeza con el ruido de lo que llamamos «problemas» y, cuando aparece uno de verdad, te arrepientes de cada minuto que desperdiciaste. Sientes que algo se rompe dentro de ti y piensas en aquel beso que no diste, ese abrazo que no apretaste o aquel día en que te dijo adiós y no levantaste la mirada para disfrutar de verla una vez más. Te das cuenta de cada una de las ocasiones que has dado algo por hecho: que te parecía imposible no oírla llegar, que no estuviera ahí cuando entrases por la puerta.

Te das cuenta de que la vida es maravillosa hasta que deja de serlo, y de que no avisa. Un día te toca en el hombro en mitad de tu rutina y, cuando pensabas que a ti esas cosas no te pasaban, te demuestra lo contrario. Entiendes entonces que, cuando es un problema, no hay duda.

Solo hay dos situaciones en la vida de las que es imposible dudar: una es cuando te enamoras; la otra, esa.

Como en la moto, todo a tu alrededor desaparece. Nada más importa. Ese trabajo que te quitaba el sueño, ese enfado sin sentido con un amigo, o el comentario de tu madre que tanto te molestó y te impidió disfrutar de ella durante días. Todo eso te parece un juego, y te sientes estúpido. Lo que pensabas que estaba garantizado, que era para siempre, comienza a deshacerse entre tus manos. El pánico te invade por completo. Y piensas que puedes perderla.

Las piernas te flaquean, el corazón te martillea en el pecho y el aire parece haber perdido todo el oxígeno. En ese momento, lo único que te mantiene en pie es la esperanza.

Es lo único que me mantiene encima de la moto.

Necesito que esté bien.

1

Siempre he pensado que las alarmas matutinas deberían ser como la del cinturón de seguridad: hasta que no te lo pones, no para. Voy por el tercer «Posponer», pero no consigo abrir los ojos. No lo noto cerca, así que deslizo el brazo entre las sábanas y lo estiro mucho más de lo que me gustaría. Ya se ha levantado, y eso hace que automáticamente me invada un sentimiento de culpabilidad que me obliga a incorporarme como un resorte. Hago lo imposible por acostumbrarme a la luz que reflejan las inmaculadas paredes blancas de la casa de mi chico, ese al que entre semana le gusta despertarse con la salida del sol.

«Es lo más sano, mi amor. En la naturaleza no hay persianas, la luz natural regula los ritmos circadianos».

Me lo dice mientras consulta su iPhone 14 Pro Max que, como todo el mundo sabe, crece en los árboles.

Uf, solo me ha hecho falta un minuto para confirmar que es uno de esos días que no me aguanto ni yo. Pero es que llevo una semana intentando levantarme a la misma hora que él y ser una persona productiva, de las que salen en esos vídeos tan *aesthetic* con títulos como «Mi rutina de mañana levantándome a las cinco». La realidad es que llevo siete días sin conseguirlo.

Sacudo la cabeza para intentar despegar la mirada de ese punto en la nada que me tiene hipnotizada y cojo el móvil. Quito el modo «No molestar» y, aunque la gente pueda pensar que en un día como hoy las notificaciones queman la pantalla, solo tengo un mensaje. Bueno, dos: el primero es de una francesa que no baja el precio de su vestido de Vinted ni para atrás (rancia) y el segundo, de mi agente.

> Feliz día de publicación, princesa.
> Te admiro mucho

> Trabajar a tu lado es un regalo

No sé qué haría sin ella. Lleva cuidándome desde que publiqué mi primer libro, y siento que le debo demasiado. Por ser la mejor representante con la que podría soñar, pero también por estar ahí para levantarme cuando todo se desmorona. La quiero muchísimo y, como estoy sensible, me toca la fibra. Me emociona, así que contesto en consecuencia:

> Gracias, amiga, te lo como tó

Me río sola. Siento que es un acto reflejo de mi cuerpo para liberar la tensión que me provoca ese nudo que hace días se me empezó a formar en el estómago. Un nudo que siempre aparece justo antes de deshacerme de un trocito de mí. Antes de soltar una historia que siento que tiene más de mí que nunca. Estoy asustada y me da un poquito de vergüenza, pero también deseo que mi libro llegue, que mis palabras tomen vida y transmitan todo lo que me han hecho sentir durante los meses que me han acompañado desde la pantalla del ordenador. Las emociones se entrelazan en mi estómago y el vértigo alza el vuelo. Cada nuevo lanzamiento son miedos y sueños, una mezcla a la que parezco ser adicta.

Este pensamiento me dibuja una sonrisa en la cara: soy afortunada por no haber perdido la ilusión y la pasión por lo que hago. «Soy afortunada», me repito.

Mi psicóloga dice que no hay mayor motivación que la que nos podemos dar nosotros mismos.

«Los pensamientos son la gasolina del humor. Si llenas el depósito de negatividad, solo avanzas en esa dirección», me dijo un día, y la frase se me quedó grabada.

La teoría la tengo, los meses de terapia me avalan; ahora solo me queda conquistar el concepto pasito a pasito. Y eso hago. Mis pies tocan el suelo, y el mármol frío y pulido los envuelve transmitiendo un frescor que contrasta con las sábanas que ya he dejado atrás. Es una sensación parecida a lavarse la cara con agua fría.

Me acerco a la ventana, la abro y corro las cortinas que hasta ahora solo permitían el paso de la luz del sol. Una brisa fresca invade la habitación justo después de acariciarme el rostro. Con un gesto rápido, me hago un moño improvisado y, todavía en pijama, recorro el pasillo hasta que las placas de mármol se separan formando una escalera volada que me lleva a la planta de abajo. Huele a café.

Como me esté preparando el desayuno, le arranco la boca a besos.

Junto al último escalón hay un gran espejo que preside la entrada. Paso por delante y aprovecho para echarme un vistacillo. El pantalón corto apenas se ve bajo la camiseta *oversize*, y llevo el pelo hecho un asco, pero a estas alturas no creo que le dé un infarto si me ve con estas pintas. Además, sé que estos *shorts* le encantan porque llevo una temporadita de sentadillas que están dando fruto.

Continúo adelante por el pasillo de un blanco inmaculado, con toques de color aquí y allá en cuadros minimalistas y figurativos. La primera vez que estuve aquí no supe si era su casa o la Tate Modern.

Cuando voy hacia la cocina, un haz de luz entra desde el enorme ventanal con vistas al jardín y lo baña todo.

Y allí está él.

Apoyado en la encimera, con una taza de café en la mano; con la otra se peina hacia atrás los mechones empapados que se le pegan a la frente. La camiseta se adhiere tanto a su pecho que dibuja las mismas formas que si estuviera desnudo.

Mi imaginación toma las riendas y, al instante, una multitud de escenarios se me agolpan en la mente. Solo con que mi mañana se asemeje un poco a lo que estoy pensando, será un gran comienzo para mi día.

Mientras visualizo todo lo que voy a hacer con ese cuerpo de escándalo, él se percata de mi presencia y sonríe.

—Buenos días, amor. ¿Qué tal ha dormido mi marmota? —Me da un pico suave, breve, sin acercarse demasiado—. No me toques mucho, que estoy muy sudado.

Si supieras lo sudados que nos estoy imaginando…

—¿Eres bobo?

Sin dejarle contestar, le tomo de la nuca y me acerco a sus labios, que siguen entreabiertos. Lo beso con ganas. El sabor salado de su boca, junto con el calor que todavía desprende su cuerpo, me producen un cosquilleo en el estómago que solo confirma las ganas que tengo de sentirlo.

—He tenido una idea —dice mientras se aparta levemente.

Pues la tuya, con las mías, ya son ochenta y cinco.

—Lo que quieras —le contesto mientras vuelvo a acercarme.

Reparto besos por su cuello, y él me sujeta por la cintura.

Llevaba tiempo sin tener tantísimas ganas. No sé si es porque me he liberado de la presión de estos meses escribiendo y corrigiendo la novela, por la adrenalina de la salida o porque necesito un poco de testosterona en forma de sudor. Pero, si quiere, soy su esclava.

—Me refiero... Creo que ya he encontrado la manera de avanzar.

—¿Qué? —Jadeo, acariciando su pecho con movimientos lentos.

Tampoco hay que ir comentando cada paso, ¿no?

Vamos fluyendo y ya me haces lo que tengas pensado.

—El bloqueo. Ya sé cómo avanzar.

¿Está de coña? Tiene que estarlo.

Lo miro a los ojos atónita y sé que es muy real.

«Gracias por la ducha fría, cariño», suspiro para mis adentros, porque no me puedo creer que esté casi montándole la pierna y él me esté hablando de su novela.

Y, sin decir nada más, con la cabeza en la solución, desaparece por donde he entrado y oigo sus pasos mientras sube los escalones de dos en dos.

No voy a negar que ha sido un corte de rollo apoteósico, pero la verdad es que me alegro, porque conozco la sensación y hace tiempo que él la andaba buscando.

Fabio lleva muchos meses escribiendo lo que será su próxima novela. «Título misterioso», la llamo yo. No me ha dejado leer nada, pero estoy convencida de que no defraudará. Nunca lo hace.

A veces, haber sido fan de mi novio me crea un poquito de inseguridad. Cuando hablamos de sus libros, tengo que sujetar mis riendas para no descontrolarme y ponerme en modo *groupie*, pero llevo leyéndole desde que empezó a publicar y admiro tanto la manera que tiene de construir sus historias que, en ocasiones, me cuesta muchísimo.

Cojo un vaso de agua y subo. Me apoyo en la puerta de su despacho y le observo en silencio; está enfrascado en su proceso. Ya le ha dado tiempo a abrir el cuaderno, hacer algunas anotaciones y poner la música de siempre. En ocasiones me gustaría ser así de metódica, tener un ritual para entrar en ambiente y dejar que las ideas fluyan… No es el caso.

Me doy cuenta de que, poco a poco, su mente se libera de su cuerpo. Ya está. Entra en su mundo a la misma velocidad con la que sus dedos recorren el teclado, y se me dibuja una sonrisa al verle tan entregado.

Después de unos minutos observándolo, me retiro sin hacer ruido, como si no quisiera despertarle, y es que, para mí, escribir se asemeja mucho a soñar despierta.

Fabio me dijo que hoy desayunaríamos juntos para celebrar el lanzamiento antes de que me liase por la tarde con la promo, así que, como soy la primera que sabe lo que es recibir la visita repentina de las musas, empiezo a arreglarme.

Me desnudo mientras dejo que el agua de la ducha se caliente un poco y aprovecho para echar un vistazo al móvil. Rebeca ha contestado a mi proposición indecente:

> Ya se te han adelantado. Llámame
> cuando terminen con el tuyo 😒

Genial, comiendo delante del pobre. Está desatada, y eso me encanta, se lo merece. Al principio se me hizo raro. No es que me jodiera ni nada, pero me incomodaba un poco. Será que no hay tíos en el mundo… Pero bueno, supongo que esas cosas no se eligen, salta la chispa y punto.

Cuando consigo obligarme a salir del oasis de calor y vaho, me envuelvo en una toalla gigante y voy hacia el vestidor. Escojo un conjunto que también me sirva para los eventos de la tarde, por si se nos alarga el desayuno: una falda negra, medias del mismo color y un jersey suavecito en tono crudo. Tardo un minuto en encontrar las botas altas; debí dejarlas tiradas por ahí y Fabio las puso juntas en una esquina de la habitación.

Termino de maquillarme, escojo un par de anillos y voy a buscar a mi escritor inspirado. Me acerco a la puerta con sigilo, pero esta vez percibe mi presencia: hace girar las ruedas de la silla, ofreciéndome mejores vistas de ese cuerpo de dios griego, y me sonríe como un niño.

—Ya lo tengo —dice lleno de ilusión.

—¿Sí? —Le devuelvo la sonrisa y me acerco un poco a él.

—Esto será increíble.

—Me alegro mucho, amor.

Y lo digo en serio. Estoy muy contenta de que por fin haya encontrado el camino.

—Qué arreglada vas, ¿no? —pregunta sin borrar la sonrisa mientras arrastra la silla hacia mí.

—Por si nos liamos desayunando, para poder enganchar con la promo.

Ya no sé si ha sido buena idea ponerme falda. ¿Y si me hacen sentar en uno de esos taburetes altos y me paso el rato pensando en que se me van a ver las bragas? ¿Debería cambiarme? Joder, no quiero.

—¡Dios! —Se pone de pie de un salto y me estrecha contra su pecho—. Perdóname, mi vida, qué cabeza.

Me abraza con fuerza, y yo me río entre sus brazos.

—No seas bobo, es normal, estás a mil cosas...

Se separa y me acaricia las mejillas con delicadeza.

—Feliz día de publicación, mi amor.

Me besa. Nos miramos. Me sonríe y va a decir algo cuando mi móvil empieza a vibrar.

—Es Rebeca —digo con tono de «Tranqui, ahora la llamo». Pero antes de que lo guarde, él me detiene.

—Cógeselo.

—Tranqui, ahora la llamo.

—Cógeselo, *amore*, de verdad —insiste, y se sienta de nuevo.

Me aparto un par de pasos y contesto:

—*Hello*.

—¿Qué tal está mi niña en su día? —responde Rebeca con una energía que reviviría a un muerto—. ¿Has visto el vídeo de la cola?

—¿Qué? No.

—Mira Instagram.

Entro en la red y veo muchas notificaciones, pero las ignoro y voy a la conversación con Rebeca. Es la story de una *bookstagramer* monísima.

—Buah. —Es todo lo que me sale.

—Flipas, ¿eh?

En el vídeo se ve la cola que hay para comprar un ejemplar de la primera tirada, una edición especial que la editorial decidió sacar con los cantos tintados. Alucino. Voy a enseñárselo a Fabio, pero veo que ha vuelto a concentrarse. Miro la historia un par de veces más y la reposteo.

—¿No vas a decir nada? —pregunta Rebeca.

—Perdona, tía. Estaba empanada escribiendo a la chica. Ojalá les guste.

—Claro que les va a gustar, les va a encantar —me asegura. Se hace el silencio durante dos segundos y añade—: Oye, ¿has desayunado?

—Iba a desayunar con Fabio.

—Muy bonito —dice con un tono sarcástico totalmente impostado.

Me río.

Fabio se vuelve y me hace un gesto con la mano que no entiendo.

—Espera un segundo. —Tapo el micrófono.

—Ve con ella —dice Fabio.

—Pero...

—No te preocupes, amor —me interrumpe—. Quiero seguir dándole caña a esto.

—¿Seguro?

—Seguro, así no se enfada —se ríe Fabio.

Por un segundo me decepciona un poco, pero pienso que es egoísta no entender que necesita tiempo para él. Además, siempre me dice que no quiere ser el típico novio pesado que me aleje de mis amigas.

Me acerco a él y le doy un beso breve antes de salir del despacho.

—¿A dónde me vas a llevar, anda? —le digo a Rebeca.

—¿Ves qué fácil, tía? Muy bien. Si ya sabes que yo soy bastante más divertida... —contesta con recochineo.

Siempre he pensado que, aunque Fabio y Rebeca se llevan bien, no acaban de cuadrar del todo. Tienen personalidades muy distintas: mientras Fabio es la cosa más zen del mundo, todo calma y compostura, Rebeca es lo más parecido a una mascletá de las Fallas.

—¡No seas mala! —la reprendo mientras voy a por una chaqueta.

—La peor, ya lo sabes. Venga, te paso la dirección por WhatsApp. Nos vemos allí en media hora. Vas a flipar, ¡qué rico!

Al segundo recibo su mensaje y veo que el sitio es bastante céntrico. Como estaremos moviéndonos todo el día, decido coger un Uber.

Voy mirando por la ventana, disfrutando del solecito que me calienta la cara. Madrid siempre es una ciudad activa, pero me gusta ese momento de la mañana en que los atascos y el caos para llegar al trabajo ya han desaparecido. Ahora se respira calma. El móvil me vibra en las manos.

Ya lo tengo

Mi padre me envía una foto sonriendo con el libro. Aunque le mandé uno dedicado, dice que prefiere ir a la librería y comprarlo. Me emociona imaginarle entrando en la tienda. Le quiero muchísimo. Hace poco discutimos porque no le gusta que haya dejado de ir con guardaespaldas. Le cuesta entender que llevo meses sin problemas y que, mientras no vaya un sábado por la tarde a un centro comercial, no hay peligro. Cree que moriré aplastada por una horda de fans adolescentes, pero ni soy Harry Styles ni mis lectoras, al menos en su gran mayoría, hacen otra cosa que pedirme una foto y halagarme. Son más monas...

Nos detenemos en un semáforo de Serrano y observo lo que parece ser una pareja muy joven. A lo mejor son solo amigos, pero está claro que se gustan. Ambos llevan mochila, así que o ya van a la uni o son sus últimos años de instituto. En ese caso, lo más probable es que estén haciendo pellas.

Me quedo embobada con el juego que se traen con un chupachup. Las risitas, la manera tonta con la que él se va colocando entre sus piernas, cómo ella se inclina hacia él, rompiendo la distancia de forma casual. Los dos se ríen y se miran. Se miran el tiempo justo que se lo permite la vergüenza de sentirse atraídos.

El conductor pita de repente y me saca de mi ensoñación.

—¡Venga, hombre!

—¿Qué pasa? —le pregunto asustada.

—Nada, uno que va en moto pero sigue dormido.

El coche empieza a avanzar de nuevo; voy a echar un último vistazo a la parejita, pero yo misma me lo impido. El cristal de una marquesina con el anuncio de mi nueva novela no me deja verlos. Aún no me había topado con ninguno, y me hace la misma ilusión que la primera vez.

Intento abrir la cámara del móvil a toda velocidad, pero ya no tengo ángulo. El conductor se pone a conversar conmigo, aprovechando que hemos roto el silencio. Antes de que me dé cuenta, llegamos a nuestro destino.

Es innegable que Rebeca tiene un don especial para encontrar cafeterías que hacen que desees que llegue la mañana siguiente para repetir.

El lugar es muy chulo: techos altos, paredes de ladrillo visto, grandes espejos que reflejan la luz de las lámparas *vintage* que cuelgan sobre mesas de madera maciza y sillas metálicas de color negro para completar el ambiente industrial.

Junto a la amplia cristalera hay una mesa de dos perfecta para nosotras, así que me acerco y, mientras me acomodo, la furgo de Tommy se detiene frente al local.

Por mucho tiempo que pase, aún me extraña cada vez que lo veo. Es como si tuviera todos esos recuerdos encerrados en una presa y alguien decidiera abrir las compuertas para vaciarla. Sin querer, me pongo nerviosa. Es una sensación que se desliza por mi nuca y me recorre el cuerpo como si de un río y sus afluentes se tratara.

El reflejo del sol no me permite ver lo que pasa dentro del vehículo, pero la puerta del copiloto se abre y Rebeca sale de un salto. Monísima, como siempre, cada día más radiante. Es la alegría personificada. Da dos pasos en mi dirección, pero sigue con los ojos fijos en su chófer; al tercero, gira sobre sí misma y deshace el camino que había emprendido. Vuelve a abrir la puerta que acaba de cerrar, apoya una rodilla en el asiento y se inclina hacia delante, dedicándome unas bonitas vistas de su culo. Aunque no lo vea, me imagino el morreo que le está dando. Me lo confirma cuando se retoca el pintalabios antes venir hacia el local, y la tía se parte el culo. Le hace un gesto a Tommy; este baja la ventanilla y me saluda con una sonrisa traviesa.

—Sinvergüenzas —digo entre dientes mientras le saludo con la mano.

Los dos se ríen y se dedican un último beso en la distancia mientras el novio de mi amiga arranca y se reincorpora al tráfico. Lo que tengo que aguantar...

Instantes después, mi cita entra en la cafetería.

—¡Mi niñaaa! —chilla mientras corre hacia mí y me abraza con fuerza.

Menos mal que ya sabía que haría eso y me he puesto de pie, lista para su placaje.

—¡Felicidades! ¡Te quiero mucho! —me susurra al oído.

Le contesto en el mismo tono y con el mismo cariño que un adolescente acribillado a besos por su madre. Sabe que me incomoda ser el centro de atención y que la gente nos mire, por eso suelta una carcajada que me deja sorda.

—¿Qué tal, tía? —me pregunta mientras nos sentamos.

—¡Pues no tan bien como tú! —respondo señalando hacia la acera por el espectáculo que acaban de dar.

Se sonroja y se tapa la boca. En ese momento aparece un camarero monísimo y nos deja las cartas.

—Ves, ¡es muy fuerte! —le espeto cuando el chico se retira.

—¿Qué?

—Mi Rebeca estaría ahora mismo a punto de un esguince cervical por mirarle el culo.

—Buah, tía, calla, que estoy...

Más allá de que salga con el mejor amigo de mi ex, es inevitable sentirla un poco lejos. No es que Rebeca haya cambiado conmigo, pero, como es normal, no está tan disponible. Supongo que son esos celos tontos de amiga sustituida por el novio. Aunque ella aún no lo llame así.

—¿Ya sois novios?

—No, no. Poco a poco. —Me hace mucha gracia cuando se pone seria—. Nos estamos conociendo.

—¡¿Más?! —la chincho—. ¿Qué te falta por descubrir?

—Uf, si yo te contara... Siempre hay algo nuevo —me dice con una sonrisilla que me da mucho *cringe*.

—Ay, cállate. Venga, ¿qué quieres? Yo ya lo sé.

—Yo también: lo mismo que tú.

—Copiota —le digo mientras llamo al camarero.

Pedimos café y tostadas francesas con fruta. El camarero se aleja con la comanda. En esos dos segundos de silencio, mi subconsciente, que lleva trabajando desde que he visto aparecer a Tommy, toma el control y le pregunta:

—Oye y... ¿qué tal está?

—¿Quién? —su mirada pivota levemente. Sabe a quién me refiero.

—Tu primo el del pueblo —respondo con ironía.

Suelta una pequeña carcajada que le ofrece tiempo para pensarse la respuesta.

—Me dijiste que no querías que te hablara de él.

—Ya, pero te estoy preguntando.

—Ya, pero me dijiste que, aunque me preguntaras, no te dijera nada —contesta como esa niña del recreo que te amenaza con no invitarte a su cumple.

Lo cierto es que tiene razón. Han sido unos meses muy duros, y no saber nada de él ha sido la manera de protegerme. Una forma de obligarme a olvidar algo que en realidad quiero recordar siempre. Tenía miedo de confirmar algo que me rompiera por dentro, y era altamente probable. Sé que es inmaduro, sobre todo cuando he rehecho mi vida, pero no estaba preparada para tener la certeza de que la pesadilla que me acompañó durante tanto tiempo fuera real. Ahora tampoco lo estoy, pero yo qué sé. Qué difícil es la vida.

—Está bien —me concede Rebeca.

Sé que en realidad no me hago ningún favor con esto. Sería más inteligente seguir sin saber nada de él. Asumir la realidad como una adulta y dejarlo ir. Pero me da vértigo. Quizá soy masoquista.

—Escucha, tengo que contarte algo —dice ella, intentando recuperar mi atención y alejarme del bucle en el que me he metido—. ¿Estás preparada?

Miedo me da.

Por lo menos sé que no está embarazada, porque en ese

caso no se revolvería en su asiento tan contenta. Estaría más bien llorando por las esquinas, diciendo que es un embarazo adolescente, aunque hace rato que las dos dejamos atrás la mayoría de edad.

—Pues depende.

—Qué rancia eres, hija —me suelta sin bajar su nivel de efusividad—. Llevo un montón de tiempo aguantándome para no contártelo. Estaba deseando soltarlo, pero no quería agobiarte hasta que publicáramos.

Qué bien, «agobio», mi palabra favorita.

—Creo que no te lo esperas —insiste.

—De ti me espero cualquier cosa.

—No es sobre mí, boba —se ríe—. Bueno, algo de culpa tengo…

La miro mientras se entretiene con un mechón de pelo haciéndose la interesante. Parece un meme. Intento seguirle el juego y adivinar qué es, pero, sin su dosis mañanera de cafeína, mi cerebro no está preparado para nada.

—Puf, no sé, tía, de verdad.

—¡Hay adaptación de *Lo difícil de olvidar*!

¿Qué?

Me quedo en *shock*.

—¿Cien por cien?

—¡Doscientos! Ya hay director y todo.

Necesito apoyar la cabeza entre las manos. Rebeca se levanta y me aplasta otra vez contra su pecho. Es justo lo que necesitaba.

—Estoy flipando.

Juro que es real. Por muchos libros que haya vendido y por mucho que haya trabajado en procesar que todo lo que está pasando es fruto de mi esfuerzo, siempre he visto como un sueño imposible que una de mis novelas llegase a las pantallas. Y ahora que parece que lo he conseguido, no sé qué siento.

A veces tengo la sensación de que solo soy una espectadora de mi vida. Y entonces me pregunto: ¿acabará con críticas positivas?

Scroll, scroll y más *scroll*. Bloqueo el móvil y lo aparto como si acabase de ver al demonio, pero lo que me asusta es ser consciente de que me he pasado todo el trayecto mirando las redes sociales de forma compulsiva. Llevo todo el día sin coger el teléfono y parece que necesite chutarme una dosis, como si de heroína se tratase. Cada día me da más rabia la adicción que tengo a esta mierda. Bueno, en realidad creo que todos la tenemos. A veces parece que nos interesa más la vida de personas que no conocemos que la de quienes tenemos al lado. Esto en el mejor de los casos, porque en varias ocasiones me he sorprendido dedicándole toda mi atención a una prensa hidráulica que aplasta cosas. Durante un rato largo.

Ha sido un día completo, con tiempo para la ilusión, los nervios y, por supuesto, la nostalgia.

Estaba claro que esta novela despertaría las ansias de morbo de mucha gente. Es normal que busquen una historia real detrás de mis personajes porque, al fin y al cabo, la hay. Quien diga que lo que vive no le inspira, miente. Ahora, de ahí a confirmar que el libro es una carta de amor de la escritora a su exguardaespaldas...

Supongo que, como dice Rebeca, lo mejor es que el tiempo pase y convierta todo esto en una anécdota. Espero que, en algún momento, la historia consiga llegar sin necesidad de imaginarnos a nosotros. Es suficiente con que haya una incapaz de borrar esos recuerdos, y no me refiero a que no lo haya superado, está superadísimo. En Fabio he encontrado una calma que no tenía, pero eso no quita que lo que viví con Kobo fuera muy importante en mi vida y que, además, me enseñara mucho. Como que es imposible querer sin quererse y, por lo tanto, ser feliz con alguien antes de serlo con una misma.

Todo pasa por algo.

Dicho esto, una pequeña parte de mí esperaba un mensaje que no ha llegado. Un «Enhorabuena por la publicación». Un «Lo he leído». Pero le entiendo; llevamos meses sin hablar y no tiene por qué hacerlo.

El Uber se detiene delante de mi casa y le deseo buenas noches al conductor mientras me deslizo por el asiento hacia la puerta. Fabio ha quedado para cenar con su editor y contarle sus nuevas ideas, y sé cómo acaba eso. En el mejor de los casos, se despedirán después de desayunar. Las reuniones de estos dos son más largas que *Anna Karénina*. Tolstói podría haber escrito una secuela en lo que ellos se ponen de acuerdo.

Al principio me ha dado un poco de pena pasar la noche sola, por lo de que es un día especial y eso, pero, pensándolo bien, tengo ganas llegar a mi casita. Hace muchos días que duermo en la de Fabio y echo de menos mi almohada.

—Señorita Eva, qué alegría verla —me recibe el nuevo conserje.

Debe pensar que estoy todo el día de viaje.

—Igualmente, Alberto. Buenas noches.

Subo en el ascensor soñando con quitarme las botas. Parece que cualquier incomodidad se acentúa a medida que te acercas a casa.

Cuando se abren las puertas, voy hacia la entrada de mi apartamento intentando encontrar las llaves en el bolso (que a veces parece un agujero negro). Cuando por fin las localizo, meto la correcta en la cerradura y la puerta se abre con un solo giro.

Se me eriza la piel hasta la coronilla.

Está abierta. La llave no estaba echada, y siempre lo hago.

Me paralizo. No sé qué hacer.

Opto por salir de allí intentando que no se oiga ni un latido.

Han pasado muchos meses desde la última carta de aquel psicópata. Todo estaba tan tranquilo que decidimos volver a la normalidad y que Tommy dejara de acompañarme a todas partes. Ahora me arrepiento de mi impaciencia, esa que una vez tras otra hace que aprenda a base de golpes.

Consigo llegar al ascensor y, cuando pulso el botón...

¡Plasss!

Algo se rompe en el interior de mi casa, parece un cristal estallando contra el suelo. El corazón se me va a salir del pecho, pero de repente lo oigo:

—*Cazzo!*

¿Fabio?

Es su expresión por excelencia, la que usa cuando se da un golpe en el meñique contra un mueble, cuando hay atasco o cuando no le gusta un capítulo; es su manera de cagarse en todo. Da igual que haya nacido aquí, le encanta recordar que es medio italiano, y la sangre tira.

Su voz consigue relajar mis pulsaciones y vuelvo a acercarme a la puerta. Abro despacio y mi cara desencajada se transforma en una sonrisa.

En el suelo hay un camino de pétalos perfectamente colocados, y el latido que oía como si tuviera el corazón en la garganta deja paso a lo que parece ser jazz. Sigo el camino de rosas y, al doblar la esquina, me encuentro a Fabio con la escoba y el recogedor. Está tan concentrado que no me ha visto, así que aprovecho su indefensión y me acerco como una pantera que va a cazar un cervatillo indefenso.

—¡Te pillé!

Da un salto y se le caen las cosas. Me río de él al tiempo que suelto el bolso y me quito la chaqueta.

—Amor... —Se apoya en la encimera con la mano en el pecho.

—Perdóname, estabas tan mono... —Le beso y su perfume me envuelve. Siempre huele muy bien.

—¿Y has pensado que igual muerto lo estaba más?

Sonríe sobre mis labios y le doy un pico en la comisura antes de sentarme en un taburete de la cocina.

—Bueno, no sé quién se ha acercado más al infarto —le digo con rencor fingido.

—¿Por qué? —me pregunta abriendo los cajones como un loco.

—Hombre, llego, la puerta está abierta y oigo que se rompen cristales… Blanco y en botella. —Se vuelve hacia mí con los ojos muy abiertos, como si acabase de caer en la cuenta—. A ver, no sería la primera vez.

Todavía le sorprende que hable de ello con tanta naturalidad. No es que no tenga miedo. Soy consciente de que aquello me dejó tocada y de que situaciones como las de hace un momento disparan el pánico que vive resguardado en mi cabeza. Pero de nada sirve hacer como si no hubiese pasado, o al menos eso es lo que dice mi psicóloga. Tengo que seguir con mi vida y adoptar las precauciones necesarias para que no vuelva a pasar. Las conversaciones con mi padre me han servido para ser aún más consciente de ello.

—No lo había pensado, mi vida. Lo siento —dice acariciándome la mejilla.

—No pasa nada. Está todo bien. ¿Qué buscas? ¿Puedo ayudarte?

La cocina parece la de la final de *MasterChef*. Hay varias sartenes en el fuego, cuchillos, platos y un aroma que me hace salivar.

—De eso nada. Tú siéntate y relájate. ¿Dónde tienes las ollas?

—Tercer cajón —indico.

—¿Sabes lo que te estoy preparando? —me pregunta mientras coge una, la pone debajo del grifo y la llena de agua.

Lleva las mangas de la camisa con un doblado perfecto para no mancharse. Es increíble su capacidad para conservar la ropa como si acabara de salir de la tintorería haga lo que haga.

—No, pero huele genial.

—Ya verás, sabrá mejor —me sonríe con suficiencia.

—No lo dudo.

Cocina muy bien, tanto que aún no me he atrevido a hacerle ni un huevo frito. Pone el agua a hervir y saca una botella de vino blanco del congelador.

—Arriba a la derecha. —Le ayudo con las copas.

Parece que mi cocina está diseñada para disfrutar de la belleza de un hombre cocinándome, pero es pura casualidad. Rodea la isla y me vuelvo hacia él. Fabio aprovecha para colocarse entre mis piernas y pasarme una copa. Después se sirve la suya y la acerca a la mía.

—Feliz publicación.

—Feliz desbloqueo.

Brindamos. Después del primer trago, deja la copa a mi lado. Se apoya en la isla, se arrima aún más y me besa.

—Gracias por esto.

—Te lo mereces —dice con cariño.

Doy otro trago mientras él pasa los labios por mi cuello, de abajo arriba, muy despacio. Cuando se acerca a la oreja me hace tantas cosquillas que me estremezco y, sin querer, le doy un cabezazo al pobre Fabio.

—Eva... —dice, molesto por el golpe.

—Perdón, perdón. —Le acaricio el pecho en señal de disculpa.

Se separa lo justo para dar otro trago y vuelve a la carga. Esta vez sus dedos suben lentamente por debajo de la falda, recorriéndome las piernas con suavidad. Y me besa con ganas. Cuando llega a la parte interna de mis muslos, me entra un escalofrío que los cierra de golpe.

Fabio vuelve a apartarse.

—¿Qué pasa? —pregunto.

—Nada, que no estás en el *mood*.

—¿Qué *mood*?

—¿Hace falta que te lo explique? —me contesta mientras vuelve a los fogones.

—Oye, no me hables así, me has hecho cosquillas, nada más.

—Pues perdona. —Se enfurruña, y soy incapaz de tomarlo en serio.

—Oye, ¡no seas gruñón! —exclamo mientras me acerco a él de un salto, rodeándole la cintura por detrás. Es tan alto que solo veo su espalda kilométrica—. Me estaba gustando...

Fabio se frustra muy rápido. Es algo que he aprendido con el tiempo. Todo en su vida tiene que ser perfecto y, cuando no sale justo como él lo ha imaginado, frunce el ceño. Gracias a ser así ha llegado donde está, pero a veces es demasiado exigente consigo mismo.

Lo bueno es que, por lo general, se le pasa rápido.

—No seas bobo, venga. —Me asomo para ver lo que está cocinando, que me hace salivar—. Oye, qué pinta. ¡Ohhh, *tagliolini*! —exclamo mientras le zarandeo.

Echa la pasta a cocer y se vuelve hacia mí. Me mira a los ojos y sonríe.

—*Al tartufo*, ¿recuerdas? Nuestra primera cita.

Y yo me siento la peor persona del mundo porque, ahora sí, mi estómago se encoge y mi mente me transporta a aquel día. A aquel recuerdo del que Fabio, aunque me rompa, no es el protagonista.

2

—¡Venga! —grita junto a la cascada.

Tiro los calzoncillos a las rocas, al lado de su ropa, y me meto en el lago. Joder, está buenísima. El agua en cambio está fría de cojones, mucho más de lo que necesitan los míos para encogerse hasta casi desaparecer.

Se abraza el pecho, se sumerge y reaparece al otro lado de la catarata. Luego, se vuelve hacia mí peinándose mientras su cuerpo queda cubierto únicamente por la cortina de agua.

Pensaba que este tipo de cosas solo pasaban en las películas.

Avanzo despacio, con la tensión creciendo a cada centímetro de distancia que acortamos, y alargo cada segundo de este instante que no quiero que termine.

El sonido del agua se intensifica hasta que se vuelve ensordecedor. Cuando llego frente a ella, me quedo paralizado con lo que veo. Nunca he sentido nada igual; la respiración se me agita, como si me robase el oxígeno. Es preciosa. Me sonríe, estira las manos hacia mí y me mira a los ojos de tal manera que tengo que obligarme a no apartar los míos. Me siento pequeño delante de ella.

Nado un poco más en su dirección y el agua helada me corta el aliento.

Abro los ojos. Estoy empapado.

—¡Eres asqueroso! ¡Eres el tío más asqueroso que he visto en mi vida!

Con esas palabras repletas de cariño, me golpea otro chorro de agua. Intento ubicarme y empiezo a buscar el origen de los gritos.

—¿Lu?

—Ni Lu ni La, ¡eres un puto cerdo!

No entiendo nada.

—Perdona, de verdad, no es contigo, seguro que no te dijo nada —se disculpa con tono condescendiente.

Sigo su mirada y me topo con la de... ¡Joder! ¿Qué clase de pesadilla es esta?

Por favor, el que tenga el mando de mis sueños, que vuelva al otro canal. Esto no tiene ninguna gracia.

—No, si no... —dice la otra chica con cara alucinada.

No me lo puedo creer.

—Siempre me hace lo mismo —le dice Lu mientras se echa las manos a la cara.

—Perdona, pero es que no...

—No te preocupes. —Lu la interrumpe y solloza entre las manos—. No es culpa tuya, pero... Pero, por favor, si no te importa...

Sutil.

Flanqueada por Lu de camino a la entrada, Lara (eso, era Lara) abre los brazos en señal de desconcierto mientras se dirige a la puerta. Está igual de perdida que yo.

Neo me mira con la cabeza ladeada.

—Yo qué sé —le digo negando con la mía.

Oigo que las chicas están hablando y me levanto. Cuando

salgo de la habitación, Lu cierra la puerta de casa, se da la vuelta y se lleva las manos a la boca. Esta vez es para ahogar la carcajada que lleva aguantándose todo este tiempo.

—Te has pasado ocho pueblos. —Intento ponerme serio.

Lu estalla con la risa floja que le sale después de hacer sus peores maldades.

—Ya estamos en paz —dice mientras se parte.

—Joder, Lu, que era amiga de Mou... —Ayer se empeñó en que la acompañara. Maldita la hora.

—Tendría que haberlo grabado, Dios. —No me hace ni caso.

Creo que el jueguecito se nos está yendo de las manos.

Lu no para de reír. Esto requiere una venganza inmediata. Cojo el vaso que hay en la encimera, me sirvo agua, doy un par de sorbos para disimular y, acto seguido, me lleno la boca y me vuelvo hacia ella.

—Ni se te ocurra. —Se le corta la risa.

Sonrío lo que me permite el cargamento y camino hacia ella.

—Kobo, ni se te ocurra.

Anda hacia atrás. Me encanta cuando intenta ponerse seria pero en el fondo quiere descojonarse.

Doy un paso más largo que los otros y grita:

—¡Kobo!

Voy tras ella. Corre hacia el otro lado del sillón.

—¡Neo! ¡Ayuda!

Este contesta con un ladrido. Él también corre de un lado a otro. No sabe a qué estamos jugando.

Amago por un lado y, cuando va a salir por el otro, me subo al sofá de un salto y la agarro.

—¡Paraaa! ¡Kobooo! —Le ha entrado la risa nerviosa, me la contagia y estoy a punto de escupir toda el agua—. ¡Kobooo! —vuelve a gritar como si quisiera asesinarla.

Forcejeamos. La risa la está dejando sin fuerzas. La aprisiono entre los brazos. Se revuelve e intenta hacerme cosquillas, pero la sujeto por las muñecas, la tiro al sofá y la inmovilizo.

Hacía tiempo que no la veía reírse así. Podría empaparla, pero me lo estoy pasando demasiado bien como para querer que esto acabe. Mueve la cabeza de un lado a otro, intentando anticiparse y esquivar el chorro. De repente para y, sin dejar de reírse, me mira y saca la lengua. Eso sí que no me lo esperaba. Sin poder evitarlo, estallo en una carcajada que hace que la mitad del agua vaya a su cara y la otra, a mi pulmón. Risa y tos al cincuenta por ciento.

—¡¡Aaah!! ¡Socorrooo!! ¡Qué asco, Dios! ¡Está caliente! No puedo respirar.

Se seca en mi torso, pero no me defiendo, porque sigo luchando contra un edema pulmonar.

—¡¿Ves como eres un guarro?! ¡Qué puto asco!

—¿Ves como eres tóxica? —refuto con retintín, todavía achicando agua.

—Sí, bueno, habló el que siempre tiene que venir a marcar terreno cuando se me acerca cualquiera.

Es cierto que estuvo feo lo de decirle al chico que ella acababa de besar que nunca había visto sacar por la nariz macarrones tan perfectos como los de la potada de Lu.

—Tú lo has dicho: cuando es un cualquiera, debo asegurarme de que tengas lo que te mereces.

—Ah, vale, joe, muchas gracias, Kobo —dice con ironía mientras se deshace de mí y se sienta en el sofá—. Y solo por curiosidad, ¿qué es exactamente lo que me merezco?

—Pues... —Pongo esa cara interesante que le da tanta rabia—. Un chico misterioso. —Con agilidad, cojo el vaso de agua que hay en la mesa y se lo dejo delante—. Detallista. —Le guiño un ojo.

—Puaj —simula una arcada.

—Profundo... Y, por supuesto, con su pizquita de malote. —Me peino el flequillo de manera exagerada, forzando la actitud al máximo.

—Oh, Dios mío —se ríe—. Nunca un hombre semidesnudo me había dado tanto repelús. —Lu me señala el paquete—. Sabes que no es bueno llevar eso tan apretado, ¿no?

Sigo su dedo y... La verdad es que no son mis mejores calzoncillos.

—Se te han ido los ojos, ¿eh?

—Hombre, es que no sabía que comprabas la ropa interior en la sección infantil —se burla.

Joder, me está hundiendo en la miseria.

—Ja, ja, qué graciosa.

—Venga, espabila. Que llegas tarde.

El corazón me da un vuelco. No jodas.

—¡Mierda! ¿Qué hora es?

—La hora de «o sales en diez minutos y le aprietas a la motito o no empezarás con buen pie».

Soy un desastre. Hoy voy a conocer al nuevo cliente y, si por lo general no me gusta llegar tarde, mucho menos el primer día. Sería una auténtica cagada.

Me meto en el baño a toda leche y me quito la única prenda que llevo puesta. Ducha exprés y al lío.

Salgo con la toalla alrededor de la cintura y corro a vestirme.

—¿Cómo me has dicho que se llamaba tu amiguita? —pregunta Lu desde la cocina mientras me pongo unos calzoncillos limpios.

—No te lo he dicho —respondo a través de la puerta entornada. Pasan unos segundos y sé que está esperando a que lo suelte—. Lara.

—Bonito nombre. ¿Y de que la conocía Mou?

—Estás un poquito cotilla, ¿no? —le vacilo mientras abro la puerta de la habitación con la camiseta en la mano, acabando de abrocharme los pantalones.

—¡Venga, cuéntamelo! Si es por charlar de algo... Tu amo es un rollo, ¿a que sí? —le dice a Neo mientras le rasca el cuello.

—Es por si te incomodaba. —Le lanzo una sonrisa desafiante.

—Sí, bueno... estoy superincómoda.

—Es amiga de Verónica, la chica que está quedando con Mou. Fuimos a tomar algo y poco más.

Tarda un par de segundos en contestar:

—O sea, dos para dos. Planazo, *bro*.

El «*bro*» es para reírse de mí, bueno, de nosotros.

Si le dijese que en realidad no me la he tirado, no me creería. La verdad es que los dos tortolitos no paraban de magrearse y estaba claro que iban a seguir en casa. Lara se iba a quedar a dormir con Vero porque vive en Alcorcón, pero me supo mal por ella. Igual se había hecho otra idea, pero vinimos a casa y, después de hablar un rato, nos fuimos a dormir. Hace tiempo que me cuesta eso de liarme con cualquiera, pero no quiero darle muchas vueltas. Quizá esté haciéndome mayor... o volviéndome un aburrido. Yo qué sé.

Esto no quiere decir que no me apetezca follar; me apetece, como a todo el mundo, pero necesito que sea algo más que un calentón.

Hace poco leí un libro que hablaba de lo contagiosa que es la energía de la gente que nos rodea. Es muy moderno hablar de energías, pero vamos, la base de este rollo es lo que mi madre me lleva diciendo toda la vida: «Todo se pega, menos la hermosura». La cosa es que últimamente lo único que se me pegan son las sábanas.

—Me piro. Te llamo luego, cotilla —le digo a Lu mientras me pongo la chupa y cojo el casco.

—Al menos tómate el café...

En la encimera, junto a ella, hay dos expresos para llevar y dos cruasanes.

—No te merezco —le digo muy en serio mientras le doy un sorbo.

—Pues no, no me mereces, pero ya sabes que Carmen me paga una buena suma por aguantarte —se ríe mientras llena de agua el cuenco de Neo.

Qué decir de Lu. No sé cómo he sido capaz de pasar todos estos años sin tenerla cerca. Y tampoco sé cómo habría ido todo lo de Chris y Eva sin su apoyo.

No me cansaré de decir que es luz. Da igual lo oscuro que sea el día; si aparece, todo se ilumina de una forma especial.

—¡Venga, pesado! ¡Espabila!

Le doy un mordisco a uno de los cruasanes y tomo otro sorbo de café. Me acerco a ella para despedirme. Se ha dado la vuelta y está de espaldas a mí, viendo cómo Neo disfruta de su desayuno.

—¡Cómo come mi niño!

Le paso el brazo por encima y, cuando voy a darle un beso en la mejilla, se aparta.

—¡Epaaa! ¿A dónde vas? —digo echando el cuello hacia atrás. ¿Me ha hecho una cobra?

—Eres más tonto... —se ríe—. ¿No pretenderías darme un beso con los morros llenos de cruasán?

Me paso la mano por la boca y sí, creo que tengo más trozos en la cara que dentro. Si no salgo ya, no llegaré a tiempo.

—Pórtate bien —le digo a Neo mientras lo acaricio con medio cuerpo fuera de casa.

Lu nos mira sonriente.

—Eres la mejor. Gracias.

—Lo sé. ¡Dale un beso a mi futuro marido de mi parte! —grita en el último segundo.

Me río y bajo las escaleras a toda prisa. Al parecer, mi nuevo protegido es un *sex symbol*. Espero que no se lo tenga muy creído...

Lu tiene llaves de mi casa, así que muchos días se viene a estudiar y me echa una mano con Neo. Desde que Mike se piró, Neo y yo estamos solos.

La verdad es que nunca pensé que me dolería tanto ganar una apuesta. Han sido unos meses de muchos cambios y, aunque todos dicen que estaba claro, no me lo esperaba. Igual es que no quería verlo. Estoy muy contento por él, porque Adri es una chica increíble, pero eso no quita que, pese a que no piense reconocerlo, mi corazoncito se haya resentido un poco.

Me da pena cerrar esa etapa. El tiempo pasa tan deprisa... Hace nada estábamos los dos eufóricos por todo lo que íbamos a hacer en nuestro piso y, sin darnos cuenta, el momento ha terminado. Siempre pensamos que, si vivíamos juntos, jamás tendríamos un mal día. No fue así, pero Mike siempre conseguía sacarme una sonrisa. Me entra la nostalgia al pensarlo, pero, por suerte, hoy puede ser un nuevo comienzo. Eso sí, no se librará de hacerse el tatu... Todavía tengo que pensar lo que quiero verle dibujado en el pecho.

Me deslizo con facilidad por el asfalto, sintiendo la brisa contra el casco. Conforme avanzo, los semáforos se van poniendo en verde. «Eso es bueno», me digo, y recuerdo otro refrán de mi madre: «Lo que bien empieza, bien acaba», o al menos así lo vende ella.

La mayoría de la gente ya ha entrado a trabajar, las calles están casi vacías y puedo apretar un poco. Lo bueno de los músicos es que no hay nada que odien más que un madrugón. Me siento bastante motivado, me apetece viajar, conocer gente nueva. Madrid me encanta, pero después de todo lo sucedido estoy un poco saturado.

Tengo la esperanza de que este trabajo le dé la vuelta a todo, pero esta vez de una forma positiva. Por no hablar de que pagan de puta madre. Desde Eva, todo han sido trabajos temporales y muchos findes por la noche, así que espero que esta nueva etapa sea un poco más duradera.

De repente, como en la vida, se acaba la buena racha y un semáforo me obliga a hacer una paradita. Miro el reloj: voy bien, he adelantado bastante y ya estoy cerca.

Llevábamos unos días bastante nublados, pero hoy el sol se ha despertado contento e ilumina cada rincón. Abro la visera y dejo que me dé en la cara. Qué gusto. Siento que podría quedarme dormido en esta posición y, justo por eso, abro los ojos de golpe. El semáforo sigue en rojo y, cuando aparto la mirada, algo me llama la atención.

En una marquesina, justo detrás del semáforo, está ella. Siento que me golpea físicamente cuando mi estómago se encoge. Es el anuncio de *De espaldas a tus besos.* No la he leído, pero tampoco creo estar preparado para saber lo que contienen sus páginas.

Se me seca la boca. Es una sensación extraña: me hace ilusión verlo, saber que ha conseguido materializar el esfuerzo de esos meses. Recuerdo todo lo bueno que pasamos y repaso las imágenes a toda velocidad, pero mi cerebro también proyecta las malas experiencias, el dolor de esos días en los que parecía que no habría nada más allá.

Un claxon me ataca por la espalda, igual que el pasado. Cuando quiero darme cuenta, voy a toda velocidad. Es como si mi cuerpo hubiese tomado la decisión de sacarme de allí cuanto antes sin que yo se lo ordenara.

Recorro el poco camino que me queda para llegar y, en cuestión de minutos, estoy frente a la puerta del estudio.

La zona parece muy tranquila, tanto que no hay un alma por la calle. Me acerco a la puerta, saco el teléfono para asegurarme el tiro y, cuando estoy a punto de coger el pomo, abren de golpe.

—¡Ahí va, qué susto! —dice el chico en cuanto me ve.

—Perdona —me disculpo.

—Tú eres Kobo, ¿verdad?

—Sí.

Me sorprende que no me pregunte de dónde viene el nombre.

—Aday, encantado. —Me extiende la mano—. El asistente de Axel —añade mientras entrecomilla su puesto con los dedos.

—Un placer.

—Axel está a punto de llegar, así que, si quieres, lo esperamos aquí.

—Perfecto.

Tengo que reconocer que los rizos estratégicamente despeinados, la barba cuidadosamente descuidada y esas gafas de sol me han hecho dudar por un momento si no sería el artista.

—¿Te importa que vapee? Como habrás visto, vengo un poco acelerado... —Me sonríe, y le indico con un gesto que puede hacerlo tranquilo.

Tiene cara de buena gente.

No le ha dado tiempo a dar más de dos caladas cuando una furgoneta Mercedes parecida a la de Tommy se detiene delante de nosotros. La ventanilla del copiloto se abre y el conductor saluda a Aday, que se dirige hacia la puerta corredera de la parte trasera. Ya me comentó que tenían chófer. Por mí guay, eso que me ahorro.

Abre lo justo para asomar la cabeza y le oigo decir:

—¡A currar!

Abre del todo y aparece una chica sonriente. Viste una sudadera ancha que casi cubre por completo sus *shorts* vaqueros y unas Vans con los calcetines subidos. Baja de un salto y se acerca a mí.

—Soy Lía, la hermana de Aday, encantada.

—Kobo.

Nos estamos dando dos besos cuando aparece Axel.

Lleva la capucha puesta y unos cascos de diadema. Saluda a Aday con un abrazo, le da las gracias al conductor y viene hacia la puerta donde espero junto a Lía.

Al verme, se quita la capucha y libera una melena rubia peinada hacia atrás que me recuerda a Jax, de *Sons of Anarchy*. Se quita los auriculares y me tiende la mano con amabilidad.

—Hola, soy Axel.

—Kobo, un placer.

—Nuestro protector —dice Aday después de soltar una gran nube de humo con su vapeador.

—Oh, muchas gracias, tío. Voy un poco pillado para la reunión con sonido, pero ¿me esperas por aquí y nos tomamos algo luego para conocernos?

—Claro —le contesto, y se despide con un apretón de manos.

Es pronto para decirlo, pero este chaval me gusta. Tiene algo especial en la mirada. Algo que me hace sentir extremadamente cómodo. Como si lo conociera de toda la vida.

3

La música de Greg siempre tan oportuna. Juro que a veces pienso que Cigarettes After Sex roba las letras directamente de mi vida. Eso o estoy tan mal de la cabeza que he convertido esas frases tan esperanzadoras en mi mantra vital. ¿Qué fue antes, el huevo o la gallina? ¿La rayada o la canción que la acrecienta?

El caso es que una vez más aquí estoy, humillándome un poco y con la sensación de estar huyendo del Louvre con la *Mona Lisa* bajo el brazo. Nunca me había sentido tan incómoda por comprar un libro.

Al menos la suerte está de mi lado y el veintisiete llega rápido, porque, sí, una está tan pelada que si algún día, por lo que sea, se animase a robar un cuadro con un valor parecido a la suma del patrimonio que Taylor Swift acaparase en cinco vidas, tendría que escapar en autobús.

Pero vamos, me río yo de la gente que va en coche y no sabe la alegría que se siente cuando pillas vacíos los cuatro asientos enfrentados y puedes desplegar el campamento para leer a gusto. Mientras subo al bus, escribo al grupo:

Ya salgoooo

En realidad, he salido hace un rato, pero tenía que hacer mi paradita clandestina. Ahora sí, ha llegado el momento que llevo esperando todo el día. Hay unos diez minutos de trayecto y, con las ganas que tengo, es tiempo suficiente para leer un par de capítulos. Saco el libro del bolso y paso la mano por el relieve de la portada. Creo que es la primera vez que no necesito leer ni una página para poner cara a las siluetas del dibujo.

Me tiembla la mano, qué tonta, de verdad. Siento que me estoy metiendo donde no me llaman, tengo esos nervios de quien está a punto de leer algo que no debería, el miedo de descubrir algo que puede romperme, pero también la certeza y el deseo de hacerlo. Sé que la verdad no me gustará, pero es peor la incertidumbre.

No tiene sentido, soy una inconsciente, pero la pregunta es: ¿la protagonista de una de esas historias que tanto me enganchan lo haría?

Sí, Lu.

Por eso tal vez sería más sensato leer cualquier otra novela en vez de coger el corazoncito y golpearlo. Por desgracia, hace tiempo que andamos escasas de sensatez y, a pesar de que mi madre no hace más que pedirla, no estamos a la espera de recibir más unidades.

«De espaldas a tus besos», leo.

Y hablando del rey de Roma, por la pantalla del teléfono asoma.

—Has vuelto a coger el metro al revés, ¿verdad?

Me arranca una carcajada.

—Hoy no me la he jugado, voy en bus.

—No sé yo si eso es no jugársela… Con el metro sé que no saldrás de Madrid. Te has fijado en que no pusiera Valencia, ¿verdad?

—Eres idiota. Eso quieres, ¿no? Perderme de vista.

—Si me invitas a paella, estoy allí en menos de tres horas.

—Joe, nunca me había dado tanta rabia pasar por plaza de Castilla. El plan no sonaba mal.

—Bueno, apúntalo. A veces no sé si vas en serio o de coña.

—Nos quedamos callados un par de segundos en los que solo oigo a Mike berreando por detrás.

—Venga, date prisa, te voy pidiendo una cerveza —dice rompiendo el silencio.

—Cuatro minutos.

—¡Vamos, Lucía, hija! —grita alguien.

Cuelgo y veo mi sonrisa reflejada en el cristal, esa que a los chicos se les da tan bien dibujar.

Cuando me bajo, los veo desde la parada, me aseguro de que el libro está en el fondo del bolso y me acerco a ellos.

—La más guapa del barrio y del universo —me piropea José Luis—. Ya tienen tu cervecita preparada. ¿Quieres algo más?

—No, gracias —contesto con mi mejor sonrisa, y acto seguido se la regalo también a Adri, que por ahora es la única que me ha visto.

Kobo y Tommy están sentados de espaldas, así que avanzo sigilosamente dispuesta a robarles unos segundos de vida. Adri entiende mis intenciones y no mueve un músculo más que el necesario para dedicarme una mirada de complicidad.

—¡Hola! —exclamo mientras le aprieto el trapecio a Tommy que, del susto, golpea la mesa y comparte su infarto con Kobo y Rebeca.

—¡Me cago en…! —Rebeca se contiene para no nombrar a ninguno de mis familiares.

—¡Te voy a matar! —dice Tommy al tiempo que Mou, Mike y Adri se parten de risa y consiguen contagiarme.

—*Bro*, te has quedado blanco, menudo guardaespaldas —se burla Mike.

—Es que últimamente está muy graciosilla —añade Kobo mientras se levanta y me cede su silla. Antes de sentarme, hago una ronda de besos.

—Mi amor, es verdad —Rebeca coge los mofletes de Tommy—, estás pálido.

—Pero porque tengo hambre —se defiende.

—Gracias por este regalo, rubia —dice Mou mientras me aplasta entre sus bíceps gigantes.

—Si tú eres feliz, yo soy feliz —le contesto—. ¿Y tú qué te has hecho en el pelo? —le pregunto a Mike antes de abrazarlo.

—Es para colarse en las excursiones del Imserso —responde Kobo mientras tira de uno de sus mechones teñidos.

La verdad es que es el mismo tono que se pone mi abuela cada vez que se hace la permanente.

—No tenéis ni idea. —Le da un manotazo a Kobo y se peina—. ¿A que a ti te pone, amor? —pregunta a su novia.

Adri nos mira a todos con complicidad, sonríe de forma exagerada y dice:

—No sabes cuánto, mi vida. No te miro para no ponerme al tema aquí mismo.

Todos nos reímos, incluso Mike, que agarra a Adri y la inmoviliza contra su pecho.

—¿Qué tal, bombón? —me pregunta Rebeca tras besarme—. Oye, estoy esperando más capítulos.

—Calla, que estoy con un bloqueo…

—Eso es estupendo.

La miro con desconcierto.

—Esa es la contestación oficial de los escritores. Lo raro sería que me dijeras que va genial. Lleváis el pesimismo en el ADN.

Me río. Kobo pasa por detrás con otra silla, la coloca al lado de la que ha dejado libre, espera a que tome asiento y se sienta junto a mí.

—Cada vez que te vea, te voy a pedir más. Voy a ser tu peor pesadilla, tu látigo, estás jodida, cariño… —continúa Rebeca.

—Uff —interrumpe Tommy.

—¿Y a ti qué te pasa? —contesta Rebeca, que le acaricia la nuca con cariño.

—Te he imaginado con el látigo.

—¡Guarro! —Mou le tira las últimas gotas de su cerveza.

—Envidioso —contesta Rebeca mientras besa con erotismo a su novio.

Todos nos reímos. Noto la mano de Kobo en mi pierna.

—¿Todo bien? —me pregunta con una sonrisa en los ojos.

Asiento feliz. Mejor que bien. Llevo dos minutos aquí y ya he sido más feliz que en todo el día. Son increíbles, están muy locos, pero me cargan las pilas a tope. Es como una terapia de grupo: compartimos nuestras penas, rayadas de todo tipo e incluso, cuando los hay —que suele ser muy de vez en cuando—, nuestros éxitos. Porque sentirte arropada si las cosas no van bien está guay, pero lo realmente mágico es cuando sabes que son felices al ver que tú lo eres. Ahí es cuando los amigos se convierten familia. Como dice Kobo: «Los amigos de verdad no son los que están en las malas, son los que se alegran de las buenas más que tú».

—¿Y tú?

—Muy bien, luego te cuento.

Cerveza tras cerveza, vamos repasando la vida de todos. Mike y Adri nos cuentan sus anécdotas sobre la interminable mudanza, Mou me regaña por haberle provocado a su amiga un increíble cargo de conciencia y Kobo habla de sus recientes dudas en cuanto a su sexualidad por culpa de Axel. Y tanto que le ha ido bien el primer día…

—Chavales, os juro que es un desfase. Se pone a cantar y se me pone la piel de gallina. Voy a empezar a ir con manga larga.

Adri se ríe, y se nos une una voz conocida.

—Siempre has sido el sensiblón de la familia.

Chris abraza por detrás a su hermano mientras me guiña un ojo.

—Oh, los hermanitos… qué tierno —añade Rebeca.

Me emociona verlos así. Sé por lo que han pasado y parece que por fin todo está en su sitio. Lo del Flame fue un golpe muy duro; en aquella época, Kobo no aguantaba ver a su hermano en la cárcel y no poder hacer nada para ayudarlo. Se sentía culpable por lo que sucedió, por no haber sabido ser un buen hermano mayor, por no estar a la altura de las circunstancias. Pero todo eso no era más que una distorsión de la realidad provocada por la carga excesiva que se echa siempre sobre los hombros.

Nos pasamos la tarde bebiendo, riendo y vacilándonos sin piedad (no hay nada que nos divierta más). Todo fluye hasta que Tommy... bueno, en realidad, Rebeca, con la mejor de las intenciones, nos hace una propuesta, una invitación que comienza con un murmullo entre la parejita:

—Venga, no seas tonta.

—Dilo tú.

—¡Rebeca, que es una tontería, hombre! —le insiste Tommy.

—Secretitos al oído... —interviene Mike.

—¡Para! —Rebeca se aparta bruscamente de Tommy, que tenía los labios en su oreja.

—A ver, chavales, Rebeca quiere deciros algo —anuncia Tommy con una sonrisa traviesa en la cara.

Se hace el silencio. Todos la miramos, se coloca, respira hondo.

—¿Lo digo? —mira a su novio.

Él asiente y, después de coger aire, grita:

—¡Nos casamos!

Toda la terraza nos mira, y durante un par de segundos nadie dice nada. Creo que hablo por todos cuando digo que esto era impensable.

—¡Es coña, hombre! —exclama Tommy justo antes de que empiecen los desmayos.

—Sois subnormales —dice Mou.

—Se os ha puesto cara de Blancanieves —vacila Tommy.

Lo confirmo.

—A mí me daba pena por Rebeca —añade Kobo.

—Sí, claro, qué pena que le toque la lotería... —se defiende Tommy.

—A ti, guapito —intervengo.

—¡Esa es mi chica! —celebra Rebeca.

—Venga, ¿y qué era?

—Nada, una tontería —dice Tommy mientras mira sonriente a Rebeca.

Ella se echa para delante y lo suelta:

—Pues que la semana que viene es mi cumple y quiero organizar algo.

—Y os quiere invitar, pero le da vergüenza —añade su novio.

Rebeca se tapa la cara y se esconde en el hombro de Tommy.

Cuando la conocí, desde el primer momento tuve claro que era de esas personas que no se achantan por nada, de las que luchan por lo que quieren sin perder la sonrisa. Me la imaginaba negociando grandes contratos y peleándose con directores de grandes empresas sin pestañear, pero algo como invitarnos a su cumpleaños le supone un mundo. Esa forma de ser, tan fuerte y a la vez tan vulnerable, me transmite una ternura que hace que me caiga aún mejor, si eso es posible.

—¡Venga, Rebeca! ¡Qué tontería! ¿Vergüenza? Si has escuchado mis anécdotas más escatológicas —dice Mou.

—Cuenta con nosotros. —Mike levanta el vaso.

—Qué guay, tía. Si necesitas ayuda con lo que sea, nos dices —se ofrece Adri.

—Jo, yo curro. Pero podéis pasaros y os pongo unas copas —me sumo a la propuesta.

—Mierda, qué rabia—se queja Rebeca—. ¿Todo el finde?

Asiento con una sonrisa de resignación. La pluriactividad me está matando. Pero, como dice mi madre, «haberte quedado en casa». Madrid es lo que tiene: o curras o curras. Los seiscientos euros de alquiler de la habitación no se pagan solos. Cada vez que lo pienso, me pongo negra… En fin.

—Bueno, tía, nos pasamos y luego vamos a algún sitio todos.

—¡Claro!

—¿De verdad os apetece? Me daba cosa que lo vierais como un problema.

—Hombre, si nos estuvieras invitando a una presentación de esas tuyas… Pero beber gratis…

Mike siempre tan sensible. Rebeca se ríe.

—Prometo no hablar de libros.

—¿Y tú? ¡Di algo! —exclama Tommy con la mirada fija en el chico que está a mi lado.

Hasta ese momento no me había dado cuenta de la ausencia de Kobo. Una vez más, su cabeza ha viajado a otro lugar.

—Este está cagado —entra Mike.

—Tú también estás invitado, ¿eh? —confirma Rebeca.

Kobo mueve la cabeza como si le hubieran echado un cubo de agua.

—Perdón, me he quedado empanado. Gracias, Rebeca.

—Ya lo hemos visto —dice Chris.

—Se va a caer de la silla por la emoción —bromea Tommy.

Nos reímos. Se ríe.

—Es que él no es muy efusivo, ¿verdad? —Le acaricio la cabeza.

—No seáis cabrones, yo le entiendo —dice Mou.

—A ver, *bro*, que es normal —dice Tommy.

—¿El qué? —pregunta Rebeca.

—Pues que sabe quién irá, y a mí no me apetecería encontrarme con mi ex.

Se hace un silencio y, aunque pueda parecer obvio, soy la única que lo mira.

—A ver, no me importa, pero no quiero cortarle el rollo a tu mejor amiga.

En ese momento, Kobo aparta la cabeza de mi mano.

—Bueno, Eva ya es mayorcita. —Rebeca se incorpora y se pone más seria que nunca—. Los dos lo sois, Kobo. Sé que es una situación extraña, pero creo que menos de lo que os imagináis.

Le observo con atención, estudiándole mientras él parece más interesado en despegar la pegatina del tercio que se acaba de terminar. Pero Rebeca tiene razón. Es lo mejor. Si después de todo ese tiempo se ven y siguen sintiendo lo mismo, deberían hablar. Con suerte podrían seguir adelante y cerrar esa puerta que hasta este momento solo está entornada.

—Además, no os quedan más huevos: tú eres mi hermano y Eva, la suya. ¿Que la hemos liado? Sí. ¿Que no hay vuelta atrás? También.

Tommy nos arranca una sonrisa a todos, Kobo incluido.

—¡Que te como! —dice Rebeca mientras lo besuquea.

—Amén. —Kobo levanta la cerveza.

Adri y Mike brindan.

—Dale, *bro* —Mou le pega un codazo a Chris—. Aunque nadie nos quiera, tenemos derecho a brindar.

Se vienen curvas.

4

Una madura cuando descubre que el bueno no es el que te trae el desayuno a la cama, sino el que te desayuna. Gracias, Dios, por los hombres que se despiertan con el ánimo bien alto.

Me besa, me quita el tanga con delicadeza y aprovecho para deshacerme de su camiseta al tiempo que me sube la temperatura corporal, esa cuyo contraste con la de las sábanas que nos envuelven me produce un escalofrío.

Repaso su desnudez con la mirada y me abro al placer mientras descargo las ganas en mis labios. Se coloca encima de mí, me besa y se pasa la lengua por los dedos para después mojarme. El contacto de su mano húmeda con mi sexo me eriza la piel, y acto seguido noto que entra. Disfruto mirándole, me gusta ver cómo su gesto cambia con cada penetración: se le cierran los ojos, su respiración se agita, apoya la cabeza junto a la mía y me aprieta el muslo con fuerza. Aumenta el ritmo y sus caderas golpean una y otra vez la cara interna de mis muslos.

No estoy muy lubricada, pero algo en la brusquedad del roce me produce un placer distinto al de otras veces. Me dejo caer en el gozo, clavo los dientes en mis labios y las uñas en su espalda. Me gusta, pero me siento insaciable; necesito más, lo quiero más fuerte, más duro, más dolorosamente placentero. Siento un torrente de satisfacción en forma de rabia, lo agarro por el cuello con fuerza y lo rodeo con las piernas. Mi lengua busca su boca y se abre camino entre sus comisuras, atrae sus labios a los míos y, cuando se juntan, los muerdo con tanta fuerza que le provoco un gemido de dolor.

—Ahhh… —Se lleva la mano a la boca; mi rabia se dirige ahora a sus ojos. Me gusta.

Entonces se aparta, me agarra por las caderas con fuerza (una que nunca me había demostrado) y me coloca boca abajo.

Su mano me humedece igual que al principio y el goce continúa. Jamás lo había sentido con tanta intensidad.

—Más —le pido.

Lo miro. Me encanta la tensión de sus músculos, la fuerza de sus golpes de cadera. No dejo de observarlo hasta que estalla de placer y cae rendido contra mi espalda. Me gusta hacerle estallar, que no pueda evitarlo, pero me quedo con ganas de seguir exprimiendo esa extraña sensación.

Disfruto de la calma de su latido agitado, su pecho henchido por el esfuerzo, su calor. Nos quedamos unos segundos sin oír nada más que nuestra respiración, hasta que se incorpora y abre la ventana en busca de aire. Lo observo desde la cama.

—Joder. —Se lleva la mano al labio.

Sonrío a la vez que juego con mis pies desnudos.

—¿Qué ha sido eso?

—Un besito —le contesto.

—Un besito… de jaguar será.

Me río. Me divierte su asombro; de repente, parece el niño de la relación. A ver si le voy a coger el gusto a esto, como si quisiera matarlo a mordiscos, como si deseara que él hiciera lo mismo conmigo.

Le sigo con la mirada hasta que entra en el baño. Oigo caer el agua y me recuesto en la almohada. Mi cuerpo se siente relajado, como si esos impulsos hubieran estado atados dentro de mí y, al soltarlos, me hubiese quedado vacía, liberada.

—¿No tenías hoy la reunión?

Estoy tan a gusto que no tengo fuerzas ni para mirarlo.

—Sí, es a las doce. —No puedo evitar un bostezo.

—Pues te veo muy relajada.

—Uf. —Me estiro y siento ese placer que me hace contener la respiración mientras dura.

—¿Vas sola?

—No. —Parezco un gato entre las sábanas.

—¿Con Rebeca?

—Sí.

—Madre mía, espero que en la reunión te explayes un poco más.

Sonrío. Sí, estoy economizando las respuestas, pero es que me he quedado para echarme un sueñecito.

—Perdóóón —digo mientras saco fuerzas para incorporarme justo a tiempo de ver cómo entra en la ducha.

Observo la habitación como quien busca el significado en un cuadro impresionista (mirada perdida y la cabeza en otro sitio) hasta que reparo en mí, en mi cuerpo, en mi postura. Me veo desnuda, con la espalda torcida y el vientre arrugado, la depilación poco reciente. Me toco el pelo y descubro un nido de cigüeña. Me miro en el reflejo de la ventana y se me escapa la risa. Soy un cuadro, no entiendo cómo alguien puede excitarse con semejante ser. Esto es lo que dice mi psicóloga que tengo que aceptar, querer e incluso abrazar. Cómo se nota que no me ha visto recién levantada.

Me dirijo al baño. Abro la mampara de cristal, que está completamente empañada, para invadir a Fabio. Cuando entro, se está aclarando el pelo, tiene los ojos cerrados y se masajea el cuero cabelludo, así que aprovecho el hueco que me dejan sus brazos y me acurruco contra él. El agua cae por su pecho y me empapa poco a poco. Podría quedarme dormida en esa postura, pero a los pocos segundos me acaricia la espalda, me besa en la cabeza y se escapa con pequeños pasos.

—Cuidado, amor, que llego tarde.

Me resisto un poco y le dejo salir.

—Oye, luego cuéntame qué tal —dice a modo de premio de consolación.

—Nah, es una tontería. —Subo la temperatura del agua, nunca está lo bastante caliente—. Es solo para conocernos.

Veo su silueta de un lado a otro de la habitación; cuando salga, ya estará como un pincel.

—Rebeca me ha dicho que es muy majete.

—No sabía que se conocían.

—Por lo visto, tienen amigos en común.

No dice nada, y su silencio me recuerda que no hemos hablado del cumpleaños de Rebeca. En cuanto la vea, me lo va a preguntar.

«Si no se lo dices es porque crees que no le renta», me dijo.

Lleva una semana repitiéndomelo y, aunque yo lo niegue hasta la muerte, hay algo de verdad en sus palabras. Me da cosa que me diga que sí por compromiso, pero que en realidad no le apetezca.

«Es el cumpleaños de tu amiga, bueno, de tu mejor amiga. Si Fabio no va, pensará que es una mierda de novio».

Ella siempre tan sincera, y la verdad es que no le falta razón, así que, aprovechando que estoy mojada, me tiro a la piscina:

—Por cierto —digo como si no llevase cinco minutos de debate interno—, Rebeca nos ha invitado a su cumpleaños.

Ala, ya está. Por tu bien, reacciona adecuadamente, chaval, por ti y por mí, que si no a ver cómo me las arreglo para excusarte con la loca de mi amiga. Haz que me sienta orgullosa de ser tu novia.

Los segundos pasan y no hay respuesta. Nada, se hace el sordo. Este no sabe a quién tiene delante. Apago el agua, salgo de la ducha, me enrollo la toalla como si fuese una armadura y salgo.

Uf, por suerte no hay nadie en la habitación hasta que aparece abrochándose los puños de la camisa. Se ha librado de milagro.

—¿Me has oído?

—No, ¿qué?

Vamos a por el segundo intento.

—Que la semana que viene es el cumple de Rebeca y nos ha invitado.

—¡Anda! ¡Qué bien! ¿Cuál es el plan?

Ese es el *mood*. Punto para Eva.

—No sé, creo que iba a organizar algo en su casa y luego salir por ahí. Pillará un reservado o algo.

—Qué guay —dice rebuscando en el armario.

Parece que alguien tendrá que darle una oportunidad al apuesto italiano.

—¿Y qué día? —pregunta mientras se ajusta una chaqueta que le queda como un guante.

—El sábado.

—Ah, qué faena...

¿Qué?

—El sábado vamos a casa de Borja. A la de la sierra.

Y por eso papá siempre dice que «hasta que no pite el árbitro, no hay que celebrar la victoria»... Siempre te pueden meter un gol en el último minuto.

—¿Y no podéis ir otro día? —Mis mofletes arden más que en una tarde con anginas.

—Imposible, es el único que podemos todos.

No sé si me da más rabia que ni se lo piense, que ni me mire o que se ría de forma condescendiente al decir «imposible», como si el hecho de preguntarlo fuese una locura, pero, para no decir algo de lo que luego me arrepienta, me vuelvo al baño. Con tan mala suerte que me sigue.

—Mi vida, ya sabes que estoy hasta arriba con la novela.

Respira, Eva. Es un hombre, vive en otro mundo, lleva el paquete básico de inteligencia emocional. Respira y no le digas...

—Sí, agobio selectivo.

Mierda, lo he dicho. En estas situaciones me imagino a los personajes de *Inside Out* discutiendo en mi cabeza. Mi zasca deja a Fabio sin palabras, que me mira mientras me seco el pelo como una loca. Descargo mi disgusto contra el cuero cabelludo porque no sé qué puedo decir de todo lo que me ronda por la cabeza.

—Amor, no seas así. —Me coge por los hombros—. Sabes mejor que nadie que solo quedo con ellos una vez al mes. Si fuera por mí, no los vería hasta que entregase la novela.

—Ya, pero me da pena.

—¿El qué?

—Que nunca hagamos nada con los amigos del otro. Tú haces planes con los tuyos y yo con los míos.

—Porque es importante…

—Ya —le interrumpo antes de que termine la frase de siempre—. Sé que es importante que tengamos nuestro espacio para disfrutar del de ambos, pero a mí, y llámame cursi si quieres, me hace ilusión que mi gente te conozca, que mis amigos y mi novio puedan pasarlo bien juntos.

—Y a mí también, pero sabes que ahora es un momento difícil.

—Siempre lo es.

—Eva, no puedes enfadarte porque no vaya al cumple de tu amiga. Te juro que me encanta hacer planes contigo, eres lo mejor que me ha pasado, pero ahora tengo que centrarme.

No voy a negar que sus palabras consiguen ablandarme, pero no es eso.

—Me da igual el cumpleaños, Fabio, de verdad. Es solo que me gustaría que fuéramos un «equipo». —Mis dedos dibujan unas comillas en el aire—. Que compartiéramos nuestra vida, más que dejar que cada uno tenga la suya.

Se lo digo de corazón. Pongo mis manos sobre las suyas y le quito un poco de hierro al asunto:

—Además, tampoco tengo muchas amigas a las que debas conocer.

Le arranco una tímida sonrisa.

—Cuando entregue, te juro que tiraré el móvil y el ordenador por la ventana para que nada ni nadie nos moleste.

Qué buena idea.

—Y el iPad.

—Y el iPad también. —Me besa en la frente y los ojos se me cierran de placer.

—Venga, anda, que vas a llegar tarde. —Le pongo bien el cuello de la camisa.

—Que vaya bien tu reunión, luego me cuentas. Intenta que no se enamore mucho de ti —bromea antes de irse.

Cuando sale, mis ojos se detienen en el espejo y me doy cuenta de que estoy sonriendo. Es verdad que Fabio es una persona peculiar, pero tengo que ser absolutamente sincera, no más que yo.

Sé que me quiere, y con que lo sepa yo es suficiente. Muchas veces cometemos el error de validar nuestros sentimientos o nuestras relaciones con la opinión de los demás, pero la cosa no va por ahí. Creo que es crucial que nos abramos con la gente que nos quiere para tener su visión desde fuera (cuatro ojos ven más que dos, y dos cerebros se retuercen más que uno, sobre todo si tienes la suerte de formar con tu amiga el más temible dúo de arpías). De nada sirve ocultarles cosas para no escuchar lo que no queremos.

De pronto se extingue el silencio del cuarto de baño que parece amplificar mis reflexiones, y el sonido del móvil hace que mi corazón dé un respingo.

—Buenos días, princesa, ya voy para tu casa. ¿Bajas en diez?

Mi amiga. Me miro al espejo y veo a una perra mojada semidesnuda.

—Holaaa, vale, genial, avísame y bajo.

Antes de que Rebeca pueda contestarme, cuelgo, lanzo el

teléfono y la toalla sobre la cama y corro de un lado a otro para arreglar este desastre. Rebeca me va a matar.

Apunte para mi querida Eva del futuro: «De cara a situaciones importantes que puedan producirse, intentemos que haya un equilibrio entre comodidad y poderío. Si nunca te pones tacones altos, no lo hagas el día que vas a conocer al director de tu primera adaptación».

El pasillo es interminable, lleno de carteles con proyectos de la productora, pero no voy a tropezar dos veces con la misma piedra: no pienso levantar la mirada de mis pasos. Qué vergüenza, seguro que, en cuanto he doblado la esquina, todos los que estaban ahí han empezado a descojonarse. Y no los juzgo... Si llego a ver a la emperifollada de turno pegar semejante patinazo, no habría podido esperar a que se fuera para ahogarme de la risa. De hecho, mi querida amiga, a la que considero de mi calaña (la más baja de todas), casi se queda sin rímel antes de que me pusiera en pie; se le han saltado las lágrimas, a la muy...

El caso es que esta vez el ridículo ha sido breve, no me ha dado tiempo ni de llegar hasta la moqueta que ahora silencia mis taconazos.

—Podéis esperar aquí, Aarón está a punto de llegar.

—Muchas gracias —contesta Rebeca mientras me siento buscando la seguridad que me aportan mis nalgas.

El chico que nos ha recibido abandona la sala y, antes de que pueda entornar la puerta, Rebeca ya se ha vuelto hacia mí con un puchero de contención.

—Como te rías, me voy —amenazo con el último resquicio de dignidad que me queda.

Pero parece que mi advertencia solo es un detonante para el descojone de mi amiga. La mato, te juro. Encima es esa risa tan floja y profunda que ni siquiera se oye.

—Dios mío, Eva, ¡Dios mío!

—Te odio con toda mi alma.

—Es que… —Nada, que no puede hablar—. Es que encima… Lo peor es que me está contagiando la risa.

—Eres idiota, me he hecho daño —intento contrarrestar poniéndome seria.

—¡Al chico… casi le da un infarto!

Las lágrimas le corren por las mejillas, parecemos dos tontas, y ahora tampoco yo puedo parar. Rebeca se apoya en la mesa del despacho para mantenerse en pie y…

—¿Todo bien?

—¿Eh? —Rebeca gira *ipso facto* sobre sí misma—. ¡Aarón!

Desde la puerta, con una sonrisa astuta, nos observa Aarón Rojas, mi director, el chico de moda del cine español. Cuando Rebeca me habló de la posibilidad de que él dirigiera la peli, me sorprendió porque últimamente está en boca de todos, pero no voy a mentir diciendo que no era consciente de su edad. Comentan que es el Damien Chazelle español y, aparte de que comparten perilla y bigote con Johnny Depp en los noventa, ambos han conseguido llegar muy lejos aunque son muy jóvenes para su profesión. Damien no debe de ir ni por los cuarenta y Aarón tiene treinta y cinco, una auténtica pasada.

—¡Mi chico! ¡Cómo me alegro de verte! —Mi amiga lo abraza.

«¿Mi chico?». Uy, uy, uy, yo sé quién comparte también ese bigotillo… Como se entere tu Tommy de esos achuchones…

—Eva, te presento al mejor director del país.

Me acerco a él rezando por no dar otro paso en falso y, no sé si por educación o como metáfora de mi mañana patosa, me tiende la mano.

—Un placer, Eva. El mejor no, pero sí el que tiene más ganas.

Sus ojos son de un oscuro tan profundo que resulta hipnótico.

—Te harán falta para aguantar a una autora en pánico. —Toma ya, que se note que soy una chica sincera.

Aarón arquea las cejas y nos invita a ponernos cómodas con un gesto.

—¿En pánico? ¿Por qué? —Se acomoda en su silla.

—No hemos empezado con buen pie —bromea Rebeca hasta que el láser de mi mirada la atraviesa—. Perdón.

Me apoyo en la mesa recortando la distancia con Aarón.

—¿No les pasa a todas las autoras?

Aarón sonríe.

—Me gustaría contestarte a esa pregunta, pero eres mi primera vez.

Antes de que pueda pensar en una respuesta, se me acerca y añade:

—Adaptando, me refiero. Imagino que tienes miedo de que un director sin mucha experiencia destroce tu historia.

No sé si su intención es cometer un «sincericidio», pero creo que es una buena forma de acercar puntos de vista.

—Sí.

Rebeca se recoloca en la silla y decide intervenir:

—A ver, ella...

Sin embargo, el director la interrumpe:

—Sí, sí, lo entiendo. Por eso quería quedar contigo, con vosotras. El único motivo de esta reunión es decirte que los dos tenemos mucho que perder y poco que ganar.

No lo entiendo.

—No te engañaré. Si hay algo que nunca tuve entre mis objetivos como director fue adaptar una novela romántica juvenil. Odio el género, los clichés y todo lo predecible de unas novelas que, para mí, solo son literatura fácil sin fondo.

Ya me he cansado del juego de la sinceridad, ¿podemos parar? Miro a Rebeca un segundo y descubro que su tono de piel hace juego con el blanco de la pared.

No sé qué decir.

—Por eso me enfadé tanto con quienes me presentaron la idea de adaptar tu historia —continúa—. Me cabreé porque, si no fuera porque mi hermana pequeña me dijo que tu novela le había cambiado la vida, nunca la habría leído. *Lo difícil de olvi-*

dar es mucho más que una novela romántica, Eva, y te puedo asegurar que no descansaré hasta que tenga una película a la altura.

En mi interior siento una mezcla de emoción y miedo. Este es un nuevo capítulo para mí, un nuevo viaje que no sé exactamente hacia dónde me llevará, pero estoy lista para enfrentarme a lo que venga.

5

Me siento feliz. Pienso en todas las decisiones, pequeñas y grandes. Las vueltas que ha dado todo para traernos hasta aquí.

Cada día que pasa, mi admiración no hace más que
crecer, igual que mi convicción de que, juntos, si tocamos las teclas correctas, llegaremos hasta donde nos
propongamos.

Me encanta tenerte cerca, pero sigo disfrutando de
contemplarte desde la distancia, la pureza de tus pequeños gestos, los secretos de tu día a día. Observarte
es deleitarme con una obra maestra que soy el único que
sabe apreciar. A tu lado, siento que no hay límite para
lo que podemos conseguir. Esta conexión que compartimos, este sentimiento profundo y auténtico. El resul-
tado de haber tocado las teclas correctas me permite
crear una melodía que durará toda la vida.

6

Estos días están siendo increíbles. Trabajar con Axel y su equipo da gusto. No me esperaba congeniar con ellos de esta forma. El tiempo se me pasa volando. No tengo la sensación de estar trabajando; de hecho, en muchas ocasiones me sorprendo por poder vivir esos momentos artísticos junto a gente de tantísimo talento. Estoy muy contento, todo está de puta madre, y en teoría no hay nada por lo que rallarse. Digo en teoría porque el ser humano... digamos que nunca tiene suficiente, y hay algo que lleva varios días rondándome la cabeza. No es la primera vez que me encuentro en esta situación.

«Buenas noches, Eva». No, es muy formal, muy prefabricado.

«Eva, muchas felicidades, me enorgullece verte crecer». No, ni que fuera su profesor, demasiado paternalista.

—¿Qué le pongo? —Neo me mira, inmóvil—. Ya, en tu mundo todo es más fácil, ¿verdad?

Menos mal que a estas horas no hay ni un alma, porque si no... Un chico en mitad de un descampado sin luz preguntándole a un perro cómo hablar con su ex.

Venga, con naturalidad, lo que me salga lo envío, sin pensar.

«Hola, Eva, llevo unos días pensando en escribirte... Felicidades, todo lo bueno que te pase es poco para lo que te mereces. Disfruta cada minuto. Sabes que te admiro mucho. Espero que todo esté bien. Un beso grande».

Bueno, «Un abrazo enorme».

Y cuando estoy a punto de enviarlo, la cara de Lu invade la pantalla.

—¿Cómo han ido los ensayos de mi prometido? —dice cuando descuelgo.

—Te has equivocado, yo soy el guardaespaldas, no el cantante. —Oigo que me contesta con una carcajada—. ¿Qué haces?

—Acabo de salir de clase.

—Vente y te cuento.

—¿Estás con él?

—Estoy con el único ser de este planeta que me quiere de verdad.

—Ostras, no sabía que eso existiera —dice con retintín.

—Pues fíjate, siempre hay algo nuevo que descubrir. Mira, justo ahora está olisqueando una caca. ¡Neo, deja eso!

—Llevo todo el día con ese granuja.

—Ya decía yo que estaba especialmente consentido.

—¿Paso a por unas pizzas? —Acepta mi propuesta.

—Venga, pero invito yo.

—No hay más que hablar. Te veo en quince, veinte minutos.

—Perfecto.

Cuando cuelgo, el mensaje de Eva me está esperando. Igual la llamada de Lu es una señal, y la vida o el destino me han frenado por algo. Joder, Kobo, tú nunca has creído en esas tonterías. Y sin embargo aquí estoy, borrando el puto mensaje.

—He visto a tu hermano —dice Lu mientras estrena la pizza barbacoa.

—¿Y qué tal?

—Cada día mejor. —Me regala media sonrisa.

Me río, sé a lo que se refiere, pero, además de eso, estoy muy contento por el giro que le está dando a su vida.

—Eso es bueno.

—Lo está…

—Oye, ¿y mi amiga Lu, la chica tímida y buena que rebosa dulzura?

Se ríe.

—Aquí la tienes, pero no estoy ciega.

—Me gustó que se pasara el otro día. Me gustó mucho. El tiempo que pase con nosotros es tiempo que no tiene para gentuza.

—Yo lo veo bastante centrado.

A ver si es verdad, ya he perdido la cuenta de las veces que pensé que había decidido cambiar.

—Me parece que tiene novia.

Casi me atraganto.

—¿Cómo dices?

Lu se ríe mientras hace malabares para que no se le caiga media pizza al suelo. Suelta la bomba y se queda tan ancha. Le aprieto el costado.

—Para, idiota —dice cuando consigue serenarse.

—¿Cómo que tiene novia?

—A ver, igual me he precipitado un poco, pero vamos, que le gusta una chica.

Estoy alucinando.

—¿Y me lo dices así, rata?

Se ríe otra vez. Parece que mi cara de desconcierto es bastante cómica.

—A ver, cuando me lo encontré estaba con una chica en plan…

—¿En plan? —Encima le mete intriga, ¡venga!

—Pues como os ponéis los chicos cuando os gusta alguien.

—Mmm —acompaño con una sonrisa insinuante.

—¡Nerviosos, cochino! ¡Nerviosos! Estaba vergonzoso, no sabía cómo presentármela.

—¿Mi hermano, nervioso? Creo que te equivocas.

—Uy, ¿los hermanos de piedra? ¡Venga, hombre! Pues sí, lo estaba —dice ya sin mirarme.

Me suena el móvil, se me acelera el pulso y me descubro mirando la pantalla con los nervios de quien espera la respuesta a un mensaje que nunca llegó a enviar.

Pero no, no es ella. Soy imbécil. «Mamá ha enviado una imagen», leo.

—¿Qué pasa?

—Nada, ¿por?

—Has cogido el teléfono nervioso.

—Qué va, tu amiga Carmen me ha mandado una foto.

—Ay, es la mejor, contéstale.

—A saber qué es... Ahora la llamo.

Tampoco sería la primera vez que me manda sin querer la foto de un paso de cebra por el que está cruzando. En ocasiones consigue asustarme porque pienso que le ha pasado algo.

—Mírala, venga, no seas malo.

Le enseño mis manos llenas de grasa.

—Ay, hijo, qué problema. —Se limpia las suyas—. Trae. —Coge el móvil de la mesa y me lo pone cerca de la cara para desbloquearlo.

Busca la conversación con una sonrisa hasta que...

—Ups, toma, perdón. —Me pone la típica sonrisa de «he visto algo que no debía» y me lo pasa.

Vaya. Siempre tan oportuna, mamá.

Ya lo tengo

La estoy viendo... Seguro que ha salido del trabajo y ha ido corriendo a por él. De hecho, me juego un brazo a que ha comprado otro para Inés, su compañera.

—Joe, qué oportuna soy, lo siento —me dice Lu, avergonzada.

—Qué va, qué va, si es una tontería —le resto importancia.

Los dos nos quedamos callados. Es una chorrada. Pero no sé qué decirle.

—A ver, seguro que es un librazo.

Intenta quitarle hierro al hecho de que mi madre esté a punto de leerse el libro de mi ex, ese que todo el mundo dice que está inspirado en nuestra relación. Bueno, en la ruptura.

—Seguro.

No lo dudo. Eva escribe como los ángeles, pero eso no quita que me remueva un poco. No soy de piedra.

—La echas de menos, ¿verdad?

Las palabras de Lu caen como un peso muerto. Siempre ha estado ahí para mí, pero nunca me había preguntado directamente por algo relacionado con Eva.

—¿Por qué dices eso? —inquiero.

—No sé, se te han puesto ojitos tristes —dice con su mayor dulzura.

—¡Qué va! —La empujo con el hombro.

—Es verdad, tú eres de hierro —replica parodiando una voz masculina—. Maldito cactus.

Me limito a observarla y a reírme.

—¿Qué me has llamado?

—Cactus.

—¿Cactus?

Mi sorpresa consigue arrancarle una sonrisa.

—Es que es lo que eres: seco y con espinas.

Ahora nos reímos juntos.

—¡Tú! —me quejo—. ¿Te estás oyendo? —la regaño.

—Es la verdad. Es imposible llegar hasta ti.

—Aquí me tienes.

Escurro el bulto.

—Kobo, por favor, estoy hablando en serio —dice tras un largo suspiro.

Sé exactamente a lo que se refiere, pero, aunque quisiera, sería incapaz de hacerle entender lo que tengo en la cabeza. Estoy bien, pero de vez en cuando me vienen los fantasmas de aquellos meses. Lo de Eva fue duro. Es la persona que más he querido como pareja, pero nuestra historia es un cuento que, por desgracia, y no solo por lo que sucede entre nosotros, se convirtió en una pesadilla.

En fin, ya es hora de cerrar ese libro y empezar otro, o al menos intento convencerme de eso.

Neo parece darse cuenta de que lo necesito para salir de esta y se sienta entre nosotros.

—Oye, baja —le digo.

—Déjalo.

Lu lo abraza, a lo que él responde con un lametón en la boca.

—Neo, no seas cochino.

—Ves, el tóxico eres tú.

—A ver... Si no tuvieras la boca llena de salsa barbacoa... —contraataco.

—Elige peli, anda —me indica mientras se limpia.

—Te toca a ti.

—No, es jueves.

—Claro. Por eso.

—Por eso, ¿qué?

—Que es jueves, pero impar, te toca a ti —vacilo.

—Vete a la mierda.

Me golpea dejándose caer encima de mí.

—Venga, dale a aleatorio.

—Paso, seguro que sale una *shit*. Nadie usa eso, abuelete...

—Confía en el algoritmo, venga.

Me pone esa cara que refleja que su paciencia se ha quedado sin batería. Pone el dedo en el botón y cierra los ojos.

—Venga.

Después de unos segundos, me doy cuenta de que me he quedado empanado observándola. Pongo mi dedo encima del suyo.

—Una.

—Dos.

—Y...

Pulsamos. Esperamos unos segundos a que empiece. En cuanto vemos lo que aparece, nos sale a los dos la misma carcajada.

Una vez más, el destino es caprichoso. *Con derecho a roce*. Menos mal que no creo en las señales.

7

—Rebeca, no me hace ninguna gracia.

—Ñiñiñi.

—Te lo estoy diciendo en serio.

—No, esas copas no, las de abajo —le dice a Tommy.

Doy las gracias por estar oyéndola a través del móvil, porque, si no, Tommy estaría llamando a la policía y yo, a punto de asesinar a su novia.

—¡Rebeca! ¡Que me escuches!

—¡Que dejes de lloriquear! Venga, que ya eres mayorcita.

—Pero ¿te parece normal? No tienes suficiente con liarte con el mejor amigo de mi ex…

—No me he liado con él, es mi novio —me interrumpe.

Respiro hondo.

—Me la suda, Rebeca, ¿no es suficiente con eso? ¿También tienes que invitar a mi ex a tu cumpleaños?

—¡Es su mejor amigo!

—¡Y yo la tuya! —grito con desesperación—. Pero espera, que encima me lo dices el mismo día.

—Hombre, es que, si no, me hubieras dicho que no vendrías.

—Es que no voy a ir.

—Sí vas a venir.

—No voy a ir. Adiós, te voy a colgar.

—Pues nos plantaremos en tu casa.

—Sí, claro.

Rebeca se ríe. La quiero matar, lo juro.

—Como vea que no apareces, cojo a todo el mundo, incluido el señor guardaespaldas buenorro, y me planto en la puerta de tu casa.

«¿Yo?», pregunta Tommy a lo lejos.

—Sí, mi amor, estoy hablando de ti —miente mi examiga.

Menuda encerrona. Y ahora, ¿qué me pongo? Miro el *outfit* que tenía preparado encima de la cama. Demasiado oscuro, pensará que estoy deprimida; joder, parece de mi madre.

Mierda, y tampoco tengo nada mejor.

—¿Hola? —dice Rebeca.

Ni me acordaba de que seguía ahí.

—Adiós. —Que se note mi furia.

Tengo que ponerme manos a la obra para arreglar este desastre.

Rebeca se ríe otra vez sin dar más importancia a mi cabreo.

—Venga, date prisa. —Oigo el timbre a través del auricular—. ¡Voy! —grita Rebeca—. ¡Corre! ¡Ya viene alguien! Te veo ahora, te quiero te amo eres la mejor. —Lo siguiente es el tono del teléfono que me indica que es hora de ponerse las pilas.

Suelto un gruñido de rabia y voy corriendo a mirarme al espejo.

—¡TE ODIO, REBECA, TE ODIO!

Le grito, aunque en realidad me lo digo a mí. ¿Quién me mandó cortarme tanto el pelo? Me lo hice hace tres meses y ahora me lo veo más corto que nunca, parezco una niña. Venga, Eva, mente fría, que ya tienes una edad… Este momento iba a llegar algún día. Lo que me jode es que esa certeza sea culpa de mi amiga. ¿No había más tíos en el mundo?

Bueno, de nada sirve fustigarse. Además, siendo positiva, tengo suerte. ¿Qué más me da ver a Kobo? Incluso me hace ilusión, soy afortunada por haberme recompuesto después de todo lo que vivimos.

Fabio es un gran hombre, me quiere, le quiero, y nada más importa.

—Venga, este es el camino.

Busco y rebusco entre mi ropa con la esperanza de encontrar algo perfecto para la ocasión. Cuando ya le he dado tantas vueltas al armario que estoy a punto de acariciarle el morro a Aslan, un vestido del que todavía cuelga la etiqueta parece iluminarse entre los demás.

Me lo compré para el día del cumpleaños de Fabio. Sus padres vinieron a Madrid y cenamos los cuatro en un restaurante de esos tan silenciosos que te da miedo hacer ruido con los cubiertos.

Es azul celeste, superbonito. Ajustado pero cómodo, lo suficiente para marcar la figura sin que me corte la respiración. Diría que no es ni muy largo ni muy corto, me llega por encima de las rodillas. Tiene unos tirantes finitos y un escote en uve que, en mi opinión, queda muy elegante. Ah, y tiene unos cortes a los lados que dejan ver los muslos. A él le encanta, pero me aconsejó que me pusiera uno menos «moderno». Su madre es una mujer de, llamémoslo, viejas costumbres, y sigue creyendo que la decencia es directamente proporcional a la cantidad de tela que una lleve encima. Una rancia, vamos.

Elegido el vestido, solo queda seleccionar una buena banda sonora, *Woman* de Doja Cat, y pincel en mano me dispongo a transformar este dibujo animado en la *hot ex* que merezco ser.

A los nervios que tengo de camino a casa de Rebeca por el inminente encuentro con mi antiguo guardaespaldas se suma un mensaje que me hace sentir la peor novia del mundo:

Por supuesto, no le he dicho que Kobo también irá. No estoy haciendo nada malo, ni siquiera podría evitarlo o dejar de sentirme culpable, pero decírselo solo sería echar más leña al fuego e incomodarle sin sentido. No quiero que se pase la noche rayado en vez de disfrutar con sus amigos.

Gracias, Rebeca, que se note que siempre estás ahí para facilitarme la vida.

Me bajo del Uber y parece que nunca haya estado allí. Siento un nudo en el estómago. Llamo al telefonillo, pero, antes de que contesten, el portero me abre la puerta; suena el zumbido del pestillo y, cuando ya estoy dentro, vuelve a sonar varias veces. «¿Ya?». La voz de Rebeca se queda fuera.

¿Quién más habrá llegado? ¿Estará arriba? Aún es pronto, igual viene más tarde. La verdad es que no sé qué prefiero, si quitarme el momento incomodo nada más entrar o que me pille más relajada después de una copita. Igual al final ni viene y me estoy rayando para nada.

Mientras espero el ascensor, por el hueco oigo risas y voces que no consigo identificar, pero pondría la mano en el fuego a que van al mismo sitio que yo. Al llegar arriba, escucho las mismas voces a través de la puerta de Rebeca. El corazón me palpita como si estuviera a punto de presentarme a un examen muy importante, uno en el que me juego la vida de mi familia. Respiro hondo para bajar las pulsaciones y llamo al timbre. Un último retoque a las arrugas que hace el vestido en mis caderas y... Y nadie abre. Los oigo allí dentro, pero está claro que ellos a mi no. Gracias, chicos. Vuelvo a tocar; no se callan, así que lo hago de nuevo.

—Creo que han llamado —dice uno.

—¡Abrid, porfa! —grita Rebeca.

—Voy. —Una voz grave contesta cerca de la puerta y a continuación la abre con tanta fuerza que genera corriente de aire y hace que me parezca a Beyoncé en concierto.

—¡Hombre! —grita, contento.

—Hola, Chris —le digo con una sonrisa tímida.

—Qué ilusión, Eva. —Me devuelve la sonrisa y, tras un instante en silencio, me dice—: Estás guapísima.

Y lo hace de una forma muy distinta a aquel macarra que ligaba conmigo a la salida del Flame. Parece tener una mirada sincera y, lo que más me sorprende, inocente.

Nos besamos en las mejillas y siento una especie de vértigo en el estómago.

Después de él, aparecen Mou y el sinvergüenza de Tommy, lo que solo aumenta las probabilidades de que Kobo ya haya llegado, así que entro preparada en la cocina, y menos mal, porque, en cuanto lo hago, me encuentro con su mirada. Está sujetando una torre de bolsas de hielo sobre la cabeza de la cumpleañera que, en cuclillas junto al congelador, hace un tetris para meterlas todas.

—Mira a quién te traigo —dice el chulito de Tommy a mi espalda.

Rebeca se vuelve y de un salto la tengo besuqueándome.

—Muchas felicidades, mi amor —digo apretándola contra mí.

—Gracias, mi niña. —Cierra los ojos mientras nos abrazamos.

—Qué guapa estás —le digo.

En ese instante se separa y, sosteniéndome la mano como si fuera la de una princesa en el baile de pedida, dice:

—¡Ehhh! ¿Te parece bonito humillarme así el día de mi cumpleaños?

—Eres boba. —Cruzo mi mirada con la de Kobo, que sigue junto a nosotras a punto de congelarse, y noto cómo se me sonrojan los mofletes.

Rebeca se da cuenta de que está dando la espalda a Kobo y se gira hacia él.

—Trae, anda.

—No, no, tranquila, ya las guardo —contesta mientras se ayuda de los bíceps para alejar las bolsas del alcance de mi representante.

—Que sí, hombre… cógelas tú, anda —le pide a Tommy para que libere a su amigo de lo único que impide que nos saludemos.

Da dos pasos hacia mí mientras se frota la marca que le ha dejado el frío en los brazos. Después de un segundo de duda, nos damos dos de los besos más torpes que recuerdo haber dado en mi vida.

—¿Qué tal? —me pregunta.

—Muy bien, ¿y tú? —Sonrío tanto que hasta me duele.

—Guay.

La vida y sus incontrolables vueltas. Lo rápido que pasamos de la desnudez emocional —cuando conocía cada uno de sus secretos y él formaba parte de los míos— a ser dos desconocidos que apenas saben romper el hielo (nunca mejor dicho). Dos extraños evitando el contacto visual, como si mirarnos pudiera desencadenar algo que parece asustarnos.

—Vaya par —nos juzga Rebeca cuando pasa a nuestro lado—. ¡Todo el mundo al salón a beber copas!

Al salir de la cocina, me encuentro con las amigas de la uni de Rebeca; son un amor, tan diferentes e inseparables a la vez. Nos hemos visto en contadas ocasiones, pero siempre me hacen sentir parte del grupo, me abrazan como si lleváramos toda la vida siendo amigas.

—Me está encantando.

Alba devora libros. Su crítica siempre es de las primeras en llegar y es de esas que calan.

—No te he dicho nada todavía porque he estado hasta arriba de curro, pero este fin de semana lo finiquito y te mando un parrafazo de los míos.

—O un pódcast —añade Tere provocando una carcajada grupal.

—Oye, y muchas felicidades, ¡que pronto te veremos en el cine!

—¿Cómo? —Mery, la pobre, siempre se entera de todo la última.

—¡Que van a hacer una adaptación! —grita otra vez Natalia.

—¿En serio?

—Sí, estoy muy contenta.

—Tía, pero qué guay, enhorabuena.

Me regalan otra ronda de abrazos que disfruto mientras Kobo y el resto entran en el salón.

—¡Ala! ¡A disfrutar! —grita Rebeca.

Suena la música, e inauguramos la fiesta con un brindis por la cumpleañera. Choco mi ginebra con limón con el resto de las copas, incluida la de cerveza de Kobo, y nos desperdigamos por la habitación. Cada uno se pone al día con quien quiere, aprovechando que, de momento, todo el mundo controla sus capacidades psicomotrices. Al principio todos estamos algo cortados, pero poco a poco vamos entrando en el *mood*: charlo con las chicas, pero también con Mou, Chris, Mike y su novia (que es un amor). Creo que la mejor manera de darse cuenta de que los grados de alcohol en sangre están subiendo es cuando también lo hacen los decibelios. La primera baja de una fiesta siempre es la capacidad de controlar el volumen. Estoy segura de que, si hubiésemos puesto un sonómetro al servir la primera copa, veríamos subir la cifra con cada trago. Hace un momento estaba escuchando lo que me contaba Tommy y, de repente, mi cerebro se ha desconectado. Creo que nunca había tenido una conversación tan larga con él, y estoy segura de que jamás había sido tan profunda. Por eso me da rabia haberme ido completamente. En un segundo, pasas de tener todos los sentidos puestos en lo que te están contando a darte cuenta de que no te hablan como siempre ni tampoco tú lo haces de la misma forma. De pronto eres consciente de que estáis entrando en ese estado que te dibuja una sonrisilla de relajación, esa que, en compañía de unos mofletes más sonrojados de la cuenta, te delata. Todo es más divertido, todo es más gracioso, todo es «más», y quizá por eso mi atención se ha ido al fondo de la sala.

Chris y Kobo bromean con Rebeca. Los tres se ríen, y un pensamiento del que no me enorgullezco se cruza por mi mente: «Vaya dos, vaya genes, lo a gusto que te quedaste, Carmen». No sé si los borrachos siempre dicen la verdad, pero seguro que la piensan.

—A saber qué están tramando esos tres.

Parece que Tommy se ha dado cuenta de hacia dónde dirijo la mirada.

—Si te molestan estos cabrones, avísame —me dice mientras se acerca a su novia.

—¡Ven, amor! ¡Venid! —nos llama ella mientras levanta el móvil.

Chris pasa el brazo por encima de los hombros de su hermano mayor y le cuchichea algo al oído. Se ríen.

—Vamos a jugar.

Rebeca está concentrada en su teléfono.

—Ya estamos con los jueguecitos… —Se acerca Mou.

—No seas sieso —le regaña Alba.

—¿Y aquí qué pongo? —le pregunta Rebeca a Chris.

—Los nombres de todos.

—Ah, a ver… los nombres —repite sin levantar la cabeza de la pantalla.

Si la idea ha sido de Chris, me espero cualquier cosa.

—¿Cuántos somos? Vale. —La anfitriona pregunta y se contesta ella sola.

—¿Qué es? —Apoyo la barbilla en su hombro para cotillear.

—El no sé qué *roulette* —dice Mery, que está en la misma posición que yo, pero en el otro hombro de Rebeca.

—Ay, odio esos juegos —se queja Natalia con cara de agobio.

En todo momento de juegos de una fiesta hay alguien deseando que terminen.

—Yo igual —vuelve Mou.

—Tenéis tanto en común… —añade Tommy.

Los que no tienen muchas ganas de jugar se ríen de «esa» manera. Hay *match*. Miradla, y parecía tonta…

—Que sí, hombre, que es divertido, es el típico para beber.

—Tipo «Yo nunca», ¿no?

—Sí, eso es.

—Yo no voy a beber —dice Kobo, que, para variar, se limita a observar.

Rebeca levanta la cabeza como si acabase de oír el estallido de una bomba.

—¿Quién ha dicho que no va a beber?

—Este —le señalo con la mirada.

—Anda que no va a beber… —Vuelve a su app—. Aquí va a beber todo dios.

—Chivata —me acusa con una sonrisa.

Me he quedado empanada. Le sonrío vacilona y me refugio en mi pajita. Sorbo para ahogar la vergüenza. Una cosa es recordar la intensidad de esa mirada y otra sentirla en tus carnes. Madre mía. Alcohol, qué peligro tienes, pero qué falta me hacía una noche contigo.

—*Hot, hot* —dice Mery.

—¿Sí? —pregunta Rebeca.

—A ver, ya que estamos… —dice Natalia al tiempo que le echa una miradita a Mou.

Ay, ay, ay…

—A ver, chicos: ¿*friendzone* o *hot*?

La respuesta es un batiburrillo de opciones, risas y suspiros, a lo que Rebeca contesta:

—Vaaaaale, si insistís… *Hot*.

—¡Se lio! —grita Alba.

—Venga, mezclaos, mezclaos…

Si me hubiera dicho a mí misma hace dos días que iba a estar en el cumpleaños de Rebeca jugando al «Yo nunca» con

Kobo, la carcajada hubiese llegado hasta la casa donde dormirán Fabio y sus amigos. ¿Cómo reaccionaría él si se enterase? Quizá no le hubiera parecido imprescindible acudir a su reunión de machotes y estaría aquí haciendo guardia. Si fuera al revés, habría cancelado hasta un viaje en el tiempo para tomar el té con Jane Austen.

Rebeca dirige la reestructuración del salón y los chicos enfrentan los sofás para que todos podamos mirarnos; ante todo, profesionalidad. Me estoy dejando llevar para no ser una aguafiestas, pero mañana esta me va a oír.

Nos sentamos, y agarro a Natalia y Alba como si me fuera la vida en ello; me pongo entre las dos por lo que pueda pasar.

—Venga, empezamos.

—Espera, espera —interrumpe Chris mientras se levanta—, falta el castigo.

—¿El castigo? —Adri está igual de perdida que yo.

A los pocos segundos vuelve con la botella de tequila en una mano y limón y sal en la otra.

—Puf. —Me llevo la mano a la frente.

—Mañana, cuando te despiertes al lado de tu ex, te acordarás de esto —me susurra Alba al oído.

—¡Tía! —Le doy un codazo. Si es que Rebeca y ella son iguales…

Nos reímos, y justo cuando levanto la mirada me cruzo con la de Kobo, que la aparta al instante.

—Primera pregunta… —empieza Rebeca—. Bueno, no es una pregunta: «Chupito si te atrae alguien de los presentes».

—Vasos de chupito —apunta Mike.

—No, no, nos vamos pasando la botella —interviene Chris—, pero tiene que ser rápido: pasarla o beber.

—Joder. —Ahora es Kobo quien se pasa la mano por la cara con una sonrisa a modo de resignación.

Me representa, tengo miedo y ganas de soltar toda la presión de estos meses.

La cumpleañera inaugura la botella con un buen trago y la va pasando hacia su izquierda: Tommy, Chris, Kobo, Alba, Mike, Adri, Mou. Todos beben sin levantar los ojos, y rápidamente buscan apagar el amargor del tequila con una rodaja de limón. Alba me la pasa. Estoy nerviosa, pero no dudo: inclino la botella sobre los labios y trago en cuanto noto el tequila quemando mi paladar. Puaj, qué horror.

—¡Toma ya! —grita Mike.

—Vaya lingotazo.

Me alivio con el limón y paso la botella. Mery también bebe, y con ella completamos la ronda.

—¡Muy bien, equipo! Estoy orgullosa. Siguiente, a ver... —Le da un tono de misterio al asunto—. Uf, esta es buena... Oye, esto es un poco...

—No, no, léela. Venga, hemos venido a jugar —apunta Tommy, que supervisa a su novia.

—Oye, tú tranquilito —se ríe ella—. Cuando te toque a ti, a ver lo juguetón que estás —le regaña, y dice—: Natalia.

No le han dicho lo que tiene que hacer y ya se ha sonrojado.

—Elige a alguien sobre quien deberás tomarte un chupito.

Todos se ríen.

—Sí, anda —dice ella entre el barullo.

Joder, si me toca a mí...

—¡Pobrecita! —la defiendo.

—Venga, ¡si es un juego! Estamos en familia —la tranquiliza Mou.

—¡Anda, el que no quería jugar! —salta Mery.

Todos queremos que Mou sea el elegido. La tensión se palpa en el ambiente, pero ella ni lo mira.

—¡Es que no vale jugar a esto en pareja, es tener ventaja! —dice señalando a los cuatro tortolitos.

—Puedes elegir a quien quieras, no nos vamos a rayar —se defiende Rebeca—. Es un juego ¿no? —continúa mirando a Mike y Adri para buscar su aprobación.

—Claro —dice Adri.

—Claro —repite Mike con el puño en alto en dirección a sus amigos.

—Hazlo bien —se ríe Alba.

Provocando la risa de los demás, Natalia se debate internamente unos segundos y al final dice:

—A ver, Mou, cariño, los dos sabemos cómo terminará esto —suelta con una sonrisa pícara.

Todos nos morimos de risa, los chicos gritan como si fuera un gol de su equipo y Natalia y Mou se mofan, pero los dos están igual de rojos.

—¡Eh, eh, eh, eh! —Mike se levanta con la botella y va hacia su amigo.

Los demás seguimos el ritmo con las palmas.

—Pero ¿cómo se hace? —pregunta Natalia.

—Como quieras. —Chris, que parece que no es la segunda ni la tercera vez que juega, se levanta a liderar la acción—. ¿Dónde?

—No lo sé.

—¿En el cuello?

—Me da igual.

—Venga, túmbate —le ordena a su amigo.

Cuando se coloca, le pasa la botella a Natalia (que, como el resto, no entiende la estrategia) y le pone sal en el cuello a Mou.

—¡Pero eso no es! —dice ella con una sonrisa.

—Bueno, si no quieres... —Chris amaga con levantar a Mou, pero ella le frena.

—Para, para.

Acto seguido, se acerca al cuello de Mou, arrastra con la lengua la sal que Chris había dejado en su piel y da un buen sorbo a la botella. Todos nos quedamos perplejos un segundo antes de aplaudir la hazaña.

¡Qué calor de repente!

Seguimos con el juego. Según avanzan los retos y las preguntas, el miedo a que me toque algo comprometido aumenta a la vez que mi borrachera y mis ganas de desinhibirme, así que no sé qué puede salir de aquí, pero seguro que no será nada bueno.

No paramos de reír, de contestar preguntas incómodas y, sobre todo, de beber. De vez en cuando me cruzo con la mirada de Kobo, pero no más de un segundo, lo que uno de los dos tarda en huir de los ojos del otro. En un momento dado, Rebeca dice:

—Los jugadores deben beber tantos chupitos como personas presentes se llevarían a la cama.

Me obligo a no mirar, pero noto sus ojos clavados en mí de forma tan descarada que no puedo evitarlo. ¿Se considera infidelidad lo que estoy haciendo? Es la idea que más me ronda por la cabeza desde que me he enterado de la encerrona. La botella va pasando. Cuando llega a sus manos, hace una pausa, como si me retara, y a continuación se la lleva a la boca sin quitarme los ojos de encima.

Es tan descarado que no soy la única que lo nota.

La botella sigue su camino y, como es lógico, todos beben. Si hay que ser sinceros, casi siempre hay alguien que te hace tilín, aunque solo sea para pasar un buen rato.

Cuando me llega, por un segundo me hago pequeña; la presión de sentirme el centro me hace bajar la cabeza, pero el placer de devolverle el trago gana la batalla, así que, como él, bebo, pero yo dos veces. No sé si es el tequila o mi yo más profundamente empoderado el que decide que es buena idea apartarle la mirada para beber centrando los ojos en los de su hermano. Eso sí que no se lo esperaba ni él ni nadie.

—¡Uooooo!

Todos aplauden, y me entra la risa. Rebeca me mira retorciéndose mientras se tapa la boca.

—¡¡Tía!! —me grita.

—Hemos venido a jugar.

Un escalofrío me recorre la espalda como si fueran riendas de libertad.

A Tommy le toca chupar el pie de Mike; a Rebeca, hacer una demostración de su mejor *twerk*. Mou continúa con la conquista regalándole un pico a Natalia, y Adri aprovecha su ventaja de novia y le planta un morreo a Mike cuando solo tenía que decir con quién se acostaría esta noche. Cada reto o pregunta que no me toca es una suerte, pero, en el juego, la fortuna nunca es infinita.

—Oh, oh, amiga, te ha tocado.

Rebeca me mira traviesa y ya noto el calor.

—Eva, tienes que beber tres tragos de la misma copa y a la vez que... ¡Ay, Dios! ¡Chris!

El karma. ¿No querías jugar? Pues toma. Ahora sí que me pongo como un tomate. Chris mira a su hermano un segundo y se pone de pie.

—Es una tontería —dice.

Sí, bueno... Con cualquier otra persona lo sería, aunque no es lo peor que podría haber pasado.

—¡Venga! Lo mío está siendo peor —lo anima Natalia.

—¿Ah, sí? —se queja Mou.

—Ya me entiendes... —lo suaviza ella.

Chris está de pie, preparado con la copa que acaba de servir.

—No es para tanto, venga —lo anima Kobo mientras me guiña un ojo.

Eso te pasa por chula.

Me levanto, y después de salvar el desequilibrio de ponerme en pie, me sitúo al lado de Chris.

—Dale —le digo intentando parecer segura.

Apoya su cara junto a la mía y me llega su olor a colonia de *fuckboy*, una mezcla entre desodorante fuerte y One Million... Sí, juraría que es One Million.

Levanta la copa, posa sus labios en ella y me deja espacio para que haga lo mismo. Noto su aliento tan cerca... No sé si lo que roza mi boca es la suya o el moflete, pero prefiero no averiguarlo. Como un acto reflejo, cierro los ojos. Los chicos nos animan y damos unos tragos que se me hacen eternos. Uno, dos, tres y me aparto de golpe.

Todos nos vitorean como hacemos después de cada reto, y me fijo en que Kobo se traga un chupito. Nunca lo había visto beber, y mucho menos en estas cantidades.

—Voy al baño —dice mientras se levanta.

Al hacerlo, se zarandea un poco.

—¡Epa! —exclama Chris, que justo se está sentando a su lado.

—No, no, ya verás el bofetón que nos dará cuando empecemos a levantarnos —asegura Mike con más razón que un santo.

Todos aprovechan para estirar las piernas.

—Oye, habrá que ir tirando, ¿no? —propone Mou.

—Justo me ha preguntado Lu que cuánto nos queda —contesta Adri.

—Dile que ya vamos —indica mi mejor amiga.

Debo decir que esperaba que estuviera aquí. De hecho, habría sido un buen momento para pedirle perdón por todo. Aunque la verdad es que ni siquiera sé si sabe lo que pensaba de ella… Tenía claro que este momento llegaría y que quería disculparme. Sin embargo, no sé si es el efecto del alcohol, pero la posibilidad de verla me ha cortado un poco el rollo. La sonrisa que no se me quitaba de la cara desde hace tres horas se borra de golpe, y por mucho que intente tomármelo con madurez y naturalidad, la situación me sobrepasa un poco.

Me dejo caer otra vez en el sofá y observo el panorama. Todos se ríen, bromean y hablan a un volumen que es raro que no se haya quejado ningún vecino. Hace nada estaba ahí, con ellos, pero ahora siento que me he separado.

—¿Y esa cara?

La pregunta me saca de la inopia. Miro a la izquierda y Kobo, de vuelta del baño y con una copa en la mano, está observándome con el brazo apoyado en el respaldo del sofá, justo detrás de mi cabeza. No sé qué contestar.

—¿Qué cara?

—Parece que hayas visto un fantasma.

Verlo no, pero me he acordado de él.

—Creo que estoy un poco borracha.

Esboza una sonrisa.

—Estás muy guapa con el pelo así —dice ignorando mi respuesta por completo.

Automáticamente, me llevo la mano a la cabeza.

—Un *mental breakdown*. No creas que me convence mucho.

¿Por qué lo he dicho? Ahora no puedo evitar pensar que verá en mí a la misma chica insegura de siempre.

—¿Y eso? —Frunce el ceño.

—No sé, me veo más… niña.

Se lo digo muy en serio, pero le provoco una carcajada.

—¿Por qué te ríes? —le pregunto.

—No sé, me ha hecho gracia. —Se incorpora y le da un trago a su copa. Kobo con un ron-cola, hoy está siendo todo tan surrealista que no me sorprende—. Me parece sexy.

Genial, gracias por el cumplido. No voy a negar que me reconforta, pero la pregunta es: ¿qué se supone que se contesta en estas situaciones?

—Tú también lo llevas más corto que nunca.

Igual que yo, se pasa la mano por la nuca hasta la mitad de la cabeza, en un gesto que la sinceridad alcohólica me impide negar que es bastante atractivo.

—¿No te gusta?

Venga ya, Kobo.

—Te queda bien.

Lleva ese estilo *buzz cut* que me recuerda a Brad Pitt en *Sr. y Sra. Smith*, un cumplido que jamás saldrá de mi boca.

Vuelve a darle un trago a su bebida.

—Menos mal que no ibas a beber —le vacilo.

—Pues ya ves —me enseña su copa casi vacía—, estarás contenta.

—¿Yo? ¿Por?

—Hombre, estoy bebiendo por presión social. Por tu presión social.

—¡Sí, claro! Tú ya eres mayorcito.

—Te has chivado de que no iba a hacerlo.

—Solo he contestado a mi amiga…

—Ya… —Pone esa sonrisa de chulito que tanto le gusta.

—¿Ya qué?

—Todo formaba parte de vuestro plan.

Me incorporo de golpe.

—¿Cómo?

—Tú lo has dicho, ya somos mayorcitos.

Cuando contesta, me doy cuenta de que hacía meses que no estaba tan cerca de él, y ese instante le da margen para continuar:

—Casualmente, tu mejor amiga nos invita a los dos a la misma fiesta, tú me obligas a beber y encima nos ponemos a jugar a cositas *spicy*.

Me entra la risa y se acaba contagiando.

—No te rías, es la verdad —dice.

—Mira, chaval, me he enterado hoy de que venías.

—Sí, claro…

—¡Claro que sí! Rebeca me la ha jugado.

Le cambia la cara.

—¿Te la ha jugado?

—No, o sea… —Soy experta en meterme en jardines de los que no sé salir—. Me da igual, pero no lo sabía, no me había dicho nada.

Se vuelve hacia mí y se pone serio.

—¿Te da igual?

—Me refiero a que…

Kobo se ríe y me corta.

—Estoy de broma.

El móvil vibra dentro de mi bolso, y lo agradezco. Me lanzo a buscarlo para escapar del silencio tenso de esta conversación que me parece sacada de un sueño extraño. Lástima que los trece centímetros de mi bolso no den para mucho. Por no hablar de que salgo de Guatemala para meterme en Guatepeor...

Con los nervios, se me había olvidado contestar a Fabio.

> Estás viva?

Soy la peor novia del mundo.

—¿Todo bien?

Y lo dice don observador, que se habrá dado cuenta de mi cara de susto.

—Sí —contesto sin mirarle.

> Perdona, amor, que Rebeca me ha secuestrado

—¡Rebeca! Ven.

Llamo a mi amiga, que corretea de un lado a otro del salón mientras activa a todo el mundo para salir de casa. Se acerca con el mismo agobio que cuando llegamos tarde a una radio y la tiro en el sofá junto a mí.

—Tía, que se me ve todo —se ríe mientras se recompone el vestido.

Activo la cámara selfi y poso junto a ella.

—Ponte.

Muestra su cara de «borracha pero diva» y le mando la foto a Fabio.

—Oye, venga, vámonos. —Me da dos golpecitos en el muslo—. Uhh, ¿y esto? —Me señala la conversación con Aarón.

—Nada, me mandó referencias, unas pelis que quiere que vea.

—Ya… —comenta con cara insinuante.

Para ella, todo son intenciones oscuras. Le gusta más un shippeo…

—Oye, ¿nos movemos o qué? —le pregunto cambiando de tema.

Trasladar las copas a una discoteca siempre suele ser caótico y desesperante para el anfitrión: tienes que pastorear a un grupo de gente ebria y sensible a cualquier estímulo divertido, que puede ser algo tan simple como un cambio en la música, una trompeta inconfundible que activa el perreo.

Natalia empieza a cantar al ritmo de la melodía mientras nos hipnotiza moviendo lentamente la cadera.

Y si hay algo a lo que no puede resistirse mi mejor amiga es al reguetón antiguo. Antes muerta que no bailar a Daddy Yankee, así que se levanta con la ilusión de un niño el día de Reyes y, cuando quiero darme cuenta, ya está perreando junto a Natalia.

Los demás se van uniendo. Alguien baja la luz y el salón se convierte en la discoteca a la que querían ir hace un par de minutos. Por fin un poco de suerte.

Me levanto, me recoloco el vestido, que parece haber perdido tela, y le tiendo la mano a Kobo, que me mira desde abajo.

Duda un par de segundos, pero, cuando voy a retirar la propuesta, me la coge y se levanta. Noto su calor en la palma y, como si me ardiera, se la suelto a los dos pasos. No me estoy portando bien, pero tampoco estoy haciendo nada malo. El bajo retumba y siento que floto sobre los tacones. Me junto con las chicas, todos nos arrimamos y me siento eufórica. Bailamos, sudamos, bebemos y nos reímos sin parar. Me siento libre, feliz, viva, poderosa. Lo miro. Todos bailamos con todos, pero nosotros nos evitamos. A veces pasamos cerca y, al rozarnos, siento tanto vértigo como culpabilidad.

8

Empiezo a ponerme los tacones, pero las rozaduras me recuerdan el martirio que es dar un paso con ellos. Me niego a seguir sufriendo; pensándolo bien, estoy al lado. Son solo unos metros hasta el portal y rezo por no cruzarme con algún vecino de aquellos a los que les gusta exprimir el fin de semana desde primera hora.

—Muchas gracias, que pase un buen día —le digo al conductor del Uber.

Mientras salgo del coche, él me despide a través del retrovisor con un «Igualmente» que suena más a un «Menuda te has pegado» o a un «Menuda te espera».

Joder, qué frío está el suelo. Piso con cuidado; solo me faltaría rajarme el pie. En cuatro pasos largos, alcanzo el portal. A ver dónde he puesto las llaves… La puerta vibra. Mierda, con esto no contaba.

—Buenos días, señorita Mun —me recibe el portero.

Madre mía, y yo descalza.

—Buenos días.

Me oculto tras el pelo porque debo estar hecha un cuadro, y recorro el pasillo de la vergüenza. El silencio de mis pasos desnudos contra el suelo se me hace eterno, pero por suerte no tengo que esperar al ascensor.

Por fin a salvo. No he parado de correr desde que me he despertado. No he dejado de tener la sensación de estar en mitad de una persecución en la que el bochorno me pisaba los talones.

Puf.

Apoyo la espalda en una de las paredes del ascensor y me miro al espejo.

«¿Qué has hecho?», me digo.

¿Qué he hecho?

El corazón me va a mil. No entiendo nada de lo que ha pasado, no sé cómo voy a gestionarlo.

Me siento sucia. Solo quiero meterme primero en la ducha y después en la cama. Necesito encerrarme en mi habitación y no salir en un mes.

Y eso hago: entro en casa y subo corriendo a mi cuarto. Me reciben los escombros de mi indecisión precumple tirados en la cama. Hay ropa por todas partes, pero no tengo ganas de guardarla. Me llaman, Rebeca. Lo siento, amiga, pero no es el momento. No sabría qué decirte. Necesito analizar lo que ha pasado antes de empezar con la terapia, porque sí, voy a necesitar muchas horas de FaceTime.

Siempre he criticado a la gente que hace estas cosas. Siempre he pensado que nadie te obliga a estar con alguien, así que no hay necesidad de faltarle al respeto. Hoy en día, la infidelidad es tan innecesaria como el compromiso. Antiguamente, si querías conocer a alguien, tenías que comprometerte a pasar el resto de tu vida a su lado antes de tomarte un café. Por eso, cuando te dabas cuenta de que no pegabais ni con cola, ya era demasiado tarde, no había vuelta atrás. Habías firmado un contrato y, si no cumplías el «hasta que la muerte nos separe», estabas delinquiendo. La libertad se ocultaba entre las sombras.

En la actualidad, lo raro es pasar la vida con la misma persona. Puedes probar toda la oferta del mercado sin tener que esconderte, sin que nadie normal te juzgue. Por eso no entiendo cómo, después de haberme repetido este discurso muchas veces en tantas fiestas, cervezas y noches de vinos, me veo durmiendo con mi ex a espaldas de mi novio.

Abro el agua de la ducha y, mientras espero a que casi alcance el punto de ebullición, busco un tema que pueda silenciar un rato mis pensamientos. Esta vez me temo que no hay en el mundo altavoz con suficiente potencia, pero Giveon suele ser una buena opción cuando necesito poner la pausa. Cierro los ojos con las primeras notas de *All To Me* y respiro hondo. Me digo que la vida es así, que no he hecho nada malo; en realidad, he conseguido resistirme a mis pensamientos. El vapor comienza a rodearme y me avisa de que el baño está listo. En ese instante me quito el vestido y me acaricia una nube de su olor que se había quedado impregnada en el algodón. Es un estímulo al que no me resisto y, una vez más, me hace sentir infiel. Sin poder evitarlo, localizo el foco y lo huelo sin cesar. En una ocasión leí que el olfato es el sentido más conectado con los sentimientos, el único sin filtro, el más irracional y el último que se olvida. Huelo el vestido, pero en realidad lo huelo a él. Por unos segundos, la tela se convierte en piel, y mi mente imagina que es la de su cuello.

Entonces afloran un millón de sensaciones que me producen placer y, al mismo tiempo, me provocan culpabilidad. Recuerdo bailar hasta no sentir los pies, incapaz de detenerme. Notar el pecho lleno de euforia, reír sin parar y pensar que la vida es perfecta.

Llevaba muchos meses de presión y cambios que me pedían un respiro a gritos, inmersa en mi mundo, ajena a todo lo que me rodeaba.

A todo menos a él.

Me encontraba en lo más alto de la montaña rusa y no estaba preparada para la vertiginosa caída que se ocultaba tras el horizonte, una bajada que, como no podía ser de otro modo, propició la de siempre.

—No deja de mirarte —me susurró Rebeca tan cerca del oído que me mojó la oreja.

—Ya lo sé —respondí mientras la apartaba.

Mi amiga se rio como una villana.

—Claro que lo sabes... Tú tampoco le quitas el ojo de encima.

Tenía razón. Sin embargo, cuando lo busqué de nuevo, había desaparecido. Seguí bailando no sé cuánto tiempo, aunque me pareció una eternidad. Observaba con disimulo cada rincón de la sala tratando de localizarlo, pero no aparecía. Cada vez había más gente, la mayoría desconocida, y mi cabeza empezó a crear posibilidades. Sus amigos aún estaban allí y, visto cómo iba desde hacía un rato, era improbable que le hubieran dejado irse solo. A esas alturas, todos estábamos lejos de nuestra versión consciente. Lo más seguro era que estuviese en otra habitación. Pero ¿con quién? Luché contra lo que me habría gustado pensar que era mera curiosidad. Al final, con la excusa de que tenía que hacer pis, fui al baño.

—¡Ahora vengo! —grité a las chicas, porque el ruido era tal que teníamos que alzar la voz como si estuviéramos en una discoteca.

Al dejar de bailar me topé con la realidad de mi embriaguez. Crucé el salón con pasos tambaleantes mientras la música y las risas se mezclaban a mi alrededor, retumbando en mis oídos al tiempo que comenzaba a peinar el perímetro. Cada vez me acercaba más al lavabo, reprochándome que no cumpliría mi misión, pero al abrir la puerta me encontré con lo último que me esperaba.

—¡Perdón!

Mi primer impulso al verlo fue cerrar, pero al instante reconstruí la imagen y volví a abrirla suficiente para meter la cabeza. Kobo estaba apoyado en el lavabo con la cara del mismo tono que los azulejos: blanco nuclear.

—¿Estás bien?

Se volvió hacia mí lentamente y, a pesar de que juraría que intentó asentir, el gesto me confirmó que estaba más cerca de vomitar que del bienestar (si no lo había hecho ya). Sin dudarlo, entré y cerré la puerta a mi espalda.

—Ven, mójate un poco la cara.

Intenté acercarlo al grifo, pero se apartó con tanta fuerza como torpeza.

—No, no.

—Kobo, déjame echarte agua, tienes mal aspecto.

De pronto, la puerta se abrió de golpe y dos chicas que no había visto en mi vida entraron riéndose.

—¿No sabéis llamar? ¡Fuera!

Salieron sin rechistar. Acto seguido, eché el pestillo, abrí el grifo y le mojé la cara, que parecía desencajada al ver mi reacción con las chicas.

—Uy, uy, uy —dijo con la mejor sonrisa que fue capaz de gesticular.

—¿Qué? —pregunté mientras le echaba agua con delicadeza.

—Nada, nada —vacilaba, cada vez más cerca.

Era extraño, me preocupaba su estado, pero me hacía gracia verle así, tan frágil, tan desinhibido. Conmigo nunca había perdido el control de esa manera, pero ahora se comportaba como un niño. Cuando se apartó por segunda vez…

—Kobo, estate quieto, que tienes muy mala cara —le pedí lo más seria que pude.

Kobo se quedó un par de segundos mirándome a los ojos mientras luchaba contra un pequeño vaivén y me dijo:

—Tú la tienes preciosa.

No pude evitar una carcajada que le provocó otra a él. La situación parecía de cámara oculta… No me hubiera sorprendido que Rebeca hubiese aparecido con el ramo de flores del día de los Inocentes. Jamás, pero jamás de los jamases, me habría imaginado algo así. Si se me ocurriera juntar así a mis personajes en cualquiera de mis novelas, mi editor me diría que estoy loca, que no resultaría creíble. Una vez más, la realidad supera la ficción.

—Menudas risas, ¿eh? —La lengua le patinaba.

—Madre mía… —me reí.

—Carmen te echa de menos.

Directo a la yugular. Nadie nos prepara para responder a ese tipo de comentarios de un ex que se ha deshecho de las riendas del autocontrol, así que mi respuesta se limitó a lo que no pude evitar, una reacción corporal, una sonrisa que no fui capaz de contener.

—No te rías.

—No me río.

Le humedecí el cuello con delicadeza. Luchaba entre lo que sabía que estaba de más y lo que deseaba hacer. Recuerdo pensar en la cantidad de besos que había dado a ese cuello y en la locura que sería hacerlo de nuevo. Qué extraña es la vida y cómo vuela el tiempo…

—Ya se ha leído tu libro.

Kobo seguía con sus confesiones, y yo era incapaz de contestarle. Mi lado más responsable (aunque también llevaba una cogorza importante) me frenaba.

—Nuestro libro.

Pues sí, iba con todo.

—¿Cómo que «nuestro»? —pregunté.

Se quedó en silencio de nuevo, desapareció su sonrisa burlona y bajó la cabeza.

—Me encuentro mal.

Recuerdo ponerme nerviosa pensando en cómo iba a afrontar su respuesta. Era algo de lo que no habíamos hablado nunca, y me parecía de comedia mala hacerlo de esa manera y en ese momento. Pero, una vez más, todo iba a ser más aleatorio de lo que esperaba.

—Me encuentro mal —repitió mientras se agachaba de pronto.

—¿Qué haces? ¡Levántate!

—No, no, me voy a tumbar.

—Espera, aquí no.

—Sí, sí.

—Que no, Kobo.

Utilicé toda mi fuerza para intentar levantarlo, pero era demasiado para mí.

—Kobo, por favor, no te tumbes aquí. Vamos a una habitación —le pedí.

No era porque la gente no parase de tocar a la puerta; era por él, porque veía físicamente imposible que pudiese colocar su casi metro noventa en ese baño, pequeño incluso para alguien diminuto como yo.

—¿Vienes conmigo? —Volvió su sonrisa.

—Kobo, déjate de tonterías, venga. —Le tiré de nuevo del brazo sin moverlo ni un milímetro.

Por un momento, parecía su madre.

—Si me llevas tú, voy.

Intentaba mantenerme seria, pero no pude evitar que se me escapase una sonrisilla.

—Levanta —intenté imponerme de nuevo.

Kobo negó con la cabeza como un niño travieso.

—Vale, me voy. Ahí te quedas.

Amagué con dejarlo ahí, pero antes de llegar a la puerta me agarró la mano como pudo y perdió tanto el equilibrio que casi terminó besando el váter. Reconozco que me hizo gracia.

Por fin puso un poquito de su parte y logré sacarlo de allí. Al abrir, nos recibieron los que llevaban un rato intentando entrar, un grupito entre los que se encontraban Mike y Mou, quienes, al descubrir que éramos nosotros, pusieron cara de haber visto un fantasma. Pasamos a su lado y se sonrieron cómplices, como si quisieran confirmar que ambos estaban disfrutando del mismo espectáculo. Yo no dije nada y Kobo, apoyando gran parte del peso sobre mí, alzó como pudo su vaso vacío; por sorprendente que fuera, aún lo conservaba.

He pasado tantas horas en casa de Rebeca como en la mía, así que el único desafío para llegar a la habitación de invitados era maniobrar entre la gente, que parecía multiplicarse por minutos.

—Eh, eh, cerrad la puerta —nos exigió una parejita que estaba dándose el lote en la cama en la que tantas veces he dormido.

—Cerradla vosotros por fuera. —No sé de dónde estaba sacando tanto carácter. Del tequila, supongo.

—¿Cómo?

No eran muy espabilados…

—Que salgáis —añadió Kobo con dificultad mientras les señalaba el camino con un gesto más efectivo que mis palabras. Salieron, nos acercamos a la cama y él se dejó caer.

—Buf, qué mareo —susurró.

Tenía las manos cruzadas sobre el pecho y el pie izquierdo apoyado en el suelo a modo de ancla, como si eso pudiese frenar el oleaje que sentía en ese momento. Me senté a su lado. Recuerdo mirarlo con ternura, pensar que la fiesta no estaba yendo como imaginaba y que, aun así, hacía tiempo que no me lo pasaba tan bien. Aquella idea me produjo una sensación de vértigo que preferí ignorar. Era rarísimo: lo tenía cerca pero lo sentía lejos, y las ganas de acariciarlo me ardían en las manos. Durante mucho rato me contuve, pero no fui capaz de pensar con frialdad. Sin tocarle, sentí el tacto de su pelo entre mis dedos, el calor de su frente en la piel; estaba muy nerviosa. El miedo se mezclaba con una necesidad irrefrenable.

Al fin, lo hice. Noté el placer de satisfacer las ganas. Le pasé las uñas por la cabeza. Él cerró los ojos y dejó caer la mano en mi pierna. Recé para que no percibiera el escalofrío que me recorrió bajo su tacto. La respiración se me aceleró y, aunque me concentré en relajarla, parecía imposible. Sentía una energía en el pecho que me empujaba a dejarme llevar y un dolor de cabeza que me insultaba por lo que estaba haciendo, me juzgaba por lo que quería hacer. Miraba su pecho elevarse y descender con cada exhalación. Me imaginé su calor y la sensación de estar apoyada en el lugar que para mí fue el más seguro del mundo. Estaba sumida en mi ensoñación cuando la puerta se abrió de golpe. Los dos nos asustamos, y Kobo se incorporó. Bajo el marco de la puerta, Rebeca y Tommy nos miraban con la misma cara que Mike y Mou un rato antes.

—Perdón —dijo mi amiga mientras cerraba muy despacio.

—No, no. —Me levanté, pero no les dio tiempo a oírme.

Fue como ese despertador que te arranca de un sueño placentero. Estaba taquicárdica. Miré a Kobo.

—Descansa.

Tenía que salir de ahí. Sin embargo, cuando me dirigía hacia la puerta, me agarró del brazo.

—¿Te vas?

Me volví hacia él y puedo jurar que, en ese instante, olvidé todo lo que estuviera fuera de esa habitación. Fueron tres segundos en los que lo miré a los ojos y viajé a esos meses en los que no éramos capaces de separarnos ni cinco minutos. Aún no comprendo cómo logré resistirme a la tentación de besarle.

Asentí con la cabeza. Me apetecía tan poco irme que no fui capaz de hablar.

—¿Y si me muero?

—Nunca me lo perdonaría, así que procura dormirte ya.

Intenté deshacerme de su agarre, pero era como un grillete. Él se limitó a sonreír. Miré al techo con resignación.

—¿Y si alguien se aprovecha de mí mientras duermo?

—Bueno, he visto chicas monas, igual tienes suerte.

Le dediqué un gesto desafiante e intenté escapar de nuevo, pero, en vez de soltarme, me cogió la mano. Sentí cada milímetro de la suya y, como por acto reflejo, la apreté. Vi en sus ojos que se lo tomaba como una victoria.

—Ven, yo me tumbo aquí y no molesto —dijo mientras se colocaba en el lado opuesto de la cama.

Hacía rato que aquello no estaba bien.

—Kobo, ya sabes que...

No era capaz de decirle por qué no debía quedarme. Nada me apetecía más.

—Yo me tumbo aquí y prometo no molestar.

La música golpeaba la puerta como un latido que parecía estar sincronizado con el mío. El sonido me marcaba el camino lejos de la tentación, al tiempo que mi cuerpo avanzaba en dirección contraria.

Me coloqué a su lado, apoyada en el cabecero, engañándome a mí misma, como si esa diferencia de altura fuese un seguro.

Suspiré una y otra vez mientras daba vueltas a lo que estaba haciendo, pero era imposible salir de allí. No sé cuánto tiempo estuve sentada a su lado, solo sé que me quedé dormida.

La música se corta y suena el teléfono por los altavoces. Rebeca otra vez. Tres mensajes seguidos iluminan la pantalla del móvil.

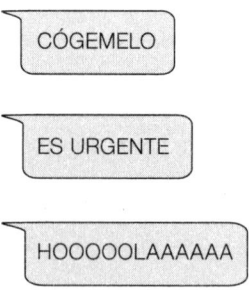

CÓGEMELO

ES URGENTE

HOOOOOLAAAAAA

No va a parar; cuando quiere algo, no se rinde hasta que lo consigue. Tanto es así que ha convertido ese don en su forma de vida.

—Hola —respondo rendida cuando vuelve a sonar.

—¿Estás sola?

Dudo si mentir para escabullirme, pero una parte de mí necesita soltar.

—Sí.

—¿Me puedes explicar...? —Hace una pausa—. ¿Qué ha pasado?

Me cuesta contestarle.

—¿Se ha ido ya? —pregunto. Cuando he salido de su casa, él seguía dormido.

—Hace diez minutos, en el momento en el que te he llamado la primera vez.

—Tía, de verdad, estoy muy rayada.

—Pero ¿qué pasó?

—Todo esto es por tu culpa. Por lianta —rezongo.

—Sí, claro. Oye, bonita, que yo no te empujé a meterte en la habitación con él.

—Joder, joder.

La cabeza me va a estallar. Ya sabía yo que hablarlo no era buena idea. El simple hecho de buscar las palabras para explicarle lo que pasó hace que me sienta fatal.

—¿Qué es ese ruido?

—Perdón, estaba a punto de ducharme. —Cierro el agua y me siento en el váter.

—Vale, a ver, desde el principio... —Ella siempre tan organizada para los cotilleos—: Estábamos bailando y desapareciste.

—Puf.

—¡Venga!

—Pues fui al baño y me encontré a Kobo fatal.

—Es que, tía, bebimos mucho.

—Y él no bebe jamás —añadí.

—Lo hizo porque estabas tú.

—Bueno, me lo encontré apoyado en el lavabo con una cara malísima.

—Pobre.

—Entonces nada, estuve intentando recuperarlo, pero iba fatal, tía, diciéndome cosas de su madre y tal.

—¿En plan?

—En plan que me echaba de menos y no sé qué.

—Ay, que me lo como... Mi niño.

—¿Tu niño?

Rebeca se ríe. Todo esto es surrealista.

—Venga, sigue.

—Nada, yo echándole agua para que no se me desmayara y él ligando.

—Me meo.

—Total, que se quería tumbar ahí, en el baño.

Rebeca suelta una carcajada.

—Menudo jari. —Escucho una voz que no es la de mi amiga.

—Tía, ¿con quién estás?

Se queda en silencio y oigo un susurro.

—¿Rebeca? —insisto.

—Es que eres tonto, mira que te he dicho que te callaras —dice a alguien que está a su lado—. Perdona, Eva. Es Tommy.

—Joder, tronca.

—Si me lo va a contar él... —dice Tommy, pero no respondo.

Durante unos segundos me invade una sensación de cabreo bastante considerable, pero de repente me doy cuenta de que es solo un grano de arena más en el desierto de problemas en el que me encuentro perdida ahora mismo.

—Os dejo tranquilas, va.

Y después de escuchar las sábanas y un par de besitos..., Rebeca continua:

—Venga —interrumpe mi silencio—, perdona, tía… Entonces, se quedó tirado en el suelo y… ¿qué?

—Pues que le llevé a la habitación.

—Vaya… —comenta.

—Y nada, estuvimos un rato ahí. Fue cuando…

—Cuando entramos —me interrumpe.

—Eso es… Yo ya me iba a ir y me pidió que me quedara.

—Y te quedaste.

Se hace el silencio. Y me doy cuenta de que, en ese momento, lo que podría haber sido hasta cierto punto inocente se transformó en una falta de respeto.

—Sí… me quedé.

—¿Y te lo tiraste?

—¡No! —grito—. ¿Estás loca?

Y lo cierto es que mi conciencia no está mucho mejor que si lo hubiese hecho.

—¡Joder! Entonces ¿qué tontería es esa? —bromea.

Qué bonito, tener amigas para esto.

—Rebeca, no me gusta que digas eso. Te recuerdo que tengo novio.

—Tienes razón… Lo siento —dice con tono de culpa.

—Me quedé con él, pero mantuve las distancias.

Rebeca no dice nada.

—El problema es que me quedé dormida. Bueno, los dos, y en mitad de la noche nos despertamos y estábamos juntos.

Al pensarlo, me recorre el pecho el mismo calambre que he sentido hace unas horas.

Cuando desperté estaba de espaldas a él, pero lo sentía muy cerca. Mi corazón latía rápido e intenté que no se oyera mi respiración acelerada. ¿En qué momento había llegado a esa posición? No moví ni un músculo. Si estaba despierto, tenía que hacerme la dormida, y, si estaba dormido, no quería molestarlo.

Mis pies estaban entre los suyos; ser consciente de ello me hizo sentir una necesidad irrefrenable de moverlos. Luché un rato contra las ganas de hacerlo, pero eso solo parecía crearme una especie de claustrofobia insoportable que era incapaz de controlar, así que al final los aparté. Sin embargo, ese gesto, en vez de alejarnos, nos acercó.

Kobo se despertó, se incorporó de repente y luego se levantó. Pensé que se iba, pero lo siguiente que noté fue que me tapaba delicadamente con una manta: lo hizo con un cariño que me provocó un nudo en el pecho. Cuando terminó, se tumbó a mi lado y, tras unos minutos de lucha interna —la misma que había tenido antes con los pies—, no pude evitar volverme hacia él.

Al hacerlo, me encontré con su mirada. Me sonrió con dulzura y me di cuenta de que él no se había tapado. Así que, una vez más, sucumbiendo a mis impulsos, me acerqué y le pasé la manta por encima. Recuerdo un cosquilleo bajo el estómago, algo parecido al vértigo que me recorría las piernas, una especie de temblor, esa mezcla entre nervios y placer que aparece cuando todo puede suceder. Deseaba que no pasara nada, pero me moría de ganas de rendirme.

No dejamos de mirarnos ni un segundo. Me pareció que estuvimos horas así. Su respiración se cruzaba con la mía, su cuerpo calentaba el mío. No hacíamos nada, pero nuestros ojos lo decían todo. Cada roce era como sucumbir al pecado más deseado. Al principio, nuestras piernas se encontraron de forma inocente. Fue algo tan breve que pareció accidental, pero la intensidad y la frecuencia aumentaron poco a poco de manera intencionada. Ambos conocemos nuestros cuerpos a la perfección, y estoy segura de que en ese instante los dos fantaseamos con disfrutarnos sin trabas. Y tampoco dudo de que el hecho de no poder hacerlo multiplicaba el placer de cada caricia. No pude evitar pasar mi mano por la suya, fue imposible no recorrer su brazo hasta el cuello mientras sus dedos descansaban en mi cadera. Nos movimos a cámara lenta, como si tuviéramos la capacidad de besar cada célula del otro con la yema de los dedos. La temperatura bajo la manta era cada vez más alta, subía tan rápido como las ganas de soltarme. Era una batalla entre el querer y el poder. Me moría de ganas de sacar la bandera blanca y dejarme llevar, pero me producía un placer inmenso andar sobre la cuerda floja, sentir la adrenalina que provoca jugar con fuego y soportar el calor hasta que abrasara.

—¿Eva?

Guau, Eva Mun paseando por la luna de nuevo.

—Dime.

—Madre mía, ¿lo haces aposta?

No, soy así de dispersa.

—Os dormisteis y luego qué.

—Pues eso, ¿te parece poco? He dormido con mi ex, nos hemos despertado juntos, como si siguiéramos saliendo. Por eso casi me da un parraque.

Rebeca deja un silencio en el que parece analizar cada detalle del relato.

—A ver, no te ofendas, te lo digo en plan bien...

Verás.

—Obviamente, no ha sido tu mejor actuación, pero creo que no es para tanto.

Es verdad que podría haber sido mucho peor, pero el problema no está en lo que hice, sino en lo que sentí. Eso es lo que me costará quitarme de la cabeza.

—Ya, bueno, no sé.

Otra vez silencio.

—Bueno, ahora descansa y, cuando despiertes, lo verás todo más claro. Si quieres, avísame y nos tomamos algo. Solo quería hacerme un esbozo del problema.

—Rebeca, que esto no es un plan de marketing.

Por lo menos nos reímos un poco. Algo de oxígeno antes del siguiente *round*. El teléfono me vibra en las manos.

—Mierda, tía, me está llamando Fabio.

—Vale, relájate. No has hecho nada malo.

No sé si mi corazón aguantará muchos más cambios de ritmo repentinos. El calor me sube por el cuello y se me seca la boca.

—Te dejo. —Me tiembla la mano.

—¡Respira! Luego hablamos. —Es lo último que oigo antes de coger aire y pulsar el botón verde.

—Amor... Hola.

Su tono elevado y el zumbido de fondo me indican que va en el coche:

—¿Qué tal? ¿Estás en casa?

—Sí. —La segunda pregunta me libera de la primera.

—Vale, guay, estoy a cinco minutos. ¿Qué te apetece desayunar?

Mierda, no contaba con que volviese tan pronto.

—Pensaba que llegabas esta tarde. ¿Vienes ya?

—Eso he dicho, sí.

Contesta más serio que antes, y se hace un silencio incómodo con el que me doy cuenta del recibimiento tan rancio que le he dado.

—¡Qué sorpresa! —reacciono—. Perdona, me estaba metiendo en la ducha y no me lo esperaba.

—Dúchate tranquila, llevo llaves. No tardo nada.

—Vale. —Pienso en la ilusión con la que me ha preguntado por el desayuno y me siento fatal, peor que unos segundos antes—. Oye...

—¿Qué?

—Tengo muchas ganas de verte.

Y lo digo en serio. Creo que es el karma, por todas las veces que he criticado este tipo de conductas. Pero en realidad tengo ganas de verle.

—Y yo, llego en nada.

Cuelgo y pienso en la ironía de la situación. La frase «Uno solo se da cuenta de lo que tiene cuando lo pierde» cruza por mi mente, y me doy cuenta de que solo soy consciente de la tranquilidad que me aporta Fabio cuando está lejos.

9

—¡Sube las manos, Kobo!

Al tiempo que lo dice, un derechazo de mi hermano me golpea justo en la frente. Me noto lento, sin ideas. Intento amagar con la izquierda para cazarlo con un gancho, pero lo esquiva y vuelve a darme.

—¿Ves? ¡Muévete!

Oigo, pero no escucho, y el boxeo es una conversación, así que uno recoge lo que siembra, lo cual, en este caso, tiene forma de guante contra mi barbilla. La cabeza me da vueltas durante un par de segundos. Retrocedo y noto que me flaquean las piernas a cada paso hasta que las cuerdas me recogen.

—¿Qué coño te pasa?

Chris se quita uno de los guantes y lo lanza al suelo.

—¿Estás tonto o qué?

—Dejadlo ya, que al final os haréis daño —dice Tommy desde abajo.

—Se hará daño él, que está gilipollas —comenta mi hermano.

Los brazos me pesan y la cabeza me va a estallar. Chris me observa envuelto en sudor.

—¿Qué te pasa?

Me encantaría poder contestarle, pero llevo una semana haciéndome la misma pregunta.

—No lo sé, joder.

Me cuesta hasta quejarme.

—Venga, anda, a la ducha.

—No puedes seguir así. —Chris lanza el casco y se pasea por el *ring* con la adrenalina por las nubes—. Si ya no eres capaz de concentrarte aquí arriba, apaga y vámonos.

Tommy sube y me ayuda a quitarme los guantes y el casco.

—Habla, cojones —me insiste Chris.

No digo nada. Solo le observo ir de un lado a otro.

Libero las manos y por fin me deshago del bucal. Respiro hondo. El sudor me cae por la frente, que arde enrojecida, y oigo a Chris despotricar sin prestarle atención. Tommy me pasa por debajo de la nariz una toalla que se tiñe de rojo. No sé qué me pasa. Chris tiene razón, estoy empanado, no me siento presente, pero tampoco sé qué hacer para volver en mí.

—Anda, bebe. —Tommy me ofrece un poco de agua mientras Chris se acerca—. Venga, no os cabreéis.

—Si yo no me cabreo. A mí me la pela, es por él, que está que no está.

—Bueno, todos tenemos momentos de bajón.

—No estoy de bajón, chavales —me defiendo.

—Pues bien no estás, eso ya te lo digo yo. Tienes cara de enfermo.

—Y tú de gilipollas —me defiende Tommy entre risas al tiempo que lo empuja.

Me arranca una sonrisa.

—Venga, coño, ya está. ¿Nos tomamos una birra?

Nada me vendría mejor, pero...

—Vamos a comer con la jefa —interviene Chris.

—Ah, bueno, entonces dadle un besito de mi parte.

—Si quieres vente, ¿eh? —le invito.

—No, hombre, así coméis en familia. Cuando terminéis, dadme un toque y nos vemos.

—Vente, cojones. Vamos a pillar unos pollos aquí al lado.

—Que no quiero molestar, chavales.

—¡Que no molestas! —Le doy un toquecito con la zapatilla en la entrepierna—. ¡Epa! —brinca—. A ver si en vez de pollo te voy a dar po...

—¡Esa boquita! —grita Susana, que está ordenando el material junto al *ring*, antes de que pueda terminar la frase.

—¿Quieres repetir, Tomás?

Ofrecer comida viene de serie en las madres, pero en este caso debo decir que yo también he alucinado con la velocidad a la que Tommy ha hecho desaparecer su pechuga.

—Estoy perfecto, gracias —agradece mientras se limpia las comisuras de los labios manchadas de salsa.

—Qué guapo estás.

Tommy sonríe avergonzado y se sonroja.

—Y qué formal, ¿verdad? —continúa mi madre.

Nos mira buscando apoyo.

—Siempre lo ha sido —añado.

—¡Uy, sí, y una porra! Este niño era más malo...

Nos reímos.

—Qué va, Carmen, siempre he sido un angelito.

—Mira, me acuerdo de un día que fui con tu madre a buscaros al centro... ¡Qué vergüenza!

—¿Cuando lo de las pintadas? —Chris tiene muy buena memoria para las travesuras ajenas.

—Calla, calla, les dio por los «grafichis» esos.

—Grafitis, mamá —la corrijo con una sonrisa.

—Eso, como se diga. Os queríamos matar. Cuando el señor del metro me enseñó lo que habíais hecho... —recuerda mientras me mira con los mismos ojos que aquel día—. Le convencí de que no llamara a la policía, y Jacobo decía: «No, no, yo no quiero ir a casa». Debió pensar que lo maltratábamos.

—¡Hombre! ¡Prefería irme al calabozo!

—Estuvo tres meses castigado sin salir —añade con orgullo.

—Al día siguiente le levantaste el castigo —dice Chris con resquemor.

—¡Eso no es cierto! Estuvo tres meses sin ver la calle.

—Di que sí, mami. —Le paso el brazo por encima y la beso en la mejilla.

Su olor es capaz de reducir cualquier estrés que pueda sentir.

—Lo tenías más mimado... —me ataca Chris.

Respondo exagerando mis besos a mamá y dedicándole una sonrisa de hermano pelota. Nunca se es suficientemente mayor como para dejar de fastidiar a tu hermano. Pocas cosas son más placenteras que ver cómo se enfada mientras te sientes el ojito derecho de mamá.

—Así te ha salido... —Chris sigue mostrando sus celos.

—Oye, no digas eso de mi niño. —Ahora es ella la que me besuquea, y yo le lanzo un beso a él—. Y tú no le hagas eso, no seas así. —Me da un manotazo en la pierna—. A ver si se os pega algo de vuestro amigo. Trabajador, educado...

Tommy sube y baja las cejas con cada cumplido y me da un poco de mi propia medicina.

—¿Sigues con tu chica? —insiste mi madre.

—No es mi chica.

—¡Anda! Pero si me dijiste que estaba con la amiga de Eva... —se sorprende mamá mientras me pide explicaciones.

—Es que lo está.

—No estamos. Nos estamos conociendo —dice Tommy.

—Venga, coño...

—¡Christian! —le reprende mi madre—. Bueno, mejor así, poco a poco. Pero bien, ¿no?

—Eso es. —Tommy se sonroja de nuevo—. Bien, bien.

—A esta chica no la conozco, ¿verdad? —me pregunta.

—No.

—Igual del día que vino Eva... —interviene Chris.

—Qué dices, si fue en Navidad —le corrijo.

Al instante se genera un silencio incómodo que parece la antesala de mi tortura, el previo a cualquier tema aleatorio que alguien saque para deshacerse de él, o la peor de las opciones, que una vez más en mi afortunada vida es la que se pone sobre la mesa.

—Mira... qué pena —se queja mi madre a Tommy.

Vaya por Dios. Nada como una buena conversación sobre tu expareja con tu madre.

Tommy me sonríe cómplice porque no puede hacer nada, pero sabe lo que estoy pensando.

—Yo estaba encantada, pero encantada de verdad —dice como si yo no estuviera presente, y me da unos golpecitos en la pierna a modo de consolación.

—Imagino... —responde Tommy sin saber qué más decir.

—Bueno... —intervengo para hacerme notar.

—Sí, deja el tema, que tu hijo está... —Chris vuelve a la carga.

—Ya ha pasado tiempo —añado.

Los chicos se miran e intentan contenerse, pero no pueden. Acaban riéndose. Se descojonan. Estoy a punto de matarlos. Alargo la mano y les lanzo dos trozos de pan que pillo cerca.

—¡Jacobo!

—Es que son idiotas —me defiendo.

Les da la risa floja. Mi madre se da cuenta de que algo pasa y me escanea de arriba abajo.

—No me mires así —le digo.

—No te miro de ninguna manera. —Hace una pequeña pausa, pero la veo venir de lejos—. Ya no me cuentas nada. —Se aparta mostrando decepción.

—No te hagas la víctima... —le digo mientras le paso la mano por la espalda.

—Víctima no, es que no me contáis nada.

—No hay nada que contar, mamá.

Intento escapar, pero ella, más lista que el hambre, dirige su atención al más débil: el señor Tomás, un corderito indefenso ante la loba hambrienta de información.

—Tú a tu madre le cuentas las cosas, ¿verdad, majo?

Tommy ya no sabe a qué barco subirse, así que decide ir sobre seguro y optar por el claro ganador. En este caso, la ganadora indiscutible.

—Al final, no hay nada como el consejo de una madre —dice con un tonito de niño empollón que me entran ganas de estrangularlo, pero no podemos evitar descojonarnos.

—Vaya tres —se ríe ella también al darse cuenta de la broma—. Qué suerte tenéis de teneros.

—Unos más que otros —comenta Chris.

Nos reímos todos. Los quiero mucho. Hace poco leí en un libro de Manuel Vilas que la familia es una forma de felicidad testada, y que la gente que decide quedarse sola muere pronto. Nada como unos días sumergido en la oscuridad de mis pensamientos para saber que no me queda más remedio que sentirme agradecido. En momentos así, uno se da cuenta de que tiene todo lo que necesita; de repente, nada más importa, y esta especie de depuración interna me impulsa a enfrentarme al tema que he estado evitando durante tanto tiempo.

—El otro día estuve con Eva —suelto de repente.

—¿Y qué tal? —pregunta con total naturalidad.

—¿Cómo que «qué tal»? ¿No te sorprende?

—¿A ti sí? —dice con cara de póquer.

—Pues hombre...

La verdad es que no entraba en mis planes.

—A ver, hijo, yo pensaba que Chris era el guapo y tú el listo.

—¡Alaaa! —protesta mi hermano al sentirse aludido.

Tommy y yo nos reímos.

—Es de cajón —remata.

—Pues yo...

Antes de poder explicarme, me interrumpe:

—Vamos a ver, para empezar, sois jóvenes. Estáis en la edad de ir, venir y volver a ir veintisiete veces. Pero es que además es la mejor amiga de la novia de tu mejor amigo.

—Rebeca no es mi novia —interrumpe Tommy rápidamente.

—Sí lo es —refuta mi madre con condescendencia y vuelve a la carga conmigo—: Y ¿qué tal? ¿Hablasteis?

—Sí, bueno...

—Durmieron juntos —añade Chris con una sonrisa.

—Joder, tío.

—Hijo, qué antiguo eres. Es normal. Estos se creen que yo no he salido de fiesta ni he bebido nunca ni...

—¡Vale! ¡Nos hacemos una idea! —la interrumpo antes de que sea demasiado tarde.

Tommy se ríe como si estuviera viendo una comedia de Ben Stiller.

—¿Hablasteis o no?

Una de las cosas que más rabia me dan de aquella noche son las lagunas. Todo pasa por algo, y es verdad que mi relación adolescente con el alcohol fue lo que nos empujó a dormir juntos. Pero me entran calores al pensar en lo que le pude decir... Miedo me doy, me puse hasta arriba de suero de la verdad. Parece el hechizo de una peli de princesas en versión quinqui: en vez de tener que volver a casa antes de medianoche, pagué el encuentro con mi dignidad.

—Sí, pero no me acuerdo muy bien.

Mi madre me fulmina con la mirada.

—Normal. Es que iba... —Se descojona el de siempre.

Menos mal que tengo a mi hermano para que le dé hasta el último detalle. Sería una pena que mi madre no se enterase de todos los pormenores...

—Iba nada —intento frenarlo.

—A ver, Eva en estos momentos tiene pareja —me rescata Tommy.

—Ya lo vi.

Ahora sí que me deja a cuadros. Esta mujer es una caja de sorpresas.

—¿Dónde?

—En Instagram. ¿Dónde va a ser?

Maldito el día en que se lo descargué.

—No quiero yo meterme pero... no la veo muy feliz.

Ala..., ya lo ha dicho.

—A ver, mamá, eso tampoco lo puedes saber. —Por fin mi hermano me echa un capote.

—¿A tu novia le gusta ese chico que sale con Eva? —le pregunta a Tommy, y este solo sonríe a modo de respuesta—. ¿Ves? —Nos mira victoriosa—. Si es que eso se ve. Algo bueno ha de tener ser más vieja que el hilo negro.

Nos arranca una carcajada, pero no puedo evitar preguntarme si lo que dice es verdad.

Aquel día me desperté al notar que ella se levantaba de la cama. No me moví. Eva estaba nerviosa. Cogió los tacones, repasó la habitación con la mirada como quien observa la escena de un crimen y salió rápida y sigilosamente.

No supe qué hacer. Al principio pensé en seguirla; me daba miedo perder la oportunidad de hablar con ella. Necesitaba poner en palabras lo que había sentido aquella noche, lo que creo que sentimos los dos, pero fui un cobarde. Me daba miedo su reacción. Supongo que fue inseguridad, me asustaba verla arrepentida y no encontré fuerzas para salir tras ella.

En el teléfono tenía tres mensajes: uno de Chris a las tres de la mañana preguntándome dónde estaba, otro de Lu casi a la misma hora con un «¿Venís?» y un último también suyo en el que solo ponía «???». ¿Qué había pasado? ¿En qué momento se había descontrolado todo de esa manera? Un tsunami de emociones acababa de arrasarme y no sabía cómo gestionarlo. Me quedé inmóvil durante unos minutos mirando al techo, y luego salí igual que ella poco antes.

Como no había cogido la moto por lo que pudiera pasar, me volví andando. Estaba lejos, pero me puse a caminar sin pensar en la distancia; lo que había sucedido llenaba mis pensamientos: cada gesto, cada caricia, su boca, sus ojos, su olor. Me sentía feliz y asustado al mismo tiempo. Tenía esa euforia que te llena después de un primer beso y el miedo de perder a alguien para siempre.

Estaba desconcertado, pero sabía que, si en ese momento me hubieran concedido un deseo, no lo habría usado para borrar ni un instante de aquella fiesta. Habría deseado pasar el resto del día en la cama, junto a ella. Me habría pasado la noche sin pegar ojo con tal de mirarla, y habría sido capaz de seguir así durante días. Recordé lo que sentía cuando estábamos juntos y entendí el porqué de esa herida que llevaba meses sin cerrarse.

Estaba en un semáforo delante de Cibeles. Frente a mí, un grupo de desconocidos disfrutaba de aquella mañana soleada y tranquila. Los días así me calman. El sol de Madrid brilla de una manera especial los domingos por la mañana. Normalmente los momentos así me llenan de una paz tan placentera como inusual, pero ese día no fui capaz de interiorizarla del todo. En ese momento, ya la echaba de menos. Hacía menos de una hora que nos habíamos separado y necesitaba verla de nuevo. Estaba rayado, pero aún no sentía el dolor en el pecho que iría apareciendo poco a poco, así que pensé que era buena idea torturarme con las canciones que había sido incapaz de escuchar hasta entonces, las de nuestra lista de reproducción, la que oculté pero nunca pude eliminar. Puse *Iris, Chasing Cars, The Reason*... y, aunque ahora me parezca increíble, sonreí con cada una de ellas. Era el prota de la peli en el momento de iluminación, cuando se da cuenta de que no puede perderla, cuando tiene claro que es ella y es incapaz de dejarla ir con ese otro, el que es aparentemente perfecto para ella pero que, en el fondo, todos odiamos. Ese que sueño con que no sea capaz de robarle las carcajadas y los orgasmos que compartía conmigo. Estaba decidido a recuperarla; tenía que escribirle.

Gracias por lo de anoche

Gracias por cuidarme cuando me costaba mantenerme en pie, pero, sobre todo, gracias por pasar la noche a mi lado. Es increíble que fuera capaz de no hacerme sentir ridículo cuando seguro que no paraba de serlo. Su mirada estaba llena de cariño. Recordé sus manos refrescando mi frente, deslizándose por mi nuca y masajeándome la cabeza. Tenía ganas de besarla, de pegarme a ella, abrazarla y apretarla contra mi pecho hasta sentir su corazón junto al mío. Joder, me estaba volviendo loco. No había pasado nada, pero para mí lo había significado todo.

Cuando lo dejamos, me convencí de que la ruptura era necesaria a pesar del dolor que me causó alejarme de ella. Pasaron los días, las semanas, los meses, y poco a poco parecía que las mañanas grises recuperaban el color. Creí haberlo superado, pensando que lo nuestro había sido otro capítulo en mi vida con el que aprender y crecer. Después de verla de nuevo, sabía que no podía haber estado más equivocado.

—Lo que tenga que ser, será —dice de mi madre sacándome de mi abstracción.

—¿Ves cómo se pone? Pues imagínate boxeando —añade Chris, desesperado.

—Nunca se sabe lo que puede pasar —continúa Tommy.

Desde aquel día, aunque no quiero que se sienta en medio de todo esto, las palabras de Tommy tienen más peso en esta historia que nunca. Suena feo, pero al fin y al cabo duerme todos los días junto al cincuenta por ciento de Eva. Entre ella y Rebeca no hay secretos, y sé lo difícil que es para la segunda guardarlos. Así que estoy seguro de que Tommy sabe mucho más de lo que dice y de que, si no me lo cuenta, es por mi bien.

—Lo que tienes que hacer es olvidarte de ella y rehacer tu vida.

Gracias, hermanito. Qué tonto he sido, qué fácil era...

—Tiempo al tiempo, ya se verá. —Es difícil para una madre quitarle la esperanza a un hijo.

—Ella sabrá —dice mi hermano con convicción—. Yo solo deseo que tenga las cosas tan claras como dice y que no espere a que él se eche novia para venir a desestabilizar, como hacen algunas...

—No me gusta que hables así —le reprende mi madre.

A mí tampoco me gusta, pero sé que no lo dice con maldad. Chris no ha tenido buenas experiencias en el amor. Su atracción por lo tóxico siempre ha estado presente en todos los ámbitos de su vida.

—No le des más vueltas. Siempre te he dicho que el tiempo, si no pone orden, lo cura todo.

Mi madre me mira y me acaricia. Tiene los ojos vidriosos y, antes de que diga nada, ya sé lo que está pensando.

—Desde pequeñito le ha costado abrirse, se ha cargado la familia a la espalda, lo que otros dejaron de lado.

Tommy me mira con una sonrisa de orgullo. Ver así a mi madre me produce una sensación indescriptible. Hay mucha gente por la que mataría, pero por ella muero.

—Por eso me da pena que esté solo.

Todavía no asume el abandono del cabrón de Mike.

—Mamá, estoy como un rey. Además, tengo a Neo.

—¿Por qué no lo has traído? ¡Pobrecito mío!

—Hemos venido directos del gimnasio.

—Mi niño, qué lindo es. —Nadie duda de que se refiere a mi perro—. ¿Sabes lo que tendrías que hacer? —La miro expectante, pero entonces hace un gesto con la mano quitándole importancia y añade—: Bueno, nada, que luego decís que me meto en todo.

—Venga, mamá. No empieces. Suéltalo.

Nos quedamos en silencio para hacerle un poco de presión.

—Tendrías que llevarte a Chris a vivir contigo.

—¿A mí? —contesta mi hermano, sorprendido—. Déjate de ocurrencias, que este no me mete en su casa ni harto de vino. Y, en todo caso, es algo que tendría que salir de él.

Me sorprende que no sea capaz de mirarme. Me recuerda a cuando era pequeño y traía las notas. Nunca le dije nada, no me metía en esos temas. Al fin y al cabo, los dos éramos unos críos. Pero por algún motivo parecía que le daba más vergüenza que yo conociera su desastre. La semana siguiente siempre estaba distante, evitándome, sin mirarme a los ojos. Con el tiempo, me di cuenta de que no quería decepcionarme... Tardé en entender cuánto me admiraba. Me emociona, después de todo lo que hemos pasado, ver en sus ojos a ese niño de nuevo.

—¿Te vendrías?

Según termino la pregunta, exhala aire con fuerza mientras sube los hombros, subrayando lo obvio de la respuesta.

—Pues claro.

Suena el timbre y mi madre se levanta de golpe.

—¿Quién viene? —pregunta Tommy.

—No tengo ni idea —respondo.

—¡Ay! ¡Si es mi niña!

Todos sabemos a quién se refiere con «mi niña» y, a pesar de la confianza, de repente siento que me pongo algo nervioso.

Los chicos se ponen de pie y yo hago lo mismo.

—¡Pero buenooo! —Chris abre los brazos.

—¡Pero buenooo! —le imita Lu nada más entrar en el salón— ¿Y tú qué haces aquí? —Se sorprende al ver a Tommy.

—¿Y tú?

—Es mi casa, chaval —contesta ella con chulería mientras lo abraza.

—¡Di que sí! —dice Carmen, que aparece con una bolsa—. Toma, cariño, te los tenía preparados. No los calientes en el táper, que el otro día oí que es malísimo.

—¡Graciaaas!

Le devuelve el abrazo y luego se dirige a mí:

—¿Y tú qué? Desaparecido.

No nos habíamos visto desde hace semanas.

—¿Desaparecido yo?

Intento lanzar la pelota a su tejado.

—Menos mal que no me quedé esperando, porque, si no, allí seguiría.

—Se nos complicó la cosa —interviene Chris.

—Sí, ya me lo dijo tu novia —le reprocha a Tommy.

No sé qué le habrá contado, pero si algo caracteriza a Rebeca es su habilidad para manejar las situaciones delicadas. Cualquiera de nosotros habría gestionado mucho peor lo que, sin duda, fue un plantón a nuestra amiga. No me siento orgulloso, pero en mi defensa diré que el hecho de no poder mantenerme en pie fue un atenuante considerable.

Lu tiene carácter, aunque rara vez lo muestra, pero cuando lo hace siempre es con elegancia. Y como los presentes lo sabemos, optamos por el silencio.

—Bueno, familia, os dejo, que tengo una tarde de estudio intenso por delante.

—Yo también me voy, que he quedado con Rebeca —aprovecha Tommy.

—Sí, mamá, te ayudamos a recoger esto y te dejamos tranquila —se suma Chris.

—Qué va, si no molestáis. Ya sabéis que me da vida teneros por aquí. Oye, ¿este tatuaje es nuevo?

Señala algo en la piel de Chris. Hace tiempo que perdí la cuenta de sus tatus.

—Qué va... —disimula mi hermano.

—Es horroroso... —le ataca mi madre.

La verdad es que nunca le ha gustado ninguno. Todos estamos acostumbrados a que le haga ese tipo de comentarios, así que, mientras nos reímos, la ayudamos a recoger a pesar de que se resiste.

En el ascensor, Lu habla con Tommy sobre sus agotadores días de estudio y trabajo, mientras que yo solo puedo pensar en lo rápido que pasa el tiempo y en lo fácil que es descuidar una relación sin darse cuenta. Hace nada conocía hasta sus horarios de sueño y ahora parece que no sé nada de ella. Soy un puto desastre, y si hay alguien que no se merece sufrirlo esa es Lu.

—Bueno, chicos, me alegro de veros.

Lu se despide de nosotros. Primero de Tommy:

—Que te sea leve.

—Adiós. Cada día estás más guapa, de verdad.

Luego de Chris:

—Oye, me tienes que contar qué tal con tu churri.

—¿Qué churri? —Ahora es él quien se sonroja.

—Venga, anda, no te hagas el chulito.

Le da un golpe suave en el pecho y al final se despide de mí. Pretendía largarse después de dos fríos besos, pero la detengo con un abrazo antes de que pueda irse.

—Sí, sí, menos abracitos... —dice con dificultad porque tiene la boca aplastada contra mi hombro.

—¿Me perdonas? —le susurro al oído.

—No.

Se ríe.

—Entonces no te rías.

—No me estoy riendo.

Aprieto el abrazo.

—Para, idiota.

Sigo. Aún más.

—Para, Kobo, joder.

Me intenta golpear justo en la diana con la rodilla, pero me muevo a tiempo. Tiene todo el pelo enmarañado por el abrazo y me mira furiosamente divertida.

—¿Te llevo? —le pregunto con una sonrisa de esas que dan mucha rabia.

—Antes me voy andando.

—Venga, te llevo. Y no me vengas con que no tienes casco. Chris te lo deja.

Mi hermano se lo pasa.

—¿Y tú? —le pregunta.

—A mí me lleva Tommy.

—Chavales, no me jodáis —se queja Tommy.

Chris y yo le sonreímos. Mi hermano se dirige despacio a su furgo y yo me acerco a Lu, que se parte de risa.

—Os odio —musita el que también es mi jefe mientras camina hacia la furgoneta.

—¡Te queremos! —exclamamos Lu y yo al unísono.

—Chispa —me dice ella con una sonrisa.

Durante el trayecto hacia su casa me invaden todos los sentimientos de culpa que he intentado evitar estos días. He estado esquivando a Lu porque me daba vergüenza afrontar la cagada, así que no puedo dejar pasar esta oportunidad para disculparme. Cuando llegamos, aparco en la acera y espero a que se baje antes de hacerlo yo. Nos quitamos los cascos, los dos con unos pelos importantes, y, con un carraspeo, empiezo:

—Oye, perdón por lo del otro día.

Sonríe con resignación.

—Perdonado.

Me sabe mal que pensara que la habíamos dejado tirada. Al fin y al cabo, aquí somos su familia. Aunque tenga a sus compañeras de piso, lo más parecido a un hogar somos nosotros, y la idea de haberle hecho daño me hace sentir como una mierda.

—No es excusa, pero iba cieguísimo.

—Eso es lo que más rabia me dio.

—¿Por? —Otra como mi madre.

—Por perderme a don perfecto borracho. Para una vez que bebes y me lo pierdo.

Nos reímos y nos quedamos un par de segundos en silencio hasta que le doy un abrazo de los que salen solos. Mis favoritos, los inevitables. Los mejores abrazos son los que no se piensan.

—Disculpad. —Una voz nos interrumpe, y me vuelvo—. No seréis vosotros Babi y Hache, ¿verdad?

—¿No serás tú la traidora que me va a dejar sola toda la tarde? —responde Lu.

Es Olivia, su compi de piso. Bueno, una de las cuatro que tiene.

—¡Claro! Tengo que ir a buscar a mi Step.

—¿Step? —pregunta Lu.

—Así se llama Hache en la novela —respondo.

—¿Y tú cómo sabes eso?

—¿Y tú cómo no? —le vacilo.

—Ñi, ñi, ñi.

Olivia se ríe.

—¡Pasadlo bien!

—¡Suerte con tu búsqueda! —dice Lu.

—¡Me conformo con encontrar un Pollo! —nos grita mientras se aleja.

—Tú eres bastante Pollo. Todo corazoncito debajo de esa chaqueta de cuero y esas pintas de malote. Eres más tierno que un vídeo de gatitos.

—Odio los vídeos de gatitos.

—Serás falso... Nadie odia los vídeos de gatitos... «Odio los vídeos de gatitos» —imita mi voz grave burlándose de mi comentario y se ríe mientras camina hacia su portal—. Todo fachada. Eres un personaje.

—Tú sí que eres un personaje.

—Gracias por traerme. ¡Aunque fuese para hacerme la pelota! —añade con la puerta ya entreabierta.

Me siento en la moto y la saludo con la mano en la sien, como diciendo «a sus órdenes» mientras la veo desaparecer en el portal.

Justo cuando me voy a poner el casco porque ya ha entrado, asoma la cabeza.

—¿Hacemos algo esta semana y te perdono del todo?

Mi sonrisa responde por mí.

—Genial, ya me pasarás a buscar.

10

Culpa y arrepentimiento. Siempre he pensado que iban de la mano, pero nada mejor que un golpe de realidad para demostrarme lo contrario.

La mañana después del cumpleaños de Rebeca me desperté con Kobo, pero también con la culpa.

Desde el instante en que abrí los ojos, todo parecía haberse vuelto más gris; lo que hice no estuvo bien, me porté mal con Fabio, pero sobre todo conmigo misma. Traicioné mis valores como pareja y como persona. El problema es que no me arrepiento, porque arrepentirse es querer cambiar aquello que hiciste mal. Si pudiera volver atrás, no actuaría de otro modo, y eso, lejos de tranquilizarme, añade más leña al fuego de la culpa.

Estoy hecha un lío. Después de otra tarde de terapia con Rebeca, sigo sin aclarar la mayor de las dudas: si contárselo a Fabio o no.

—¿Qué solucionarás contándoselo?
—No lo sé, limpiar mi conciencia.
—¿Para?
—Para no sentirme mal, tía.

—Pero a ver... —Mi amiga deja un hueco para el silencio y vuelve fuerte—: ¿Quieres seguir con él?

Toma ya.

—Por supuesto.

—Muy segura estás tú...

—Sí, estoy segurísima, pero no quiero que la relación se construya a base de mentiras.

—Bueno, a veces el fin justifica los medios.

—No, Rebeca, no los justifica.

—¡Pues cuéntaselo! —exclama, exasperada por estar teniendo esta conversación una vez más—. Si lo tienes tan claro, no sé por qué me preguntas. Además, a no ser que me hayas ocultado algo, tampoco pasó nada.

—Vale, tía, que lo haga Tommy con su ex.

—Lo mato.

Nos reímos y apuramos el poco vino que nos queda en las copas.

—No, en serio —continúa—, no sé si es lo suficientemente tocho como para cargarse la relación.

—Puf, yo qué sé, estoy hecha un lío.

Llevo días con dolor de cabeza cada vez que lo pienso.

—Es un vacío legal.

—¿Qué dices?

Mi amiga a veces desvaría.

—Pues que en realidad te contuviste.

—Sí, pero eso no me tranquiliza... Por mi cabeza pasó de todo.

—Bueno, no somos la Iglesia, aquí no se peca de pensamiento, hija.

Nos quedamos calladas, cada una concentrada en sus uñas —aunque nuestra vida es un desastre, que al menos los pies estén bonitos—, pero yo proyectando en mi cabeza otro pase de lo que sucedió aquella noche, la que hemos bautizado como «La encerrona».

—Vamos a ver, esto es muy fácil.

—Facilísimo… —ironizo.

—¿Le besaste?

—No.

—¿Follasteis?

No es tan fácil, de verdad que no lo es. Una relación no es un puto contrato al que buscarle los espacios en blanco para limpiar el remordimiento. La gravedad de lo que pasó con Kobo no está en lo que hicimos, al menos no lo es todo. Lo que me ha quitado el sueño estas noches es lo que sentí, el recuerdo de unas emociones que en su momento no fui capaz de gestionar.

—Te he dicho cincuenta veces que no, Rebeca.

—Ya, pero de vez en cuando me gusta preguntártelo por si me has mentido y se te escapa.

Así es ella.

—Ay, tía, odio que estés loca.

—«Loca», dice la que coquetea con el poliamor.

Ahora sí que me parto de risa.

Ya no soy capaz ni de pintarme las uñas en condiciones. Con lo bien que me las deja Mei…

—Trae, anda trae… —Rebeca se vuelve hacia mí—. A ver si no me cargo ahora las mías. —Apoya los pies en la mesa baja del salón y se dobla con la elasticidad de una gimnasta—. ¿Al final ha organizado lo de sus amigos?

—¿El qué?

—¿No te dijo que iba a organizar una cena con sus amigos?

—Sí, pero no sé, últimamente está más raro…

Rebeca deja un silencio y, cuando lo hace, no suele ser para preparar una sorpresa.

—¿Y no será que la que está rara eres tú?

—Joder, no lo sé. —Aparto los pies—. Ya no sé qué hacer.

Me levanto. Tengo hasta calores. La situación es ridícula porque no puedo apoyar los pies del todo para no mancharle la alfombra de pelito blanco. Para más inri, miro a Rebeca y tiene la cabeza entre las piernas mientras sus hombros brincan.

—No te rías —le ordeno.

—Estás hecha un cuadro —dice a carcajada limpia.

—Te voy a matar, Rebeca, te voy a matar…

Creo que son las palabras que más repito de un tiempo a esta parte.

—Déjame algo para quitarme esto, anda, que me voy.

—Pero si están preciosas… —se ríe.

—Venga, que me tengo que ir. Le he dicho a Fabio que llegaría pronto.

—Oh, no se vaya a enfadar el jefe —dice con sarcasmo—. ¿Le has dejado la cenita preparada?

Suena mi móvil. No lo miro, pero intuyo quién será.

—¿Ves? Me está llamando.

—Qué plasta.

Rebeca se queja y me molesta, pero no voy a ponerme a discutir, así que intento seguir con el *mood* de coña.

—¿A que me limpio con la alfombra?

—Atrévete —me reta.

Levanto el pie y lo encorvo como una bailarina. Una en su primer día de baile, claro…

—A que llamo a Kobo y le digo que, aunque vayas de que tienes las cosas claras, sigues igual o más pillada de él que el primer día —suelta de golpe.

Las dos nos quedamos en silencio. Sé que ese sería el final que quiere para esta historia. Hasta ahora, nunca se había tirado tanto a la piscina… Tanto que se tapa la boca y arquea las cejas.

—Te acabas de pasar ocho pueblos.

Por no decir cuarenta y siete.

—Es broma.

—Ya, me parto.

—Pero ya sabes que, entre broma y broma...

Y mando a la mierda la manicura, porque le tiro un cojín a la cabeza mientras la muy rata estalla en carcajadas.

Aarón... me estás asustando

jajaja ¿por?

Llevo veinte minutos de película y como me vuelva a dar otro escalofrío mi novio llamará a una ambulancia. Qué cringe

Jajaja, vale, culpable, esa es la reacción que esperaba

Puf, la puedo quitar ya?

Nooo! El arte requiere sufrimiento. Esta peli es un claro ejemplo de cómo tirar un buen libro a la hoguera. Un ejemplo de lo que NO TENEMOS QUE HACER

Vale, menos mal. De todas formas, tus recomendaciones me dejarán soltera. Es la tercera peli que se traga esta semana

Empiezo a pensar que disfrutas con mi sufrimiento

Cuando levanto la cabeza del móvil, me doy cuenta de que la película está en pausa y Fabio, leyendo.

—¿Amor?

Ni se inmuta.

—¿Fabio?

Subo un poco los decibelios.

—¡Fabio!

Nada.

—Oye, te estoy hablando.

En ese momento, dobla con cuidado la esquina del libro, lo cierra con parsimonia y se lo apoya delicadamente en el pecho. Después me mira con tranquilidad y no emite sonido alguno.

—¿Qué te pasa? —pregunto desconcertada.

—A mí nada. ¿Y a ti? —Su respuesta es suave, casi un susurro, como si no quisiera perturbar la tensión que nos rodea.

Ya estamos otra vez.

—Vale, me da bastante pereza esto ahora. ¿Quieres ver la peli o me voy a dormir?

No entiendo qué le pasa, lleva unos días muy borde. Con la misma calma de la que ha hecho gala en los movimientos anteriores, se incorpora, me mira a los ojos y, frunciendo el ceño, me suelta:

—Estás de broma, ¿no?

Fabio suele picarse con facilidad, pero esta vez parece ser diferente.

—Es que no te entiendo. De pronto pausas la película que estamos viendo, te pones a leer y, cuando te hablo, no me contestas…

—Pero ¿qué dices, Eva? Llevas toda la peli con el móvil y la sonrisita. Toda la mierda de película, porque eso es lo que es…

—Estaba hablando con Aarón.

—Ya sé con quién estabas hablando y no puede importarme menos.

—Me ha pedido que…

—Pues mañana quedáis y os contáis todas las gilipolleces que queráis.

—Lo hago para pasar tiempo juntos.

—¡Vaya! Qué suerte tengo de que te guste hacer los deberes conmigo. Dale las gracias al profe. Estará orgulloso de tener una alumna ejemplar como tú —espeta mientras se levanta del sofá.

—Fabio, es trabajo.

—Eso, en tu caso, no es muy tranquilizador.

¿¿Perdona??

Desaparece tras doblar la esquina del salón. Desde lejos, grita:

—¡Llámale por FaceTime! ¡Así no os cansáis escribiendo!

No me siento con fuerzas para contestar, pero sus palabras se me clavan como cristales rotos. Alguna vez me había tirado pullas respecto a mi relación con Kobo. Me vacila por haber tenido algo con mi guardaespaldas. «Te pudo el cliché», «Ya sabes que esas historias nunca acaban bien»… Sé que le da rabia, y puedo incluso empatizar con esa sensación. «Tú estás a otro nivel». Son cosas que, más allá de que no me guste escucharlas, no me parece bien que las piense, pero en su momento yo tampoco actué de forma acertada. No lo hice aposta, pero no sé si yo tendría palabras bonitas para la persona que se convirtió en la pareja de la que ahora es la mía poco después de nuestra primera cita. Dicho esto, creo que no era necesario atacarme así.

A veces se comporta como un capullo, y, aunque lo entienda, no tengo la culpa de su estrés.

Cuando acaba la película, subo y la habitación está a oscuras, con la cama hecha a la perfección. Me acerco al despacho y veo luz que sale por debajo de la puerta. En una situación normal, entraría a darle un beso que luego él me devolvería al meterse en la cama, pero hoy no pasará. Vuelvo al dormitorio, me quito los pantalones de estar por casa y, solo con la ropa interior y una de sus camisetas viejas, entro en el refugio de las sábanas.

La almohada es el último espacio de reflexión que queda en pie dentro de este mundo de hiperconexión y dopamina instantánea, siempre y cuando no decidas deslizarte por el feed de forma compulsiva hasta que el móvil se te caiga de las manos un segundo después de que lo hagan tus párpados. Dicen que, justo antes de morir, toda la vida pasa por delante de nuestros ojos. Por suerte, de momento no he comprobado si es cierto, y espero seguir con la duda muchos años. Pero, metafóricamente, antes de dormir siento que vivo un proceso parecido. En ese rato previo a caer inconsciente, tras apagar la luz, poner la alarma si la necesito y dejar el móvil cargando, repaso mi vida de arriba abajo. A veces lo hago con una sonrisa y caigo rendida en cuestión de segundos; en otras ocasiones, por desgracia más de las que me gustaría, las pulsaciones suben de la mano del agobio y el sueño desaparece. Me paso minutos que se convierten en horas dando vueltas en la cama, hasta que, en el mejor de los casos, el cansancio es tan grande que vence la batalla. Muchas veces somos capaces de engañar a la gente que tenemos cerca, nos vestimos de felicidad y se la colamos a todo el mundo. Es fácil hacer que todo parezca estar en orden, una vida de éxito en la que todo va sobre ruedas. Y hay momentos en los que incluso podemos engañarnos a nosotros mismos. Pero las caretas no resisten a la frialdad de la almohada. Ahí estamos solos, con nuestros pensamientos y nuestra realidad. La de verdad, no la que pintamos. Y aquí me encuentro ahora mismo, dándole vueltas una vez más a todo lo que hasta hace nada estaba en su sitio, pero que ahora se me escurre entre los dedos. Mi remordimiento de conciencia está erosionando mi relación con Fabio, y no sé cómo solucionarlo. Me digo que fue una tontería que no merece acabar con nosotros, pero, cuando llega el momento en que me enfrento a la sinceridad, descubro un problema mucho más profundo. Fabio es la persona con la que quiero estar, la que me aporta esa tranquilidad, esa calma que creo que necesito para crecer en todos los sentidos. Pero Kobo... Todo lo que me hace sentir es al mismo tiempo lo que me aleja de él. Son sentimientos tan fuertes e intensos que no soy capaz de gestionarlos y me llevan de vuelta a esa Eva insegura que tanto odio. No sé si quiero pasarme la vida subida en una montaña rusa que me encoja el estómago constantemente o en un tren que me lleve a destino sana y salva. Con el vaivén de estos pensamientos danzando por mi cabeza, me quedo dormida.

Abro los ojos. Todo está envuelto en penumbra salvo por la luz plateada de la luna que se filtra a través de la ventana e inunda parte de la habitación. No sé cuánto tiempo he dormido. Noto su aliento en el cuello y la presión de su mano en la cadera. Me vuelvo hacia él y me besa con fuerza. Una parte de mí sigue sumida en el sueño, y me pilla por sorpresa. Siento que no he participado en ese beso y, cuando voy a corresponderle, hace que me dé la vuelta y se queda a mi espalda. Pega su cuerpo contra el mío y percibo que está excitado. Sigo tratando de ubicarme. Hace un rato estaba enfadado conmigo y ahora parece estar a punto de hacerme el amor. Me besa en el cuello de nuevo y su respiración me provoca un escalofrío cuando siento su mano, que sube arrastrándose con fuerza desde mi estómago hasta el pecho. Me lo agarra con fuerza y suelta una respiración grave que silencia mi quejido al notar la presión. Instintivamente, llevo mi mano a la suya para reducir la fuerza de su agarre, pero libera del todo mi pecho y sus dedos viajan hacia mis piernas. Al principio me acaricia con suavidad, e intento relajarme. No sé por qué estoy tan tensa, y el hecho de pensarlo hace que esa rigidez, lejos de disminuir, aumente. Respiro hondo y me concentro en sus manos sobre mi piel. Necesito conectar con él; vuelvo la cara para besarle y nuestros labios se juntan otra vez. Me besa despacio y sube la mano para sujetar mi boca contra la suya. Su respiración se acelera de nuevo y me coge de la mandíbula con fuerza a la vez que me muerde el labio inferior. Me hace daño y me aparto. Pero esto, lejos de frenarlo, lo anima: vuelve a pasar las manos por mi pecho y después baja a mi sexo. Frota mi ropa interior con fuerza y su respiración es cada vez más enérgica, hasta que se aparta. Me doy la vuelta y descubro que se está quitando la ropa interior.

—Amor, estoy... —intento frenarle.

—Tranquila —me susurra.

Lleva la mano a mi mejilla con delicadeza y me da un beso suave. Nos besamos durante unos segundos y parece que consigo sentirlo cerca. Entonces para y vuelve a colocarme como estaba hace unos segundos: de espaldas a él, con el único contacto visual de la foto que nos observa desde la mesilla, esa en la que miro sonriente a la cámara mientras él me besa con los ojos cerrados. Es una sensación extraña: nos veo, pero no nos reconozco. La imagen que devuelve el espejo que está apoyado en la pared llama mi atención y contemplo la silueta de Fabio acomodándose detrás de mí. En ese momento su mano agarra la costura lateral de mi ropa interior y la arrastra hasta debajo de mis rodillas. No comprendo lo que siento, pero me incomoda.

—Fabio... —Me separo y me doy la vuelta.

Vuelve a besarme como lo ha hecho antes, pero esta vez me aparto.

—Perdóname por lo de antes —murmura.

Me acaricia y me mira con ternura.

—No pasa nada. —Le sonrío, tímida.

Otro beso. Me acaricia, pero ahora es diferente. Pasa la mano por mi cuello, luego por los hombros y baja por los brazos con suavidad. Nos besamos mientras me hace cosquillas en las piernas y, poco a poco, me encuentro a gusto. Me pego a él y lo acaricio. Me besa el cuello mientras yo masajeo el suyo. Le paso la mano por el brazo y, antes de que lo acaricie entero, se incorpora apoyando las rodillas en la cama y me empuja con sus labios.

—Estoy cansada.

Es lo primero que me sale decirle cuando me tumbo.

—Te quiero —susurra mientras se coloca encima de mí y me besa de nuevo.

Él nunca regala un «te quiero». No me apetece, pero me da pena cortarle. Hacía tiempo que no se mostraba tan cariñoso.

Le acaricio la nuca, indicándole que puede continuar. Coge mi camiseta y la levanta hasta que estiro los brazos. Qué frío. Me abrazo el pecho y me besa los huecos que no cubren mis manos, hasta que me las aparta. Poco a poco, va bajando. No quiero que siga, pero tampoco le freno. Algo que no identifico me detiene. Sin embargo, cuando noto sus labios bajo el ombligo, llevo las manos a su mandíbula e intento atraerlo hacia mí.

—Ven.

Levanta la mirada, me sonríe y niega con la cabeza.

—Disfruta, amor.

Me abre las piernas y posa los labios en la parte interna de mis muslos. El ritmo de mi respiración aumenta, pero no estoy cachonda. Entonces vuelve a mirarme. Esta vez coge las costuras laterales de las bragas que descansaban en mis rodillas y las desliza hasta que pasan por encima de los tobillos. Se apoya en mis piernas e introduce la cabeza. Fijo la mirada en el techo y espero que el tiempo pase rápido, aunque tampoco sé el motivo. Después de un rato, sube y me doy cuenta de que me está penetrando porque al principio duele. Me arde durante unos segundos, pero no siento nada. Me besa. Me acaricia. Me mira y lo miro. Es como si no estuviese ahí. Le beso, aunque soy incapaz de notar sus labios. Paso las manos por su cuerpo, pero estas solo flotan por el aire. Me muevo, pero no soy yo quien lo decide. Me veo desde fuera mientras mi cuerpo respira y siente por sí mismo hasta que, después de un tiempo imperceptible, acaba y nos dormimos abrazados.

—Te amo.

Es lo último que oigo antes de quedarme dormida.

Y lo primero que recuerdo al despertar.

Al principio pasa por mi cabeza la idea de que todo ha sido un sueño, pero mi desnudez bajo el edredón es la prueba irrefutable de que sucedió. No me ha dado tiempo a mover un músculo cuando vuelvo a notarle a mi lado.

—Buenos días, mi vida.

Me llena de besos y se restriega contra mí. Me obligo a sepultar los recuerdos de la noche anterior y trato de quitarle importancia.

—¿Tienes hambre?

Todavía no soy consciente ni de tener estómago, pero supongo que habrá que desayunar, así que asiento con la cabeza y, al hacerlo, vuelve el torbellino de besos. Pasa por la boca, las mejillas, la frente y, cuando llega al cuello, me hace cosquillas. Me retuerzo y me besa una vez más.

—Estás preciosa —dice como si de una confesión se tratara.

Ya me extraña. Debo de tener un careto...

—¡No te tapes! —me ordena cuando me llevo las manos a la cara.

—Déjame, no me mires tan de cerca.

Lo empujo y sale de la cama de un brinco.

—Venga, ven.

Mete la mano bajo el edredón y me coge los pies, lo que me hace dar un respingo.

—¿Me pasas...?

Apunto hacia mi ropa interior con la mirada mientras me tapo.

—Será un placer, princesa.

Fabio la recoge del suelo, lo que me da bastante vergüenza, y me la lanza.

—Toma, la camiseta. —La tira también.

Me lo pongo todo y aun así sigo sintiéndome desnuda, pero salgo del nido y voy hacia él. Cuando bajamos las escaleras me tapa los ojos.

—Es una sorpresa.

Doy unos pasos y el aroma a masa de tortitas invade mi pituitaria de adicta al dulce.

—Mmm... Este olor...

Por instinto intento liberarme de sus manos, pero no tengo éxito.

—Quieeeta.

El suelo frío de la cocina me saluda bajo los pies, y el aroma a tortitas se mezcla con el de café recién hecho.

—¿Preparada?

Asiento.

—Espero que tengas hambre.

Fabio aparta las manos de mis ojos y un banquete se presenta ante mí: tortitas, fruta, cafés que parecen preparados por el mejor barista, huevos, incluso beicon. ¿Hay algo más rico en el mundo que los huevos con beicon para desayunar? Solo las tortitas con nata fresca podrían competir con ellos, y también están llamándome desde la mesa.

Le miro y me sonríe.

—¡Guau! Pero, Fabio, qué cantidad de comida, ¡qué rico todo!

Cojo una fresa, la mojo en la nata de las tortitas y la engullo sin miramientos.

—Mmm…

Alucino, hay comida en cantidades ingentes, y todo parece de la mejor cafetería de brunch. Hay hasta tostadas con huevo poché.

—Madre mía, ¡vamos a morir!

—¡Qué va!

Curioseo de un lado a otro como una niña pequeña. Quiero comérmelo todo, pero no sé por dónde empezar.

—Pero, pero… —Estoy tan nerviosa que tartamudeo—. ¿Cuándo has hecho todo esto?

Fabio se ríe y se pasa por la frente el trapo que tenía al lado.

—He madrugado un poquito.

Me lo como. Un poquito, dice. Aquí hay horas de trabajo.

—¿Y esto? —Señalo los cruasanes de diferentes tipos.

—Los he comprado, princesa —se ríe—. De momento, no soy Cédric Grolet.

Me acerco a él y le beso.

—Eres el mejor.

—Eso es porque no te has dado cuenta de que algunas yemas se me han roto…

Nos reímos juntos. Y suena el timbre.

—¿Quién es?

Fabio corre a abrir la puerta.

—¡Los refuerzos! —grita desde la entrada.

Este giro de los acontecimientos no me lo esperaba. Voy andando poco a poco hacia la puerta de la cocina. Oigo saludos de fondo y de pronto me doy cuenta de que sigo casi en bolas, pero no hay manera de solucionarlo. Para subir a la habitación tengo que pasar por la entrada. Joder. Solo rezo para que no sea alguien de la editorial. Bueno, ¡qué narices! Ojalá sea alguien de la editorial, mejor eso que sus padres. Qué pereza.

Mierda, ¿qué hago? Doy vueltas por la cocina, y todo lo que un segundo antes me parecía que formaba parte del paraíso, ahora me da rabia. Este chico es tonto. Viene gente a desayunar y no me avisa.

—Buenos díííías!

¿Rebeca?

—¿No pensabas compartir este festín o qué?

Nunca me había hecho tanta ilusión verla. Me tiro a sus brazos y la estrujo contra mí. Dios, qué mal rato.

—Buenaaas.

Tommy aparece por detrás con cara de no entender cómo ha llegado hasta esta situación. Lo que tiene que hacer uno por amor, ¿eh? Estoy flipando. Creo que me han hackeado la vida. Últimamente, nada tiene sentido.

—Qué ilusión, Dios —me sale del alma.

—Oye, Fabio, tenemos que hacer esto todas las semanas. Nunca me había demostrado tanto cariño como en los últimos diez segundos.

Saludo a Tommy con otro abrazo sin importarme ya el hecho de que estoy medio en bolas.

—Oye, pero ¿me explicáis esto?

—Tu novio, que nos quería hacer madrugar hoy.

—Son las doce, Rebeca —dice Tommy, serio.

Fabio se ríe.

—Como no pude ir al cumpleaños…

—Mira, lleva dándome la murga desde la semana después de la fiesta. Pero eres muy escurridiza, hija.

Lo miro. La felicidad brilla en su cara.

—Venga, a comer —dice sonriéndome.

No me lo esperaba para nada. De nuevo, las apariencias engañan. Por primera vez, siento que hacemos algo como equipo. Es una situación rara, no lo voy a negar, pero lo más importante es la intención. Parece que tuvo efecto aquella charla que pensé que había caído en saco roto. Comemos, bromeamos y nos reímos con las borderías de mi amiga. Los observo y pienso que no tengo por qué quejarme, no debería tener motivos para estar rayada o para no sentirme completa, pero la mayoría de las veces el problema no está fuera. Y hay algo en mí que, por mucho que lo intente, no está bien.

11

Pocas cosas dan más rabia que el momento en que tienes que salir de casa y no sabes dónde narices están las llaves. Cuando pille al duende que estoy convencida que me las cambia de sitio, se va a enterar. Las busco por todas partes, y ojalá el problema fuesen las dimensiones desproporcionadas de mi vestidor, pero ya he mirado en mis dos bolsos y nada. Joder, Kobo debe de estar a punto de llegar y me ha dicho que tenemos que salir corriendo porque vamos tarde. ¿Qué pantalones me puse ayer? Qué mierda.

—¡Chicas!

Salgo de la habitación en busca del comodín del público pero, si creo que con el volumen al que tienen la tele me van a oír, lo llevo claro.

—Chicas, ¿habéis visto mis llaves?

—¿Qué?

Olivia se incorpora y me mira frunciendo el ceño. Lo dicho. Mi abuela pone la telenovela más bajita.

—Os vais a quedar sordas.

—Bájalo, tía —le pide a Lola, que está engullendo unos cereales.

—Perdón —se ríe Oli—. Es que así nos metemos más.

—Si ya... —Cualquier día me encuentro a Chuck Bass preparando la cena—. No habéis visto mis llaves, ¿no?

Lola levanta la vista del bol.

—¿No son las de la mesita de la entrada?

Vale, no hay duende, simplemente soy idiota.

—Ay, los nervios...

—¿Qué nervios? —me defiendo.

—Uy, ¿a dónde vas? Es que no me contáis nada —se queja Lola.

—Ha quedado con Hache.

—¿Con Kobo?

—No, con Fermín.

Nos reímos. Fermín es nuestro vecino de arriba. Lo amamos.

—Bueno, con las cenas que le prepara su madre os ahorraríais una pasta.

Sí, Fermín tiene algunas rarezas, como que va a cumplir cuarenta años y sigue viviendo con sus padres.

Suena un motor potente.

—Ya está aquíí́... —dice Lola con tonito de guasa.

—Adiós, arpías.

—Pásalo bien y presta atención a los detalles, que ya sabes que te someteremos a interrogatorio cuando vuelvas.

—Sí, sí —musito mientras cierro la puerta. Solo les falta el «Firmado: la reina cotilla».

Empiezo a bajar las escaleras que separan mi tercero sin ascensor de la calle y, cuando llevo tres escalones, suena el móvil.

> Estoy

Ya lo sabemos, caballero. Bajo con alegría. Cómo agradezco ir en zapas...

Llego al portal y ahí está. No se ha bajado de la moto, pero se ha quitado el casco.

—¿Ha pedido un Uber?

Me acerco a él.

—Sí, ¿es usted? Espere que lo compruebe, que hay mucho loco suelto… —Hago ver que miro el teléfono.

—Claro, señorita, faltaría más.

—¿Jacobo?

—No, no soy yo —dice entre risas.

—Vaya… —me río también.

—Soy Kobo, pero puedo acercarla donde quiera.

—Pues no se lo va a creer, pero no sé dónde voy —digo mientras me siento detrás de él.

—Vaya, pues la puedo llevar a un sitio que le va a gustar mucho.

Me pasa el casco.

—Uh… qué siniestro.

Lo aparta.

—Si no está preparada…

—No veo a Jacobo por aquí, así que no me queda otra opción.

—Esa es la actitud.

Mientras me pongo el casco, arranca la moto.

—Espero que la temperatura esté a su gusto, porque no la podemos cambiar.

—Es perfecta.

—Genial. El agarre —me mira de reojo— es totalmente ergonómico.

Le paso los brazos por los costados y le aprieto la tripa. En su caso, los abdominales.

—Trabajamos con los mejores materiales —añade.

Me acomodo contra él y se pone en marcha.

Avanzamos cincuenta metros y nos detenemos en el primer semáforo.

—Si quiere música…

—No tiene, ¿no? —le corto.

Para que se nos oiga, tenemos que hablar alto.

—Sí, pero solo grandes éxitos: Alejandro Sanz, Miguel Bosé, Álex Ubago...

Me río al imaginármelo.

—A ver... pues *Corazón partío,* por favor.

Le oigo reírse bajo el casco y comienza a tararearla.

Nos partimos de risa. El señor del coche de al lado nos mira sonriente mientras le da una calada al cigarro que sostiene apoyado en la ventanilla.

Kobo sigue sin ningún tipo de vergüenza hasta que de pronto el señor se anima y se une entonando mucho mejor de lo que nos podíamos imaginar.

Kobo se vuelve hacia mí flipando.

—¡¡Oleee!! —le jaleo.

El señor nos mira con la cara iluminada de felicidad. El semáforo se pone en verde y la moto de Kobo sale a toda velocidad.

—¡... sus emooooociones! —grita Kobo. El tirón de la salida ha hecho que me agarre a él con fuerza.

Los dos cantamos a pleno pulmón. No puedo parar de reírme. Entre la velocidad, la sensación de no poder hablar de la risa y el aire que hace que se me salten las lágrimas parece que estoy en el parque de atracciones. No sé a dónde vamos, pero callejeamos bastante por el centro y cuando intento sonsacarle solo me dice que no sea impaciente.

Al final, aparca en una calle silenciosa con poca luz.

—¿Ves como no me tenía que subir? —bromeo mientras me bajo y me quito el casco.

Le sigo hasta un portal y llama al telefonillo, pero, antes de que abran la puerta, él ya ha metido la llave.

—¿Sí? —pregunta una chica.

What?

—Kobo.

Observo la fachada tratando de encontrar algo que me dé una pista, pero no veo nada.

—¿Te vas a quedar aquí toda la noche? —pregunta Kobo con la puerta abierta. Lo miro con sospecha y lo sigo. Al pasar por los buzones, echo un vistazo rápido, pero no sé en qué momento me he creído detective.

El ascensor es antiguo y muy estrecho, tanto que tocamos los laterales y nuestros brazos se rozan. Me imagino lo que pensarían las reinas cotillas, e incluso oigo sus «uuuuuhhh» de niñas de recreo en mi cabeza. El ascensor da una sacudida y se detiene. Por supuesto, la idea de que nos hemos quedado encerrados cruza mi mente, pero luego me doy cuenta de que solo es aún más viejo de lo que pensaba. Las puertas se abren y Kobo llama al timbre del piso D. Se oye música y voces dentro.

—¿Me has traído a tomar unas copas?

—Mira que eres impaciente, ¿eh?

Vuelve a llamar. Justo cuando está sacando las llaves de nuevo, la puerta se abre de golpe y me quedo sin aire.

—Buenaaaaas.

Mientras Kobo lo abraza, intento que no se me note el sonrojo.

—¡Hola!

Se vuelve hacia mí con una sonrisa que, aunque él no lo sepa, he visto mil veces.

—Ella es Lu.

—Hola. —Al fin consigo sacar algo de voz.

Nos damos dos besos.

—Encantado, soy Axel.

No, si ya.

—La famosa Lu... Kobo me ha hablado mucho de ti.

Vale, ahora sí que me he convertido en un tomate. Esta frase es preciosa, pero te deja entre la espada y la pared. Es de esas que, contestarla, se hace bola, como cuando te llaman «guapa». En ese caso, hay dos respuestas claras: la de cuñado —«Espero

—Como un tomate —se ríe.

—¡Tendrías que haberme avisado! —susurro con rabia.

Llevo dando la murga a Kobo con Axel desde que me dijo que iba a trabajar con él. Es un chico que me encanta, hace una música increíble. Sus canciones son de esas que parece que se han compuesto por y para ti, tiene letras que podría haber escrito escuchando mis pensamientos. Es increíble, pero lo que realmente provocará que mañana tenga agujetas de tanto sonreír es que Kobo haya pensado en mí para esto, que se haya currado una sorpresa así.

—Va a cantar los temas de su nuevo disco.

—¿Qué?

Me quedo loca.

—Sí, saca disco el viernes, y quiere tocar las canciones para sus amigos.

—Buah, buah.

Estoy eufórica, pero no en plan fan loca. Es que me parece un puuuuuto planazo, Dios. Kobo me ve nerviosa y se ríe de nuevo. Alguien baja la luz y todos nos callamos. Axel se sienta con la guitarra y quitan la música que sonaba hasta ahora.

—Bueno, gracias a todos por venir —dice mientras se coloca.

Algunos le contestan.

—Como ya sabéis… Bueno, seguro que algún capullo aún no se ha enterado… El viernes sale mi primer álbum.

Hasta ahora no había sido consciente de que no había sacado ninguno. Cuando lo petó con *Macadamia*, la gente se puso a escuchar otras canciones que ya había subido pero que no habían llegado a ninguna parte, así que será lo primero que publique después de su éxito. Ha tenido que ser muy *heavy* para él.

—¡Guapo! —grita un chico que está apoyado en el marco de la puerta.

—Gracias —se ríe Axel—. Eso es para que me calle y toque, ¿no?

La gente se ríe también y algunos le dicen que no.

—Bueno, solo quiero que sepáis que os quiero. Gracias por apoyarme siempre, por aguantar mis audios, mis *previews*, mis rayadas continuas...

—¡Rayao!

—Yo también te quiero, Doni... Espero que os gusten estos temas.

Después de los aplausos, gritos, piropos y algún insulto entre amigos —qué poco se habla lo que les gusta insultarse a los tíos—, Axel empieza a tocar la guitarra con una delicadeza que casi consigue que me emocione antes de oírle cantar. El ambiente que crea es increíble, como si formásemos parte de una peli. Todo el mundo escucha una canción tras otra con una sonrisa, y la verdad es que cada una parece insuperable hasta que suena la siguiente. Este chico tiene mucho talento. Hemos empezado escuchando de pie, pero una chica de las que estaban sentadas en la alfombra me ha tocado la pierna y nos ha hecho un hueco para que nos pusiéramos a su lado. Kobo lo mira con admiración. Es bonito tener una mirada así para alguien con quien mantienes una relación laboral, aunque está claro que la de ellos está yendo más allá. Me da que Axel, como amigo, es todo corazón, un buenazo de manual a pesar de lo que pueda aparentar. Parecen cortados por el mismo patrón.

—Voy a tocar una más. Estamos en familia, así que es difícil sorprenderos, pero solo voy a decir que es para una persona muy importante para mí, alguien que, en los momentos en que mi vida parece oscurecerse y todo pierde el sentido, rescata el sol de donde se haya metido y lo trae hasta mí.

Después del último acorde, necesito unos segundos para volver a la realidad. Hay pocas cosas más intensas que viajar con una canción, y me cuesta pensar que hoy haya alguien en esta habitación que no haya volado. Miro a mi alrededor y veo muchos ojos enrojecidos. Levanto la cabeza del hombro de Kobo, me sonríe y, cuando le devuelvo la sonrisa, las lágrimas que se han acumulado en mis párpados durante la canción se deslizan por mis mejillas como si fuese un *anime*.

—Luuu.

Se ríe, me pasa el brazo por los hombros, me apoya contra él y me achucha. Cada vez que mueve los brazos, me viene una ráfaga de su olor. Me quedaría así el resto de la noche.

—Gracias —le digo mirándolo directamente a los ojos.

Él solo sonríe. El chico sonriente. Ojalá supiese todo lo que encierra esta mirada, todo lo que no me atrevo a pronunciar. La gente comienza a levantarse. Axel va charlando de grupo en grupo y nosotros guardamos un silencio incómodo en el que cada uno mira a un lado mientras sostiene la botella de cerveza vacía.

—¿Qué tal, chicos? —Axel aparece a mi espalda.

—Increíble —le contesta Kobo.

—Ha sido una pasada —me sale del alma.

—¿Sí? ¿De verdad os ha gustado?

Su mirada demuestra que lo pregunta de corazón.

—Puf. —Kobo vuelve a poner la cara de admiración que tenía hace un rato.

Axel se ríe.

—Vale, y a ti qué te ha parecido, que no habías escuchado nada. Con sinceridad, ¿eh? No pasa nada si me dices que es una mierda delante de mis amigos y en mi propia casa.

Los tres nos reímos de su amenaza encubierta. Le pasa el brazo por los hombros a Kobo.

—Piensa bien lo que vas a decir, que es mi guardaespaldas.

Kobo me había contado que se llevaban muy bien, pero estoy alucinando. Parece que esté viendo a Mike y Tommy.

—Pues no es por ser pelota, pero hacía tiempo que no me sentía así escuchando música.

—¿Así cómo?

Busco las palabras perfectas y al final encuentro la que más se acerca a lo que tenía dentro mientras le escuchaba.

—Vulnerable.

Los dos me observan en silencio y se miran. Sonríen.

—No le he dicho nada.

—Júralo —le pide el cantante.

—Te lo juro.

Axel me sonríe.

—¿No te ha dicho nada?

—¿De qué? ¿Qué pasa?

—¿Sabes cómo se llama el disco?

Me llevo una mano a los labios y se me escapa una risa incrédula. No puedo evitar emocionarme y sonreír. Hablamos un poco más sobre el álbum antes de que se vaya con otro grupo, pero yo no dejo de pensar en esto que estoy viviendo.

No sé si han sido las canciones en sí o que estas le han dado un empujón a lo que traía de casa, pero todo a mi alrededor tiene esa belleza especial de lo que sabes que puede romperse en cualquier momento. Mi madre siempre dice que las cosas más bonitas de la vida son las que no sabes cuánto durarán, las que algún día ya no estarán. Lo inmortal no tiene valor. Y lo que estoy viendo y escuchando es tan increíble que me da pena saber que va a terminar.

Durante un par de horas, charlamos con Axel y sus colegas. Todos son tan especiales que nos hacen sentir como si fuéramos amigos de toda la vida. Hay pocas cosas más satisfactorias que conectar tanto con un grupo y pensar que podrías estar horas sin parar de hablar. Y lo mejor es que todo te resultaría interesante. Me siento como en casa.

—Oye, ahora vamos todos a un local. Os venís, ¿no?

Kobo se cuadra.

—Pero Axel...

Desaparece la cara de relajación que tenía hasta hace un momento y surge el Kobo guardaespaldas.

—No te preocupes, lo cierran para nosotros. Venga, pasaos.

—Sí, sí, claro, nos pasamos. No puedes ir solo.

—No voy solo, viene toda esta gente. Y tú vienes a emborracharte como los demás, no a trabajar.

Kobo parece agobiado.

—Escúchame… —Le pone la mano en el hombro.

Pero antes de que pueda hablar, Axel le coloca las dos en los suyos.

—Kobo, de verdad, confía en mí. Es un local con seguridad. Nos dejan una sala, no hay problema. Hoy no trabajas, estás aquí como amigo.

—Pero también habrá público normal.

Aday se suma a la discusión:

—Tranquilo, Kobo, está todo controlado. —Se vuelve hacia mí—. Venís, ¿no?

La gente va saliendo poco a poco de la casa. Kobo me mira serio. Lo conozco y sé que no va a disfrutar en toda la noche. Es una putada, pero le entiendo, y me parecería mal si no fuese así. Al fin y al cabo, la seguridad de Axel es su responsabilidad.

—Venga, vamos.

En menos de dos minutos, solo quedamos nosotros.

—Ya está el Uber abajo —añade Lía con el móvil en la mano—. Alegra esa cara, hombre.

—No sé si es buena idea, chicos. —Kobo continúa agobiado.

—No pasará nada, de verdad —lo tranquiliza Aday de nuevo.

—Vamos. —Axel abre el ascensor, pero no cabemos todos.

—Bajad vosotros. Ven, Lu.

Kobo y yo corremos por las escaleras.

—No me mola nada esto. Me conozco estas cosas, nunca pasa nada hasta que pasa…

—Tú les has avisado. No puedes hacer más —intento tranquilizarle.

—Llegamos abajo; una furgo les espera.

—Venid con nosotros —dice Axel desde dentro.

—Vamos en moto. —Kobo le enseña el casco.

—Por eso. Así podéis beber.

Una mirada condescendiente de mi amigo logra evitar que Axel siga insistiendo. Se ríe.

—Tenía que intentarlo.

Lo que está claro es que siempre pasa algo para que no bebamos juntos. Parece que quiera emborracharle, pero es que me da rabia no haberme pegado una buena fiesta con él. Aparte de la de aquel día... Y espero que no haga falta que Chris entre y salga de la cárcel para que vuelva a pasar.

Aday nos da la dirección y nos vamos en la moto.

—Necesito que me indiques, porfa —me pide mientras se pone el casco.

—Voy.

Busco rápidamente en Maps. Kobo está serio, no quiero cagarla. Sé que ha entrado en modo trabajo.

—Lo tengo.

Me subo tras él y me pongo el casco.

—Por ahí.

Salimos. Siempre he sido malísima indicando la ruta, así que hacerlo en una moto y con la mitad del cerebro esforzándose para que no nos vayamos al suelo es una prueba de fuego. Vamos rápido, pero no tanto como cuando hemos dado nuestro concierto móvil.

—¿Y ahora? —pregunta mi piloto.

Mierda. Estamos entrando en una rotonda, y soy de distracción fácil. El Maps está un poquito...

—Por ahí.

Indico la salida que creo que es y cruzo los dedos para no equivocarme. La flechita sigue el recorrido marcado. Bien.

«Recalculando».

—Joder —se me escapa.

—No era por aquí, ¿no?

Pensaba callarme y seguir el nuevo camino.

—Por aquí también se puede ir, pero, si quieres, da la vuelta y llegaremos antes —digo con una risilla nerviosa.

Kobo niega con la cabeza.

—Vaya copiloto me he buscado.

—La mejor.

—Ahora hay que... —me dice algo que no logro entender.

—¿Qué?

—Que ahora hay que recortar —dice más alto.

Kobo aumenta la velocidad, lo que me produce ese cosquilleo en el estómago que, lejos de incomodarme, me divierte. Si mi madre me viera, lo mataría y me daría un bofetón, pero algo dentro de mí me empuja a pedirle que acelere, un impulso que de momento retengo y canalizo en forma de fuerza alrededor de su cintura. Cuando quiero darme cuenta, ya hemos llegado, y las noticias no son buenas. El local está en pleno Malasaña, y en la puerta hay una cola de gente que lo hace de todo menos clandestino. Nos estamos bajando de la moto cuando vemos que la furgoneta se detiene. Kobo corre hacia ella, pero la gente se arremolina y, mientras voy tras él, veo que la puerta se abre y Axel entra escoltado por los guardaespaldas del garito. La gente nos ha cortado el paso y no veo a Kobo. Miro por encima de las cabezas, pero no logro encontrarlo. Odio ser bajita.

—¿A quién buscas?

Se me acerca un chico que apesta a alcohol. En estos casos, lo mejor es ignorarlo.

—Al famoso, seguro —dice el que va con él.

Parece que aún están en la ESO.

—¿Sabes quién también es famoso?

Esto se me va a hacer más bola de lo que pensaba. Me alejo, pero me siguen.

—Oye, que te estamos hablando.

Joder, Kobo. ¿Dónde estás?

—¡Lu!

Se me escapa un suspiro de alivio. Cada día creo más en el *manifesting*.

Me doy la vuelta y, detrás de esos dos imbéciles, aparece Kobo. Pasa entre ellos, pero los ignora. Los otros parecen cansados de charlar, así que se van por donde han venido.

—Perdona, pensaba que la gente se le iba a echar encima.

—Yo también lo he pensado.

—¿Entramos?

—Si quieres sí, por mí no lo hagas.

—Me iba a cualquier sitio contigo antes que entrar ahí dentro, pero…

Me encanta cómo arquea las cejas cuando quiere dar explicaciones sobre algo.

—Lo sé, no seas bobo —le corto antes de que termine.

Me tiende la mano y vamos hasta la puerta abriéndonos paso entre la multitud. Es como ir en un rompehielos.

—Chicos, la cola es por allí.

Un puerta de dos metros se dirige a nosotros sin mirarnos.

—Vamos con Axel —le dice Kobo, que aun con su altura parece un niño a su lado.

—Como si vais con Messi, la cola está allí.

La cara de Kobo cambia y me entra la risa de lo tensa que se ha puesto la situación en un momento. Rezo por no reírme. Es la misma sensación de cuando te entraba la risa floja en clase.

Kobo respira, pero veo que se le ponen los nudillos blancos cuando sujeta la valla que los separa y los antebrazos se le llenan de venas. Quiero desaparecer.

—Te cuento —respira otra vez—, trabajo para él, soy su segurata, tenemos que pasar.

El hombre, que ya me parece un ogro, sonríe. Lo mira de arriba abajo y llama a otro como él. Ay, ay, ay, con lo bien que estábamos escuchando musiquita y hablando de procesos creativos y movidas artísticas.

—Este —cabecea hacia Kobo— dice que son de seguridad del chavalín ese que ha pasado…

El otro nos da un repaso.

—¿Hoy es el día de llevarse a la parienta al trabajo?

Los dos se descojonan. Me quedo a cuadros. Cuando miro a Kobo, me doy cuenta de que tiene un pie apoyado en la barra inferior de la valla y la tensión de un pitbull en la mandíbula.

—A la cola. —Se vuelven.

Cuando le dan la espalda, Kobo está preparándose para liarla, pero, instintivamente, me tiro contra él y lo agarro.

—Para, por favor. —Lo sujeto.

Tiene la mirada puesta en los trogloditas que se han vuelto hacia nosotros.

—Kobo, vámonos. No vale la pena.

De pronto, contra todo pronóstico, se calma y me coge de la mano para alejarnos de toda esa gentuza. Saca el móvil y hace una llamada mientras avanzamos.

—Nada.

Supongo que intenta hablar con Axel.

—¿Y su gente?

Lo prueba varias veces, pero parece no haber cobertura. Está agobiado, no sé qué hacer porque a veces es peor el remedio que la enfermedad y, cuando intentas calmar a alguien, puede que no solo no lo consigas, sino que le subas aún más las pulsaciones. Así que mientras lucha contra su sentimiento de responsabilidad, me siento en el bordillo más cercano. Lo veo ir de un lado a otro, como un león enjaulado. Llama sin parar y se queja por no recibir respuesta. Intento no reírme, porque es lo único que falta, pero es que cuando se pone así es de un intenso...

—Lu... —me dice con ese tonito de advertencia.

Al final se da por vencido, viene y se sienta a mi lado. Me apoyo en su hombro. Nos quedamos en silencio un rato, en contraste con todo el barullo que tenemos alrededor, pero no me siento incómoda.

—Perdón —se disculpa.

—¿Perdón por qué?

—Por esto. Vaya planazo...

—¡Qué dices! —Le golpeo.

—Joder, para un día que quedamos...

Eso sí que me da rabia. ¿Cómo que un día? Hasta hace nada nos veíamos de lunes a viernes. Me gustaría saber qué narices le pasa, pero intentar que este chico se abra es como pedirle a mi primo Lucas que deje el *Fortnite* y lea un libro.

—Un día desde que te ha dado el flus.

Se ríe. Y no puedo impedir decirle lo que pienso:

—No te rías, es verdad. No te pregunto porque sé que no me contarás qué te pasa, y aunque lo hicieras no me dejarías ayudarte, así que...

Mira hacia otro lado y después al suelo. Si ya lo conozco, ¿por qué sigo intentándolo?

—Vámonos. —Me pongo de pie.

—¿A dónde?

—No lo sé. —Le tiendo la mano—. Pero aquí no hacemos nada.

—Si son las dos de la madrugada...

Tiro con todo el cuerpo de él, pero el idiota no coopera. Casi parece que esté haciendo fuerza para no moverse hasta que le suelto y se levanta solo.

—Venga, pringao, que te han dejado fuera —le vacilo.

—Porque me has parado. —Me pasa el brazo por los hombros y me acerca a su torso. Me agarro a su antebrazo.

—No me seas fantasma. Ahora estarías *hablanzdo azí*. —Meto los labios y finjo que no tengo dientes.

—¿*Azí*? —Él también lo hace.

—*Dioz, qué heo.* —Está feísimo.

—¿*Hee* qué?

Me meo. Me entra la risa floja y a él también, y como somos lerdos, entramos en bucle y no podemos parar.

—Vaya dos —consigo decir al fin.

Ojalá pudiese poner en palabras lo que me recorre el cuerpo al ver a Kobo reírse así. Hacía mucho que no estábamos como hoy, los dos solos haciendo lo que más nos gusta: el tonto.

Llegamos a la moto y, en dos movimientos, me zafo de su brazo y me subo.

—¿Alguien ha pedido un Uber?

Lo imito y, cuando se ríe, sé que viene con venganza.

—Ay, Axel, qué bien cantas, soy suuuperfan —se burla de mí.

No puedo evitar una carcajada.

—Eres un payaso.

—Me he emocionado muchísimo, Axel —continúa la parodia.

—Te pueden los celos, eh.

—Uy, sí... —Se acerca y se apoya en el manillar de la moto frente a mí. Sé que soy una rayada con este tema, pero me cuesta entender sus movimientos. Mis amigas siempre me dicen que soy idiota, que me como demasiado la cabeza y que solo tengo que abrir bien los ojos. Supongo que me pueden los miedos y nuestra historia, porque, si fuese otro chico, habría tomado ese «Uy, sí» en plan chulito, y los veinte centímetros que nos separan ahora mismo como una indiscutible luz verde.

—Te queda bien —rompe el silencio.

—Dame las llaves.

Se mete la mano en el bolsillo y me las da. No pensé que sería tan fácil. Las meto en la ranura, me aseguro con el pie de que está en punto muerto y arranco. Me encanta cómo suena.

—¿Y eso?

—¿El qué?

—Has puesto el punto muerto.

No, si te parece...

—¿Y?

—No sé, no pensaba que supieras llevar una moto.

¿Este qué se cree?

—Mira, chaval, no sabías lo que era una rueda y yo ya estaba subiéndome a un tronco con la Montesa. Sube, venga.

Me mira sorprendido y, de pronto, se descojona.

—Tú estás loca.

—Ya está. Ante ustedes, el clásico machito que no quiere que una chica le lleve en moto.

—Corrección: si fueses un chico, tampoco querría.

—Sube —insisto.

—No.

—Vale. —Me pongo el casco.

Parece mentira que no me conozca.

—Lu… —Intenta apagarla, pero soy más rápida y le aparto la mano.

Con el casco ya puesto, le doy una última oportunidad:

—¿Subes o me voy?

—No pienso subir. —Se ríe nervioso.

—Perfecto, *good night*. —No da crédito.

Cuando suena el clac después de meter primera, abre los ojos como platos. Suelto embrague y acelero lentamente mientras lo miro.

—Lucía… —dice cuando ve que no es una broma—. Lucía, para. —Empieza a andar a mi lado.

Aumento la velocidad poco a poco. Le entra la risa, pero sé que no le hace gracia. Anda a velocidad de marcha.

—¡Lucía! —grita riéndose.

Acelero y ya tiene que correr, pero doy más gas y me alejo. Por el retrovisor, lo veo hacer aspavientos y mi risa retumba dentro del casco. Puf, me encanta, qué bien va. Aprovechando que es una recta, aprieto y fantaseo con la cara que debe estar poniendo ahora mismo. Esto sí que no se lo esperaba. Vuelvo. A medida que me acerco, distingo su cabeza moviéndose de un lado a otro como si fuese mi padre a punto de echarme la bronca de mi vida. Freno despacio y me aproximo a él. No se mueve, así que detengo la moto justo entre sus pies. Me mira con una sonrisa rabiosa mientras sigue negando con la cabeza.

—¿Subes o no? —insisto.

—Que no me voy a subir contigo.

—Perfecto.

Aprieto el embrague para que la moto no avance y piso a fondo para asustarlo.

—¡Ueeeee! ¡Dale, daleee! —gritan unos chavales que están bebiendo en el banco de al lado.

Vuelvo a acelerar y gritan de nuevo. Consigo poner a Kobo tan nervioso que por fin mira al cielo pidiendo paciencia, suelta un gruñido animal y se sienta detrás.

—Es el mejor día de mi vida —le digo riéndome.

—Más te vale tener cuidado.

—Tranquila, princesa. Agárrate donde puedas.

Lo miro de reojo. Me parece escuchar otro gruñido justo antes de colocarme una mano en la cintura, y me pongo en marcha. Al principio voy despacito, pero, volviendo a Hache y sus clichés, hay algo que siempre he querido hacer, así que, en cuanto enfilo la primera recta, pego un acelerón que lo obliga a sujetarse con mucha más fuerza.

Un grito de pura adrenalina me sale del alma.

Kobo refunfuña a mis espaldas, soltando una ristra de palabrotas. En cuanto llegamos al semáforo, me aprieta la cintura.

—Baja, ladrona.

—En tus sueños. —Empiezo a negarme, pero me agarra con fuerza y empieza a hacerme cosquillas—. ¡Para, paraaa! Está en verde, está en verde.

Arranco y me da tregua.

—Pero ¿a dónde vamos?

—¡No lo sé! —Y no me importa.

Lo único que quiero es que esto no acabe. Dicen que la risa alarga la vida, así que, después de esta noche, podré confirmar mi inmortalidad. No sé dónde estamos, pero de repente veo lo que parece ser una noria.

—¡Una feria!

—Serán las fiestas.

Tomo la calle que lleva hacia allí.

—¡Son casi las tres de la madrugada!

—¡No seas abuelo!

Me acerco todo lo que puedo y subo la moto a la acera. No hay un alma.

—Esto tiene pinta de estar más chapado...

—Tú siempre animando, majete. Por aquí, ven.

—¿Por dónde se entra?

—Está cerrado, Lu.

—¡Pero si la noria está iluminada!

—¿No te parece raro que no haya nadie?

Me asomo a través de unas casetas que hacen de separación y, efectivamente, no parece haber nadie. Jo, me hacía ilusión. Habría sido la guinda perfecta.

—Mira, me están llamando estos.

A buenas horas.

—*Too late, baby.*

—¿Me oyes…? ¿Axel?

Mientras Kobo intenta escuchar, encuentro una parte de la verja que no es muy alta.

—¿Oye? Nada, vaya mierda, no hay cobertura.

Cuando cuelga, ya estoy subida a la verja.

—¡Qué haces! —grita—. ¿Estás loca? —Baja el tono por si nos oye alguien.

—Shh, calla.

Desde lo alto, miro que no haya nadie al otro lado.

—¡Lucía! —susurra.

Me lo pienso, pero poco.

Y salto.

—Joder, Lucía.

No me lo creo, camas elásticas. Mi puto sueño.

—¡Ven! ¡No seas cagao!

—Eres idiota, seguro que hay seguratas.

—Qué va, ven.

Entro en el paraíso de las camas elásticas y lo miro antes de saltar.

—¡Venga!

—O sales o me piro.

—Qué pena.

Me saco las llaves de la moto del bolsillo y comienzo a saltar muy despacio.

—Te juro que te voy a matar. —Me amenaza con una mezcla de exasperación y cariño—. Luego te quejas de que no quedamos.

Repasa la valla con la mirada.

—¡Ven! ¡Pilla esto! —me dice al fin.

Me muestra los cascos, así que me bajo del cielo y me acerco a él, que me los lanza. Primero uno, luego el otro, y luego pasa él. La verja se mueve muchísimo mientras sube.

—¡Qué follón estás montando, Kobo!

—Calla —dice nervioso—. Te voy a matar, Lucia —me repite.

Lo cojo de la mano.

—Ven, corre.

Lo llevo hasta la cama elástica y vuelvo a saltar. Siempre he adorado este tipo de colchonetas... El punto dulce está en ese momento en que vuelas pero sabes que pronto tocarás tierra de nuevo. Es imposible ser infeliz sobre una cama elástica. Kobo me mira con una sonrisa que está más cerca de la de un asesino en serie que de la de un anuncio de dentífrico.

—Ven aquí —dice cuando su maligno interior alcanza su punto álgido.

Salto en dirección contraria y comienza una persecución que parece salida de Cartoon Network. Corremos como dos canguros. Trato de escapar, pero de nuevo la risa me deja sin fuerzas. No me atrevo a mirar atrás, aunque cada vez lo siento más cerca. Es gracioso, porque me grita y me amenaza en susurros, temeroso de que no estemos solos. Salto de un lado a otro muerta de risa. Sin embargo, un paso en falso recorta la distancia entre nosotros y el lobo se abalanza sobre mí. Los dos caemos. Rebotamos varias veces y vuelvo a tener la sensación placentera de vértigo en el estómago. Después, el silencio. Kobo está encima de mí y me mira con una sonrisa igual que la mía. Tenemos la respiración agitada. Sus ojos, su boca. Lucho por no mirársela. Siento su aliento y un cosquilleo que me recorre el cuerpo del ombligo para abajo. Quiero besarle, pero es como si estuviese en una avioneta con las puertas abiertas y el paracaídas puesto. Si salto y se abre, será lo mejor que he hecho. Si salto y la mochila falla, lo perderé todo. Desde allí, puedo disfrutar del cielo, aunque deseo bucear en él.

Su cara se ilumina de golpe, y no hablo metafóricamente.

—¿Quién hay ahí? ¡Hola!

Con la misma velocidad que hemos caído, nos ponemos en pie y saltamos al suelo.

—¡Corre! —me grita Kobo, que se queda detrás de mí.

Y lo hago a toda la velocidad que pueden mis piernas.

—¡Corre! —chilla de nuevo, pero esta vez detecto risa en su voz.

Me contagia, y suelto una carcajada llena de adrenalina.

—¡Venid aquí!

La luz baila delante de nosotros.

—¡Correee! —vuelve a gritar, más exagerado.

Cada vez estamos más cerca de la salida del recinto. La valla se aproxima poco a poco y ninguno de los dos somos Spiderman. Entonces Kobo me agarra del brazo y me aparta a la derecha. Nos metemos entre las casetas de la feria. Corremos entre ellas y volvemos por donde hemos venido hasta que la luz deja de iluminarnos.

—Agáchate —susurra Kobo.

Avanzamos despacio.

—¿Han llamado a la policía?

Están cerca. Nos quedamos quietos. Me llevo las manos a la boca para no reírme.

—Shh. —Kobo me mira sonriendo—. Primero camas elásticas y ahora el escondite. La experiencia completa.

Le doy un golpe en el brazo porque, como siga, me voy a descojonar. Mientras se ríe, apoya su frente contra la mía. Solo se oye nuestra respiración, y su sonrisa desaparece poco a poco. Lucho otra vez contra el impulso de besarle, pero no puedo evitar acercarme a su boca un poco más. Noto el calor de sus exhalaciones. Deseo acortar la distancia y acariciar sus labios con los míos. Sufro por no hacerlo, pero él no se aparta, así que me aproximo un poco más. Nuestros labios se rozan levemente y el corazón se me va a salir del pecho. No puedo aguantar. Salto al vacío sin mirar atrás y le beso. Al hacerlo, cierro los ojos y espero una respuesta que siento que tarda horas en llegar, pero, cuando lo hace, me mata por dentro. Kobo se aparta despacio, y su sonrisa revela un pequeño atisbo de tristeza. Solo puedo pensar en lo tonta que soy.

12

Cuando noto los labios de Lu, la lucha interna que había empezado hace meses llega a un punto de no retorno. Es increíble cómo un gesto tan pequeño es capaz de desestabilizarme de esta manera. Y es que, en un instante, un millón de pensamientos y sensaciones se acumulan aturdiéndome de una forma que no sé gestionar. Un par de segundos en los que no sé si siento placer, dolor o rechazo por una situación que hacía tiempo que veía cerca, un miedo que se materializa en la tristeza que invade los ojos de Lu, una mirada que percibo más lejos que nunca y no soy capaz de encarar.

—¡Vamos! —susurro al darme cuenta de que tenemos una oportunidad de escapar.

La cojo de la mano y, mientras corro hacia la valla, la aprieto con fuerza intentando transmitirle lo que no he sido capaz de decir con palabras.

El silencio se llena con el ruido de nuestros pasos y, cuando estamos junto a la verja, hago un escalón con las manos para que Lu tome impulso. Mientras lo hace, me siento la peor persona del mundo.

Caminamos hacia la moto que nos llevará hasta su casa,

porque, aunque ninguno de los dos lo diga, ambos sabemos que la noche ha terminado.

Parecemos dos desconocidos intentando eliminar una incomodidad que, en este momento, parece ser imborrable. Mi móvil vibra, pero lo ignoro.

El sonido del motor se mezcla con los pensamientos que pueblan mi cabeza mientras avanzo por Madrid. El trayecto se convierte en un viaje emocional, una ruta en la que cada calle parece ser testigo de la tormenta de emociones que hay en mi interior. El beso de Lu ha confirmado una realidad que mis ojos veían, pero que mi cabeza trataba de ignorar, y a la vez resuelve una duda que parecía enquistada dentro de mí. Lo que durante años fue el sueño del chico que esperaba conquistar algún día a su princesa se ha convertido en una pesadilla al imaginar que podría perderla por ese beso. Y lo más duro de todo es que no me hace falta besarla para pensar una vez más que Lu es la persona con la que podría empezar una relación y llegar hasta donde la vida dijera. El problema es que cada noche, cuando cierro los ojos, es a Eva a quien imagino junto a mí.

Cuando llegamos a su casa, soy consciente de que el final de este trayecto solo marca el comienzo de una nueva etapa en nuestra relación, una llena de incertidumbre en la que lo único que me preocupa es no hacerle daño. Así que, en cuanto se baja de la moto, casi temblando como un niño, me coloco delante de ella y le doy un abrazo que valoro más que cualquier otro. Y, cuando voy a hablar, me mira con esos ojos que son para mí de otro planeta y, con la nobleza y sensibilidad que la caracterizan, me sonríe.

—Prefiero no decir nada.

Sus palabras me pillan por sorpresa, y las mías se agolpan impidiendo que alguna salga.

—Hacemos como que no ha pasado, ¿vale? —añade.

Me besa suavemente en la mejilla y se dirige hacia el portal dejándome con una fría sensación de despedida.

—Ten cuidado, parece que va a llover —apunta antes de entrar.

Asiento con la sonrisa que intenta ocultar mi tristeza.

—Te aviso cuando llegue —digo fruto del deseo de que esto no nos distancie.

—Claro —responde a varios metros de distancia.

Y, mientras abre, espero a que entre para un último contacto, pero la puerta se cierra tras ella y me quedo solo. Pues sí, parece que va a llover.

El móvil vuelve a vibrar y esta vez cojo la llamada.

—¿Axel?

—Kobo. —Su voz suena agitada—. Soy Aday, tenemos un problema.

Joder.

—¿Qué pasa?

No se oye nada.

—Hay muchísima gente —grita Aday—, no podemos llegar a la furgoneta.

—¿Y los de seguridad?

—¿Qué? —pregunta por encima del barullo.

—¡Los de seguridad, Aday! ¿Dónde están?

—¡No se comprometen! De todas formas, hay mucha gente.

Me invade la ira y me contengo para no soltar un «te lo dije», que ahora mismo no aporta, y trato de pensar con agilidad.

—¿Kobo? —Se impacienta.

—¿Hay puerta trasera?

Aday contesta, pero la cobertura no es buena y no logro comprender lo que me dice.

—Que si hay puerta de atrás —repito.

—Sí, pero no entra la furgo, es una calle sin salida. Una ratonera.

—Voy para allá.

—¿Qué?

—¡Que voy para allá!

Un chico que pasa a mi lado se asusta.

Cuando cuelgo, les envió mi ubicación en tiempo real, engancho el casco que hasta hace unos minutos llevaba puesto Lu y acelero a todo lo que da la moto. Hay poco tráfico, pero preferiría concentrarme un poco para escapar del torbellino que tengo en la cabeza. Siento que me va a estallar. A toda velocidad, aparecen imágenes y una incontrolable verborrea interna. Me pregunto hasta qué punto he tenido la culpa de llegar a esta situación con Lu, pienso si lo que siento por Eva tiene sentido... Me preocupa perder a mi mejor amiga y me atormenta la posibilidad de haber perdido ya a la persona que me quita el sueño. ¿Estoy enamorado de Eva o es mi ego, que no soporta pensar que está con otro? Nuestra relación terminó porque me di cuenta de que no éramos compatibles. ¿Por qué ahora íbamos a serlo? Joder, ya me ha dejado claro que no estamos en el mismo punto. A veces se me olvida que ha rehecho su vida. Nada tiene sentido. No sé si estoy perdiendo a la mujer perfecta por buscar a la que quiero que lo sea. ¿Por qué uno siempre quiere lo que no tiene?

Cada vez estoy más cerca de Axel, y no he pensado ni un minuto en lo que me voy a encontrar. Ahora solo necesito aclarar mis ideas, avanzar de una vez por todas y, por suerte o por desgracia, la realidad da un respiro a mis cavilaciones.

Cuando me acerco a la discoteca, no puedo creer lo que veo. Las luces de neón parpadean sobre las cabezas que se agolpan frente al garito. La gente se agolpa en la puerta mientras los guardias intentan, con poco éxito, abrir un pasillo.

Le mando un mensaje a Aday mientras compruebo el estado del callejón al que da la puerta de atrás:

Por suerte, parece estar vacío, pero, para no llamar la atención, apago la moto, me bajo y la dejo oculta a los ansiosos de vídeos que todos graban para sus redes sociales. Voy despacio y, al entrar en la calle sin salida, la coloco hacia fuera antes de llamar a la puerta metálica. Si la gente se entera y viene a por nosotros en cuanto nos subamos a la moto, estamos jodidos.

Todo parece estar listo, pero cuando mi puño está a punto de golpear la puerta...

—Hostia, hermano, qué guapa.

No me jodas. Un chaval que parece haberse bebido hasta el agua de los floreros me observa desde la entrada del callejón. Sigo con el brazo en alto para llamar a los chicos, pero me doy cuenta de que la cara de nuestro amante de las motos cambia y frunce el ceño en señal de desconcierto. Mierda, se huele algo raro. Hay que irse de aquí.

Por suerte, Axel sale en cuanto toco a la puerta, bastante más torpe que cuando me despedí de él, y, como si fuera un muñeco, le pongo el casco.

—¡Sube! ¡Rápido!

No daba un duro porque lo hiciera a la primera, pero se muestra ágil. Por fin, un golpe de suerte.

—¡Eh, chavales, está aquí! —grita el vigilante del callejón avisando a sus amigos con efecto retardado.

Acelero tanto que la rueda delantera se levanta unos centímetros y Axel está a punto de caerse. Lo oigo gritar y agarrarse con fuerza. Salimos tan rápido que solo me da tiempo a adivinar cómo un gran número de cabezas se vuelven hacia nosotros, pero tardo un rato en ver a toda la gente por el retrovisor.

—¡¡¡Vamooooos!!! —grita Axel.

Vuelvo a mirar por el retrovisor y lo veo levantar la visera del casco al tiempo que suelta uno de los brazos de mi costado y lo estira. Me hace gracia verlo así, pero solo me faltaría que se cayera.

—¡¡¡Daleee!!! —me grita de nuevo.

Dos gotas de agua distorsionan su imagen en el espejo.

—¡Dale un poco, *bro*!

En este tipo de situaciones, una gracia con la moto puede acabar con los dos en el hospital.

—¡Esto es la hostia!

Está eufórico. Cierra los ojos y levanta la cabeza. Lo está disfrutando, y soy fácil de contagiar, así que cuando enfilamos una recta...

—Agárrate.

Se abraza a mí como si fuera su peluche. Acelero cinco segundos y vuelvo a reducir la velocidad.

—¡¡¡Dios!!! ¡Quiero una moto! ¡Gracias, *bro*! ¡Eres la hostia, joder! ¡Gracias!

Si algo tengo que agradecer de estos últimos meses es, sin duda, haberlo conocido.

Cuando llegamos a su casa, llueve tanto que tengo que ir a cinco por hora para que la moto no se deslice como una tabla de surf. Estamos completamente empapados. Axel se quita el casco y disfruta de la ducha.

—¡La vida es increíble!

Grita y bota mientras lo observo riendo sentado en la moto, como si lo hubiesen tirado a la piscina. Estamos tan empapados que seguir bajo el agua no cambia nada, y me divierte tanto verle así que, una vez más, no puedo evitar contagiarme de su actitud y saco toda la tensión de la noche en forma de grito al cielo. Me imita. Nos reímos sin parar durante un rato que soy incapaz de determinar. Finalmente, Axel se dirige a su portal.

—¡Vamos!

Debería irme a casa, pero no puedo negarme.

—¡Venga! No conducirás así —insiste al ver la duda en mi mirada.

Una vez dentro, nos damos cuenta de la cantidad de agua que tenemos encima y volvemos a ahogarnos de la risa. Nuestras pisadas resuenan como una actuación de natación sincronizada.

—Espera, así no podemos entrar. —Se ríe cuando abre la puerta de su casa.

Entonces se quita la camiseta y, al escurrirla con las manos, sale un chorro del caudal de una manguera. Le sigo y comienzo a desnudarme. Mientras lo hacemos, nos mofamos pensando en que algún vecino se asome y nos vea en ropa interior en el descansillo.

—Mierda —se descojona, y dirige la mirada a sus partes—, mal día para gayumbos blancos.

El agua transparenta tanto que parece que no lleve nada.

—¡Tápate, cabrón! —le pido mientras le tiro mis pantalones.

—Chaval, disfruta de las vistas.

En ese momento, oímos que gira la llave en la puerta del vecino. Nos corta la risa un segundo y, después de mirarnos, entramos corriendo en casa antes de que abra.

—¡Espera!

Mientras Axel está tirando del pomo, veo mis calcetines fuera. Alargo la mano para cogerlos y, cuando cierra, oímos:

—¡Ya está bien, hombre! ¡No son horas! —grita un señor al otro lado.

Nos tapamos la boca con el brazo para que no se nos oiga reír y nos quedamos quietos apoyados contra la puerta hasta que el vecino cierra la suya.

—Me cago en la puta, qué susto.

Nos reímos a gusto.

—Vente, que te presto algo para ponerte. Deja eso ahí, ahora lo tendemos —me dice mientras deja su ropa mojada en un cesto.

De camino a su habitación, recorremos el espacio que hace unas horas estaba repleto de gente, luz y música. No puedo evitar volver a pensar en ella, en ellas, y me invade otra vez esa melancolía que me había dado un rato de tregua.

—Espera, no entres —me pide Axel con una sonrisa pilla mientras se escabulle por el estrecho hueco que ha abierto.

A saber lo que oculta... Oigo ruido de cajones y, a los pocos segundos, sale ya vestido y con un chándal en la mano.

—Seco mi ropa y, en cuanto pare de llover, me voy —le digo.

—Nah, no va a parar de llover. Te quedas a dormir.

Después de repartir las prendas por los radiadores de la casa, Axel saca las últimas cervezas de la noche y nos sentamos en los sofás. Charlamos un rato, y al poco tiempo aparecen Lía y Aday casi tan mojados como nosotros hace un rato.

No tardan en cambiarse. Me cuentan la parte de la noche que me he perdido; me preguntan por la mía, pero no les doy muchos detalles e intento cambiar rápido de tema. Charlamos sobre el conciertillo, Axel habla de sus canciones, que acaban de rematar mi corazón, escuchamos música y la compartimos. Confirmo que tenemos gustos muy parecidos y me hacen sentir parte de la familia. Creo que es la primera vez que estoy tan cómodo con un grupo que no esté formado por mis cabrones de toda la vida. Los miro y, a pesar de lo que ha pasado esta noche, no puedo evitar sonreír.

Un par de horas más tarde, cuando Lía lleva ya un rato dormida sobre el hombro de Axel, Aday la despierta y los dos hermanos se van a la cama. Nosotros nos quedamos en la misma posición. Se termina el vinilo que estaba sonando y

Axel estira el brazo para levantar la aguja. El sonido de la lluvia invade la habitación y nos hipnotiza. Mira sonriente por la ventana, cierro los ojos y por fin consigo relajarme. Respiro. «Todo se aclarará», me repito una y otra vez, pero por desgracia solo encuentro el efecto contrario al que buscaba. El ritmo de mis latidos comienza a aumentar de nuevo y vuelvo a visualizar un sinfín de escenarios que no soy capaz de procesar. Las imágenes y los pensamientos automáticos negativos me atropellan obligándome a abrir los párpados, tratando de escapar de ellos. Al hacerlo, me encuentro con la mirada de Axel.

—¿Estás bien?

—No.

De pronto veo en Axel a la persona que necesito para vomitar todo lo que tengo dentro y que no soy capaz de gestionar. No me planteo quién es ni qué puede significar para mi trabajo. Simplemente me dejo llevar y me abro en canal. Quizá porque he visto en él a una persona sensible con una capacidad empática que no había encontrado jamás. Le cuento mi historia con Eva, mi relación con Lu, lo que pasó en el cumpleaños de Rebeca, lo que ha pasado esta noche, incluso lo que viví con mi hermano.

Axel me escucha atento.

—Puf, tío, perdóname, pero tu vida da para una novela.

Me arranca una sonrisa al pensar en su reacción cuando le cuente lo siguiente.

—No eres el único que lo piensa.

Axel abre unos ojos como platos.

—Mientras salíamos, Eva estaba escribiendo una novela en la que no conseguía avanzar, pero, de un día para otro, encontró un camino que le devolvió la ilusión.

Hago una pausa, pero Axel está tan metido en el relato que se levanta del asiento.

—No me jodas.

Da vueltas de un lado a otro y vuelve a sentarse.

—Vale, vale, vale. —Repasa la historia en su cabeza.

Lo vive tanto que, por primera vez, consigue hacerme sentir cómodo con este tema.

—Te das cuenta de que os curasteis mutuamente, ¿no?

—¿En qué sentido?

—*Bro*, por lo que me has contado, los dos estabais pasando por una crisis de identidad terrible: ella sin saber disfrutar de un éxito que quizá la arrolló, y tú con dudas sobre ti mismo después de hacer algo que debería hacerte sentir orgulloso.

Nunca lo había visto así, pero solo hay verdad en lo que dice.

Axel se despeina con las manos y las apoya en la cabeza.

—¿Eres consciente, tío? A ver, igual piensas que soy más empalagoso que una cita de unicornios, pero ¿te das cuenta de lo *heavy* que es el amor? —Va de un lado a otro y se sienta frente a mí—. No hay nada más *heavy* que dos personas que se reconstruyen juntas.

Sonrío por fuera, pero también por dentro. Sus palabras me tocan.

—No te rías, cabrón. ¿Ves? Soy un tío raro. Lo sé.

—Al contrario, me río porque hasta ahora no había encontrado a un loco así.

—Vete a la mierda. —Se ríe.

—¡No! En el buen sentido. Muchas veces me veo dándole vueltas a todas estas cosas y siento que soy un puto loco.

—Bueno... —Axel busca las palabras en el horizonte—. En asuntos de amor, los locos son los que tienen más experiencia. Nunca preguntes sobre el amor a los cuerdos; los cuerdos aman con cordura, y eso es como no haber amado nunca.

Se me dibuja una sonrisa por el efecto que me producen sus palabras. Envidio su capacidad para verbalizar sentimientos.

—Vaya tela, ¿eh? —Se ríe y me contagia.

—Pues no es mío, es de Jacinto Benavente.

Vuelve a reírse.

—Cabrón, pensaba que era de alguna de tus canciones.

—Ya me gustaría —y añade después de una pausa—: Vale, a ver. Eva y tú os queréis pero la cosa no acaba de cuajar por la situación. Entonces ella rehace su vida con el pringado ese y tú te apoyas en Lu, que es justo lo que os separó.

—No, nos separó la actitud que tuvo Eva respecto a nuestra relación.

Axel se queda pensativo.

—Puf, es que se os juntó todo.

Pero hay un detalle muy importante que no le he contado. No sé si hacerlo, pero...

—Hay algo más.

—Joder, me espero cualquier cosa.

Creo que esto no:

—Alguien pagó la fianza de Chris para que saliera...

—¡No! —Se levanta—. Kobo, tío, quiero tu vida.

Ladeo la cabeza. Debería pensárselo mejor.

—¡O sea, no! No la quiero... —Se da cuenta de que eso tampoco es muy esperanzador—. Me refiero a que... ¡Ya me entiendes!

Claro, pero me hace gracia verle en un jardín del que no sabe salir.

—¿Ella qué dice en el libro? —me pregunta.

—No lo sé.

—¿Cómo que no lo sabes?

—No lo he leído.

Vuelve a llevarse las manos a la cabeza.

—¡Hermano! ¿Estás loco? Ahí está la respuesta. Tienes que leerlo.

—No puedo, tío, tengo miedo a encontrar algo que no quiera saber.

—Eso es mejor que vivir en la ignorancia. Por eso estás así, por eso no sabes lo que quieres.

Tiene razón, me doy tanta rabia…

—¿La amas?

La pregunta me pilla tan desprevenido como el beso de Lu.

—Que si la amas —repite—. Ya me has oído.

—No lo sé.

—Mentira. ¿Estás enamorado de Lu?

—No.

—¿Ves? Es todo más fácil de lo que piensas.

—No sé dónde le ves la facilidad —le digo.

—Pues en que hagas lo que quieras, Kobo. Igual que le has dicho a Lu que no estás enamorado de ella, dile a Eva que sí lo estás.

—A Lu no se lo he dicho.

Ponerlo en palabras es aún más humillante. La cara de Axel cambia.

—*Bro*, eso es lo primero que tienes que hacer.

—Ya lo sé, tío, por eso me siento un mierda. Me ha besado y no he sido capaz de decirle nada. Me he quedado callado como un cobarde, he dejado que se fuera sin saber qué había pasado porque no tenía huevos de decirle que no siento lo mismo que ella. ¡Es que en realidad no tengo ni idea de lo que siento! No me he atrevido a decirle que no hay ni un día en el que no piense en Eva, pero que cada vez que estoy con ella desearía poder olvidarla.

Axel me mira tranquilo.

—No eres un cobarde, lo que pasa es que no estás enamorado de Lu, pero la quieres. Por eso sufres pensando en que quizá puedas hacerle daño.

Me reconforta su opinión, pero no es suficiente para dejar de sentirme mal.

Me doy cuenta de que estoy abriéndome en canal delante

de Axel, pero, lejos de frenar e impulsado por el placer de verbalizar lo que tengo dentro, sigo liberándome.

—A veces pienso que es más fácil no complicarse tanto la vida. —Suspiro, frustrado—. ¿Y si pierdo a la persona con la que podría pasar el resto de mi vida por otra de mis rayadas? ¿Y si lo mío con Eva es solo una obsesión? Además de que tampoco me parece justo aparecer en su vida y desestabilizar lo que ha construido.

—Solo se puede desestabilizar lo que no es sólido...

Los dos nos quedamos en silencio.

Axel piensa si decir lo que está a punto de soltar:

—Intentas buscarle un sentido a lo que sientes, organizar lo que tienes dentro como si fuera tu trabajo. Dices que, cuando te ha besado, has podido ver un futuro juntos. Pero, amigo, el futuro no debería basarse en la esperanza de que cambiarás lo que sientes ahora.

Las palabras de Axel rebotan dentro de mí.

—Esto es amor, *bro*. Puedes decirte lo que quieras, pero solo estás tapando lo que tu corazón tiene claro. Quizá no te guste verlo, pero en tu interior no hay dudas.

Pronuncia las palabras que no me atrevo a verbalizar y pone voz a ideas que llevaban mucho tiempo rondando por mi cabeza.

La lluvia golpea suavemente contra la ventana mientras el silencio planea entre nosotros, cargado de las palabras que acaba de soltar.

—Sí. Mi corazón tiene muchísimas dudas.

—Yo creo que no, Kobo, y en el fondo tú también lo tienes claro. La verdad duele, pero libera. Si quieres a Lu, prolongar esto solo hará que el dolor sea más intenso. Y ella merece encontrar a alguien que la ame de verdad. —Hace una pausa—. Y con Eva está claro... Si es tu persona, recupérala.

Axel se queda callado, observándome con comprensión, preocupado.

Me llevo las manos a la cabeza. Él se da cuenta y me anima:

—Esto no es algo que puedas arreglar con una fórmula, tío. En el amor, no hay un «hacer lo correcto».

—Pero... ¿y si estoy cometiendo un error?

—La vida está llena de errores, Kobo. No se trata tanto de evitarlos como de aprender de ellos. No puedes vivir con miedo a equivocarte. Enamorarse o no hacerlo forma parte de esa compleja ecuación.

Miro la lluvia que golpea la ventana como si pudiera encontrar respuestas escritas en cada gota que cae.

—¿En qué momento la vida se volvió tan complicada? —le pregunto a Axel, como si tuviera la respuesta.

—Nadie tiene un manual para estas cosas. Pero ¿sabes qué es lo más importante?

Levanto la mirada, esperando una fórmula mágica que me permita avanzar.

—Ser sincero con uno mismo.

—¿Y si me equivoco? ¿Y si dejo ir algo bueno por esperar algo mejor?

—A veces, perder algo bueno es lo que necesitas para abrir espacio a algo mejor. Pero la vida no ofrece garantías, amigo. Solo debes apostar y ver qué pasa.

Axel se levanta.

—Piénsalo, pero no te estanques. La vida no espera a nadie. Te lo digo por experiencia.

13

—Vale, ¿y este? —Apoyo el teléfono en un ejemplar de *De espaldas a tus besos*.

—Este mejor —responde mientras rebaña su bol de yogur.

—¿Sí? —El típico «sí» de cuando en realidad prefieres la otra opción.

—El otro es más soso.

—Pero ¿no enseño mucho?

Me mira de reojo mientras me contoneo usando la pantalla como espejo.

—Enseñas lo que tienes.

Gracias, amiga, pero me veo demasiado provocativa, y conozco a Fabio.

—No sé yo si a Fabio le parecerá bien.

Rebeca acompaña el silencio con una caída de párpados.

—Pues si no le gusta, tiene dos problemas.

Me río.

—Me refiero a que a él le gusta más en plan...

—En plan monja.

—¿Eres boba? Más arreglada.

—Ya —responde con ironía.

No quiero darle bola con este tema.

—No sé, tía, me voy a poner el otro, que me siento más cómoda.

Rebeca ni contesta. Para quien no la conozca, puede parecer que está concentrada en el yogur, pero he visto mil veces esa mirada y los fuegos artificiales que esconde detrás. Así que decido ignorarla porque cualquier palabra puede ser la chispa que convierta a mi amiga en la apertura de las Fallas.

—¿Tú qué harás?

Cambio de tema mientras me pongo la primera opción, un pantalón de traje de corte palazzo con un jersey de punto y el abrigo largo.

—Nada, veré un rato a estos.

Estos son su novio y sus amigos, o lo que es lo mismo, Kobo y compañía. La envidia se pasea un segundo por mi mente y me guiña un ojo, pero decido ignorarla igual que al cabreo incipiente de Rebeca.

—Qué guay.

—Sí, pero vamos, tomaremos algo y poco más.

La noto poco animada, así que la miro buscando algo más expresivo en su gesto, pero Rebeca tiene el vídeo en pausa y todos sabemos que eso pasa cuando estás haciendo otras cosas. No sé si será TikTok, Instagram o las novedades de Zara, pero como veo que no está muy por la labor de seguir charlando y no tengo la paciencia para tirar cohetes, le digo:

—Bueno, guapetona, luego hablamos.

—Vale, ya me cuentas qué tal.

Contesta bastante seca.

—*Of course.*

—Adióóóóós.

Sé que se preocupa por mí y que ha estado esforzándose por congeniar con Fabio, sobre todo el día que vino a desayunar, pero últimamente está muy desagradable con el tema y no entiende que, por mucho que a ella no le guste, es mi novio. Parece que no se acuerda de cuando estaba loquita por sus huesos. Cualquier día se lo recordaré.

—Pero bueno, ¡qué guapo está mi chico! —Le beso cuando me subo al coche—. Ay, espera.

Casi voy hasta casa de su colega con medio abrigo barriendo la Castellana.

—Ya estoy.

Tras cerrar la puerta por segunda vez, el olor a su colonia me recibe con efusividad, como siempre.

—Vamos tarde.

—Perdón. Es que…

Voy a entonar el *mea culpa* pero, antes de que pueda explicarme, se me adelanta:

—Da igual, amor, la próxima vez te aviso para que bajes cuando todavía lleve el champú en la cabeza. —Parece que hoy todo el mundo se ha levantado con el pie izquierdo.

Aun así, el comentario me divierte.

—Venga, gruñón, prometo no hacerte esperar nunca más.

Llevo la mano a su nuca y le rasco el cuero cabelludo hasta el inicio de lo que puede considerarse su peinado. Alguna vez se me ha ocurrido acariciarle por encima de la coronilla y solo faltó que se desplegara un equipo de SWAT para detenerme. Fabio es un chico de manías, aunque él odia llamarlo así. Prefiere decir que es ordenado. Yo creo que habría debate.

—Promete lo que puedas cumplir.

Para seguir con mi día zen, me lo tomo a broma.

—Prometo que no te haré esperar casi nada.

Fabio sonríe y me enorgullezco de mí. Va a ser verdad eso de que para pasar el día sonriendo solo hace falta sonreír. Todos tenemos lo nuestro, así que, si dejamos el humor en manos del resto, lo llevamos claro. Mi psicóloga estaría pletórica.

La casa de su amigo Lorenzo está en una de las calles más

pijas de Madrid, Lagasca, y mis nervios crecen a medida que nos acercamos. Tengo sentimientos encontrados respecto a la cena de hoy. Por un lado, estoy muy contenta porque Fabio haya organizado algo así para que pueda conocer a sus amigos, pero, por otro, temo no encajar. A veces les oigo discutir sobre unos temas… Aunque admiro su capacidad de argumentación, actúan en mí como una infusión para combatir el insomnio. Y eso que solo sigo una parte de la conversación… Espero que no se me escape un bostezo durante la cena.

—¿Viene Julia?

—Qué va. —Se ríe.

Julia y yo somos las únicas novias del grupo. Está con Borja, y por lo que Fabio me ha contado, llevan toda la vida. Son la típica parejita que empezó a salir en el instituto y, a pesar de haber atravesado varias crisis e incluso haber estado a punto de dejarlo, siguen juntos.

—Borja no la invita nunca.

Ah, qué bien, qué majo.

—¿Por?

—Yo creo que porque no encaja.

No le pregunto por qué, pero no puedo evitar darle vueltas. Mientras Fabio aparca, no dejo de pensar en cuál puede ser el motivo para que los amigos de tu novio, con quien llevas casi toda la vida, consideren que no encajas. Siempre he pensado que los amigos son una extensión de nosotros mismos. «Dime con quién andas y te diré quién eres», suele decirse. No sé. Igual soy antigua, pero me interesa conocer a su gente para conocerle a él. Por eso me importa tanto que pase tiempo con mis amigos.

Lorenzo nos recibe con una copa de tinto en la mano y el mismo jazz que se pone Fabio cuando cocina en casa. Me invade la vergüenza y busco su mano, pero, antes de que pueda cogerla, se escapa hasta la de su amigo. Un par de segundos y unas palmadas en la espalda después, Fabio nos presenta.

—Que ganas tenía de conocerte, Eva.

—Igualmente. —Le sonrío después de darle dos besos.

—Qué elegante.

Me repasa con la mirada.

—Muchas gracias.

Los nervios me empujan a Fabio y enredo mi brazo con el suyo.

—Ella siempre es así, o bueno, casi siempre —se ríe.

Compensa la bromita apretándome contra él, pero la verdad es que, aunque le sigo la coña, no me hace gracia. Dicho esto, creo que he hecho bien al elegir este *outfit*.

Cuando entramos en el piso, es como si nos metiéramos en un capítulo de *Downton Abbey*. Las paredes altas y decoradas, con esas molduras antiguas, combinan con los muebles que parecen robados de un palacio victoriano. Ríete tú de la decoración *vintage*. Lo más parecido a esto que tengo es una silla de segunda mano que encontré en el Rastro.

Dentro nos esperan Borja e Ignacio, cada uno con su copa de vino, ayudando a preparar un picoteo de embutidos y quesos. Igual me condiciona el escenario, pero todo tiene un aura más bien… añeja. Caminar sobre el suelo de madera crujiente es como danzar con el pasado. Las cortinas son largas y pesadas y, al asomarme por la ventana, Madrid parece haber aprovechado la ocasión para vestirse con una neblina que pide a gritos una chimenea crepitante. Mientras los chicos empiezan a acomodarse, no puedo evitar cotillear en la biblioteca de Lorenzo, que parece más una galería de arte literario que un rincón para leer. No sé por dónde empezar. Hay algo de encanto en todo esto, pero también una sensación extraña, como si estuviera a punto de descubrir un secreto oscuro y sectario.

—La joya de la corona.

Ignacio interrumpe mis pensamientos justo cuando iba a empezar a visualizar la sala a la que se accede tras mover una primera edición de *Cien años de soledad*.

—A Loren ya le tiembla el ojo —añade Fabio.

Me vuelvo con una sonrisa neutra porque no sé a qué se refiere.

—Eva tiene permiso para coger el que quiera.

—¡Siéntete afortunada! —exclama Borja.

—El muy psicópata los tiene ordenados por fecha de publicación.

—No te juzgo, yo los tengo por colores —respondo con una sonrisa.

La velada transcurre con más normalidad de lo que esperaba. Bebemos vino rico, comemos uno de los mejores jamones que he probado nunca y, sin duda, escucho mucho más de lo que hablo. Los chicos parecen muy simpáticos, pero mi presencia no es motivo suficiente para mantenerles una tarde-noche completa sin abrir unos de esos debates manchados de cierta superioridad moral. Creo que ya he descubierto por qué las chicas del grupo no suelen encajar. Sus ornamentadas críticas a la sociedad actual van acompañadas de algún que otro navajazo sutil a un par de colegas escritores que, por suerte o por desgracia, ni he leído ni me he cruzado de momento. Lo bueno de mi mala memoria es que, si lo hago, no recordaré el despiece que presencié en compañía de mi novio y sus amigos. Permanezco atenta y educada, pero el vicio es el vicio y, en uno de esos momentos en los que algún sermón se alarga más de la cuenta, decido echar un vistazo al móvil, que acaba convirtiéndose en un repaso de WhatsApp, feed, historias… De pronto, me veo cayendo en picado en el abismo del contenido, un salto que me lleva directa a una story de Rebeca, que en realidad es una mención de Mou, en la que salen todos riéndose mientras Mike mueve la cadera de forma compulsiva al tiempo que agita las manos. Lleva una carta pegada en la frente. No puedo evitar reírme mientras amplío la imagen tratando de ver a quién intenta imitar. ¿Beyoncé?

—¿Eva?

La voz de Fabio me devuelve a la realidad. En contraste con lo que estaba viendo en la pantalla, la imagen con la que me encuentro está cada vez más cerca de una reunión de la RAE. Se me escapa una sonrisa al pensarlo. Todos me miran.

—Loren te preguntaba si conoces a alguien que tenga una relación abierta y le funcione.

Me pilla como si me dieran las largas.

—¿Todo bien? —bromea Borja, que se ha dado cuenta de que me he quedado en otra página.

—Nosotros mantenemos un trío —interviene Fabio—. Eva, el móvil y yo.

Todos se ríen.

—Bueno, es el mal de esta generación —añade Borja.

Espero que se esté incluyendo, porque el muy pringado me saca un año.

—Estaba comprobando una cosa de trabajo, perdonadme.

Tampoco quiero parecer una niña rata.

—Y digo el móvil por no dar nombres… La verdad es que lo del triángulo amoroso se nos ha quedado corto…

Menudo comentario más fuera de lugar, Fabio, querido. A sus amigos les hace gracia. Yo lo miro y no doy crédito.

—El señor Rojas, ¿no? —apunta Lorenzo con la naturalidad de quien ya ha hablado de este tema varias veces.

Qué bien, o sea que no es la primera vez que les habla de sus celos infundados.

—El mismo.

—No digas tonterías, Fabio. —No me voy a quedar callada.

—Aarón es muy profesional —dice con retintín.

—Pues sí —se lo devuelvo.

—Por lo que he oído… —intercede Ignacio.

—Cuéntale, que a mí me toma por loco.

Ignacio trabaja en el departamento legal de derechos de contenido de una importante plataforma de *streaming*, y Fabio ya me había comentado que había tenido algún roce con Aarón. En esta industria, nadie se libra de ellos, así que nunca me ha afectado esa información para relacionarme con él.

—Se comenta que es un poco intenso.

Sé lo que intenta decir, y me perturba que lo haga entre risas. Soltando acusaciones sin tener ningún tipo de prueba.

—Yo no tengo queja —afirmo con tono serio—. Se está volcando mucho en la preproducción. Estoy contenta.

—Ya se ve, ya —murmura Fabio—. Ojalá te dejara yo igual de contenta que él.

Y mientras las palabras de mi novio resuenan en el aire, siento que la sangre me sube a las mejillas. El corazón me late con fuerza, y no solo por lo que dice, sino por cómo y dónde. Mis ojos buscan desesperadamente evitar las miradas de sus amigos, que observan la escena como espectadores de una situación incómoda. La rabia me quema por dentro, pero la impotencia la eclipsa. ¿Cómo puede hacer un comentario así delante de sus amigos? La tibieza de sus palabras duele más que cualquier acusación directa. Respiro porque sé que, si abro la boca en este momento, empezaré una discusión que no me apetece tener en público. Nadie dice nada durante unos segundos y el silencio enrarece una situación ya de por sí incómoda.

Ignacio, que tampoco parece estar en un *spa*, se levanta un tanto rígido. Estira el brazo para alcanzar la segunda botella que estamos a punto de terminar.

—¿Cómo ha arrancado tu novela? —me pregunta mientras me llena la copa, viendo que la cosa no avanza.

—Pues estoy muy contenta, la verdad. Es un libro muy íntimo, y me preocupaba bastante pensar cómo lo recibiría la gente.

—¿Íntimo? ¿Es una historia real?

—No, no.

Los chicos me observan atentos y me da un poco de vergüenza. Intento ocultarme tras un sorbo de vino y me coloco detrás de la oreja un mechón de pelo que bailaba delante de mis ojos.

—Digamos que los personajes tienen mucho de ella.

Fabio se me ha adelantado, pero lo ha hecho con una sonrisa que no acaba de gustarme. Sus amigos sonríen de la misma manera mientras intento encontrarle el punto gracioso y me concentro para que mi mirada lo demuestre.

—¿Miento? —añade.

La altivez con la que me lo pregunta me calienta la sangre y me pone a su nivel.

—No, lo has dicho a la perfección. Como os decía Fabio, este libro tiene mucho de mí y de lo que he vivido y aprendido durante estos años.

Los chicos le dedican otra de sus sonrisitas a mi novio, pero ahora él está serio.

—Bueno, habrá que leérselo.

—Esperaré tu reseña —contesto con mi mejor sonrisa.

—Borja es duro, ¿eh? —añade Lorenzo.

—No creo que sea tu rollo —interviene Fabio.

Parece que ha decidido seguir con sus comentarios de mierda.

—Pero bueno, hay que leer de todo, ¿no?

Su comentario, que rezuma un clasismo y unas ínfulas que no deberían tener cabida en la cultura, me ha pillado tan fuera de juego que, para cuando le voy a contestar, no me queda otra que interrumpir a Borja.

—¿A qué te refieres?

El muy imbécil vuelve a poner la misma sonrisa repanchingada de hace un momento, y esta vez me entran ganas de gritarle: «¿De qué coño te ríes?».

—Pues que a él le gusta más otro tipo de literatura.

Repasa a sus amigos con la mirada.

—Aquí somos muy intensos —intenta suavizar Ignacio.

No le contesto, pero mi cara ya no es de corderito, sino de leona. A mí estos flipados no me van a vacilar.

—La intensidad bien enfocada puede ser una maravilla —añado—. Pero me gustaría saber qué es lo que Fabio considera que no va a acabar de convencerte.

Ahora es él quien se refugia tras la copa. Lo que no sabe es que le voy a esperar hasta que salga. Tengo todo el tiempo del mundo.

—No he dicho que no le vaya a gustar.

—Ah, ¿no? —Frunzo el ceño—. He entendido exactamente eso.

—Eva...

La tensión ya se ha convertido en un asistente más a esta distendida reunión.

—¿Fabio?

Suspira de nuevo. Después percibo que el cachondeo se vuelve a apoderar de su gesto. Sigo su mirada y me lleva directa al imbécil de Borja, que se aguanta la risa con la cabeza gacha. ¿Qué hago perdiendo el tiempo con esta gente?

—Venga, Eva, seamos realistas —comenta sin recortar un solo milímetro la sonrisa que le ha contagiado su amigo.

—Eso es justo lo que quiero, que seas claro y realista.

—Bueno, chicos, creo que...

Ignacio interviene con el tonito paternalista y guasón que lleva toda la noche taladrándome, pero con la diferencia de que ya no aguanto gilipolleces, así que le hago un gesto con la mano para que no interrumpa.

—Eva, por favor. —Mi novio compone una expresión de hartazgo y yo mantengo la mirada fija en sus ojos—. No montes una escenita.

No hay nada peor que un comentario así en un momento tenso. Es como decirle a alguien «cálmate» cuando está nervioso: solo funciona si pretendes sacarlo de sus casillas.

—Que me des tu opinión sincera, Fabio. No tires la piedra y escondas la mano.

De pronto mi novio se revuelve en la silla.

—Solo he dicho que aquí nos gusta otro tipo de literatura, ¿vale? —El hecho de que haya hablado en primera persona me revienta.

Entonces se incorpora y comienza a echar más vino en su copa llena.

—A Lorenzo no le gustan los mundos de corazones y mariposas —remata con desprecio.

Me quedo petrificada. No soy capaz de decir nada, y él solo sigue empeorando las cosas.

—Ya sabes lo que opina la gente de la novela romántica.

—Fabio, déjalo. —Borja intenta frenar a su amigo, que cada vez cae más hondo.

—Es la verdad, joder. —Golpea la mesa al dejar la copa—. Ni siquiera sé si la novela romántica se considera literatura.

En este instante siento un latigazo que me sube desde las tripas y que hace que se me tense cada músculo. Es como si una serpiente venenosa se hubiese despertado en mi estómago y deseara arrasar con todo lo que se me ponga por delante. El silencio me acuchilla como las palabras de Fabio, y no puedo hacer más que levantarme.

—Voy al baño.

Lucho para que no me caigan las lágrimas que, por supuesto, no tienen ni una gota de pena. La manera de tratarme delante de sus amigos llevaba incomodándome un rato, pero esta humillación me sabe a la peor traición. Me rompe pensar que no había ni un ápice de verdad durante todos esos meses en que me apoyé en él, en los que me levantaba el ánimo y me motivaba halagando mis historias. No era él. No es la persona que ahora está sentada a la mesa. Cierro la puerta tras de mí y me apoyo en el lavabo. Sus palabras todavía resuenan en mis oídos y las lágrimas se acumulan luchando por salir. La mezcla de frustración, impotencia y tristeza forma un nudo en mi garganta que siento que podría asfixiarme.

Miro la imagen que me devuelve el espejo, tratando de entender lo que está sucediendo. ¿Cómo hemos llegado a este punto? ¿Por qué no lo reconozco? Necesito liberar la presión, desahogar la mezcla de emociones que amenaza con desbordarse. Respiro hondo. Me seco los párpados con delicadeza para no convertirme en un oso panda y salgo con la intención de largarme de ahí cuanto antes.

Para mi sorpresa, no soy la única. Fabio me espera con la chaqueta puesta, y sus secuaces tienen una mezcla de sonrisa nerviosa y cara de entierro.

—¿Nos vamos ya?

Me hago la sorprendida.

—Sí, es tarde.

Es curioso lo ridículos que podemos ser a veces los seres humanos.

El camino a casa lo hacemos en absoluto silencio. Lo único que se escucha es el sonido suave pero potente del motor de su querido BMW X4 y el de los neumáticos acariciando el asfalto. Los imagino girando una y otra vez, dando vueltas de forma obsesiva, aplastando todo lo que se cruce en su camino. Aprieto la mandíbula hasta que se me agarrota e intento ignorarle. Siento rabia, tengo ganas de gritarle cuatro cosas por haberme tratado como a una pusilánime delante de sus amigos. Pienso en su sonrisa de machito prepotente y tengo ganas de borrársela de un tortazo.

Quiero que me deje en mi casa, pero soy incapaz de hablar mientras avanzamos en dirección a la suya. No quiero darle el gusto de que parezca un berrinche, pero me voy a arrancar la lengua de tanto mordérmela. Solo quiero salir del maldito coche, quitarme esta ropa y darle la espalda toda la noche. Estoy muy cabreada, y no veo la posibilidad de cambiar la imagen que tengo ahora mismo de él. El BMW se detiene frente al garaje y Fabio pulsa el mando como cada día, espera a que la puerta se abra y maniobra para meterlo de culo. Le gusta dejarlo así para salir con mayor facilidad.

«A casa se llega tranquilo, pero nunca sabes cómo saldrás». Su frasecita retumba en mi cabeza. Repite cada gesto como siempre, pero nunca me había dado tanta grima su actitud maniática. Inspiro. Creo que estoy perdiendo la cabeza.

Cuando salimos del coche, la guerra fría continúa. Voy directa a la cocina en busca de un poco de agua que alivie la sequedad de mi boca y mi garganta. Las luces se encienden a mi espalda. Estoy tan metida en mis pensamientos que la oscuridad no me incomoda. Bebo con desesperación, apurando el vaso hasta que no queda nada y, cuando voy a por la siguiente ronda, oigo sus zapatos sobre el mármol de la cocina. Suenan las copas, después el pop de un corcho y, por último, la inconfundible melodía del líquido saltando de la botella al cristal. Ojalá una trampilla me llevase directa a la cama sin tener que mirarle. Me doy la vuelta y me apoyo en el fregadero. Fabio está recostado en la encimera. Nos miramos. Bebe de su copa de vino. Nuestras miradas hablan, pero su presencia me incomoda, así que me voy a la habitación sin decir nada.

Mientras me desvisto, se suceden mil imágenes en mi cabeza, desde bajar y enfrentarme a él por lo que ha pasado hasta coger mis cosas e irme a casa o dejarlo y no volver a dirigirle la palabra nunca más. Pero no es tan fácil. Si algo he aprendido es que las decisiones no se pueden tomar en caliente. Es más difícil borrar una palabra dicha en un mal momento que escribir lo que no salió. Respiro y, cuando estoy quitándome los pantalones, oigo sus pasos en las escaleras, así que cojo el pijama con el que voy a dormir y me cambio en el baño con el pestillo echado. Es la primera vez que le doy uso. Desmaquillarme siempre es relajante, así que lo disfruto como nunca: cierro los ojos y masajeo mis párpados con el delicado algodón. Pienso en todo lo bueno que tengo. Recuerdo que llevo varios días sin hablar con mi madre, y al menos un par sin hacerlo con mi padre, a pesar de que me ha llamado varias veces. Pienso en Rebeca y en la suerte que tengo de contar con una luchadora como ella en mi esquina del *ring*. También en él, en Kobo, y, a diferencia del resto de los días, no me sabe mal hacerlo. De hecho, su imagen me alivia la conciencia. Soy incapaz de imaginarme una situación así con él y sus amigos. Por fin, el nudo de mi garganta se deshace y libera las lágrimas que ataba. Lloro y me desahogo en silencio porque no quiero que me oiga. Cuando termino, me lavo la cara y los dientes, y salgo relajada, renovada y lista para dormir. Mañana será otro día. Mañana pensaré qué hacer. Pero cuando abro la puerta, todo cambia. Fabio espera sentado en la cama. Lleva la camisa medio abierta y se apoya en las rodillas sujetando su copa.

—¿Podemos hablar?

—No me apetece.

Suspira.

—Eva...

Lo ignoro, recojo lo que había dejado sobre la cama y, cuando voy a colocarlo todo en el cajón que Fabio dejó libre para mí, pienso que estará mejor al pie de la cama. Él se levanta y se coloca detrás de mí.

—Eva, por favor...

Pone una mano en mi cadera y me recorre un escalofrío.

—No tengo ganas de hablar, Fabio.

Suelto la ropa y me escapo de su agarre, o eso intento, porque, cuando me doy la vuelta, me sujeta con más fuerza.

—Eva, vamos a hablar, joder.

Tiene los ojos rojos y sus palabras llegan hasta mí impregnadas en alcohol. Me echo hacia atrás y él me acerca.

—Quita.

Le aparto las manos y, sin querer, acabamos derramando la copa de vino sobre la cama. Al separarme, percibo que su mirada se llena de odio hasta que rebosa.

—Puta niñata —murmulla.

—¿Qué has dicho?

—Que eres una puta niñata de mierda.

Se le llena la boca con los insultos y yo intento contenerme para no ponerme a su altura.

—Me voy.

Recojo mis cosas.

—Que te den —me dice con rabia cerca del oído, tan cerca que es violento.

La respiración se me agita y me asusto, así que me doy la vuelta y encaro el baño, pero, cuando doy dos pasos, Fabio vuelve a cogerme, esta vez más fuerte, y me pega contra él. No sé cómo actuar y durante un par de segundos solo puedo observarle, pero, cuando reacciono, lo cojo de las manos y las aparto con todas mis fuerzas. El problema es que al segundo las vuelve a tener sobre mí. Me sonríe. Una vez más, no lo reconozco. El corazón me late tan rápido que lo noto en los oídos. Forcejeo de nuevo, pero esta vez me cuesta más liberarme.

—¡Que me sueltes! —le grito.

Por fin consigo soltar un brazo y, como si fuera un acto reflejo, le pego un bofetón que le cruza la cara. Yo misma me asusto por lo que acabo de hacer. Fabio ya no se ríe. Vuelve la cabeza despacio hasta que me encara de nuevo y aprieta la mandíbula.

—Sal de mi casa.

14

No me di cuenta de que no había avisado hasta que llegué a su casa.

—¿Quién es? —preguntó desde lejos. Segundos después, el sonido de sus pasos se acercó a mí.

—¿Quién es? —repitió.

Ya solo nos separaba la puerta. Recuerdo desear con todas mis fuerzas que llegase el momento de estar entre sus brazos. La tapa de la mirilla sonó y por fin...

—¿Eva?

Rebeca abrió a toda velocidad.

—Amor, ¿qué ha pasado?

Escuchar su voz fue como quitar el tapón a todo lo que llevaba dentro; las lágrimas me empaparon las mejillas y me lancé a sus brazos en busca de un lugar donde sentirme segura. A partir de ese momento, tengo muchas lagunas. Solo sé que sentía una presión en el pecho que pensaba que me iba a morir. No era la primera vez que tenía un ataque de ansiedad, pero jamás uno así, y no se lo deseo ni a mi peor enemigo.

Como la mayoría de las cosas en la vida, hasta que no te pasan no eres consciente de lo que implican. Siempre me he considerado empática, pero es cierto que, cuando oía hablar del infierno en el que te sumerge un ataque de este tipo, a pesar de que intentaba comprenderlo, una parte de mí no conocía sus consecuencias. Pensaba que era como un momento de agobio fuerte, y que podría aguantarlo. «Tengo consciencia suficiente como para controlar algo así». Nada más lejos de la realidad.

De camino a la casa de mi amiga, las manos me temblaban sin control, las luces de la calle parpadeaban con frenesí, como si quisieran aturdirme, y los coches pasaban tan cerca que parecía estar en la antesala de un accidente. No me sentía capaz de andar, me daba miedo que las piernas me fallaran. De pronto era como si mi cuerpo no me perteneciera.

Rebeca me miraba con ternura mientras me acariciaba el pelo. No me preguntó nada, solo se preocupaba de hacerme sentir tranquila y a salvo. No me soltó ni un minuto, pero yo no aguantaba más y se lo conté todo. Me moría de vergüenza al relatar aquella noche con Fabio.

No recuerdo a Tommy, pero, según parece, resistió un rato con nosotras hasta que pensó que era mejor dejarnos solas. Es más mono… Me quedé tres días en casa de Rebeca en los que todo lo que implicase salir a la calle me suponía un mundo, así que Tommy se encargó de traernos las provisiones. Fue realmente tierno cuando esa última tarde apareció con una sonrisilla traviesa y las manos tras la espalda.

—Traigo una cosa.

—¿Nocilla? —preguntó Rebeca con la misma ilusión que una niña pequeña preguntaría si su regalo de cumpleaños es un poni.

—Frío, frío…

—¿Helado de pistacho?

—Ha quedado claro que te apetecía algo dulce. Pero no.

—Pues vaya sorpresa… A ver, verás con don ocurrencias. ¿Qué es?

Me parto con estos dos y el rollo que se llevan.

—Ay, de verdad, tía, eres más vinagre... —le dije mientras le daba un golpe en el brazo—. Encima que te ha traído algo.

—Es para las dos.

¿En serio? Eso sí que no me lo esperaba.

Me parecía tan dulce su esfuerzo por integrarme que sonreí.

—Vale, cerrad los ojos.

—¡Venga! —gritó Rebeca mientras obedecía y estiraba los brazos.

Puse las manos en la misma posición.

—Mira qué contenta está Eva —añadió cuando nos lo estaba acercando.

—¡Es para hoy!

—Voy, voy. —Oía el ruido de las bolsas e intenté abrir un poquito el párpado para ver si pillaba algo, pero nada—. Esto por aquí.

Colocó en mis manos algo que, al tacto, era bastante grande, aunque apenas pesaba.

—No vale palpar. Manos estiradas.

Eso iba por mí.

—Esto otro por aquí.

Oí un beso.

—¡Eh! ¡Lo he oído!

—Tú a lo tuyo —me regañó mi amiga.

—Vale, con esto ya está —dijo mientras dejaba algo en mis rodillas—. Ya podéis mirar.

Cuando por fin abrí los ojos, me sentí como un crío en una juguetería.

—¡Guau! —exclamé.

—¡Tía! —me gritó Rebeca.

Mi amiga sostenía un ejemplar de *Senderos de cristal y fuego*, la última parte de la saga que llevaba obsesionándonos a Rebeca y a mí desde hacía años y que acababa de salir. Era el último de la trilogía Orbe blanco. Estos libros fueron uno de los primeros pasos que transformaron una simple relación autor-agente en la de amigas de verdad.

—¡Eh! —señaló el vinilo que yo tenía en las manos.

Ni siquiera había visto de quién era.

—¡Axel!

No solo era el álbum que llevábamos escuchando en bucle tres días, sino que además venía dedicado.

—«Te veo en el concierto» —leyó Rebeca.

—También se refiere a las dos —volvió a incluirme Tommy.

Rebeca pasaba de mirar los regalos a reírse como una loca, tirándome de la mano. Unos instantes después, se levantó y se lanzó hacia él.

—¡Ven aquí, anda! —Lo envolvió en un abrazo y Tommy la besó—. ¡Qué enchufe tengo! —gritó mientras le daba besos que sonaban como los de una abuela—. Mi guardaespaldas favorito.

Ellos nunca lo sabrán, pero yo pensé en el mío.

Después de eso, las dos nos centramos en nuestro botín y, mientras cuchicheábamos sobre cómo íbamos a organizar la lectura conjunta, me alegré mucho de confirmar una vez más que el destino es sabio, y Tommy es el chico que Rebeca merecía cruzarse en su camino.

Esos días fueron taaaaan necesarios. Cómo es la vida: cuando no vas por donde toca, se encarga de darte unos golpecitos que te devuelvan al redil. Somos nosotros los que, a veces, nos empeñamos en seguir por donde vamos hasta que, al final, los golpecitos son un choque de trenes. Estar con Rebeca me ayudó a recomponerme en todos los sentidos. He vuelto a escribir por necesidad, y lo estoy disfrutando más que nunca. He recuperado la urgencia por poner en palabras todo lo que sucede a mi alrededor e ir más allá. Es como contar con un poder, ser otra vez la superheroína de mi propia vida. Veo, escribo e imagino, vuelvo a sentirme cómoda paseando por ese mundo a mi medida que me acogió las primeras veces que escapaba del mío.

Hacía tiempo que no estábamos tan juntas, y ahora tiene mucho más mérito. Porque, como bien dice ella, no hay que elegir: «Se puede cuidar del churri y de tu hermana», incluso si tu amiga, una servidora, pasa del helado con maratón de *The Vampire Diaries* a las sentadillas con la diosa torturadora Patry Jordan.

—¡Fabio, cabrón! —gritaba Rebeca mientras hacía lo que para ella era una sentadilla.

—¡Rebeca! —la regañé sin poder ahogar una carcajada.

—¡Pijo! ¡Sin sangre!

No solo era la primera vez que hablaba de él sin llorar, sino que me estaba descojonando.

Ella paró de hacer ejercicio y se subió exageradamente los pantalones de chándal.

—Rebeca, vamos a organizarle una sorpresa a Eva.

Casi me ahogo con su imitación de Fabio y su manera de andar.

—Eva Mun —me miraba con cara de *cringe*—, ven, que te voy a dar un par de lecciones de absolutamente cualquier cosa. Ven, acércate a la sabiduría.

Rebeca me hacía reír y yo intentaba agarrarme a esa manera de verlo todo con humor, de intentar restarle importancia, pero cuanto más lo pensaba, más me daba cuenta de todos los momentos en los que a su lado me había sentido una mierda. Me daba vergüenza recordar todas las veces que había pasado por alto sus comentarios cargados de superioridad y condescendencia. Fabio elevó mi autoestima para después ser él quien la arrastrase por el suelo.

—¿Te ha vuelto a escribir? —me preguntó, intentando escaquearse de los *burpees*.

—Como el ibuprofeno, cada seis horas.

Nos reímos.

—¿Y qué dice?

—Ni lo sé ni tengo tiempo para escuchar sus audios de tres

minutos —jadeé, contando las repeticiones que me quedaban y saltándome alguna adrede.

Y así era y es. No pienso perder un minuto escuchando los motivos por los que me trató como a una mierda. Porque no existen. No hay una sola razón que pueda justificarle. No necesito sus explicaciones para entender los motivos por los que alguien no supo valorarme. La vida es demasiado corta para perderla intentando comprender a quienes no tienen la capacidad de apreciar lo que vale la pena.

Después de un rato de risas, las dos acabamos empapadas en sudor y tiradas en el parquet haciendo lo que hacemos todos cuando no tenemos nada que hacer: perder el tiempo y bajar un *reel* tras otro. Tenía los hombros tan débiles de las flexiones que casi se me cae el móvil en la cara. Estuvimos así un buen rato hasta que...

—Vale, hora de ducharme. Tengo reunión a las once, ¿te vienes?

—Qué va, tía. Tengo que acabar de mirarme unas cosas que me envió Aarón el otro día.

—¿Cómo va nuestro Spielberg? —preguntó meneando las cejas.

Hace tiempo que asumió que tenía carta blanca para este tipo de indirectas.

—Creo que él va más de Nolan. Pero bueno... Creo que vamos por buen camino, empieza a coger forma.

—Qué bien, tía. No me creo que vayamos a ver a los niños en la pantalla.

Yo tampoco. Y madre mía, qué vértigo.

Un rato después salió por la puerta prometiéndome que me llamaría después de comer y me quedé, por primera vez en varios días, sola.

La tarde anterior habíamos tenido un par de entrevistas y una reunión con el equipo de comunicación de la editorial, programando algunas firmas y varias campañas de publi, y como mi casa nos pillaba más a mano, decidimos venirnos aquí.

La verdad es que, al no tener a Rebeca parloteando constantemente para llenarlo todo, el silencio me cayó como un jarro de agua fría.

Necesitaba tiempo para pensar, para poner orden en todo este caos que resonaba en mi cabeza como un millón de voces hablando a la vez. Así que decidí hacer lo único que podría distraerme en un momento así: encendí el equipo de música, me puse una mascarilla en el pelo mientras recogía los rastros de nuestra noche de chicas y me di una ducha de esas en las que te tiras unas horas y, cuando sales (exfoliada, depilada, bronceada y cualquier otra cosa que implique un mejunje con olor a coco), parece que has pasado por un programa de transformación integral.

Me hice una deliciosa pasta al pesto (tuve suerte teniendo en cuenta que llevaba una semana sin pasar por el súper) y, con el estómago feliz, me senté delante del ordenador.

Llevaba ya un par de horas liada con los deberes de Aarón cuando Rebeca me llamó.

—Tía, he quedado con estas en un rato y nos vamos de farra.

A mí se me cayó el mundo encima al pensar en tener que decirle que no iba a salir.

—Puf... —Me llevé las manos a la cara.

—Eva, hoy vas a salir. Elige si quieres ir vestida como una diosa o como una diosa en zapatillas y el pelo como una ensaimada. Con las dos opciones vas a ser la más guapa de Madrid, pero... ¡Te recogemos en una hora!

La muy capulla no esperó ni a que contestara. Rezongué unos segundos más en el sofá, consciente de que, entre la salidita y las series de la diosa del fitness, mañana se iba a mover Rita.

Cuando me quise dar cuenta, estaba vestida, maquillada, perfumada y en un Uber camino al centro, riéndome de las chicas por cantar a pleno pulmón lo que en el momento me pareció una mierda de canción y ahora no puedo parar de escuchar.

Íbamos sin plan ni destino, y eso en Madrid es un peligro. Sobre todo cuando alguna resuelve la incertidumbre con la llamada del mismísimo diablo.

—¡Chupitos!

Y así fue. Recorrimos no sé cuántos bares y bebimos incontables chupitos. Para ser justa, me lo estaba pasando de miedo. Hablamos con un montón de gente de todo tipo y edad. Se nos acercaban y, si no, lo hacíamos nosotras. Bueno, en realidad se acercaban Alba y Mery. En todo grupo hay dos espabiladas que tiran del carro.

Natalia y Mou se habían estado viendo desde el cumple de Rebeca, e intenté sacarle a la primera algo de información, pero no hubo manera. El caso es que los chupitos fueron haciendo efecto, y las barras y mesas altas dieron paso a la tarima. En el último bar nos encontramos con un grupo de alemanes muy majos. Al principio parecían un poco serios, pero a la que se soltaron...

Total, que me vi a las cuatro de la mañana enseñando a bailar a un tal Niklas. Conforme las canciones, el calor y el tequila fueron aumentando, perdió la vergüenza.

Niklas me cogía por la cadera y sus manos casi se tocaban, me rodeaba entera y me gustaba. Quizá con menos alcohol en sangre me habría replanteado la situación, pero en ese momento me apetecía pasármelo bien y no pensar. Él me acercaba la boca al cuello y yo lo sujetaba junto a mí. Disfrutaba de esa tensión previa a lo que los dos habíamos reconocido desear. Se colocó detrás y recuerdo dejar caer la cabeza en su pecho mientras me acariciaba la cintura con claras intenciones. No sabía si me iba a ir con ese chico a casa, pero tenía claro que, si no lo hacía, sería porque no me apetecía, no porque fuera o no lo correcto. Estaba cansada de tanta corrección y tan poco disfrute. Me daba igual lo que pensara la gente.

De pronto, me encontré pensando de nuevo en Fabio. Joder..., ya se me había cortado el rollo. Me aparté de Niklas y el chico supo leer la situación de maravilla, porque me pidió el Instagram por si me apetecía tomar algo otro día y se fue con sus amigos a por otra copa. Más tíos así, por favor.

Al final, después de que un gilipollas intentase meterle mano a Mery después de que ella le dijera varias veces que no quería (y de que las niñas salieran como leonas a por él), nos declaramos en retirada.

—Qué pesados son algunos tíos. ¿No ven que así no van a conseguir nada? ¿Para qué insisten? —dijo Natalia mientras nos zampábamos una hamburguesa antes de volver a casa.

—Porque están cansados de matarse a pajillas —respondió Rebeca, haciendo que todas nos atragantásemos de la risa.

Nos partíamos.

—Qué asco me da la palabra «pajilla» —se reía Alba.

Un rato después, cuando me metí en la cama, vi que Niklas me había seguido en Instagram… No quise entrar a hablarle, pero sí que le di un buen repaso a su feed. Entre el tequila, las fotos sin camiseta y las hormonas, mi cerebro empezó a hacer de las suyas. Dejé el móvil a un lado, cerré los ojos y me vino a la cabeza la imagen del de siempre. Lo recordé desnudo, saliendo de la ducha y tumbándose con el pelo mojado encima de mí. Imaginé que lo tocaba, que me tocaba, o más bien que me acariciaba como siempre. Luego me besaba las piernas hasta que pasaba por encima de mi sexo y, simplemente con su aliento, me erizaba la piel. Imaginé cómo le mordía el labio al tiempo que me embestía con todas sus fuerzas. Pasaron por mi mente miles de imágenes hasta que mis músculos se contrajeron y caí rendida.

A la mañana siguiente, cuando me desperté, solo podía pensar en lo que había hecho y en que, horas más tarde, lo tendría cerca de nuevo.

15

El poder de las palabras siempre me ha fascinado y atemorizado al mismo tiempo. Me maravilla que unas simples letras puedan tener un impacto tan profundo en el corazón de una persona, que sean capaces de hacerlo brillar, romperlo en mil pedazos o, lo que considero aún más cruel, pasar por su lado sin causar efecto alguno. Para mí, nada es más doloroso que la indiferencia, por eso a veces me odio por medir tanto lo que te digo. Siento que me paralizo ante ti, y no sé cómo reaccionar.

Me da miedo precipitarme. En mi mente hay un torbellino constante de palabras no dichas, sentimientos enredados que quieren salir a flote desesperadamente. Hay tantas cosas que me gustaría decirte…

No es que no cuente con las palabras adecuadas. De hecho, las tengo cuidadosamente elaboradas en mi mente, listas para ser pronunciadas en el momento preciso. Pero parece que nunca llega, que siempre hay algo más urgente, algo que me frena y me impide ser yo cuando estoy contigo.

Por eso, en vez de dejar que esas palabras se pierdan

en el vacío del tiempo, las escribo en esta carta. Las dejo fluir liberando el peso de mi pecho y, al hacerlo, al dibujarlas en el papel, cobran vida. Encuentran un hogar temporal donde descansar hasta que llegue el momento adecuado de decirlas. En ese instante, comenzará nuestra historia.

16

—¿Sigue ahí dentro? —me pregunta Aday.

Axel lleva media hora encerrado en el baño de su camerino.

—Sí.

—Joder.

Aday se acerca a la puerta y la golpea con desesperación.

—Axel, tienes que salir ya. La gente está esperando.

—Cinco minutos.

Alguien llama al camerino.

—Que no pase nadie —me ordena.

Abro y al otro lado me encuentro con el regidor, quien, aunque hace diez minutos me habría parecido imposible, está aún más sudado que antes.

—Cinco minutos —le digo.

—Cinco minutos —repite mientras pulsa el botón de su *walkie-talkie*. Casi al instante, me contesta—: No los tenemos. ¿Puedo entrar a hablar con él? —pregunta cada vez con cara de menos amigos.

—No puede pasar nadie, lo siento.

—Esto es de coña —suspira, y da una vuelta sobre sí mismo—. ¿Dónde está el otro chaval?

El otro chaval es Aday, su representante. En el tiempo que

llevo trabajando con ellos, me he dado cuenta de que la gente que tienen a su alrededor ignora su edad siempre que todo vaya bien. En cuanto las cosas se tuercen, los cumplidos y los apretones de manos se convierten en miradas de desprecio llenas de prejuicios. Los «cracks que con solo veinte años llenan estadios» se convierten en «niñatos creídos a los que la vida les sonríe demasiado pronto».

—Aday está dentro —le informo, remarcando que tiene nombre.

—Necesito hablar con él.

Me asomo y lo veo con la cabeza apoyada en la puerta, a punto de empezar a suplicarle a su amigo que salga.

—Quieren hablar contigo —le digo.

Cierra los párpados, respira hondo y sale para enzarzarse en una discusión con el hombre de los cascos que dura varios minutos. El señor defiende la obligación de comenzar el espectáculo que han venido a ver más de veinte mil personas mientras Aday intenta desviar la atención del problema principal inventando otro nuevo para ganar tiempo.

—Hasta que no nos sintamos satisfechos con el sonido, no saldremos a tocar.

El regidor, con toda la razón, contiene las ganas de decapitarlo.

—Probamos hace tres horas y no hubo ningún problema.

—¿Podemos hablar con los técnicos?

—De verdad, esto no es profesional.

—Lo que no es profesional es salir a tocar y dar un espectáculo nefasto.

Admiro la capacidad del pobre hombre para controlar su rabia y la de Aday para crear una cortina de humo de ese calibre con tan poco tiempo de reacción, y que encima consiga su objetivo.

—Me dice el mánager que quieren consultar a los técnicos de sonido antes de salir. —Vuelve al *walkie-talkie*.

Aprovechándose de la mirada perdida de su adversario, Aday me dice con mímica: «Haz que salga».

¿Yo? Ahora sí que estamos jodidos.

Si todas estas personas dependen de mi capacidad de convicción, ya pueden ir recogiendo. Gracias, Aday, he dejado de ser el único que no suda por estos pasillos.

Quien sea que da las órdenes del recinto parece morder el anzuelo, así que nuestro mánager se va para seguir ganando tiempo. Avanzan por el largo pasillo y, antes de cruzar la puerta de salida al *backstage*, me dedica una última mirada de súplica. Ser la última esperanza solo mola en las pelis, pero respiro hondo, cojo fuerzas y entro.

El camerino sigue igual: la comida y la bebida están intactas; la ropa para salir al escenario, doblada en el sofá; y la puerta del baño, cerrada, sin rastro de nuestra estrella. Me coloco frente a la puerta y, joder, qué incómodo es esto. ¿Por qué no puedo tener un trabajo normal? Hay veces que creo que Eva tenía razón: mi sueño infantil está más cerca de la profesión de una niñera que de lo que hacía Kevin Costner con Whitney Houston.

Golpeo la madera dos veces y no hay respuesta.

—Axel, soy Kobo. ¿Estás bien? —Solo me faltaba un desmayo y tener que tirar la puerta abajo.

—Ya salgo.

Como si no llevase escuchando esa respuesta desde hace una hora...

—Han venido varias veces de la organización. Aday se ha ido a ganar algo de tiempo.

Según termino la frase, la puerta se abre.

Axel está pálido. Solo lo he visto así una vez, y no me pareció extraño teniendo en cuenta lo que acabábamos de vivir. Fue hace unos días, cuando salimos de una emisora de radio para promocionar los conciertos y lo esperaban más de cien personas en la puerta. Por suerte, me informaron con antelación de que la gente se estaba agolpando en la entrada y, además de contar con la seguridad del edificio, pude avisar a Tommy, que vino con Mou para facilitar la salida. Ahí no podíamos escapar en moto.

He estado con personas muy influyentes, pero sus fans son distintos. Nunca había visto nada igual. Cada vez que salíamos alguno del equipo, gritaban como si sus gargantas estuvieran a punto de estallar, y solo era por la emoción de que Axel pudiese venir detrás de nosotros. Aquellos gritos se quedaban a la altura de un susurro de los que emitieron cuando apareció para entrar corriendo en la furgoneta. Fue ensordecedor. Estaban fuera de sí, consiguieron tirar las vallas que habíamos puesto para abrirnos paso. Intentaban agarrarle, tiraban de nosotros con una fuerza descomunal. No éramos capaces de escucharnos entre nosotros y, cuando por fin conseguimos meterlo en la furgo, empezaron a golpearla de tal forma que pensé que romperían los cristales. No sé lo que sentirá cantando sus canciones subido al escenario frente a miles de seguidores, pero a mí no me merece la pena.

—¿Puedes decirle a Lía que venga?

¿Así de fácil? No voy a cantar victoria, pero ya es más de lo que ha conseguido su asistente en una hora. Sin perder un segundo, voy a buscar a su amiga.

—No le digas a Aday que te lo he pedido —me ruega antes de que salga por la puerta.

Me quedo dos segundos procesando esta información extra, en los que mi cerebro baraja todas las posibilidades respecto a su interés por mantenerlo en secreto, y, ahora sí, voy a por ella.

Lía está en una zona acotada al lado del escenario para la gente vip o cercana al artista. Cuando llego, la encuentro hablando con un chico con pinta de influencer y no tengo más opción que interrumpirlos.

—Lía, perdona. ¿Puedes venir un segundito?

Al principio la pillo desprevenida, pero, quitando la interrupción, no parece sorprenderla.

—Perdóname —le dice al chico y le aprieta el brazo con cariño en un gesto de despedida.

Nos alejamos unos pasos y, antes de que pueda decirle nada, pregunta:

—Axel, ¿no?

—Sí.

Barre el entorno con la mirada, como si quisiera asegurarse de que nadie se percata de la escena, y se pone en marcha. La sigo. Cuando empuja la barra horizontal que abre la puerta cortafuegos que nos separa de los camerinos, retrocede con brusquedad.

—¡Uy, perdón!

Casi golpea a una chica a la que, cuando entro, reconozco.

—¿Rebeca?

—¡Sorpresa!

Tommy, que hace veinte minutos iba a buscar a «un compromiso», me sonríe.

—Hola. —Una voz conocida me provoca un escalofrío que me recorre la espalda.

—¡Hombre! —digo sorprendido, intentando aparentar normalidad.

En ese momento me doy cuenta de que Lía me lleva unos metros de ventaja.

—¡Ahora os veo! —Una sensación de rubor que no entiendo me obliga a mirar a Rebeca, pero, justo antes de volverme, mis ojos conectan un segundo con los de Eva, que me dedica media sonrisa que me sabe a inyección de adrenalina directa al pecho.

Ya frente a la puerta, Lía se vuelve hacia mí. Tommy me sonríe desde el final del pasillo mientras mantiene el paso abierto para las chicas y luego desaparece.

—Salimos en un segundo —dice Lía entrando con sigilo.

Su mirada es extraña, pero creo que he pillado el mensaje.

Pasan los minutos, que me parecen horas. La gente corre de un lado a otro, y todos me miran al pasar, como si quisieran leerme el pensamiento. Buscan entender con mi cara qué está pasando. Y, por si fuera poco, me siento cómplice de algo que no logro saber a ciencia cierta, pero que comprendo que podría ser un problema para la gente con la que trabajo.

Escucho cómo anuncian por megafonía que el espectáculo está a punto de comenzar, pero los músicos parecen tranquilos, conscientes de que no hay urgencia por parte de su líder. Los gritos del público se oyen como si no hubiera paredes.

—¡Axel! ¡Axel! ¡Axel! ¡Axel!

No dejan de gritar. En ese momento, la puerta del final del pasillo se abre de golpe y aparece Aday acompañado de una tropa de hombres de negro equipados con *walkie-talkies* y muy poca paciencia.

No sé qué hacer. ¿Cuál de las órdenes obedezco, la de esperar a que salgan o la de que Aday no se entere de que he ido a avisar a Lía?

Los hombres se acercan deprisa y decido hacer caso a mi instinto. Abro la puerta lo justo para meter la cabeza y veo cómo Axel y Lía se sobresaltan y me miran asustados.

—Vienen Aday y compañía.

Axel da un brinco en dirección a su ropa y yo cierro. Los tengo a menos de tres metros.

Aday viene hablando con el mismo regidor de hace un rato y lleva la cara encendida con todo el color que no tiene la de su amigo. Se acerca para abrir la puerta y le freno.

—Está acabando de vestirse, un minuto.

Aday me mira raro, no sé si porque le parece extraño que no lo deje pasar o porque no esperaba que fuese a tener éxito en mi misión. A los pocos segundos, sale Axel y cierra la puerta.

—Al lío —dice a su corte de, a partir de ahora, haters.

Aday lo mira con una mezcla de alivio y desconfianza, pero finalmente le pasa el brazo por los hombros y le dice:

—A disfrutar, hermanito. —Y se ponen en marcha.

En ese momento me relajo y dejo mi posición de perro guardián. Todos los seguimos, pero me quedo el último y, cuando salimos hacia el escenario, justo antes de cerrar la puerta, veo cómo se abre la del camerino y sale Lía.

Nuestras miradas se cruzan un segundo en el que parece darme las gracias, y se va en dirección contraria. Esto sí que no me lo esperaba.

El concierto, como no podría ser de otro modo, es increíble. Al principio noto a Axel algo nervioso, pero, en cuanto empieza a cantar, el miedo que tenía hace un rato se convierte en una magia que envuelve todo el estadio. Los focos que lo iluminan le impiden ver al público, y en cada canción se genera un momento casi privado en el que lo recuerdo tocando aquel día en el salón de su casa. Se crea una atmósfera especial. Sin embargo, a diferencia de las otras veinte mil personas que hay en el recinto, mi atención no está en el escenario. Al menos no del todo. Y cuando veo a Eva sonreír, no puedo evitar hacerlo yo.

Cuando termina el concierto, es tal mi empane que apenas reacciono cuando veo a Axel a punto de saltarme a los brazos. Se me abalanza como un koala, uno bastante sudado.

—¡¡¡Vamooos!!! —grita eufórico.

—Enhorabuena —le digo en un volumen que solo oímos nosotros.

—¡Gracias! —Salta de nuevo—. ¡¡¡Grandeees!!! —grita a sus músicos, que poco a poco van saliendo del escenario.

Lo celebra con todo el equipo. Los que estamos ahí ya somos familia; nos dejan un tiempo para disfrutar, y eso se agradece: fotos, abrazos, besos... Esta gente se ha dejado los cuernos para que todo saliera bien, y así ha sido.

—Axel, van a pasar los compromisos —le dice Aday.

Sus palabras también van dirigidas a mí, que ya estoy a su lado, preparado para que Tommy empiece a dar paso a la gente.

Comienzan a entrar los vips para el *meet and greet*, y eso significa que, en cualquier momento, lo harán ellas. Imagino que pasarán a conocerlo. Sonrío para mis adentros porque me hace gracia estar nervioso. Axel es encantador con todo el mundo: se hace fotos, saluda, graba algún vídeo para Tik-Tok... Su paciencia es impresionante. Parece fácil, pero, cuando lo ves de cerca, te das cuenta de que no lo es. La mayoría de las veces los fans son educados y respetuosos, aunque de vez en cuando se encuentra uno con cada zoquete... Tratan a los famosos como si fuesen animales de circo: pon los dedos así, dame un beso aquí, haz la foto no sé cómo, agáchate... Qué paciencia tiene, menos mal que al final no tuve que abrirme OnlyFans.

—Pasad por ahí, chicas —oigo decir a Tommy.

Ahí vienen. Joder, Kobo, qué tonto eres, tranquilízate. Y por si con un bobo en el terreno de juego no fuese suficiente, Axel despide a la pareja con la que se acaba de hacer la foto y, al verlas, se vuelve hacia mí con la misma discreción que cuando le dices a tu colega: «No mires, pero...». Encima pone una cara de susto que, sumada a mis nervios, me provoca un ataque de risa tonta que intento controlar. El cabrón ya conocía a Rebeca y no me había dicho nada. Cruzo la mirada con Tommy y me pone carita de pillo. «Os voy a matar a todos». Me pone morritos y tengo que mirar al suelo para no reírme.

—Ha sido increíble, de verdad —dice Eva.

Vuelvo a levantar la cabeza.

—Me alegro de que te haya gustado, Eva —dice su nombre un poco más alto.

Madre mía, chavales, que ya somos mayorcitos. Estoy sudando y todo, qué situación más rara.

—Os quedáis a tomar algo, ¿no? —propone Axel cuando se hacen la foto. Las chicas se miran y después se dirigen a Tommy buscando su aprobación.

—Estaremos un rato en el camerino con unas birras —insiste cuando las ve dudar.

—Guay. —Sonríen las dos.

—Quedaos por ahí —les pide Tommy.

Y el «por ahí» es a medio metro de mí.

Ya en el camerino la situación se relaja. Al menos puedo ser uno más y comportarme como tal. A veces creo que la gente me ve como un guardia de Buckingham Palace; me imagino con el gorrito y todo.

Axel habla con todo el mundo. Tiene que hacerlo, pero no para de mirarme. Sé que desde que ha visto a Eva está como loco por pillarme a solas, así que espero tomándome una cerveza, observando cómo se acerca poco a poco saltando de grupito en grupito. La gente que hay es de confianza, así que, quitando lo de mi ex, me siento bastante cómodo.

—*Bro...* —me dice bajito mientras se acerca mirando a su alrededor.

Me limito a hacerle un gesto para que continúe.

—Solo te voy a hacer una pregunta.

Verás.

Se acerca como si fuese un espía a punto de decirme el paradero de una ojiva nuclear.

—¿Cuál es la estrategia?

Me arranca una carcajada.

—Estoy trabajando.

—¡Vete a la mierda! —Me hace mucha gracia cuando la gente grita en susurros. Me agarra del pecho—. ¿Eres tonto o qué? ¿Viene y te vas a quedar apoyado en tu esquina de chulito aburrido?

Me incorporo.

—No, si te parece voy y le como la boca.

—Pues estaría mucho mejor que lo que haces. ¡Espabila, chico! Si no, luego no me llores.

—Que sí, Axel, pero que estoy currando, joder.

—Vale, despedido.

No me lo puedo creer. ¿Otro?

—Qué *heavy*.

—¿Qué pasa? —Mira a su alrededor—. Que no te he echado, joder, era broma, pero espabila.

—No, no, es que ella me hizo lo mismo cuando empezamos a trabajar juntos.

Axel se ríe.

—Es que somos almas gemelas —se ríe y me pone «la carita».

—Te recuerdo que me has despedido, así que cuidado con lo que dices.

Nos reímos los dos.

En realidad no me considero un parado, pero, después de ser yo quien puso tierra de por medio, no quiero agitar el avispero de nuevo. Axel llama a Tommy, que se acerca con las chicas.

—¿Es verdad que *Caos* se oía mal? —les pregunta.

¿Qué?

—¿Cómo? —reacciona Tommy, que me mira buscando complicidad, pero alzo los hombros en señal de que estoy igual de perdido que él.

—Dice Kobo que ha sido un desastre...

Los tres me miran, y la desesperación me hace cerrar los ojos.

—Nosotras la hemos oído bien —dice Rebeca.

—Sí, yo no he notado nada raro —añade Tommy.

Axel se limita a sonreír y, si su vacile era poco gracioso, el silencio que se crea lo hace mucho más desagradable.

—Es que Kobo es muy especialito con la música —suelta

Eva con una sonrisa que solo alimenta las ganas de fastidiar de Axel.

—¡Anda! ¡Igual es eso! A lo mejor no te gusta mi música, Kobo.

Suspiro intentando ocultar la sonrisa tonta que me ha contagiado la de Eva.

—Voy a por una cerveza... ¿Alguien quiere? —Trato de escurrir el bulto.

—Yo sí.

Eva levanta y agita su lata vacía. Me fijo en que un papelito del confeti que ha llovido durante el concierto se le ha quedado enredado en un mechón de pelo que se balancea sobre su comisura, y mis ojos bailan sobre su rostro, entreteniéndome en sus labios sin quererlo. Percibe mi mirada y me dirijo de nuevo a su pelo intentando disimular.

—Espera.

Me acerco a ella. Eva se tensa y retiro el pedacito de papel brillante con delicadeza, aunque, al hacerlo, le rozo el cuello sin querer.

Me mira con esos ojos que tantas veces me han dejado sin palabras, aquellos que me hacían sentir que todo estaba bien, los que me correspondían en silencio mientras nos lo decíamos todo.

—¿Qué? —Me sorprende con una sonrisa.

—De nada —le digo mientras le enseño mi captura, devolviéndole la sonrisa—. Ahora vengo.

Los demás están servidos, así que me separo los segundos que tardo en cruzar la sala y aprovecho para coger aire. Estoy nervioso. No sé si estoy viendo cosas donde no las hay o realmente estamos tonteando. Joder, soy un pringado.

Cuando vuelvo, Tommy está hablando con Aday y Axel les está contando a las chicas su proceso de composición, así que, para no interrumpir, toco el hombro de Eva y le tiendo la birra.

—Gracias. —Me sonríe.

Después de que el sonido metálico de las latas deje asomar las primeras espumas, brindamos y damos un sorbo mirándonos. Como siempre.

—Mmm. —Cierra los ojos—. Qué rica.

—Sí, está buena, la verdad —digo echándole un ojo a la lata como si fuera la primera que bebo. La conversación neutra la tenemos, solo falta el ascensor.

—Qué guay ha sido, ¿eh? —Va por su segundo intento de conversación. No puedo dejar que muera dos veces seguidas.

—Sí, es un *crack*. Un vacilón, pero un artistazo.

Eva se ríe.

—Os lleváis muy bien, ¿no?

—Sí, es fácil llevarse bien con él.

—Bueno... contigo también.

Tras unas sonrisas cómplices empiezo a pensar que no todo son imaginaciones mías, así que redirijo la conversación antes de que decaiga.

—¿Qué tal todo?

—Bieeen... —Es un bien agudo, de los que esconden algo, pero no insisto y continuo con mi estrategia.

—El libro, guay, ¿no? Creo que lo está petando.

—Sí, estoy muy contenta. —Dirige la mirada a la lata y juguetea con la anilla—. La gente lo está recibiendo muy bien.

—Me alegro mucho.

—Sí... —Sigue sin levantar los ojos.

Ahora que he leído el libro, no sé si lo que le da vergüenza es pensar que lo he hecho, así que analizo su mirada. Al fin y al cabo, es como si hubiera accedido directamente a sus sentimientos, como si me hubiera adentrado en su mente, en su corazón o donde quiera que se almacene todo eso que nos remueve cuando queremos a alguien. Tener acceso a sus pensamientos más profundos, a sus emociones más íntimas, me ha abierto los ojos de una manera que nunca había experimentado. Cada palabra escrita en ese libro es un reflejo de lo que vivimos juntos, de lo que siente, de lo que ambos hemos estado evitando durante meses. Es un espejo que me ha enseñado la verdad que me negaba a ver.

—Bueno, ¿y tú qué? ¿Todo bien?

—Sí, la verdad, todo en orden. Mejor que la última vez que nos vimos —bromeo y se ríe, pero al momento le cambia la cara. Mierda, ¿me he pasado? Uf.

—Oye, perdona si fui un poco... —comienza a disculparse, pero el hecho de que tenga que hacerlo me incomoda, así que me echo un cable al echárselo a ella.

—Nah... —la interrumpo—, el *ghosting* está de moda. —Me río nervioso.

—¡No te hice *ghosting*! —responde molesta.

—Bueno... tres corazones y nada es lo mismo.

Con lo que me costó enviar el maldito mensaje...

Nos reímos.

—Estaba confusa, ¿vale?

Mientras lo dice, se da cuenta del poder de lo que ha dicho. Su piel lo confirma.

—Voy a respetar tus mejillas sonrojadas y no te preguntaré por qué.

La repaso con la mirada, detenida y exageradamente. Doy un sorbo a mi cerveza.

—¡Kobo! Te he dicho mil veces que no hay nada peor para alguien que está como un tomate que saber que lo está.

Me golpea el pecho con fuerza, como siempre que la hago rabiar. Es un gesto lo bastante exagerado como para sacar a Rebeca y Axel de su conversación.

—¡Oye, tú! ¡Que me lesionas al guardaespaldas! —la regaña el cantante.

Eva pone cara de niña enfadada y suelta:

—Calla, yo lo vi primero.

—¡Tooomaaa! —grita Rebeca.

La verdad es que nos sorprende a todos.

—Ya lo sé, me ha hablado mucho de ti —contesta Axel.

Qué cabrón. Aunque la gente crea que es tímido, cuando quiere no se calla ni debajo del agua.

—Por cierto, enhorabuena por el libro, es una maravilla —remata Axel con un disparo directo, tanto que deja a Eva sin palabras. Ahora sí que está como un tomate maduro.

En ese momento, uno de sus amigos reclama a Axel y me quedo en compañía de las chicas mientras Tommy habla con los de la organización del concierto. Podría haber sido incómodo, pero hace tiempo que Rebeca es para mí una más del grupo. Es la novia de uno de mis mejores amigos y eso la convierte en familia. Además, ha demostrado ser una de esas personas que hoy en día son difíciles de encontrar. Alguien con valores. Leal.

En un mundo de relaciones superficiales, la lealtad es casi como encontrar una aguja en un pajar, y una amistad como la de Rebeca es un tesoro. Me tranquiliza saber que Eva y Tommy tienen a alguien a su lado que lo daría todo por defenderlos.

Hablamos mucho rato los tres. Poco a poco, me voy sintiendo tan cómodo como antes. Recuerdo los días de trabajo intenso: íbamos de un lado a otro sin parar, pero no dejábamos de reírnos. Oigo bromear a Eva y no puedo evitar acordarme de esos momentos mágicos en los que los sentimientos estaban a flor de piel, en los que había tanta tensión sexual entre nosotros que un simple roce nos hacía subir la temperatura o nos erizaba la piel, y querer ocultarlo solo lo volvía más excitante. Miro sus labios y me imagino aquellos instantes en los que el coche se convertía en nuestro refugio, en los que no éramos capaces de llegar a casa sin parar en cualquier parte para hacer el amor. Daría lo que fuera por besarla ahora, por volver a esos días en los que, por muchas cosas que hubiera que hacer, daba la sensación de que estábamos de vacaciones.

Qué tonto fui. No supe entenderla, por eso no pude ayudarla. Perdí a alguien increíble por no estar a la altura de las circunstancias. Preferí librarme de un problema cuando otros se me acumulaban en vez de luchar por arreglarlos todos.

Estoy obnubilado en mis pensamientos cuando Tommy se acerca e interrumpe a su novia, que, la verdad, no sé qué estaba contándonos.

—Hay que salir, *bro*, la policía dice que hay mucha gente esperando en la salida y que tenemos que sacar a Axel cuanto antes para que se disperse.

—Axel —le aviso. Con un gesto de cabeza, entiende que tiene que despedirse.

Lo hace con prisas mientras le cojo la chaqueta. Al salir, no puedo evitar buscar a Eva con la mirada. Ella fija los ojos en mí y nos dedicamos una tímida pero poderosa sonrisa que me remueve por dentro.

Dos agentes de la policía nos acompañan hasta la furgoneta. Se disculpan por habernos pedido que saliéramos de forma precipitada, pero, al fin y al cabo, todos cumplimos órdenes. El equipo sube a la furgo. Axel siempre lo hace el penúltimo y después voy yo, pero, antes de sentarse, se vuelve hacia mí y me impide el paso.

—Tú te quedas —me sonríe.

—Axel, no digas tonterías, aparta.

Tommy se asoma desde la salida de emergencia por la que acabamos de pasar.

—¿Qué sucede?

—No hace falta que nos acompañéis, vamos directos a casa.

Para estas cosas, Tommy es menos rayado que yo: «Aquí estamos para dar servicio al cliente, así que él manda». Cuando lo miro en busca de una orden, solo encoge los hombros y me muestra la palma de las manos.

Me dejo caer hacia atrás.

—Mañana me cuentas —dice Axel con una sonrisa de oreja a oreja mientras cierra la puerta.

La furgoneta avanza y, cuando dobla la esquina, uno de los agentes da el aviso para que los escolten hasta dejar atrás la multitud.

De vuelta a la sala, comento la jugada de Axel con Tommy.

—*Bro*, obviamente, lo que había entre vosotros está ahí. Se ve en cómo os miráis.

—¿Tú crees?

—Claro, tío. Creo que lo del pavo ese solo era un parche. Rebeca tampoco la veía loca de felicidad cuando estaba con él. Es un chaval muy raro.

Oír hablar de esa relación, aunque no sea de forma positiva, me revuelve el estómago.

—Calla, que me pongo malo.

Tommy se ríe.

—Desde fuera, parecéis dos tontos. Creo que pensáis lo mismo, pero os acojona dar el paso.

Contesto con un suspiro.

—Manda huevos, ¿eh? —continúa—. Con lo que tú has sido y te has convertido en un cagao.

Me empuja y nos reímos. Justo cuando abrimos la puerta del camerino, mi sonrisa desaparece.

—¿Y Eva? —le pregunta Tommy a Rebeca.

—Acaba de irse.

17

—¿Por aquí, señorita? —me pregunta el taxista sacándome de mi ensimismamiento.

Mi mente ha ido todo el trayecto reproduciendo la imagen de Kobo como si de la secuencia de una película se tratase. Sus nervios, su timidez, la manera en que sonreía y cómo me ha mirado los labios antes de acercarse a quitarme el pedacito de confeti. El tacto de sus dedos sobre mi piel... Me he transportado tanto a ese instante que tengo que mirar a mi alrededor para ubicarme y descubrir que estamos a unos metros de mi portal.

—Sí, perfecto —contesto mientras recojo la chaqueta y el bolso.

—Pues catorce con cincuenta, si es tan amable.

Estoy tan empanada que casi me voy sin pagar.

—Con tarjeta, porfa.

El taxista saca el datáfono de la guantera y enciende la luz para teclear la cantidad.

—Perdone, cada día veo menos... —Se pone unas gafas de lectura y separa el aparato para enfocar, un gesto que me recuerda a mi padre y amplía mi sonrisa un poco más.

—No se preocupe.

Mientras esperamos la confirmación del pago, el hombre sonríe y mira por el retrovisor, luego a mí y después vuelve a mirar atrás. Sus gafas reflejan la luz que rebota en el espejo. Frunce el ceño sin prestar atención al tíquet que la máquina escupe en su mano.

—¿Lo conoce?

Cuando me vuelvo, una luz potente me ciega y tengo que apartar la mirada.

—Lleva un rato siguiéndonos.

Lo intento de nuevo, y esta vez la luz se apaga. Kobo se quita el casco casi sin perder de vista el coche.

—Sí, no se preocupe.

Cojo mis cosas, respiro intentando relajar los nervios que acaban de asaltarme y salgo.

—Buenas noches.

Según cierro la puerta, miro al motorista.

—¿Qué haces aquí? —le pregunto.

—He venido para evitarte el remordimiento.

—Anda, ¿y por qué debería tenerlo? —digo siguiéndole el juego.

—Fíjate, mejor todavía, ni siquiera te habías dado cuenta. Llego a tiempo para ahorrártelo.

—Debo de ser malísima —sonrío—, porque no caigo.

—Qué despistada… Se te ha olvidado despedirte.

No puedo hacer más que descojonarme. Kobo sonríe vergonzoso y ahora es él quien se pone como un tomate. No puedo parar de reírme.

—No era el efecto que buscaba —dice riendo levemente.

Eso me hace más gracia aún.

—Pues ya me dirás qué esperabas —suelto entre carcajadas—. Te ha quedado un tanto dosmilero caducado.

—¿No te ha parecido sexy?

—Lo siento, está en las antípodas del *sex-appeal*.

Ahora sí que se ríe con ganas.

—En mi cabeza, quedaba de novela romántica.

—Eso puede ser… pero de romántica mala.

Los dos nos reímos, mucho más de lo que en realidad deberíamos, y creo que lo hacemos porque ninguno sabe cuál será el siguiente paso.

—Es que te has cargado mi escena —se queja.

—¿Yo? ¡Encima!

—Claro que sí, se suponía que no tenías que contestarme así.

—Si no te he contestado…

—¡Pues peor me lo pones! Te has reído de mí.

—¡Bienvenido a mi vida! No sabes la cantidad de veces que mis personajes se ríen de mis propuestas.

—¿Y qué haces en esos casos? ¿Cuál es la solución? —pregunta con descaro.

—Puff… borrar y empezar de cero.

—Joder… —Piensa un par de segundos—. Vale, empecemos de cero.

—Ten cuidado, porque cuando veo que reescribo y no tira…

—¿Qué?

—Me cargo la escena.

—Joder, así no ayudas. —Niega con la cabeza—. Por qué no, en vez de meterme presión, me echas un cable.

—Vaaale, a ver. —Me acerco a él un poco más—. Lo de plantarte aquí en plan sorpresa con la motito y tal, te lo compro.

Kobo asiente satisfecho.

—La cagada ha sido cuando he abierto la boca, ¿no?

—Emm, sí, la verdad.

—Vale, entonces solo hay que borrar hasta ahí. Menos mal. Hace demasiado frío como para deshacer el trayecto.

Me río.

—Tengo que pensar en un texto de entrada —continúa.

—Eso es. —Lo dejo pensar y me acerco a su lado. Noto el calor de la moto—. Para que la escena avance, lo importante es el objetivo.

—Ya... —sonríe.

—¿Lo tienes?

Kobo se endereza y mis pulsaciones le siguen.

—Sí, creo que lo tengo bastante claro.

Siento el pulso en los oídos y me cuesta tragar saliva.

—Entonces no hay fallo... —respondo.

—Bueno, en realidad sé lo que quiere uno de los personajes.

Su mirada repasa mis labios, y eso me hace sonreír.

—Ahí está el quid de la historia, en si lo conseguirá o no.

Imito exageradamente el movimiento de su mirada.

—¿Tengo algo más en el pelo? —le vacilo sin dejar de sonreír.

Se ríe y cierra los ojos un segundo en el que aprovecho para recortar la distancia entre nosotros, un pequeño pasito que multiplica por dos la percepción que tenía de su calor corporal y, por cuatro, su olor.

Es increíble cómo reacciona el cuerpo cuando estás frente a la persona correcta. El corazón late más rápido, la respiración se acelera, las pupilas se dilatan y todos tus sentidos se centran en quien tienes delante. El mundo desaparece. El de fuera y el de dentro. La adrenalina limpia cualquier pensamiento negativo. Lo miro y siento ese cosquilleo bajo las caderas que explotaría con el mínimo contacto de su piel. Estoy tan concentrada en su boca que casi me olvido de sus ojos, que me observan desde arriba. Nos sonreímos, y ahora es él quien recorta la distancia. Choca delicadamente contra mí y me apoyo en la moto. Quiero besarle y que me desnude. Me provoca claustrofobia pensar en la ropa que nos separa. Y si continúa acercándose, no sé si seré capaz de parar. Entonces siento su mano cerca de mi mandíbula. Anticipar su caricia me hace cerrar los ojos, y notar sus dedos deslizándose detrás de mis lóbulos me hace volar.

Cuando por fin me besa, lo hace como nunca. Nuestros labios se entrelazan como si quisiéramos fundirnos juntos y todo se tiñe de desesperación. «Más» es lo único que consigue articular mi cerebro, embotado por las sensaciones. Clavo las uñas en su nuca y lo aprieto contra mí. Podría vivir así. Su respiración me golpea con fuerza y se me escapa un gemido. Ya no sé dónde estoy ni quién soy más allá de este momento.

Su mano se posa en la parte interna de mi muslo, me agarra y siento su fuerza. Le beso y le vuelvo a besar con amor, con pasión y con miedo. Terror por si esto es algo pasajero, porque confirmo que no quiero vivir sin estos labios, no puedo hacerlo. Lo necesito, y confirmarlo una vez más hace que me aparte y baje la mirada.

Vuelvo a la vida real. Kobo me observa con cariño y me levanta la barbilla. Me da un beso suave y se aparta despacio. Tiene los mofletes rojos y mi mente vuela a todas las veces en las que los vi encendidos después de hacer el amor. No decimos nada, emprendemos el camino hasta el portal y, cuando llego, observo entre los barrotes. No veo al portero, debe estar haciendo la ronda, así que busco las llaves bajo su atenta mirada con menos ganas de encontrarlas que nunca. Cuando las tengo en la mano no sé muy bien qué decir.

—¿Crees que esta escena pasaría el corte?

Sonríe con los labios enrojecidos por los besos y tengo que contenerme para no abalanzarme de nuevo.

—Sin duda.

Abro la puerta.

—Buenas noches —contesto sin moverme mientras me debato conmigo misma.

—Buenas noches —dice avergonzado.

¿Qué hago? Una parte de mí quiere invitarle a entrar, pero si hay alguien con quien quiero asegurarme de hacer las cosas bien es con Kobo, y tenemos mucho de que hablar antes de dar un paso así. Sin embargo, cualquier contradicción o dilema se borra de mi mente en cuanto se acerca y me besa una vez más. Sus labios parecen más suaves y las ganas se multiplican.

—Puf —suspiro.

—Perdón —susurra entre besos—. No puedo parar.

Sería capaz de vivir en un mundo en el que solo se escucharan nuestras respiraciones.

—No quiero que pares —confieso en un jadeo.

Me rindo. Cojo su mano y tiro de él hacia dentro.

Corremos hasta el ascensor como si nos persiguiera el diablo. Cuando se cierran las puertas detrás de nosotros, volvemos a gravitar el uno hacia el otro sin dejar de besarnos, esta vez con más intensidad. Mi lengua repasa cada centímetro de su boca, y mi cuerpo reacciona a cada movimiento de la suya. Necesito tocarle, perderme en él, y siento que no tengo tiempo suficiente para disfrutarlo tan profundamente como me gustaría. No paramos ni un segundo, ni siquiera mientras abro la puerta de casa, momento que Kobo aprovecha para recorrerme el cuello con los labios. Cuando lo consigo, no me da tiempo ni a encender la luz; me coge en brazos, me lleva hasta la cama. En ese instante, soy yo la que repasa su cuello con la lengua. Caigo sobre el colchón y me deshago de la camiseta al tiempo que él hace lo mismo. Ver su torso desnudo solo aumenta mis ganas. Se tira encima mí y le recibo entre las piernas. Hace tiempo que me sobra la ropa, así que ataco el botón de sus vaqueros con ansia, mucha. Me ayuda y me centro en los míos, porque no quiero perder ni un segundo. Ya solo nos separa la ropa interior. Aprieta mis costados con las manos y se reclina hacia mí para besarme bajo el ombligo. Enredo los dedos en su pelo y, poco a poco, sus labios suben hasta mi pecho. Cada milímetro se me hace eterno mientras anticipo el placer de su lengua bailando sobre mis pezones. Arqueo la espalda y me deshago del sujetador. Los besa con cariño e impaciencia. Cada vez estoy más mojada, todas las dudas desaparecen y solo puedo centrarme en él y en todo lo que me hace sentir. Intento quitarme el tanga, pero me sujeta las muñecas contra el colchón mientras me muerde y besa suavemente. Siento tanto placer que sufro por no tenerle ya dentro, y se me escapa un gemido que calla con sus labios. No puedo evitar retorcerme de placer, necesito más contacto. Alzo las caderas buscando una fricción que pueda liberarme, pero sentirlo duro contra mí solo aumenta la necesidad de tenerle dentro. Un jadeo ronco y sensual que acaricia mi piel acaba por acelerarlo todo. Nos desnudamos el uno al otro con avidez y lo acaricio en cuanto las prendas abandonan la cama. Gime y tiembla entre mis piernas, y mi necesidad crece hasta llegar al límite. Vuelvo a alzar las caderas y le guío por la parte interna de mis muslos, acercándolo poco a poco a mi sexo. Su respiración me golpea con fuerza y busco su mirada. Necesito ver sus ojos llenos de placer. Descubro que rebosan deseo, pero me detiene.

Entonces me sonríe, niega con la cabeza y se humedece los dedos para acariciarme.

Sentir sus manos masajear mi sexo hace que el placer recorra cada célula de mi cuerpo. Me agarro a su nuca y paso la lengua por su boca. Después miro entre mis piernas y las venas de su antebrazo me dirigen al origen del placer. Siento sus dedos dentro de mí, y una fuerza increíble que me lleva al éxtasis sale de mi garganta en forma de gemidos que no puedo controlar. Estoy poseída por el deleite de sentirlo, de observarlo desnudo junto a mí, de saberme suya. Mis manos resbalan sobre el sudor de su piel. Estamos ardiendo. Entonces se separa un poco, se pone un condón y vuelve a mí. Con cuidado se deja caer sobre mis caderas y percibo cómo se desliza muy despacio hasta estar completamente dentro de mí. Creo que me muero.

Cuando abro los ojos, no me da tiempo de pensar que lo de anoche fue fruto de mi imaginación. La suavidad de la luz filtrándose a través de las cortinas revela poco a poco el cuarto en penumbra, y mi primer contacto con la realidad es el calor que emana de su pecho, sobre el que descansa mi cabeza. Puedo sentir cada latido de su corazón bajo mi mejilla. Miro a mi alrededor y me bombardea un desorden de recuerdos. Mis sentidos parecen haberse amplificado. Las sábanas parecen diferentes, como si absorbieran cada risa, cada susurro y cada gemido de una noche que no queríamos que terminase. Cierro los ojos e inspiro dejando que el aroma me envuelva por completo. Entonces disfruto de su olor. No es solo la colonia, sino la manera en que se ha mezclado con él, convirtiéndose en un perfume que solo yo tengo el privilegio de percibir. Es como si su esencia hubiera impregnado el ambiente, las sábanas, mi piel, y ahora, cada vez que inhalo, me llena por dentro.

Entonces su mano se desliza por mi nuca, enredando los dedos en mi pelo, y levanto la mirada para cruzarme con la suya. Por un instante nos percibo tensos, pero no me asusto. No es incomodidad, sino nervios, una tensión que se disipa después de unas sonrisas cómplices. Se vuelve con cuidado, colocándose sobre mí con determinación.

Se acerca con suavidad, como tratando algo preciado y frágil. Sus labios encuentran los míos, y por fin siento que no hay prisa, solo la intención de disfrutar de cada beso. La calidez de su respiración, la suavidad de sus labios contra los míos, la complicidad que hay detrás de cada mirada. Me invade la alegría al percibir de nuevo esa conexión emocional que compartimos, la misma que nos lleva a conectar de nuevo con nuestros cuerpos de una manera que ni siquiera era capaz de recordar. Sin decir una palabra, nos hacemos el amor despacio, alargando cada segundo, cada caricia, cada beso. Kobo me hace el amor tan bonito que tengo que tragar el nudo que se me forma en la garganta con todos los «te quiero» que no le dije, los que no le he dicho en este tiempo y los que le diría ahora si una parte de mí no siguiera teniendo vértigo al pensar en lo que estamos haciendo.

Saciados tras el orgasmo, retozamos desnudos entre las sábanas que ya se bañan del sol del nuevo día. Nos besamos, nos rozamos y nos revolcamos entre risas. En sus brazos, esos que me rodean con cariño, compruebo que no ha perdido la magia de hacerme sentir la mujer más poderosa del mundo. Los despertares de película existen, y yo lo disfruto hasta que mi teléfono vibra sobre la mesilla.

—*Hello* —respondo.

—*Hello!* Qué bien saber que mi amiga está viva.

Rebeca siempre tan positiva. Recuerdo que olvidé avisarla de que había llegado.

—Perdón, se me complicó —me disculpo mientras observo la espalda de Kobo, que también aprovecha para revisar su móvil.

—¿Estás sola? —me susurra.

—¿Con quién iba a estar? —contesto con tono pillo. Kobo se vuelve a mirarme y me sonríe negando con la cabeza.

—Pues tengo varias opciones, pero no sé si quieres que conteste a esa pregunta.

Me río con su respuesta, es experta en fastidiarme. Por suerte, Kobo no la ha oído.

—¿De qué te ríes? ¿Estás ya con Aarón o no?

De repente, el corazón se me acelera bajo las costillas.

—¡Mierda!

Pego un salto de la cama y voy directa a abrir la ducha. Kobo brinca del susto.

—Joder, Eva, has quedado en diez minutos, qué puto desastre eres… —se lamenta.

Rebeca, todavía al teléfono.

—Mierda, mierda, mierda.

Voy de un lado a otro bajo la atenta mirada de Kobo, que no entiende nada, pero parece estar aguantándose la risa.

Me repasa con la mirada y me percato de que mi agobio es más gracioso porque voy desnuda. Le regaño sin palabras mientras intento taparme con las manos y sujeto el móvil con el hombro. El muy idiota se tapa los ojos riéndose de mi gesto.

—¡Oh, vaya!

—No me lo puedo creer —dice Rebecca al otro lado.

Joder, le ha oído.

—Te tengo que colgar.

—Sí, sí, cuélgame, pero teme por tu vida. Como no llegues a esa reunión, dimito —me regaña—. Y si no me llamas para contarme todo esto cuando acabes, también dimito —dice justo antes de colgar.

—Adiós.

Pulso el botón rojo y escribo:

> Me retraso un poquito, perdón!

Dejo el móvil sobre el lavabo y, cuando entro en la ducha, veo la figura desnuda de Kobo a través de la mampara empañada.

—¡Ni de broma!

Saco la cabeza y le freno poniéndole la mano en el pecho. Kobo me sonríe, travieso.

—¡Para! Que entonces sí que no llego.

—Pero ¿qué pasa?

—Que tengo una reunión —le digo mientras me enjuago el jabón, que no he dado tiempo ni a hacer espuma. No me tendría que haber mojado el pelo. Céntrate, Eva—. ¿Me puedes llevar, porfa? Es importante.

—Me lo pienso.

—Kobo, en serio.

—En serio no, te estás riendo.

—Pero porque eres bobo —replico mientras salgo y empiezo a secarme con potencia de centrifugado.

Miro la hora en la pantalla y me doy cuenta de que la llegada ajetreada de anoche ha tenido más consecuencias.

—Mierda —me quejo, y salgo corriendo envuelta en la toalla en busca del cargador, aunque ya tenga poca solución.

—¿Qué te pasa? —gruñe después de que lo atropelle.

—Que soy un desastre.

A grandes problemas, grandes soluciones.

—¿Por qué me escribes?

—Se me va a apagar el móvil.

—Ah, muy bien… Me pasas el contacto de tu cita, qué bonito. Aarón Rojas… ¿Este no es…?

—El director, sí.

Le comparto también la dirección.

—Perfecto, esta información me viene bien.

Al levantar la cabeza, me doy cuenta de que Kobo está en medio de la habitación, aún desnudo.

—¡Venga, que nos vamos! ¡Vístete! —le regaño y me dedica una sonrisa socarrona.

—Tú vas a ir así, ¿no?

—¿Es aquí? —pregunta mientras me quito el casco.

—Toma. —Le doy el mío.

—Llámame loco, pero… ¿no es un poco raro quedar en su casa?

—Llámame loca, pero… ¿estás celoso?

Kobo sonríe.

Le vacilo mientras me coloco el pelo mirándome en el retrovisor. Como seguía húmedo, se me ha quedado como si me lo hubiese lamido una vaca.

—Si te lo hubieras secado… Como te pongas mala, verás.

Kobo tiene una obsesión con el pelo mojado y la moto. Cuando estábamos juntos, odiaba que no me lo secara.

Le lanzo una mirada retadora y enfilo el camino hacia el portal. Espero que Aarón no me odie por llegar casi media hora tarde.

—Pues me cuidas —le digo mientras me alejo.

—¿Así te vas? —Abre los brazos desde la moto—. Qué bien te han venido las prisas, ¿eh?

Le sonrío porque sé a qué se refiere.

Y es que no hay nada más importante y a la vez más incómodo después de una noche como la que hemos pasado que el momento de la despedida. ¿Qué se supone que tenemos que hacer? ¿Darnos un beso? ¿Dos? ¿Un abracito?

Kobo niega con la cabeza y, sin apartar los ojos de mí, se pone en casco.

La puerta se abre y, cuando me doy la vuelta, el espejo que decora el portal me devuelve una sonrisa que no puedo contener. Tengo esa sensación… La ilusión de una quinceañera se apodera de mí. Odio ser tan cursi, pero es que parece que tenga una fiesta de mariposas en el estómago…

18

—Ven aquí. —Axel abre los brazos.

—Te juro que he tenido que contenerme para no recorrer Madrid haciendo el caballito —me justifico mientras guardo el móvil.

—Que me des un abrazo, cojones.

Hacer como que no le he visto por segunda vez es poco creíble, así que me dejo querer.

—Ya estamos con las palmaditas —se queja. Siempre me lo dice.

—Pero ¿qué trauma tienes? —le pregunto entre risas.

—¿Qué trauma tienes tú? ¿No puedes darle un abrazo cariñoso a tu colega?

—¡Pero si te he abrazado!

—Kobo, eso no es abrazar, eso es… Eso no sé qué coño es.

Los dos nos reímos.

—Por mi madre que yo a ti te quito la coraza esa.

—Y dale…

—Es verdad, macho, mira como cuando haces lo que sientes todo fluye.

Lo cierto es que tiene razón, pero no pienso decírselo.

—Poco a poco.

—¡Mira cómo sonríe! —exclama mientras se acomoda en el sofá deshaciéndose de sus Vans sin usar las manos—. Cómo me alegro, *bro*.

Después de dejar a Eva, he ido a pasear a Neo, que llevaba tiempo sin quedarse solo una noche entera, y he venido a ver a Axel. Al fin y al cabo, él tiene mucha culpa de que haya pasado lo que ha pasado. Le cuento todo lo que se puede contar de anoche y él me escucha con una sonrisa. Ha sido increíble, tengo un nudo en el estómago, una mezcla de emoción por lo vivido y esa duda de qué pasará después. Es como si me hubiesen metido un chute de adrenalina.

—La suerte es encontrar a alguien que te remueva de esa forma.

Hablar con Axel es algo de otro mundo. Su capacidad para entenderme y su nivel de consciencia consiguen aclarar mis pensamientos. Es capaz de hacerme abrazar sentimientos que antes rechazaba porque sí; ahora soy consciente de que tiendo a tapar todo lo que me hace daño, a dejar que la bola se haga tan grande que me desborda y solo pienso en huir. Supongo que reflexionar sobre emociones tan complejas como las que describe en sus canciones te hace ver la vida de otra manera, y creo que algo se me está pegando.

—Ya te lo he dicho mil veces: aquí venimos a enamorarnos. El amor es el objetivo del videojuego. Por eso tienes que ir a *full* con lo tus sentimientos.

Y así voy a ir. No quiero que se sienta presionada, pero no estoy dispuesto a perderla de nuevo.

—Oye, *bro*, hay algo que no te he contado —me dice poniéndose serio de repente—. Espero que puedas perdonarme.

Me asusta. Él nunca se pone así.

—¿Qué pasa?

—De verdad que no pensé que pudieras enterarte.

—¿Qué dices, Axel?

Suspira apenado y me extiende el móvil. Tengo que acercarme para ver de qué se trata.

¿Tenemos pareja del año? El joven cantante Axel Torres y la mediática escritora Eva Mun, juntos en el estreno del chico. ¿Cantante por escritor? Está claro que a esta chica le gusta el arte.

Al principio mis pulsaciones aumentan de golpe. Pero cuando veo la foto...

Axel se descojona.

—Sales guapo, ¿eh? —Axel amplía mi cara.

Intento arrancarle el móvil, pero lo aparta antes.

—Y encima salgo mirándola como un acosador.

Han recortado parcialmente a Rebeca y se ve a Eva posando junto a él. Detrás, el pringado del guardaespaldas la observa a punto de necesitar un babero.

—Joder, anda que han tardado. ¡Serán cabrones!

Pego un brinco y me giro hacia Rebeca. Todavía tengo medio cerebro en la reunión y ella parece haber visto un fantasma.

—Mierda, tía, qué susto —le digo.

—¡Mira!

Me enseña un recorte de prensa en el que me relacionan con Axel. Me río porque, aunque no me guste, estoy acostumbrada a que se inventen lo que les da la gana.

—Kobo sale detrás.

Voy a ampliar su cara y Rebeca aparta el móvil de golpe.

—Se van a cagar —anuncia y de inmediato se pone a escribir como una loca.

—Tampoco es para tanto —bromeo.

—Hombre, es que me han partido por la mitad, parezco un cíclope.

—¡No me lo creo! ¡Serásególatra! —me parto—. Trae, anda.

—Le quito el teléfono—. Mira qué mono sale.

Hago *zoom* en Kobo.

—Tan mono que parece que te va a comer ahí mismo.

—Ojalá... —suspiro.

—¿En serio no me vas a dar detalles?

—¡Ya te los he dado!

—No me has dado una mierda, solo me has dicho que habéis dormido juntos y que te ha llevado a la reunión. ¡Te estás callando cosas, maldita!

Rebeca me sonríe de una manera que llevaba tiempo sin ver. Tiene la mirada llena de luz, y creo que solo es un reflejo de la mía. Cuando me fui del concierto, me llevé la sensación de que, una vez más, había sentido una conexión muy especial con Kobo. Como ahora, estaba llena de dudas, no sabía en qué iban a quedar todos esos gestos a través de los que parecía que nos comunicábamos, pero no éramos capaces de verbalizarlos. Habían pasado dos meses desde la última vez que nos habíamos visto, y me asustaba la idea de que tardáramos tanto en cruzarnos de nuevo. Me daba vértigo pensar que igual pasaba mucho más o que quizá no volveríamos a coincidir. Pero cuando Rebeca me describe la cara que puso cuando volvió a la sala y se dio cuenta de que me había ido, sé que él pensó lo mismo.

—Le dije: «Mira, represento a Eva en todo menos en sus sentimientos, pero como amiga te digo que es mejor arrepentirse de lo que uno hace que de lo que no se atrevió a hacer».

No puedo estar más de acuerdo, pero creo que yo no habría sido capaz de dar ese salto al vacío.

—¡Venga, hombre! ¡Si os pasasteis el concierto mirándoos! Sois los únicos que no queríais ver lo evidente. Cagaos...

Gracias, amiga.

Al final cedo y entro en detalles. Le cuento su aparición de malote pasado de moda, y cómo las cosas que a otra quizá le darían el mayor *cringe* del mundo me despiertan las ganas de arrancarle la boca a besos. Porque esa parte de Kobo, la que nadie ve, la del chico que se pone nervioso y tartamudea delante de la chica que le gusta, me vuelve loca.

—*Bro*, te juro que notaba que me temblaba el párpado. Era como si no hubiese estado nunca delante de una piba.

Axel se ríe y me dice que, cuando nos vio hablar en el camerino, parecíamos una parejita de instituto.

—No erais capaces de aguantaros la mirada más de cinco segundos.

—Qué vergüenza.

—Qué va, mola saber que, por mucho que pasen los años, la inocencia del principio se mantiene.

—Pero tío, eso es lo gracioso, ¡que no es el principio! Hemos pasado de la confianza más estrecha a esto.

—Sí que es el principio. Ya no sois los mismos de hace casi un año, pero está claro que lo que sea que tuvisteis sigue ahí. Se nota en cómo os coméis con los ojos.

Se me dibuja una sonrisa tonta al pensar en que me mira.

A Axel le encantan los detalles, así que le hablo del momento en que cada vez estábamos más cerca y solo pensaba en besarla, del escalofrío que me recorrió la espalda cuando sentí sus labios, su sabor, del aroma del *gloss*, su olor. Puf. Solo de contárselo, me sube la temperatura.

—Tía, te prometo que tenía claro que no iba a hacerlo con él.

—Clarísimo… —bromea mi amiga.

—Te lo juro.

—Pues qué tontería. ¿Qué sentido tiene dejar de hacer algo que te apetece porque sí?

—No sé… Me daba miedo que fuera solo sexo. —No sé por qué hablo en pasado—. De hecho, me da bastante miedo.

—¡Anda, anda! Los terrores para Halloween. Déjate de tonte-rías, doña futuribles, y empieza a hacer lo que te salga del papo.

—O lo que me entre.

—Un buen aparato.

Nos descojonamos.

—Tío, estoy harto de ver a gente privarse de hacer cosas por el qué dirán, o lo que es peor, por su voz interior construi-da sobre creencias y convicciones de mierda.

—Estaba deseando subir con ella, pero entendía que no quisiera. De hecho, me daba miedo que se arrepintiera.

—Sí, sí, si eso está muy bien, está claro que te habrías ido igual de feliz.

—Bueno... —lo interrumpo bromeando.

—Ya me entiendes.

Asiento y nos reímos.

—No dejes que tu cabeza frene lo que tu corazón necesita.

Le cuento que me hizo sentir como si estuviera viviendo una de esas historias que solo creía posible en mis fantasías. Hacía tiem-po que no experimentaba una conexión tan intensa. Cada gesto de Kobo era una declaración de ternura que contrastaba con sus miradas cargadas de deseo, que me encendían hasta hacerme arder. Mis inseguridades parecían haberse esfumado, y cada aliento decía más de lo que las palabras podían expresar, una conexión que iba más allá de lo físico.

—Te juro que, cuando he abierto los ojos y la he visto des-nuda en mi pecho, he sentido el impulso de comprobar si era real, si de verdad estaba allí conmigo, como antes.

Me transporto de nuevo a su casa, a su cama, a la sensación de euforia que me ha invadido en cuanto la he notado conmigo. Todavía me parece mentira que en una sola noche haya pasado de sentirla tan lejos a estar de nuevo piel con piel.

Nos quedamos un rato en silencio. Axel sonríe taciturno. Una de las cosas que más me gustan de él es que verdaderamente disfruta con la alegría de los que lo rodean.

—¿Te ha escrito?

—No…

Entro en su conversación, como si hubiese alguna posibilidad de no haber visto que tenía un mensaje nuevo.

—¿Y a qué espera? —musita Rebeca.

—Igual no me escribe, yo qué sé.

—Pues escríbele tú.

—Sí, claro.

Mi amiga me mira con desprecio.

—Qué antigua eres.

—Habló la que no le iba a proponer ningún plan fuera del trabajo al chico que se estaba tirando desde hacía dos meses.

—No es lo mismo —se defiende con una sonrisa culpable.

Cuando me enteré de su relación con Tommy, lo que más rabia me dio fue pensar que había estado cada día con ellos dos durante ocho semanas, y no me había pispado de nada. Rebeca bromeó con que había sido el karma. Al fin y al cabo, fue lo mismo que hice yo con Kobo.

La muy sinvergüenza decía que se quedaba más tranquila si me dejaban a mí primera en casa… Cómo iba yo a pensar que, según entraba por el portal, se comían la boca…

—No quiero agobiarlo.

Mi amiga mete la cabeza entre las manos en señal de desesperación. Me hace gracia, porque yo también sé lo pesada que soy a veces. Suelta un gruñido que me espabila.

—Vaaale, vaaale, voy... —Abro su conversación y, tal cual entro, chillo—: ¡Mierda! ¡Está escribiendo!

Bloqueo el móvil al instante y lo dejo encima de la mesa.

—Tía, relaja la raja... Te va a dar algo.

Sí, pero bien que clava los ojos en la pantalla.

—Mierda, está en línea.

Borro lo escrito y salgo.

Axel suspira desesperado.

—¿Le digo directamente de quedar?

—¿Qué vas a hacer, si no, darle las buenas tardes?

—No, pero charlar un rato hasta que... —Axel arquea una ceja antes de que pueda seguir con mi rayada—. Vale, entendido.

—Vale, entendido.

La pantalla se ilumina y Rebeca se apodera del móvil.

—¿Qué dice?

—Es tu madre, que si has comido.

—Será coña...

Entonces se ríe.

—Que cuándo os veis.

—¿Así? ¿Sin anestesia?

—¿Qué quieres, que te cuente un mito griego antes de pedirte una cita?

—Qué boba eres, de verdad. —Sin pensarlo, le quito el teléfono a la fuerza.

Imagino que haber salvado tu reunión me da un pase directo a la segunda cita

—Vaya sonrisa...

Bloqueo el teléfono de nuevo y me mira con cara de estupefacción.

—¿Qué haces? ¿Eres tonta?

La verdad es que lo parezco.

> Bueno, esa es tu versión...

> Has sido tú el que me ha retenido bajo las sábanas toda la mañana

Eso es verdad...

Podemos quedar para disculparme?

—Qué mono es. —Ahora es Rebeca la que tiene la sonrisita tonta.

—Somos —aclaro.

—A ver, de momento, él tira del carro.

—También fue quien me mandó a la m...

—¡Anda, anda! ¡Déjate de tonterías! —me interrumpe—. Venga, contesta.

> Me parece justo

Cuando lo leo, me levanto del sillón.

—Vale, *bro*, tenemos cita.

—Estaba claro —comenta Axel con toda la tranquilidad del mundo—. ¿Qué has pensado?

Vaya… Esa parte la he pasado por alto.

—Tengo que idear algo.

—Es importante.

—¿Y qué vais a hacer?

—Pues no lo sé, la verdad. Pero me da igual, como si quedamos en un banco. Me apetece estar con él y punto.

—Díselo, seguro que intentará impresionarte con algo.

—Kobo no es así.

—Voy a buscar un sitio guapo.

—¿En plan?

—No sé, un restaurante de esos guais.

—A ver si se me ocurre algo. ¿Come de todo?

—Sí.

—Puf, qué suerte… —Una parte de mi quiere indagar más, pero bastante tengo con lo mío—. Eh, mira este.

Axel me enseña un vídeo de TikTok de un sitio que tiene muy buena pinta.

—Buah, qué rico, Dios…

Me lo comería todo. Además parece muy bonito, perfecto para una cita, pero de repente, no sé por qué, una idea me cruza por la cabeza que no me atrevo a compartir. Igual es una cutrez…

No soy consciente de que mi cara ya está hablando.

—¿Qué te pasa? Te has quedado cuajado.

—Se me ha ocurrido una idea.

19

Llevo un rato buscando la banda sonora perfecta. Busco en mi biblioteca de Spotify algo que me motive porque sé que, sin música, seré incapaz de enfrentarme al reto de adecentar un piso compartido. Bueno, en realidad, de momento es ex-compartido, pero estoy seguro de que hay motas de polvo empadronadas desde hace años. Mi compañero era y es un amigo cojonudo, pero nunca se ha parecido a Don Limpio.

Acabo dando con la lista perfecta: Arctic Monkeys, Foo Fighters, Pearl Jam, Queens of the Stone Age... Quién me iba a decir a mí que mi alma gemela estaría esperándome en lo más profundo de Spotify.

Neo, que lleva un rato observándome mientras procrastino en el sofá, reproduce un tímido aullido. En realidad, no sé si se le llama «aullido» a ese ruidito parecido a un bostezo que hacen los perros cuando quieren que les prestes atención sin perder sus modales.

—Ya voy, ya voy... Da gracias que con esas pezuñas no puedes barrer, chaval.

Me conecto a los altavoces, lo único en lo que en su día nos gastamos la pasta, pulso el *play* y me levanto con el bombo-caja de *Do I Wanna Know?*

El primer reto me espera en el fregadero. Cualquiera que no viva en un piso sin lavavajillas pensará que esa torre de platos, cuencos, vasos, tazas y alguna sartén es pura vagancia, pero queda mucho mejor decir que es una cuestión de optimización del tiempo y conciencia medioambiental.

Voy rematando el piso por habitaciones, moviéndome al ritmo de la música mientras mi cerebro empieza a generar escenarios imaginarios y me asaltan dudas totalmente trascendentales, como en qué estaría pensando Alex Turner cuando dice que siempre aparece en sus sueños. Me pica la curiosidad de saber si, con el paso de los años, seguirán recordando a la persona que motivó sus letras. Estoy harto de escuchar todas esas entrevistas en las que los artistas venden que no hay nadie detrás de sus canciones. Venga, por favor, siempre hay alguien.

Un buen rato después, me encontraba ya con la casa limpia y varios tesoros descubiertos en el sofá: un puñado de monedas, el Airpod que perdió Mike hace meses, trescientas pelusas y el DNI de un tal Eduardo Tejero Martínez que no he visto en mi vida.

A falta de ambientador, un poquito de la colonia que se dejó mi colega para darle el toque final, y me ha quedado un piso que parece del catálogo de Ikea; eso sí, de la sección «Convierte tu cuchitril en un cuchitril con encanto».

Estoy

Subo?

Sí

Voy corriendo al telefonillo y, cuando suena, Neo lo acompaña con un ladrido.

—Shhh, compórtate, macho, que tenemos una cita.

Echo un vistazo a mi alrededor. La casa no ha estado así de limpia ni el día que nos entregaron las llaves. Un solo de bajo de Red Hot Chili Peppers retumba entre las paredes. Igual es demasiado para recibirla, pero ¿qué pongo? Quito la música y el silencio me sobrecoge, demasiado frío. Piensa, piensa. Voy a las bibliotecas de estados de ánimo: *Chill date... Chill date at home*. Que sea lo que Dios quiera. Pulso el *play* y suena el timbre. Neo vuelve a ladrar.

—¡Neo!

Lo calmo junto a la puerta. Respiro hondo. Un último vistazo y...

Joder, qué guapa.

—Holaaa.

Abracito *safe* mientras Neo brinca y la olisquea.

—¡Hola, Neo!

Intenta acariciarlo, pero no se está quieto.

—Neo, ¡para un poco!

Acto seguido, se sienta a su lado y Eva puede hacerle mimos tranquilamente mientras sonríe y repasa el salón con la mirada.

—¡Qué limpito todo! ¡Y qué bien huele! —comenta con una sonrisa vacilona—. Es un olor familiar. ¿Has echado ambientador?

—¿Qué? No.

Miento como si fuera algo malo, no sé muy bien por qué. Mierda, siento calor en las mejillas.

Eva entra en el salón, custodiada por Neo, que no deja de pedirle mimos.

Se sienta en el brazo del sofá y continúa acariciándole mientras tararea.

—*My girl, my girl, my girl, my girl...* —canturrea Eva

mientras sigue con lo que ya es un masaje facial para Neo—. ¿Girl In Red? —dice de pronto.

No lo había oído en mi vida.

—Sí —me tiro a la piscina.

Eva pone cara de sorpresa y se ríe.

—¿Qué pasa? ¿No te gusta? —pregunto intentando parecer sorprendido.

—Me flipa, pero no sé…

—No te pega que a un chico como yo le guste, ¿verdad? Las apariencias engañan, Eva.

Sonríe, pero estoy seguro de que no se lo traga.

—Oye, venga, enséñame tu casa, ¿no?

A ver, sesenta metros cuadrados tampoco dan para mucho *tour*, pero después de la paliza que me he pegado…

—Es *heavy* que no llegaras a venir…

—Hombre, es la primera vez que me invitas.

—A ver, es que antes estaba Mike. Está siendo tan duro… —Me llevo la mano a la cara y simulo un sollozo.

—Seguro —dice con sorna—, habrá que ver lo solo que has estado… Me pega el zasca con una sonrisa de desconfianza.

—Neo lo sabe bien. —El tío se deshace mientras Eva le rasca detrás de las orejas, así que poco me va a respaldar—. Bueno, ¿querías un *tour*, no?

Se levanta y me mira expectante.

—Salón y cocina ya los ves. Todo en uno.

—Como en mi casa.

Gracias por intentarlo, pero tu alfombra tiene los mismos metros cuadrados que todo mi piso.

Pasamos al estrecho pasillo.

—El baño. —Abro, enciendo y cierro. Con un poco de suerte, sus pupilas no habrán tenido tiempo de acostumbrarse al cambio de luz. Este baño parece un decorado de *Cuéntame cómo pasó*.

—Esa puerta de ahí es la habitación de Mike, bueno, era…

Te pediría que nunca abras esa puerta —vuelvo a dramatizar—, tengo el síndrome del nido vacío.

—Ay, por Dios... —se ríe—. Venga, tira.

—La habitación principal —anuncio con la mano en el picaporte de la puerta siguiente—. Desde la organización, queremos hacerle saber que no nos hacemos responsables de lo que pueda pasar dentro.

Eva alza los ojos al cielo y suspira. Abro despacio.

—¡Guau! ¿Todo eso son vinilos?

—Sí, una de las pocas cosas que hizo bien mi padre, si no la única...

—¿Son suyos?

—No, pero empecé a coleccionarlos con él desde muy pequeño.

Eva hace un puchero y me coge de la mano. Nos quedamos en silencio un par de segundos en los que me pierdo en sus ojos.

Sin pensarlo, la beso. Lo hago despacio, con delicadeza, para asegurarme de que esto es lo que quiere. Después nuestras lenguas se rozan tímidamente y las uñas de Eva me acarician el cuello. Apoyo las manos en sus caderas. La temperatura empieza a subir. De repente, Eva se aparta despacio y suspira sonriente.

—Vaya...

—Vaya... —repito.

Es tan bonita.

—Venga, vamos a cenar, que, como verás, tengo hambre —bromea y volvemos a la cocina.

—Vale, pues... toma. —Le cedo el delantal que le gustaba ponerse a Mike.

—Anda, vamos a hacer de chefs.

—Somos chefs.

—Bueno... —sonríe mientras se ata el mandil—. Habla por ti.

—Que sí, ya verás. —Abro la nevera y empiezo a sacar todos los ingredientes.

—Qué intriga.

Prácticamente puedo ver cómo giran los engranajes de su cabeza intentando descubrir qué haremos, pero ni siquiera se acerca a lo que tengo planeado.

—Vale, por ahora sé que no es una paella.

Paso por detrás de ella para llegar al armario y de su pelo me viene un olor que me hace cerrar los ojos.

—Podemos elegir entre estos dos panes —le digo.

La sonrisa de Eva cambia y entrecierra los ojos. Sabe por dónde voy.

—¿Crees que podremos superar tu sándwich favorito?

Se queda mirándome un par de segundos, y juro que la luminosidad de sus ojos se intensifica como si, tras ellos, saltara una chispa. En ese instante, vuelvo a aquella tarde en que por primera vez vi algo distinto en ella, cuando me hizo coger el mixto con huevo con las manos y morderlo a riesgo de ponerme perdido. Fue algo que no supe identificar, pero desde ese momento no pude quitármela de la cabeza. En un abrir y cerrar de ojos, el espacio entre nosotros desaparece y ya sé que dejar de besarla no es una opción. Me agacho un segundo para agarrarla por las piernas y la siento en la encimera. Eva me quita la camiseta en un segundo. En lo único que pienso es en que quiero apretarla contra mí hasta que seamos uno.

—Vamos a la habitación —susurra Eva.

En cuestión de segundos, estamos en mi cama y la ropa (y los delantales) han acabado en el suelo.

Necesito verla disfrutar hasta que no pueda más. La beso, no quiero que se aleje ni un centímetro de mí, así que la sujeto por la nuca y siento su calor en mi mano; quiero torturarla de placer a un nivel que no haya sentido nunca, ser su esclavo sin más obligación que su disfrute. Me deshago por fin de su tanga y observo lo que para mí es arte: su cuerpo desnudo entregado al goce de ambos. Sus pechos, su boca, su cuello, besaría cada poro de su piel. Supero la frontera de su ombligo y su espalda se arquea. Desliza las manos por mi pelo y me aprieta contra ella. Con dedos hábiles recorro sus piernas hasta llegar a la parte interna de sus muslos al tiempo que mis labios se acercan a su sexo. Cuando lo alcanzan, me resisto a saciar las ganas que tengo de saborearla, y su respiración se torna cada vez más intensa. Pensar que desea tenerme entre sus piernas me excita aún más.

Se retuerce sobre las sábanas cada vez que exhalo mi aliento sobre el centro de su placer. Lo hago una y otra vez justo antes de besarle los muslos. Tengo tantas ganas que, a pesar de ser yo quien impone ese ritmo torturador, me desespero. Siembro leves mordiscos en su piel y recurro a todo mi autocontrol, pero cuando ese apetito es ya una necesidad de vida o muerte, deslizo la lengua muy despacio a la vez que sus gemidos me envuelven en una atmósfera onírica. Podría llegar al orgasmo sintiendo su placer, al masajearla con la boca. Estoy tan duro que el mero roce de las sábanas me acerca al éxtasis. Quiero hacerle el amor, penetrarla y tenerla bajo mis caderas, pero no puedo parar de besar su sexo, y no lo hago hasta que su respiración se corta unos segundos. Sus piernas me aprietan con fuerza, se contorsiona sobre el colchón y gime hasta quedar exhausta. Entonces me coloco sobre ella y hacemos el amor hasta que ambos alcanzamos el clímax.

—¿Estos?

—Los que quieras, son tuyos.

Eva coge unos pantalones de fútbol de cuando tenía dieciséis años y una camiseta de Motörhead de cuya existencia ni me acordaba. Cualquier ser vivo dentro de esas ropas tendría una pinta ridícula, pero, por sorprendente que parezca, en ella forman el equilibrio perfecto entre *cute* y sexy.

El momento chef transforma mi cocina en una zona de

guerra, pero las risas que nos echamos nos regalan al menos veinte años de vida.

—Está claro, superamos con creces los sándwiches de ese día —asegura Eva.

—¿Te imaginas que nos hubieran puesto una grabación de todo lo que iba a pasar después?

—Yo no me lo hubiera creído.

—¿Por qué?

—Porque en ese momento tenía una idea de ti completamente distinta a lo que eres en realidad —confiesa.

—Ah, qué bien.

—Me refiero a que me caías superbién, pero pensé que eras el típico… No sé, el típico *fuckboy*.

—Es que soy un *fuckboy* —digo con chulería fingida.

Eva me mira y niega con cabeza.

—Eres *Winnie the Pooh*, Kobo.

Ambos nos reímos, pero algo se instala en mi pecho y, después de un silencio un tanto incómodo, digo:

—Seguro que pensaste que era un gilipollas —mascullo.

—¿Por qué dices eso?

—Ya lo sabes. No hice las cosas bien.

Eva se limpia con una servilleta, se pone seria.

—¿En serio piensas eso?

—Sí.

—Lo dices para que te haga la pelota, ¿no?

—No, lo pienso de verdad.

—Pues eres bobo.

—Yo sé lo que digo.

—Déjate de tonterías. Contigo fui la chica más feliz del mundo, eso es lo importante. Nunca me he arrepentido del tiempo que estuvimos juntos.

Sus palabras me emocionan, sobre todo después de lo que ha pasado, pero no soy capaz de decir nada más. Entonces ella vuelve a romper el silencio:

—Oye, quiero que me toques algo —dice mirando la guitarra.

—Ni de coña.

—¡Oye!

Niego con la cabeza.

—Venga, porfa. —Recurre a esa mirada con la que sabe que puede conseguir lo que quiera.

—Pero si además os da *cringe*…

—¡Qué dices!

—Que sí, hombre, que lo vi en *Barbie*.

Eva se descojona.

—Vale… Número uno, ¿qué haces tú yendo a ver *Barbie*?

—Yo lo veo todo, fui con Chris. ¿Qué pasa? ¿Tampoco tengo pinta de que me guste *Barbie*? —digo con retintín.

—No desvíes el tema… ¡Toca algo! —me insiste.

—¡Que no, hombre!

—Qué pesado eres, Kobo. Nos da *cringe* cuando lo hacéis sin que os lo pidamos y que os creáis que es un arma de conquista.

—¿Y no lo es?

—Claro que no.

—Pues con más razón. Paso.

Eva ruge. Acto seguido, se ríe.

—¿De qué te ríes?

—De nada.

Sigue riéndose y suspiro.

—Eva…

—Lo del otro día dio más *cringe* y no te importó.

—¿El qué?

—Tu frasecita de «Eh, muñeca, se te olvidó despedirte» —me imita.

—Yo no dije eso. —Me aguanto la risa.

Eva se levanta, abre las piernas y hace ver que se remanga. Frunce el ceño.

—«¡Eh, guapa! ¿Te ibas a ir sin despedirte o qué? ¿Qué hacías ahí boqueando como un pececillo, suplicando que te morrease?».

Me levanto y voy a por ella.

—¡Perdón! ¡Perdón! ¡Perdón! —suplica.

Consigo agarrarla y me la cargo al hombro. La llevo como un saco de patatas hasta la puerta y hago el amago de abrir.

—¡Para!

Entonces me vuelvo, la tiro en el sofá y me tumbo junto a ella. Nos partimos de risa y, cuando las carcajadas se apagan, sin decir nada, se acomoda sobre mi pecho. Nos quedamos un rato en completo silencio. No decimos nada. De repente me doy cuenta de que estoy mirando al techo con una sonrisa mientras acaricio a Eva. Pienso en las veces que he estado en esta posición pensando en ella. Qué estaría haciendo, con quién... A veces fantaseaba con que estuviera igual que yo, la imaginaba en su cama pensando en mí, como si nos viéramos a través del techo. No sabía si nos volveríamos a cruzar, si ella sería feliz y si yo podría serlo sin tenerla a mi lado. Me parecía imposible despertarme un día y ser capaz de no pensar en ella.

—¿Qué tal tu hermano?

Bajo la mirada, pero solo veo su cabeza.

—Parece que más centrado.

Eva tarda un par de segundos en contestar.

—El día de la fiesta lo vi bien.

Ahora soy yo quien tarda.

—Sí...

El problema es que no es la primera vez que parece estar bien y, de repente, todo estalla.

—Pero siempre está el miedo a que vuelva a cagarla...

—Es un buen chico.

Es la primera vez que hablamos de mi hermano después de todo lo que ocurrió. Nunca entenderé qué pasó por su cabeza para ayudarnos de esa manera. Por suerte, no hubo cargos suficientes, pero, antes de que lo supiéramos, ella pagó su fianza y nos regaló la tranquilidad de tenerlo con nosotros.

—¿Por qué lo hiciste? —Es una pregunta que no he conseguido dejar de repetirme y que necesito aclarar. Se acomoda sobre mí, pero sigue sin darse la vuelta.

No contesta, y los segundos se convierten en minutos en silencio. La miro esperando a que dé el paso sin dejar de acariciar su pelo. Al final responde:

—Porque te quería, Kobo, porque te quería como no he querido nunca a nadie.

Sus palabras me llenan por dentro e impulsan las mías:

—Yo nunca he dejado de quererte.

Pasan los segundos y Eva no dice nada. Su silencio se convierte en una clara respuesta y, aunque era una posibilidad, me rompe por dentro. Entonces se incorpora y se sienta.

—Sufrí mucho. Y lo hice porque no supe estar contigo.

Me coloco a su lado.

—Eva...

—Antes de conocerte, estaba completamente desmoralizada, perdida, y de repente llegaste tú y me enseñaste que había un lado de mí que no conocía. A tu lado sentía que merecía todo lo que me pasaba, y encontré la fuerza necesaria para sentarme de nuevo frente al teclado, incluso mejoré la relación con mis padres. Mi vida pasó de ser gris a llenarse de luz cuando estuve contigo. Viví un sueño en el que todo iba sobre ruedas, y supongo que por eso me obsesioné con que algo acabaría saliendo mal. Cada día parecía sacado de esos momentos de las películas románticas en las que todo es tan perfecto que esperas ese giro trágico que lo ponga todo patas arriba. Y esa idea me consumía. Empecé a pensar que mi vida era demasiado buena para ser cierta, y temía que desapareciese. Me aterraba la idea de perderte, y lo de Lu fue solo la chispa que encendió ese combustible de toxicidad. Me volví adicta a lo que me hacías sentir y me convertí en algo que detesto.

Eva se queda en silencio y aprovecho para cogerle las manos, que no deja de frotar contra las piernas. Entonces me mira a los ojos de una forma diferente a todas las demás.

—Te quería mucho, Kobo, pero no te quería bien.

Es una mirada triste, avergonzada.

—No quiero engañarte —continúa—. Sé que aún hay partes de mí que necesitan sanar, pero estoy trabajando en ello. Nada de lo que sentía por ti ha cambiado, pero si hacemos esto... quiero hacerlo bien. Quiero quererte como mereces, porque no puedo soportar la idea de volver a hacernos daño.

20

—¡Y la gran apuesta de este año…!

El presentador se vuelve hacia la pantalla y recibo un codazo de Rebeca justo antes de que aparezca una imagen con mi portada de fondo. Hoy es una noche importante. La productora presenta los proyectos de este año, y se va a hablar por primera vez de *Lo difícil de olvidar*. Estoy supernerviosa.

—¡La adaptación de *Lo difícil de olvidar*, de nuestra queridísima y admirada Eva Mun!

Las cabezas empiezan a volverse hacia mí.

—Sonríe —musita Rebeca entre dientes.

—Sí, tenemos el placer de contar hoy con su presencia. ¡Muchas gracias por venir, Eva!

No sé qué se hace en estos casos: saludar, levantarse…

—Sonríe —repite mi amiga que parece oír mis pensamientos.

—Y al mando de este proyecto tan ilusionante tenemos la fortuna de contar con un director de la casa, presente y futuro del cine español… ¡¡Aarón Rojas!! ¡Un aplauso para él!

Aarón sube las escaleras del escenario mientras se pasa la mano por el flequillo. Se ajusta la chaqueta, estrecha la mano del presentador y, ya frente al micrófono, carraspea.

—Bueno… Primero muchas gracias a la productora por confiarme una vez más uno de sus proyectos. Para mí, trabajar con vosotros es hacerlo en familia, en casa… Estoy convencido de lo importante que es rodearse de gente que, además de fantásticos artistas, son grandes personas. Sé que juntos haremos un gran trabajo.

Rebeca me echa una mirada cómplice. Se me hace raro verlo tan nervioso. Parece otra persona.

—Quería darle las gracias a Eva… No sé dónde estás…

Me busca con la mirada, pero los focos le impiden encontrarme. Se lleva la mano a la frente a modo de visera y, después de unos segundos, me localiza.

—¡Aquí estas! —Me señala.

La gente aplaude, me busca, y yo me quedo petrificada.

—Gracias por estar día a día acompañándome en este proceso, por tu creatividad y tu confianza. Es un placer tenerte tan cerca. Está siendo alucinante trabajar contigo codo con codo.

Gracias por tus palabras, Aarón, pero me duelen los mofletes de sonreír, los ojos del fogonazo y me avergüenzan las miradas.

—Aplauso —murmura Rebeca justo antes de generar uno.

—Gracias —susurro sin perder de vista el escenario.

Por suerte, Aarón da por finalizados los cumplidos y dedica un rato del discurso a dorar la píldora a los productores.

Mientras los oigo de fondo, mi mente divaga lejos de las paredes del Palacio Neptuno de Madrid. Mi mirada se pierde entre los techos coloridos de cristal, que reflejan destellos de luz que parecen moverse al ritmo de mis pensamientos. Las palabras del presentador se convierten en un murmullo mientras me sumerjo en mis recuerdos. Veo a esa niña que se refugiaba en su imaginación para olvidarse de sus problemas. Me acuerdo de todos esos momentos en los que quise rendirme, las dudas, el pudor, el miedo a las críticas... Esas noches de incertidumbre en las que buscaba respuestas en el techo de mi habitación. Llegar hasta aquí no ha sido fácil; sin embargo, a medida que avanzo en este camino, me doy cuenta de que, en realidad, nada cambia. Las luces brillantes y los aplausos pueden ser adictivos, pero al final del día te das cuenta de que lo que te hace sentir la más afortunada del mundo es la sonrisa de Rebeca cuando oye hablar bien de ti, sus ojos vidriosos, su ilusión y la mía por compartir estos momentos con ella y con el resto de mi gente. Eres feliz cuando te das cuenta de que tu luz no depende de los focos, sino de mantenerte fiel a quien eres y compartir tu éxito con los de siempre.

Cuando termina la presentación, nos acercamos a la zona donde se servirá el cóctel. Alguna vez he comentado con Kobo que suele ser el momento favorito de todo el mundo que viene a estas cosas, pero supongo que, por mi timidez, para mí suele ser una tortura. Si fuese la encargada de organizar estos saraos, mis jefes estarían contentísimos con el recorte de presupuesto.

Por desgracia, lo importante suele suceder ahora.

La clave de este tipo de eventos es el *networking* que se genera.

Hemos cogido dos copas de champán cada una, la que llevamos en la mano y la que hemos dejado en la mesita que tenemos detrás, y no precisamente por casualidad.

—Aprovecha, que en breve nos vendrán a dar la turra y no podremos darle al *drinking*.

Todavía no hemos dado un sorbo y ya hay un tipo caminando en nuestra dirección.

—Mira, si antes lo digo... —susurra—. Juliáááán... —exclama con su sonrisa de representante encantadora que tanta gracia me hace.

Inmediatamente se nos acerca un hombre alto y elegante con pelo canoso.

—Eva —me sonríe—. Rebeca... Qué ilusión veros al fin en carne y hueso.

Es Alberto López. Rebeca me ha hablado mucho de él. Es el presidente de la productora y la persona que se interesó por los derechos audiovisuales de la novela.

—Es un placer contar con un talento como el tuyo. Estamos muy ilusionados con el proyecto.

Es un hombre imponente pero entrañable a la vez. Qué ilusión que me diga estas cosas. Qué majete.

—Muchísimas gracias. —Es lo único que sé contestarle con una sonrisa.

—Es una de nuestras grandes apuestas.

—Estoy segura de que haremos algo muy guay —interviene Rebeca.

—Ya sabéis que, si no, me echarán de casa.

Rebeca me contó que *Lo difícil de olvidar* llegó a sus manos por imposición de su mujer y sus hijas. A las tres les encantó, y lo amenazaron con desterrarlo al sofá si no le daba una oportunidad. Al parecer, cedió y disfrutó mucho de la historia, lo que le llevó a hacer una oferta para la película.

El primer paso en un proceso de este tipo es firmar una opción audiovisual, un contrato en el que se cede a la productora el derecho para negociar un proyecto de adaptación. Incluso después de que Rebeca me diese la noticia, me parecía mentira. Sabía que muchas veces eso no significaba que la novela acabase por filmarse, pero la productora lo tenía todo pensado incluso antes de firmar. Ya sabían que contarían con Aarón y querían empezar a trabajar el guion cuanto antes para poder rodar pronto. Me costaba creer que aquello estuviese pasándome, que estuviese tan cerca del sueño de ver a mis personajes en la gran pantalla, y estaba tan ilusionada que habría sido capaz de aceptar cualquier cosa. Menos mal que Rebeca se encargó de todo.

Nos despedimos de Julián, que continúa su ronda de saludos,

y me fijo en que Aarón, a unos metros de nosotras, conversa con una chica y sonríe.

—Qué mono ha sido Aarón. —Me vuelvo hacia mi amiga.

—Es un cielo, hemos tenido mucha suerte —comenta Rebeca.

Cuando voy a contestar, me hace un gesto con la boca que termino de pillar cuando grita:

—¡Hombre, señor director!

Aarón aparece a mi lado y me rodea con el brazo.

—¿Qué tal, chicas?

—Pues recuperándome del ratito que me has hecho pasar. Le clavo mi índice acusador en el pecho.

—¡Au!, parece un cuchillo —me dice—. Me has robado todo el protagonismo —bromea.

—Es que mi chica...

—Tu chica me ha creado un síndrome del impostor...

No es la primera vez que le oigo decir que le he creado inseguridad como guionista. Al principio me costó adaptarme al formato, pero ahora estoy disfrutando muchísimo del proceso, y la verdad es que se lo debo a él y a su paciencia.

—Pensaba que sería yo quien le enseñaría, pero cada día me hace sentir más pequeño.

En ese momento, un señor reclama la atención de nuestro joven director.

—Perdonadme, chicas —se disculpa sin perder la sonrisa—, ahora os veo.

Cuando se va, Rebeca me dedica su mirada de maruja y le respondo con un empujoncito.

—¡Ay, tía!

Después de varias copas y un *networking* más que fructífero, la gente empieza a abandonar el edificio. La fiesta parece haber terminado, pero, entre la euforia y el alcohol, lo último que nos apetece es irnos a casa. Los chicos iban a salir y nos dijeron que, si no acabábamos muy tarde, nos uniéramos. Así que, como somos muy obedientes, lo hacemos.

—¿Pillamos taxi o Uber? —le pregunto a Rebeca cuando nos mandan la dirección.

—Taxi.

Se acerca a la carretera con paso ligero y descubro que, una vez más, ha sabido disimular muy bien el efecto del champán mientras estábamos en modo trabajo. Da un traspié y me descojono.

—Pareces una jirafa recién nacida —le vacilo.

Está tan concentrada en la caza del taxi que no me hace ni caso.

De repente, alguien nos chista y tengo la misma sensación que cuando me pillaban haciendo una travesura en el colegio. Se me hiela la sangre. Entonces me vuelvo y veo una sombra sentada en un poyete junto a la puerta. Entorno los ojos intentando distinguir quién es.

—Aarón, hijo, qué susto —resuelve Rebeca.

—Como dice mi madre —se acerca y tira el cigarro al suelo—, algo estaríais tramando. ¿Os vais?

—Ya no queda nadie.

—Sí, pero es de mala educación largarse sin despedirse.

Se me escapa una carcajada.

—¡Ala! ¡Otro igual! —murmullo, aunque no lo suficientemente bajo. Me ha salido del alma.

A diferencia de Rebeca, Aarón me observa sin saber a lo que me refiero.

—Mira… —Mi amiga se le acerca y le pone la mano en el pecho—. Queríamos despedirnos de ti, pero no te encontrábamos.

—Es verdad —digo intentando parecer convincente.

Aarón asiente y añade:

—Genial, entonces voy a mirar el teléfono… Seguro que habéis intentado llamarme… Igual me habéis mandado un mensajito.

—A ver, te lo íbamos a poner desde el taxi…

Aarón me mira a los ojos con una sonrisa incrédula. No sé si por el efecto lupa del alcohol, me fijo por primera vez en la cicatriz que tiene encima de una de las cejas.

—¡Taxi! —grita Rebeca—. Atento al móvil, que ahora te escribimos. —El coche se detiene a nuestro lado—. Un beso, guapetón —se despide.

Acto seguido, lo hago yo.

—Gracias por tus palabras, de verdad —le sonrío antes de cerrar la puerta.

—No podía decir menos. —Me devuelve la sonrisa.

Aarón es un chico especial, siempre me trata con mucho cariño, y le agradezco que me haga sentir tan importante para el proyecto. Aunque parezca mentira, lo normal en estos casos es que pasen olímpicamente del autor. He tenido mucha suerte con él.

Trato de cerrar la puerta y, antes de conseguirlo, su mano frena el movimiento.

—¿En serio no pensáis invitarme a donde quiera que sigáis con la fiesta?

—Oye, por favor.

La taxista se queja y Rebeca interviene.

—¿El señor director quiere fiesta? Pues se la vamos a dar. ¡Pasajeros al tren!

Ahora sí, Aarón sube delante. Nos mira divertido.

—Disculpe, es que se nos ha acoplado en el último momento —le digo a la conductora.

Aarón frunce el ceño y le paso la mano por el hombro en señal de paz.

—Lo que me parece mal es que pretendieseis dejar a un chico tan guapo solito en la calle —responde la taxista con simpatía y nos arranca una sonrisa.

Rebeca y él parlotean con la mujer mientras nos incorporamos al tráfico, y yo agradezco que nos pongamos en marcha. Llevo esperando este momento toda la semana. Estoy deseando ver a Kobo y comérmelo a besos. Miro por la ventana y sonrío a Madrid: la fuente de Neptuno, el paseo de Recoletos... La gente revolotea contenta por la calle, los taxis van de un sitio a otro. Es viernes, y se nota en el ambiente. Abro la ventana y el aire me acaricia la cara. Estoy borracha pero también muy feliz.

Cuando llegamos a la discoteca, hay una cola interminable para entrar, pero Chris sale a buscarnos. Parece que quien tuvo, retuvo, y él sigue teniendo sus contactos en el mundo de la noche, así que, como si fuéramos estrellas, pasamos al lado de los que esperan para entrar y encima nos regalan un par de consumiciones. Bajamos unas escaleras de hormigón y el volumen de la música aumenta con cada paso. Como no podía ser de otra manera habiéndolo organizado los chicos, es un local de techno, lo que tampoco me disgusta. El lugar me recuerda a un templo. Es espectacular. Predominan los colores terracota y las paredes están iluminadas con un increíble juego de luces que imitan el efecto de las velas. Es elegante, como la mayoría de la gente que ya disfruta de un DJ que, a nivel estético, mola un montón.

Estoy alucinando con todo cuando unos brazos me rodean por detrás y me aprietan con fuerza justo antes de que su olor me abrace y sus labios me besen en la mejilla. Es un beso tan dulce que al instante me transportaría a una cama para acurrucarme con él el resto de la noche. Me doy la vuelta y me encuentro con sus ojos.

—Hola —saludo con dulzura.

—Pensaba que ya no ibais a venir.

—Sí, claro, te iba a dejar aquí solito.

Llevo los brazos a sus hombros y lo acerco a mi boca. Juego a resistirme, pero no aguanto más de dos segundos antes de que nuestras lenguas se entrelacen. Noto el calor de su respiración, la suavidad de sus labios, y un ligero sabor a alcohol que me resulta delicioso. Puf, tengo unas ganas... De reojo, veo al pobre Aarón observando, más perdido que un pulpo en un garaje. No me queda otra que renunciar a mi manjar durante un ratito.

—¡Mira quién ha venido!

Arrastro a Kobo, que automáticamente se acerca a saludarlo.

—¡Hombre, qué sorpresa! Por fin te conozco, soy Kobo. —Le tiende la mano.

Estoy a punto de presentarlo como mi novio, pero todavía tenemos una conversación pendiente para cerrar estos temas. De todas formas, acaba de ver que le he repasado hasta las muelas del juicio, así que cada uno que saque sus propias conclusiones.

—Encantado, Kobo —dice Aarón con una sonrisa y se recoloca la camisa.

Me hace gracia su manía de intentar ir siempre perfecto. De hecho, me recuerda a alguien. Por suerte, Aarón parece un poco más cuerdo.

—Eva me ha hablado mucho de ti.

—¡Espero que bien!

—No sabes la de quebraderos de cabeza que nos vas a ahorrar con todas tus recomendaciones cuando vayamos a ver una peli.

Las comparaciones son odiosas, pero igual que para Fabio era una tortura, Kobo siempre está dispuesto a ver y descubrir cosas nuevas. Es verdad que los deberes de Aarón a veces son densos, pero cuando la recomendación viene de alguien que sabe tanto, siempre está justificada: el guion, la estética, interpretaciones increíbles o todo lo contrario… El caso es que siempre hay algo que sacar.

—¿Qué pasaaa? —Mike llega con Mou y Tommy.

Nos golpean como si de una estampida se tratase. Bailan como locos y cantan lo que está sonando, que parece un cántico africano a ritmo techno (Kobo ha dicho que es *Osama*, de Bruno Be). Después aparecen Adri y Natalia.

—¡¡Hombreee!!

No sabía que venía Natalia, pero ¡ole, mi niña!

Se ríe y se arrima a Mou, que le da un beso en el cuello.

Bailamos como locos riéndonos y disfrutando del momento. La vibración de la música me penetra y hasta mi alma danza a su ritmo.

—¡¡No!! —grita Rebeca como si hubiese visto un fantasma.

Cuando me doy la vuelta, me encuentro a Chris con una bandeja llena de chupitos. Oh, oh. Miro a mi alrededor, porque quizá este sea el último recuerdo de esta noche que guarde mañana. Aarón me observa con rostro preocupado, probablemente pensando en la resaca que se le viene encima. Kobo me sonríe con su vasito en alto.

—No esperarás que te cuide como la última vez que bebimos juntos…

—No… —se me acerca—, espero que lo hagas mejor.

Bebemos a la vez y, mientras nos miramos, pienso en todo lo que ha pasado desde entonces. En lo malo y en lo bueno. En que, una vez más, todo sucede por algo. Todo lo que tiene que ser acaba siendo. Lo único que podemos hacer es disfrutar de cada minuto, y eso es lo que voy a hacer esta noche.

Un rato más tarde, me acerco a la barra para pedir la última y me sorprende una voz conocida.

—¡¡Pero bueno!! ¡Mira quién está aquí!

No me lo puedo creer… Borja e Ignacio, los amigos de Fabio. Qué suerte tengo.

—¡Andaaaaa! Mira tú qué sorpresa se hubiese llevado uno que yo me sé.

¡Eso le pasa por abuelo y por quedarse en casa! Ninguna casualidad habría sido peor que encontrarme con estos dos. Creo que incluso ver a Fabio me habría hecho más ilusión.

—Dos besitos —dice Borja.

Cuando se me acerca, me da la sensación de haber metido

la nariz en una botella de vodka. Huele como si se hubiese bebido una destilería entera, y le añade un pase de manita por mi cadera. Natalia observa incrédula a ambos especímenes.

—Qué ilusión, sí —sonrío conteniendo la ironía, y vuelvo la atención a la barra.

—Oye, oye... —Ignacio se apoya con torpeza en mí—. Que nosotros no tenemos ningún problema contigo. Que a nosotros nos gustas.

Pues gustar a estos personajes no sé si es un cumplido.

Nunca había estado tan impaciente porque me sirvan una copa para poder pirarme.

—Gracias —contesto sin mirarlos.

Eso parece hacerle mucha gracia y tengo que contenerme para no decir lo que pienso de ellos y de sus aires de superioridad de mierda.

—Coño, Eva, que estamos de risas —suaviza Borja.

—¿No te ha hecho gracia vernos?

—No puedo respirar de la alegría —respondo ya sin cortarme.

Natalia, que hasta ahora se había mantenido al margen, se ríe a mi lado.

—¿Quiénes son estos, tía? —me susurra.

—Amigos de Fabio —digo con solemnidad.

—Me lo imaginaba...

—Oye, preséntanos a tu amiga. —Borja vuelve a la carga.

—¿Tu novia sabe que eres así de baboso? —Ya no me corto un pelo.

—Lo que sabe que no soy ciego —dice, haciéndose el gracioso.

Se ríen los dos como los tontos que son.

—A saber lo que hace ella por ahí —le empuja el otro.

Paso de estos dos y de siquiera responderle, así que les doy la espalda.

—Oye, tía, vámonos —le digo a Natalia.

«Ya conseguiremos una copa más tarde», me digo.

De vuelta con los chicos, todos están bailando muy contentos.

—¿Dónde estabas? —me pregunta Kobo.

—Hemos ido a por una copa —contesto después de darle un beso.

—¿Y ya te la has bebido? —se ríe.

—No, es que estaba petado.

Decido que estos dos idiotas no van a amargarme la noche, así que me acerco a Kobo y nos perdemos en la música, bailando como si fuera la única forma de comunicarnos. El alcohol ya ha desinhibido nuestros sentidos y se palpa un ambiente de euforia compartida. El techno resuena en mis oídos como la banda sonora de nuestra historia. Bebemos, reímos y nos besamos con pasión. En estos momentos, parece que todo se desvanece y solo existe el presente. Cada movimiento, cada mirada expresa la conexión profunda que compartimos. La pista de baile se convierte en un remolino de emociones, y mis pensamientos se centran en la felicidad que me proporcionan Kobo y los demás. Pero de pronto veo que Ignacio y Borja se acercan hacia nuestro grupo, descamisados, con la cara desencajada y llenos de sudor. Dios, cuando creía que había un tope para la estupidez humana... aparecen de nuevo.

No tengo ganas de que la noche se descontrole, así que, con disimulo, le doy la vuelta a Kobo y uso su espalda como muro. Son capaces de verme con él y ponerse a comerme la oreja. El problema es que Rebeca y Natalia están bailando juntas, muertas de risa, y esos dos aprovechan la ocasión para intentar meter ficha. Les dicen algo a la oreja para hacerse oír por encima de la música y ya me veo a mi amiga enzarzándose con ellos. Por suerte, Rebeca no sabe quiénes son, así que se ríe y los motiva para que se entreguen aún más en un bailecito que da bastante vergüenza ajena. Natalia se ríe y me mira.

—¡Eh! ¡Eh! ¡Eh!

Las chicas estiran los brazos como si estuvieran jugando al limbo y los otros dos intentan pasar por debajo. Primero lo hace Borja, que se inclina tanto que parece que se vaya a partir, pero lo consigue. Después Ignacio. Ay, Ignacio… Su problema es que, aparte de ir más pedo que Alfredo, es un bicho de uno noventa, y el limbo de Natalia y Rebeca no creo que levante más de uno setenta del suelo… Así termina como tenía que hacerlo, con un resbalón y su camisa blanca fregando el suelo del garito. Todos, incluido él y su amigo, nos partimos de risa, pero Kobo y Mike lo ayudan a levantarse.

—¡¡¡Ueeeee!!! —grita celebrando su hazaña con los brazos en alto.

Todos le aplaudimos. Entonces se vuelve hacia mí, me agarra de la cara apretándome los mofletes y, a menos de dos centímetros de mi boca, grita:

—¡¡¡Vamos, Evitaaaaa!!!

Durante un par de segundos, me quedo petrificada mirando su boca mientras su aliento me golpea la cara, pero al instante se aparta varios metros de mí.

—¿Qué haces?

Kobo lo fulmina con la mirada y Mou se coloca a su lado, dispuesto a intervenir si fuese necesario.

—¿Lo conoces? —me pregunta mi exguardaespaldas.

No sé por qué una parte de mí cree que ha hecho algo malo, así que asiento avergonzada.

La música retumba. Donde antes estábamos bastante apretados, se ha abierto un espacio y siento que todo el mundo nos observa.

—Amigos de Fabio —aclaro, y Rebeca, al lado de Tommy, hace una mueca.

—¿Está aquí? —susurra Kobo con voz contenida.

La cara de felicidad que tenía hace un rato es ahora pura rabia. Aprieta la mandíbula con tanta fuerza que el masetero parece un bíceps a punto de explotar.

Me apresuro a negarlo y le acaricio la mano en un intento por tranquilizarle.

No hemos hablado de Fabio. Es un tema que hemos decidido evitar, pero soy consciente de que tarde o temprano tendremos que hacerlo. Sé cómo es e imagino que Tommy debió explicarle algo de aquella noche. Pero prefiero no sacar el tema de nuevo y que las cosas se queden así; forma parte del pasado y no quiero que enturbie mi presente y, mucho menos mi futuro.

A unos metros, Borja sujeta a Ignacio mientras este se revuelve y mira a Kobo con odio. No oigo lo que dice, pero no parecen lindezas. Mou, Aarón y Kobo hablan entre ellos tranquilamente sin quitarles el ojo de encima. Ahora he recordado que Ignacio conocía al director.

—Vaya tela...

Se me ha bajado la borrachera de golpe y me entran unas ganas tremendas de irme a casa. Estoy esperando que los chicos acaben de hablar para pedirle a Kobo que nos vayamos cuando Ignacio avanza como un miura a por él. Intento interponerme como si fuese a servir de algo, pero, por suerte, antes de que Ignacio llegue a su lado, el brazo de Mou lo frena en seco.

—¡Que solo quiero hablar!

Su amigo lo sujeta, pero él intenta librarse del agarre.

Kobo se vuelve tranquilo.

—¿Qué te pasa? —No me había fijado en la diferencia de cuerpo entre estos dos—. Hay que aprender a beber —le dice Kobo.

«Siempre en tu equipo, Kobo, pero sé de uno que quería echarse la siesta en el suelo del baño de Rebeca después de hincharse a chupitos», pienso.

—¡Pero que no he hecho nada! —Se sigue revolviendo.

—Oye, va, que ha sido una tontería. Tengamos la fiesta en paz —intento mediar.

—Que no lo he hecho a malas... —se defiende.

Kobo me rodea la cintura con el brazo y una parte de mí sabe que esto va a tener consecuencias, pero necesito que se piren ya y nos dejen en paz.

—Lo sé. Venga, no pasa nada.

—Vamos, chicos. —Mou le pone la mano en el hombro—. Ya está.

Entonces Ignacio se queda paralizado. Mira la mano que lo sujeta, fija los ojos en Mou con desprecio, me mira a mí y balbucea:

—Dile al puto negro que no vuelva a tocarme.

Ya la hemos liado.

De pronto, la mano de Mou se traslada a su mejilla en forma de un bofetón que lo hace caer sobre su desconcertado amigo. Los chicos me rodean. Parece que todo pase a cámara lenta. Agacho la cabeza y rezo por no llevarme ningún golpe, pero el brazo de Kobo me coge por las caderas y, después de elevarme en el aire, me aleja de los empujones. En ese momento, Chris pasa por delante acompañado de los tíos de seguridad, señala a los problemáticos y, segundos más tarde, los acompañan a la salida como si fuesen niños.

—¿Estás bien? —dice, repasándome el rostro con los ojos.

—Sí, sí, no me han tocado.

—¿De verdad?

—De verdad. —Le beso y trato de calmarlo con el roce de mis labios—. Me siento segura contigo.

Sus manos, que ya descansaban en mis caderas, me empujan hacia él. Levanta la mirada y me aprieta con suavidad.

—Te quiero muchísimo —susurra.

El ritmo acelerado de la música se acompasa con el palpitar de mi corazón, y sus dedos se entrelazan con los míos. La temperatura aumenta a cada compás y el sudor se mezcla con el calor que emana de nuestros cuerpos. Nuestras bocas se acarician entre la multitud y, a pesar de la gente que nos rodea, parece que estemos solos. De repente, nos sumergimos en un mundo aparte donde el ruido de la pista de baile se desvanece y solo existimos nosotros. Sus caricias se vuelven más intensas, explorando cada rincón de mi piel, incluso puntos que no están a la vista, provocándome gemidos susurrados entre los compases de la música. La piel me arde bajo las luces de neón mientras nuestras miradas se encuentran. Sus dedos se deslizan por la curva de mi espalda y me generan un escalofrío que devuelvo en forma de mordisco. La ropa parece una barrera innecesaria, y mis manos se cuelan dentro de ella buscando acariciar cada centímetro de su piel. Repaso su abdomen y me topo con el elástico de la ropa interior. Necesito tocarle, no me importa que haya gente. La sala está tan llena que es imposible no rozarse. Entonces, me pego a él todo lo posible para ocultar la mano que deslizo en sus calzoncillos. Kobo exhala con fuerza y me agarra el brazo. Intenta sacarlo, pero me niego, y se lo hago saber pasando la lengua por su labio inferior. Exhala de nuevo, me mira con una mezcla de sorpresa y deseo y lleva la mano a mi cuello. Sin dejar de tocarle, alzo la mirada, le sonrío y susurro sobre su mandíbula apretada:

—Todavía no.

Kobo se muerde el labio y me mira de una manera que me hace fantasear con sus embestidas.

El techno sigue golpeando con fuerza mientras nos saboreamos y exploramos con una voracidad desenfrenada en lo que ya se ha convertido en preliminares. No hay otro final a estas caricias que no sea el de corrernos juntos.

Siento las manos de Kobo acariciando mi cuerpo. Noto su dureza contra mí. Me imagino el momento en que pueda liberarla y sentirla dentro. Se me cierran los ojos con su suavidad, el tacto de sus venas, la temperatura ardiente que calienta la palma de mi mano. Los dedos de Kobo pasan por debajo de mi ombligo y juegan en la frontera de mi falda. Su otra mano me aprieta con firmeza por encima de los muslos y después vuelve al cuello. Estoy muy caliente. Sus dedos buscan venganza y se cuelan dentro de mi tanga, recorren mi sexo y las piernas se me tensan de placer. Lo toco con fuerza y me acaricia la nuca con su aliento. Estoy muy mojada.

—Vámonos —me susurra al oído.

21

—¡Venga, pesado! —Me empuja fuera del sillón.

—Muy bonito echarme de esta manera —me quejo mientras me pongo en pie.

—Lo que no quiero es que tu hermano acabe matándote.

—Sí, bueno, encima de que le dejo la casa...

Eva me mira con cara de que no me lo creo ni yo.

—Si así le llamas a endilgarle el perro...

Se ríe.

—Número uno: el perro tiene nombre, se llama Neo; y dos: seguro que le ha dado mucho juego con las citas que habrá llevado a mi casa.

—Ñiñiñi... —se burla—. O sea, ¿eres el típico pringao que se cree que liga más por ir con el perrito? —Me señala riendo.

Intento ponerme lo más serio que puedo.

—Además, ¿tu hermano no estaba con la chica esa?

—Yo qué sé... Pero vamos, que lleva todo el finde disfrutando de un estupendo nidito de amor. Si no es por mí, se van de pícnic al Retiro.

La cara de Eva cambia radicalmente. Abre tanto los ojos que temo que se le vayan a dar de sí.

—YO QUIERO UN PÍCNIC EN EL RETIRO.

Su ilusión me dibuja una sonrisa y me lanzo de vuelta al sillón para acribillarla a besos.

—¡Aaah! —se queja.

Busco la parte posterior de sus orejas, justo la frontera entre el cuello y la mandíbula. Me encanta besarla ahí. Siempre he pensado que retiene su olor más puro, y además me encanta cómo se retuerce cuando nota las cosquillas de mis labios.

—¡Para! —Su voz se entrecorta por la risa—. ¡Para, por favor!

—¡Pídeme que me quede! —exijo sin dejar de buscar su cuello.

—¡No! ¡Vete de aquí!

—¿No? Vale.

Saco todo mi arsenal de tortura. Se revuelve e intento inmovilizarla.

—¡Vale! —se rinde después de batir el récord de aguante de cosquillas—. ¡Vale! ¡Puedes quedarte!

Entonces paro y me dejo caer encima de ella con suavidad. Entierro la cara en su cuello y disfruto de su presencia. Dios, no me cansaría nunca.

—Eres un bruto. —Me golpea con una mano mientras se enfoca con la cámara del móvil. —Mira cómo me has dejado la cara.

Me asomo tímidamente mientras se enfoca con la cámara del móvil. Ups, cierto, la tiene un poquito roja.

Después me acerco despacio a su mejilla y la beso con suavidad.

—Lo siento... No era mi intención.

Interpreto el papel de mi vida.

—Un carnet de víctima para este chico, por favor...

Simulo un sollozo.

—Llora, llora, que hasta que no te afeites no me vas a dar ni un beso más.

Vuelvo a sollozar.

—Ni en la cara ni en ningún sitio —dice con chulería.

Eso sí que es jugar con mis sentimientos.

Como veo que está mirando algo en el móvil y pasa de mí, me levanto.

—Anda, ven... —dice sin mirarme—. Ay, me ha escrito Aarón.

El chaval me pareció majísimo. Me dio rabia no poder hablar más con él. Parece buena peña, y la verdad es que el tío controla de cine que flipas. No sé en qué momento nos pusimos a discutir sobre el trasfondo de las películas de superhéroes y el efecto motivador que tienen en la sociedad...

—Qué bien me cayó. ¿Qué se cuenta?

—Me ha preguntado si estoy nerviosa por la reunión de mañana con los productores.

—Y le habrás mentido...

—¡Estoy nerviosa! —lo dice con énfasis, como si eso fuese a convertirlo en realidad, como si no fuese mejor estar tan pancha como lo está.

—Ya, bueno... —Amago en dirección a la puerta.

—Adiós, supongo...

Entonces lanza el teléfono lejos de ella y levanta los brazos y piernas como si fuese un koala buscando un árbol al que abrazarse.

Dejo el casco de nuevo y me tiro a sus brazos. Me rodea con el cuerpo y la levanto. Me encanta tocar su culito en pijama.

—Puf, esto me lo llevo —le digo mientras lo aprieto.

—Es tuyo. —Me besa.

—Joder... —Suspiro y bajo las manos hasta el interior de sus piernas.

—Quieeeto... —Me frena con una sonrisa—. Para, que al final nos va a dar algo. —Se ríe mientras me besa de nuevo.

Ha sido un fin de semana mágico, de perdernos el uno en

el otro. De susurros, besos, risas y gemidos. Dos días en los que nos hemos refugiado en casa y hemos vivido en nuestro universo. Nos hemos sumergido en conversaciones profundas, hemos hablado de todo y de nada. Dormir, retozar en la cama, en el sofá y en la cama de nuevo. Hemos intentado ver alguna película, nos hemos esforzado en empezar alguna serie, pero siempre acabábamos follando. Nos hemos pasado el fin de semana haciendo el amor. He exprimido cada caricia, cada susurro, cada beso. Disfrutar de su cuerpo es una experiencia que supera lo físico. Cuando nos perdemos entre las sábanas, mi admiración por ella se convierte en una exploración detallada que va más allá de lo superficial. Siento un calor que me abrasa. Mis ojos recorren cada centímetro de su piel y me detengo en los lugares más íntimos, donde se aprecian tonos más claros, como si guardaran secretos a los que solo yo puedo acceder. Exploro con la yema de los dedos cada recodo, delicado y privado, que es para mí una obra maestra. Cada arco de su cuerpo, cada curva se convierte en una fuente de placer visual y táctil. Cada gemido, cada suspiro nos envuelve en un éxtasis compartido. Su placer se convierte en el mío, y ver cómo se entrega a mi disfrute me despierta sensaciones que están lejos de poder expresarse con palabras. Cada gesto en su rostro, cada temblor en su cuerpo es solo la materialización física de un goce que en ella siempre considero insuficiente.

Me quedaría toda la vida disfrutando de ella y de su cuerpo. Así que, tras una lucha interna que dura varios segundos, afronto la realidad de separarnos durante unas horas.

—Ya te echo de menos —dice Eva mientras me acompaña a la puerta.

La acaricio y disfruto del último beso.

Nada me gustaría más que pedirle que me acompañara, pero tiene que preparar la reunión de mañana y, si estamos juntos, no podrá. Lo ha intentado varias veces, pero ni en esos momentos logramos desconectar el uno del otro. Es imposible pasar más de diez minutos sin sentirnos cerca, y ni siquiera la escritura consigue distanciarnos. Verla sumergida en su mundo creativo me resulta hipnótico, no puedo quitarle los ojos de encima. La manera de colocar su pierna sobre la silla (porque eso no es sentarse), sus manos en el teclado y la forma de enrollarse el pelo de la coleta para sentirse más cómoda. Si intento concentrarme en un libro o una película, su cuello despejado roba toda mi atención. Los dedos apoyados en los labios mientras lee el texto en la pantalla, su manera de fruncir el ceño pensativa... La presión de mi mirada acaba desconcentrándola y, a pesar de que me siento un egoísta, no puedo dejar de observar algo que me parece casi erótico. La sensualidad se mezcla con la inteligencia y, al espiarla, noto que su mente se desnuda con la misma elegancia que su cuerpo.

Al final nos despedimos. A pesar de que tengo la sensación de que estaremos meses sin vernos, no serán más que unas horas.

> Voy para casa

Aviso cuando llego a la moto, porque, aunque Eva crea que Chris está en un retiro espiritual haciendo voto de silencio con Neo, quizá me reciba en paños menores y con a saber quién.

Ya está anocheciendo; hay una niebla que parece Londres. No me había percatado del clima hasta ahora. No me importaba si había sol o estaba nublado. Podría haber salido y que una capa de nieve virgen me llegase hasta las rodillas, y me habría dado igual.

Sacudo el asiento de la moto antes de subirme, que la pobre lleva dos días a la intemperie; mientras giro la llave para arrancarla, echo un último vistazo a su ventana. Veo la luz encendida y sonrío como un tonto. Imagino lo que me dirían mis colegas: «Vaya cara de pringado», «Te vas a raspar la barbilla con el asfalto», «Toma, un babero».

De todas formas, hay alguno que otro peor que yo, porque lo de Mike es... El otro día cuando salimos parecía que estaba soldado a Adri.

Le doy al contacto y parece que el karma me esté castigando por meterme con mi colega. No enciende. Otro intento. Tampoco. Parece que tanto tiempo aquí fuera ha enfriado la batería... Vaya, qué pena, tendré que quedarme. Pruebo otra vez y, después de un pequeño quejido, el motor ruge. Ha sido la primera vez en mi vida que me la pelaba no arrancarla... Estoy jodido, sí. Aprieto el embrague, meto primera y dejo que corra. Sentirme sobre la moto multiplica mi euforia. Encaro la calle Alcalá y meto segunda. Le estoy cogiendo gusto a esto de cantar bajo el casco. La imagen de Lu se cruza por mi mente. No he conseguido hablar con ella desde aquella noche. Aprieto de nuevo el embrague, meto tercera y acelero para pasar el semáforo de la puerta de Alcalá. Qué maravilla, Madrid, me cago en la puta. Acelero. Acelero un poco más y ya estoy en la que creo que es mi bajada favorita. Miro hacia abajo y veo la Cibeles, la fuente más bonita de mi ciudad. A lo lejos, el edificio Metrópolis. Los semáforos del final de la cuesta están en verde, así que aprieto más y la adrenalina me golpea el pecho. Me siento vivo.

Bajo Alcalá a toda velocidad y, cuando estoy llegando al semáforo de Cibeles, se pone en ámbar.

—Pásalo —me digo pensando en el coche que llevo delante, pero este se detiene.

Mierda. Tengo que frenar. ¿Qué pasa?

Joder.

22

A menudo confundimos ser felices con las mariposas en el estómago y esas pulsaciones aceleradas que generan la euforia. Pero he aprendido que el verdadero tesoro está en lo que viene después de esa tormenta de sensaciones, en la paz de sentirse consciente y satisfecha en un momento de calma. Eso es lo que siento cuando Kobo está a mi lado. Todos los pensamientos intrusivos que siempre han estado presentes en mis momentos más vulnerables para susurrarme cosas como «No lo mereces» y «Se va a terminar» habían desaparecido. Había abrazado mi amor por él junto con el propio sin saber si había vuelto o simplemente no se había ido nunca. Pero la vida a veces cambia los planes.

En un momento estás en casa, feliz, cantando a voz en grito *Crazy in Love* mientras piensas en el fin de semana tan bonito que has pasado con la persona que quieres, y al siguiente… todo estalla.

De pronto, el tiempo se para y la realidad se reduce a tres llamadas perdidas, dos tonos en la línea, una frase:

—Eva, Kobo ha tenido un accidente.

Las luces del hospital parpadean sobre mis pasos por el infinito pasillo. Me tiemblan las manos. Una tromba de pensamientos oscuros me invade y pienso en cómo todo puede cambiar en cuestión de segundos. Al entrar en la sala de Urgencias, el olor a desinfectante me golpea como una ola. Me acerco al mostrador de información para preguntar por Kobo.

—Perdone, Jacob...

—¡Eva! —me interrumpe Rebeca, que se levanta del asiento en la sala de espera y viene hacia mí.

—¿Dónde está? —pregunto asustada.

—¡Está bien!

Estoy tan tensa que las palabras se me agolpan en la garganta.

—Justo cuando hemos llegado, ha pasado en una silla de ruedas.

—¿Cómo que en una silla de ruedas?

—Amor, tranquilízate. —Me coge las manos y, sin pensarlo, me tiro a sus brazos—. Está bien, asustado, pero solo le dolía mucho el brazo.

Las buenas noticias desatascan mis sentimientos y las lágrimas comienzan a brotar. Estallo por dentro y lloro sobre el hombro de mi amiga.

—Solo ha sido un susto, mi niña.

Me acaricia.

—Necesito verle... —le suplico entre sollozos.

—De momento hay que esperar. Le van a hacer pruebas para comprobar que todo esté bien. Por lo visto, ha sido un buen golpe.

Me duele el pecho, siento que podría desmayarme en cualquier momento. Observo a mi amiga y analizo cada uno de sus gestos. A pesar de que me aseguran que lo han visto bien, una parte de mí alberga el temor de que no sea así. No porque me estén engañando, sino porque, en un accidente de moto, el cuerpo recibe impactos brutales que no siempre se detectan a simple vista.

Me dejo caer en una silla. Mis pensamientos dan vueltas como un torbellino. La incertidumbre se sienta a mi lado.

No podré quedarme tranquila hasta que le vea con mis propios ojos.

23

La esperanza es lo último que se pierde. Vale. ¿Y después? ¿Qué pasa cuando no te queda nada? Ojalá hubiese obtenido la respuesta de otra forma… Comprobé que la nada es oscuridad. Es lucha y dolor, y el dolor del corazón no mengua por haberse roto antes. Es el mismo, lo único que cambia es la manera de afrontarlo. No por haberte cortado el dedo en el pasado sientes el filo del cuchillo de otro modo. La herida es la misma, aunque tu reacción sea diferente, y no tiene por qué ser mejor.

Pasaban los días y la puerta que cerré tras de mí, y que marcaba el fin entre nosotros, se convirtió en una celda. Me aislé de todo lo que me rodeaba: de mis amigas, de los chicos, de mi familia… Cargué contra ellos lo que no merecían. El amor se había transformado en dolor, y este, en rabia. Una rabia que no era capaz de descargar contra él. Por eso no quería escucharle. A veces pagan justos por pecadores y, aunque en este caso yo era la única que estaba haciendo las cosas mal, todo el mundo parecía tener la culpa de mis problemas. Nunca pensé que sería capaz de cerrarme de esa manera. Ver su nombre en la pantalla era como sentir un puñal en el pecho. Aquel día sus ojos fueron más sinceros que nunca, no me cabía duda de lo que había tras ellos, y me sentía tonta por no haberlo visto antes. Lo odiaba, pero solo a alguien más que a él. Me detestaba a mí misma. Me avergonzaba. No hacía más que dormir, trabajar y estudiar, aunque esto último me estaba costando un triunfo. No podía refugiarme en mis libros, porque me agarraba a cualquier cosa que me recordase a él, y lo mismo me pasaba con las películas, con las series… Ni siquiera era capaz de desconectar mi cerebro con la basura de TikTok porque siempre aparecía algo que lo traía de nuevo a mi cabeza.

Nada escapa al sexto sentido de una madre, así que, después de varios días insistiendo, consiguió que confesara. Lo hablé con ella y maldije todo el tiempo que había perdido antes de hacerlo. Esa tarde empecé a curarme, y esa noche fue la primera que conseguí dormir del tirón. Sentirme escuchada me liberó, y recoger sus palabras me sirvió de medicina.

—No se supera, hija, se aprende. De eso va la vida.

Su tranquilidad calmaba mis nervios. Me hablaba con la experiencia de quien estuvo en esa tormenta que ahora, en la distancia, recuerda como una llovizna. De la persona que reconoce la inocencia y la inmadurez de quien se ahoga en un vaso de agua porque todavía no sabe nadar.

Es Chris quien me ha llamado hace media hora.

—Kobo ha tenido un accidente de moto, se lo llevan a La Paz —me ha dicho con la voz tomada por la angustia.

A partir de ese momento ha sido como si todo sucediera a cámara lenta. Como si yo fuese una mera espectadora de lo que estaba ocurriendo y mi espíritu hubiese abandonado mi cuerpo.

De pronto, mi sufrimiento me parecía ridículo. Ese odio que había acumulado sin fundamento se ha convertido en vergüenza en un segundo. Es bochornoso pensar que había dado importancia a una nimiedad de ese calibre. Me había pasado meses pidiéndole que se expresara, que hablara las cosas, que me contara lo que guardaba dentro. Me vendía a mí misma que lo hacía por él, porque quería que se limpiara de todo eso que parecía impedirle ser feliz. Me convencía de que lo sería si lo sacaba, cuando en realidad era yo la que necesitaba verlo. Y lo más gracioso es que, cuando esas respuestas se asomaron al fin, le negué la palabra porque no eran las que yo buscaba. O mejor dicho, las que deseaba. Es triste que la vida tenga que llegar y darte con el mazo para que aprendas la lección: «¿Sí? Ahora vas a llorar con razón, ahora sí que lo echarás de menos. Desearás haberle cogido el móvil, porque ya no podrás volver a hablar con él».

Me he puesto unas zapatillas a toda velocidad y en el taxi de camino al hospital he recogido a Carmen; a la pobre parecía que se le iba a salir el corazón del pecho, y yo seguía sin poder reaccionar. Solo era capaz de apretarle la mano con fuerza y mirar hacia adelante, esperando que todo aquello fuese una pesadilla.

Cuando nos acercamos, las chicas se levantan. Eva me sonríe con timidez. Mentiría si dijera que, al verla sentada junto a Rebeca en la sala de espera, los trozos de ese jarrón para el que no hay pegamento no se remueven. Chocan unos con otros y despiertan de nuevo ese pequeño seísmo que parecía haberse calmado en mi interior.

Mis piernas avanzan en su dirección arrastradas por las de Carmen, pero mi cabeza se queda atrás. Paralizada, rígida como nunca y estúpidamente asustada porque mi temor no es el que debería ser. Me avergüenza que, en una situación así, mi cerebro aún tenga espacio para considerarla el origen de todos mis males, pensando como una niñata inmadura.

Rebeca nos pone al día esforzándose por tranquilizar a Carmen. Unos minutos después llegan Chris y los demás, que intentan aguantar el tipo como pueden. Sé que esta situación les trae malos recuerdos, pero me gusta pensar que Richi, donde quiera que esté, va a hacer todo lo que esté en su mano por ayudar a Kobo.

Esperamos mucho rato, pero no soy capaz de pronunciar una

palabra. Si he dicho algo, ha sido porque me lo han sacado a la fuerza.

Me hablan y, aun sabiendo que parezco un fantasma, no soy capaz de comportarme de otro modo. No puedo ni mirarlos a la cara. He estado ignorándolos sin motivo cuando ellos siempre me han hecho sentir parte de su familia. Miro a Eva y pienso en lo injusta que he sido. Cuántos pensamientos negativos y malas vibras he proyectado en ella... Ahora me arrepiento. Está sentada en el suelo frente a nosotras. Sonríe, aunque sus ojos enrojecidos y la manera en que mueve las manos, recolocándose los anillos frenéticamente, evidencian que su cabeza está en otro lugar. Aun así lo intenta. Pone buena cara y me da la sensación de que trata de incluirme en la conversación. Joder, me moría por parecerme a ella. La he admirado durante años. Su forma de escribir me conectaba tanto que sentía que la conocía mucho antes de encontrarnos, pero, cuando tuve la oportunidad de hacerlo de verdad, los sentimientos me nublaron el juicio. ¿Qué culpa tenía de que Kobo se hubiera enamorado de ella?

—Voy a por agua.

Al levantarse, se apoya en mi rodilla.

Algo dentro de mí quiere pedirle perdón, pero ¿cómo se hace cuando la otra parte ni siquiera sabe que tienes que disculparte por algo? Es como cargar con la culpa de lo que sabes que está mal, pero la otra persona no tiene ni idea de que debería perdonarte.

Al rato dobla la esquina cargada con botellas, así que, como un acto reflejo, me levanto a ayudarla.

—Gracias, Lu.

Me sonríe de nuevo. Empezamos a repartirlas y, cuando todo el mundo tiene la suya, todavía queda una en mis manos. También ha cogido una para mí. Aunque parezca una tontería, ese gesto me remata. Me corona como la peor persona del mundo. Ni siquiera soy capaz de darle las gracias... Me muero de sed y no puedo darle ni un sorbo.

Poco después sale un médico que nos dice que Kobo se va a quedar en observación por los impactos que ha sufrido, pero que podemos entrar a verlo. Afortunadamente, aparte de unos cuantos rasguños, solo se le ha salido el hombro y, teniendo en cuenta lo aparatoso de la caída, podemos considerarlo un milagro. Inspiro hondo y doy gracias a quien le haya protegido desde arriba.

Todos permanecemos en silencio, atentos a las palabras del médico, pero, en cuanto abandona el pasillo, los chicos se vuelven locos. Se abrazan y se ríen, aunque yo me siento ajena a todos ellos. Los pasillos del hospital se extienden frente a mí como un laberinto, y la ansiedad no me da tregua. Cada paso que doy parece acercarme más al momento que había estado evitando: enfrentarme a la realidad de lo que queda entre nosotros después de este tiempo. ¿Cómo puedo mirarlo a los ojos después de todas esas llamadas y mensajes sin contestar? El deseo de verlo choca de frente con la vergüenza de mi actitud. ¿Cómo puedo haberme alejado tanto de alguien que, en el fondo, sigue en el centro de mis pensamientos?

Carmen es la primera en cruzar la puerta entreabierta de la habitación; la siguen Chris, Tommy y Mike... No sé qué hacer, estoy nerviosa y temo haberlo decepcionado. No había vuelto a verle desde aquella despedida, esa noche preciosa en la que lo fastidié todo. Me quedo frente a la puerta y no soy capaz de entrar. Quiero salir de allí y, cuando Eva pasa por mi lado, me doy la vuelta para emprender el camino a casa. Entonces sucede lo que nunca habría imaginado.

—¿Lu?

Eva me observa bajo el marco de la puerta. La magia no es que sea ella quien me frena, sino que, durante cinco segundos, nos miramos a los ojos y no hace falta más.

—Lu, estoy segura de que quiere verte.

Sus palabras hacen brotar las lágrimas que llevo horas aguantando. Me abraza, y entre sus brazos siento que no solo me perdona, sino que trata de disculparse. Cuando consigo calmarme, me ofrece un pañuelo y espera pacientemente a que esté lista para entrar juntas.

Quién lo iba a decir.

Los chicos están apostados alrededor de la camilla, dan voces y se ríen, sacando la tensión acumulada, mientras Carmen sonríe y les pide que bajen el tono.

—Venga, Carmen, dinos la verdad —bromea Mike—. El carnet le tocó en una caja de cereales.

—Menudo susto nos has dado.

Me asomo entre Tommy y Rebeca. Kobo está sentado en la camilla con el brazo en cabestrillo. Le cuesta reírse. Lleva vendados los codos, las rodillas, los tobillos... casi todo el cuerpo, y tiene un ojo morado. Él no me ve, pero Mike le hace un gesto y se vuelve hacia mí.

—¿Lu?

Sin pensarlo, me acerco y lo abrazo.

No puedo explicar lo que siento cuando veo que su mirada se ilumina al verme. Es curioso que, a veces, nos dejamos deslumbrar por cómo queremos que alguien nos trate. Buscamos ese gesto que creemos que debería ser la máxima expresión de un sentimiento compartido; sin embargo, en este instante, me doy cuenta de que el amor va más allá, de que es mucho más profundo. Lo veo en sus ojos, porque ahí es donde se esconde el amor, en la mirada, y no siempre se presenta como esperamos. Recupero un sentimiento que hasta hacía unas horas se había esfumado, una sensación que se introduce en mí y me llena de certeza. Porque eso es el amor, saber que no renunciarás a pasar tu vida cerca de esa persona aunque no os veáis de la misma manera.

Eva rodea a los chicos y se pone a su lado.

—¡A ver si aprendes a conducir! —le dice nada más verlo.

Intenta sonreír, pero pronto se deshace en lágrimas. La pobre ha estado aguantando como una campeona.

Kobo la atrae hacia él y, entre quejidos, la abraza.

Confirmo que no hay víctimas ni culpables. Solo sentimientos. Confirmo que he sido una ingenua al pensar que podía ser feliz sin estos cafres que forman mi familia. Y también que necesito tiempo. Tiempo para hablar, llorar, entender y sanar. Porque necesito que la herida cierre para disfrutar de la vida que nos queda juntos.

24

Lo de estar todo el día con el pecho al aire debe ser algo de familia. Chris me recibe para el relevo con un abrazo y sin más ropa que unos pantalones de chándal gris y sus innumerables tatuajes.

—Estás ardiendo —le digo.

—Ya sabes que en esta casa somos de sangre caliente. —Me sonríe travieso y se percata de la bolsa que traigo—. Nooo, no puede ser...

El día en el hospital que compartí con los hermanos me sirvió para descubrir muchas cosas, entre ellas que los dos son unos fanáticos de los cruasanes de chocolate blanco. Chris los bañaba en leche y se los comía a dos manos. Me abraza de nuevo.

—Vamos a ver... —Me pone las manos en los hombros—. Este, después de la lesión, no volverá a ser el mismo... —Ya me estoy riendo al ver venir la perlita del día—. El hombro es una parte muy importante por lo que se refiere a los movimientos, ya sabes...

—¡Christian! —me quejo apartándome.

—¡Espera! —Se ríe—. No te digo que cortes, pero imagínate, cierra los ojos... —Hace una pausa. No lo dirá en serio—. Cierra los ojos.

—Ni muerta.

—Cierra los ojos, mujer, que no te voy a hacer nada.

—Chris... —le desafío.

Se parte.

—Que es para que te lo imagines bien, ¡venga!

Otra cosa que he aprendido de él es que no se rinde, así que, cuanto antes, mejor. No me puedo creer que esté cerrando los ojos.

—Como me hagas algo, te quedas sin cruasanes.

—Shhh —me susurra. Este tío es un cuadro—. Imagínatelo... —Pone voz de tráiler de fantasía—. Tú, yo e innumerables cajas de diminutos cruasanes recubiertos de una suave pero crujiente capa de chocolate blanco...

Estoy descojonándome cuando de repente pita algo.

—¡Hostia! ¡La lavadora! —doy un respingo ante su grito y, cuando le miro, me guiña un ojo—. Estabas metida en el rollo, ¿eh? Luego sigo.

—Sí, claro.

Va a la cocina, coge un cesto del armario de la limpieza y comienza a sacar la ropa. Hay personas a las que nunca te imaginarías haciendo las tareas del hogar, y una de ellas es Chris.

—Oye, ¿y tu hermano?

—Sobando.

Pobrecito, entre los calmantes y la cantidad de golpes que tiene que arreglar su cuerpo, se pasa el día durmiendo.

—Pues déjame, te ayudo.

—Qué va, si lo tengo controlado.

—Déjame, hombre.

Le cojo el cesto. De detrás de la puerta del baño, saca un tendedero y lo coloca en mitad del salón.

—¿Por qué no lo colgáis fuera?

—¿En el tenderete ese? —Señala por la ventana.

—Sí, como todo el mundo.

—Sí, claro... y que luego toda la ropa huela a fritanga...

Será maruja.

Me río.

—Ríete, pero es la verdad. No entiendo lo de poner los tendederos en la ventana de la cocina para luego ir todo el día oliendo a las barritas de merluza del vecino. No, no.

Comienza a tender la ropa con agilidad.

—Mírale, qué apañao.

—¡Hombre! Si ya te digo yo que soy un partidazo.

—Tu hermano también cuelga gayumbos de maravilla… —digo mientras coloco unos.

Chris para de golpe y me mira desafiante.

—Mi hermano ha hecho tres coladas en su vida.

Me estoy partiendo de risa cuando saco del cesto unos calzoncillos que podrían ser de mi abuelo, que en paz descanse.

—¿Y esto? —Los sostengo frente a él con innegable cara de asco.

Chris se ríe y los coge al instante. Los observa con detenimiento y se vuelve a reír.

—¿Soy buen hermano o te digo la verdad?

—Pues se los tiro. —Los cojo de nuevo.

—¡No!

Los vuelve a atrapar. Por la cara de susto que ha puesto, creo que he encontrado a su dueño. Se me escapa la risa.

—Son solo para dormir —dice asumiendo la derrota mientras los coloca con cuidado sobre una de las varillas metálicas del tendedero.

Me hace gracia porque tiene el mismo gesto que su hermano cuando algo le da vergüenza. Los dos bajan la mirada y sonríen de medio lado.

—Oye, por cierto, enhorabuena por lo de la peli.

—¡Muchas gracias!

Charlar con Chris tendiendo la colada no me puede parecer más surrealista.

—Me cayó muy bien el director... —Intenta recordar el nombre.

—Aarón.

—¡Eso! Un *crack*. Cuando os marchasteis se cogió un pedo...

—¿Se lo cogió él o lo ayudasteis? Que nos conocemos...

—Le echamos una manita, pero ya sabes que dos no tragan si uno no quiere...

Me llevo las manos a la frente. Pobrecito, madre mía. Es que estos tienen un saque...

Afortunadamente Kobo es el más flojito.

—Encima siempre me dice que no bebe casi nada.

—Ya, claro... Si acabó diciéndonos que nos quería, que éramos la hostia y que quería que fuéramos sus amigos para siempre. Un *show*.

—Joder, sois unos cabrones.

—Nah, lo cuidamos mucho. En el fondo sabes que somos buena gente...

—Sí que lo sé.

Y lo digo de corazón. Nos quedamos en silencio unos segundos.

—Tú también eres buena gente, Eva.

Lo dice de nuevo con esa mirada vergonzosa que ya es marca de la casa, y eso multiplica el valor de sus palabras. Mis labios esbozan una sonrisa.

—Gracias.

Ahora soy yo la que no es capaz de mirarlo.

—De verdad, me hace muy feliz tenerte en la familia.

—Espera, espera... ¿Es posible que me estés dando la bendición de hermano mientras tendemos calzoncillos?

—No solo es posible, sino que te confirmo que así es. Pero ya sabes lo que me cuestan estas cosas, así que como te rías de mí...—dice mientras choca su hombro con el mío.

La sonrisa se queda conmigo mientras acabamos nuestra tarea conjunta. No sé qué contestar, pero sus palabras me llenan el corazoncito.

—Ahora en serio. Os veo muy bien y eso me hace feliz.

—Jo, gracias.

Entonces se pone serio.

—He visto por lo que habéis pasado. Kobo ha estado muy mal, y ya sabes que es la persona más importante en mi vida. —Me mira a los ojos—. También sé que tuve mucha culpa en todo lo que os pasó…

—Chris, no…

No fue su culpa, pero, antes de que pueda decírselo, me interrumpe:

—Sí, Eva. A lo largo de mi vida, siempre he tenido el don de destrozar todo lo que tengo cerca.

Me duele ver que lo dice de corazón.

—Siempre he sido un experto en demoler lo que me rodea, y ver a mi hermano en la mierda por mi culpa me rompía por dentro. Era consciente de lo que te quería, de que por fin había encontrado a alguien a su altura… Mi hermano es muy bueno, Eva.

Mientras lo escucho, un nudo comienza a formarse en mi garganta.

—Lo sé… —susurro.

—Hice muchas cosas mal, pero lo que más me pesaba era que fuese él quien pagase por mis errores.

Me habla sereno, sus palabras me llegan con fuerza. Noto que se me humedecen los ojos.

—Por eso, cuando lo veo ahora… —Baja la mirada de nuevo y se lleva la mano cerca de la frente. Carraspea—. Cuando os veo así, doy gracias porque lo hayáis arreglado.

—Chris… —Inconscientemente, le acaricio el hombro mientras busco su sonrisa.

No sé qué decirle. Nunca habíamos tenido una conversación

tan larga, y mucho menos tan intensa. Sus palabras son la mayor muestra de afecto.

—Y aunque lo hicieras por él, siempre estaré en deuda contigo por lo que hiciste por mí...

Bum. Ahora sí, consigue que el corazón baile dentro de mi pecho.

—Chris... —Levanta la cabeza, pero no es capaz de mirarme—. Mírame, Chris —insisto—. Ni tú ni tu hermano me debéis nada. —Vuelve a apartar los ojos de mí—. Lo hice porque lo sentí de corazón. Porque podía y porque sabía que era una injusticia.

Chris me abraza y vuelvo a sentir su calor.

—Antorcha humana —bromeo.

Percibo la risa en su pecho.

—¡Aaah! —Un quejido nos asusta—. ¡¡Enfermerooooo!! —grita Kobo desde la habitación.

—Uf, casi nos pilla —vacila Chris.

Le golpeo el brazo.

—¡Auch! Muy bonito, después de abrirme de esta manera...

—¡¡¡Enfermerooo!!! —vuelve a gritar el otro.

—¡Vooooooy! —aúlla Chris—. ¿Has visto lo que tengo que aguantar?

—Ya voy yo, anda.

Cuando estoy a punto de abrir la puerta de la habitación, Chris susurra:

—¡Eh! Yo me piro en un rato, que no se le olvide tomarse esto —dice mientras levanta una caja de pastillas— y esto en... —mira el móvil— dos horas.

—Vale, mamá...

Me da mucha ternura que se cuiden así. Cuando Kobo me dijo que le iba a proponer a Chris que se quedase con la habitación de Mike, me alegré mucho. A pesar de que los dos vayan de duros, ver cómo se cuidan me hace sentir un poco de envidia. Supongo que, como hija única, es normal.

—Si esta noche oigo gritos, no quiero que sean de dolor —dice con picardía.

Dejo caer los párpados para que perciba mi desesperación.

Cuando entro en el cuarto, me reciben la oscuridad y unas enormes patas de perro sobre el estómago.

—¡Neo! —susurro mientras lo acaricio.

Oigo el edredón. Antes de que cierre la puerta, Neo sale. Dos segundos después, comienzan los quejidos.

—Estoy taaan mal…

Avanzo hasta tocar la cama mientras mis pupilas se acostumbran a la falta de luz. Me tumbo delicadamente mientras palpo con cuidado para no hacerle daño.

—Qué dolores tengo, si alguien pudiese cuidarme… —continúa.

Me río al tiempo que los ojos me muestran su silueta.

—Pobrecito.

Le toco el pecho, deslizo la mano por su piel hasta que llego al cuello, le paso las uñas con suavidad y noto que su piel se eriza justo antes de subir hasta la mandíbula. Acerco mi boca a la suya y le beso con cuidado. Su mano se posa en mi cadera y se cuela por dentro de mi camiseta.

—Esto es lo que necesitaba —me susurra.

—Pues tengo buenas noticias…

—Me encantan las buenas noticias…

Nos reímos por la obviedad de sus palabras.

—No voy a hacer otra cosa. Me quedo toda la tarde…

Le beso de nuevo.

—Besándote… —Acaricio su frente, su pelo, y mi mano salta hasta su abdomen—. Acariciándote…

Bajo y me cuelo entre las sábanas que lo cubren.

—Tocándote…

Para mi sorpresa, no lleva nada puesto. La temperatura aumenta y la textura de su piel cambia. Le hago cosquillas en el pubis. Quiero tocárselo todo, pero, antes de ir al sitio que más me apetece, me paseo por sus piernas, sus muslos… Cuando nota mi cambio de dirección, me aprieta el costado.

—Pues tócame.

—Ya lo hago.

—No —se queja mientras se incorpora, como si intentase poner mi mano justo donde él quiere.

Me coge la mandíbula y tira de mí hasta su boca. Me besa con fuerza.

—Tócame.

Niego con la cabeza mientras le sonrío. Entonces vuelve a quejarse y, después de un suspiro profundo, lleva la mano hasta mi culo y me acerca a él con fuerza.

—Pues te toco yo.

Agarra la cintura de mis pantalones, desabrocha el botón y, cuando va a meter la mano, le freno.

—Hoy me toca a mí.

Después de pasar la lengua suavemente por sus labios y provocar que se los muerda, le recorro el torso con besos. Saboreo cada centímetro de su piel, de su olor. Bajo despacio, pero desearía estar ya entre sus piernas. Me meto entre las sábanas a la vez que desciendo por su cuerpo y, cuando llego al ombligo, la noto contra mi pecho. El calor sube de golpe y la ropa me sobra. Toda. Me levanto un segundo, ahora sí. La habitación que hace un rato estaba a oscuras parece bañada en esa luz tenue que lo hace todo más íntimo, más especial. Le veo desnudo, tirado en la cama, esperando mi placer, el nuestro. Disfruto con su mirada sobre mi cuerpo y me adentro en el hueco que hay entre sus muslos.

—Dios mío… —susurra mientras se acaricia.

Se muerde el labio, y no puedo evitar querer besarle, así que me acerco a su boca y lo hago muy despacio. Las yemas de sus dedos recorren mis pechos.

—Tócate —le susurro en la boca.

Entonces siento que su mano baja. La noto bajo mi ombligo.

Se toca despacio mientras le beso. Siento que me humedezco. Me aprieta el pecho y yo le muerdo el cuello. Su mano se mueve con más fuerza y su aliento se agita en forma de suaves gemidos. Me encanta verlo así. Dejo de besarle para humedecerme los dedos y los llevo a mi sexo. Cuando empiezo a acariciarme, se me corta la respiración un segundo. Es como si el aire hubiera escapado de mi pecho. Me agarra del cuello con fuerza mientras juego con los dedos, pero deja de tocarse. Le miro a los ojos y le demuestro que soy capaz de gozar sin él. Me pone ver cómo se calienta hasta que su mano aparta la mía. Primero me acaricia, me besa, y poco a poco siento sus dedos dentro de mí. Las piernas se me tensan y un gemido incontrolable se me escapa.

Kobo sonríe.

—Shhh.

No sé si ya estamos solos, pero me da igual cuando el movimiento de sus manos es cada vez más intenso. No me suelta el cuello, y me agarro de su mano porque cada vez me toca con más fuerza. Toda mi piel se eriza y se me olvida incluso respirar. Le miro y me mira con deseo. Creo que me voy a correr. Clavo las uñas en su rígido antebrazo.

—Sigue... —le susurro.

Aumenta la velocidad y siento que llega la energía. Lo noto en la parte interior de mis muslos, en mi abdomen. Le agarro fuerte.

—Sigue... —suplico una última vez.

Entonces se produce la explosión. Todos mis músculos parecen calentarse, un cosquilleo me sube desde las plantas de los pies, mis piernas se tensan hasta el punto de estallar y recibo una sacudida de energía que me aleja de este mundo unos segundos en los que solo siento un placer desbordante. Es una sensación que, cuando aterrizo de nuevo, solo quiero repetir. Le beso, me acaricia con delicadeza y, sin separarnos, coloco mis caderas sobre las suyas. La introduzco poco a poco y no pierdo detalle de sus gestos. Cierra los ojos de placer. Disfruta de cada centímetro dentro de mí. Noto contraerse cada músculo de su cuerpo. Me agarra el culo con toda su fuerza mientras levanta las caderas. Me muevo sobre él y noto que recorre todo mi interior.

Un jadeo ahogado escapa de sus labios y una nueva corriente de placer me recorre.

Me encanta oír sus gemidos. Ver cómo me mira y pasa las manos por mi cuerpo me vuelve loca. Entonces lleva la mano a mi boca y empuja con violencia hasta que le siento entero dentro de mí. El placer es tan grande que las piernas me tiemblan y me cuesta acompasar los movimientos con él.

Tengo miedo de hacerle daño, pero sus ojos arden recorriendo mi cuerpo hasta pararse en el punto en el que estamos unidos. Una especie de gruñido abandona sus labios y parece enloquecer. Sus movimientos se vuelven animales y me toma con desesperación. Más rápido, más fuerte, más duro. Más. Más. Creo que me oigo suplicarle.

El colchón resuena bajo nosotros, acompañando nuestros movimientos y las respiraciones entrecortadas. Arqueo la espalda, mis pezones acarician su pecho una y otra vez hasta que en una nueva envestida roza un punto en mi interior que me precipita al vacío. Pocos segundos después lo noto temblar debajo de mí mientras se corre con un gemido agónico.

Me rodea la cintura con los brazos en una caricia lenta y me pregunto si algún día tendré suficiente. Si alguna vez dejaré de ansiar tenerlo más cerca todavía.

Suspiro mientras aparto la mirada de las páginas del libro y me limito a disfrutar del placer de observarlo. Recuerdo las palabras de Chris, y una sonrisa se dibuja en mi rostro. Podría pasar horas mirándolo, sin importarme lo que estuviera haciendo. Lo que siento por Kobo me sobrecoge en momentos inesperados como este, en los que la cotidianidad lo hace todo más real. A ratos es una emoción tan fuerte, tan pura, que se clava y duele. Supongo que tiene sentido, porque en el amor no hay certezas, ni tiempos o esperas, y eso asusta. Pero la comodidad es un término para los sillones, no para el corazón. Y cuando miro a este chico, ninguna célula de mi cuerpo duda de lo que siente cuando está cerca.

—Paaaaara —dice sin apartar los ojos del libro.

Off the record, casi le he obligado a que se lo lea. No se puede ir por la vida sin haber leído a Sally Rooney.

—¿Parar el qué? Si no he hecho nada…

—Nos hemos puesto así por algo.

Estamos haciendo un experimento para ver si somos capaces de hacer cosas juntos sin tocarnos, es decir, aguantar más de cinco minutos haciendo cualquier cosa que nos haga prestar atención a algo que no seamos nosotros. La prueba número doscientos cincuenta y siete consiste en tumbarse en el sofá con la cabeza en el lado contrario al del otro.

—Te miro porque eres guapo.

Suspira, apoya el libro en el pecho y me sonríe mientras me agarra los pies.

—Ni se te ocurra.

Intento quitarlos, pero los tiene bien pillados.

—No te voy a hacer nada.

—¡Me da igual! —me quejo—. Me da vergüenza que me mires los pies.

—¿Por qué? —Los observa a medio centímetro de su ojo.

—Porque son horribles.

—Son los pies más bonitos que he visto en mi vida.

Los besa y acaricia con cariño. Consigue que, aunque me siga sintiendo incomoda, sonría.

—Podrías ganar una pasta…

—¿Cómo?

—¿No lo sabes? Hay gente que paga por ver pies.

La verdad es que no me extraña; la gente cada día está más loca.

—Por estos no darían ni un céntimo —susurro.

—De hecho —añade mientras se estira y coge el móvil de la mesa—, voy a aprovecharlos. Con estos pies, nos haremos ricos.

—¡¡Para!! —Su *flash* apunta a mis pobres piececillos, y ahora sí que consigo escaparme—. Estás loco.

—Correcto —asiente.

Nos reímos y nos quedamos varios segundos mirándonos. Vuelvo a pensar en lo que me ha dicho su hermano. Creo que se quedará en mi cabeza mucho tiempo.

—He hablado con Chris.

Di que sí, Eva. Así, sin anestesia.

Kobo se pone serio al instante. Es increíble: cada vez que escucha ese nombre, adopta el modo defensivo. Es como un acto reflejo. No lo piensa. Simplemente está acostumbrado a que la probabilidad de oír algo bueno sea baja. Pero...

—¿Y qué te ha dicho?

—Muchas cosas... —Le sonrío.

—Ah... ¿Como por ejemplo?

—Hemos hablado de ti.

Kobo suspira. Ahora sí que lo he incomodado del todo.

—Qué bien.

Suspira de nuevo y, después de sonreír de forma sarcástica, vuelve a esconderse detrás de *Gente normal.*

—¿No quieres saber qué me ha dicho?

—Nop.

—¡Oye! —Uso uno mis admirados pies para bajarle el libro.

—¡Oye, tú! —se queja, e intenta cazarlo de nuevo, pero soy más rápida.

—¿Te da igual lo que hable con mi cuñado?

—Ah, ¿es tu cuñado?

—Ah, ¿no?

—No sé, eso es cuando te casas, ¿no?

—¿Y?

—Que yo sepa, sigo siendo libre como una gacela. —Me

enseña su mano desnuda y me pone una sonrisa de fastidio que hace que me entren ganas de matarlo.

Me levanto y me siento encima de él.

—Dos cosas.

Kobo se ríe, pone las manos debajo de la cabeza y enarca la ceja de chulito.

—La primera, a ver si esta leona va a tener que arrancarte la cabeza, gacela.

Se ríe.

—Y segunda, si no nos vamos a casar, avísame para no perder el tiempo.

Ahora sí que se mea de risa.

—Que no te rías. —Le aprieto los mofletes.

—Doña orgullosa me está pidiendo boda.

—Kobo, que te mato.

Se ríe exageradamente para fastidiarme, y lo peor es que me contagia. Intento parecer enfadada, pero lo de los brazos cruzados pierde fuerza si te ríes.

—¿Nos vamos a casar? —me pregunta, ahora serio.

—Hombre… Si estoy con alguien es porque veo un futuro juntos.

—Yo también.

—Pues entonces no te rías.

Kobo hace hueco a su lado y me tumba junto a él. Me sonríe.

—Yo…

Va a decir algo, pero se calla. Me acaricia y me mira de una forma que no sé poner en palabras.

—¿Tú qué?

—Que si es por mí, no me separaría nunca de ti, Eva.

Ni yo de ti, joder.

—No quiero que nos separemos.

La serenidad en su tono me provoca una sensación de tranquilidad que me reconforta. Hace tiempo que compartimos lo que sentimos de una forma que va mucho más allá de las palabras, pero plantear un futuro juntos me llena de una felicidad que es difícil de expresar. No hemos hablado del tema. Es decir, no hemos tenido esa conversación acerca de nosotros. Es verdad que alguna vez me he rayado y, cuando se lo he contado a Rebeca, me ha dicho que esa era una charla que en algún momento tendríamos que afrontar. Pero la verdad es que ahora lo miro y me doy cuenta de que, independientemente de lo que seamos o no, lo que importa es lo que siento. Lo que sentimos. Ahora. En este instante en el que disfruto de su compañía, encuentro un refugio, un lugar donde mi corazón late con una intensidad que desafía cualquier explicación lógica. Quizá sea cierto que la respuesta a esa pregunta es irrelevante. Tal vez lo fundamental no es definir lo que somos, sino disfrutar de lo que sentimos. La magia de este momento, la conexión entre nosotros y lo que ven los ojos de los que nos quieren supera cualquier etiqueta o definición.

25

«La felicidad es no querer estar en ningún otro lugar». Una frase sencilla. Recuerdo haberla leído y pensar si me acordaría de ella cuando me sintiera así de nuevo.

Estas semanas han sido una auténtica locura. La verdad es que estaba agotado, pero en el mejor sentido posible. ¡Virgencita, que me quede como estoy! Ahora en serio, han sido una auténtica locura. Eva no ha parado entre la gira de firmas y el proyecto de la peli. Me ha dado mucha rabia perdérmelas porque han sido un éxito, pero estoy muy contento de que todo esté yendo tan bien. Se merece eso y más. Verla brillar de esta manera me llena de orgullo. Al principio iba a poder acompañarla en alguno de sus viajes, pero lo que tiene trabajar con un artista como Axel es que los *sold outs* llaman a más *sold outs*, y lo que iban a ser diez fechas para testear una gira se multiplicó por dos. De vez en cuando, cierro los ojos y oigo gritos de adolescentes. Tengo estrés postraumático como los combatientes de Vietnam. El caso es que, aunque hemos aprovechado cada segundo libre para estar juntos —y es increíble lo que unas horas con Eva pueden llegar a cargar las pilas—, necesitábamos aislarnos del mundo un par de días.

Así que aquí estoy, en la isla de la eterna primavera, dándome un bañito mientras la observo con descaro. Esto parece una puta película. Me alucina que haya compatriotas que vivan así todo el año, que su día a día sea venir después de currar a una de estas playas que parecen de Bali. O mejor dicho, los vídeos que he visto de Bali, que seguro que luego esto es incluso mejor. No me entra en la cabeza que, cuando yo esté cagándome de frío en Madrid, aquí sigan tomando el sol. Qué rabia, qué envidia y qué razón tenía Aday cuando decía que no querría volver.

Sus gafas de sol me impiden verle los ojos, pero esa boca relajada me dice que, si no duerme, está a punto. Me acerco sigiloso. El sol brilla en su piel. Su piel, que ya está morena, siempre morena.

¿Hay algún estudio que hable de la subida de la libido en la playa? Porque las imágenes que me vienen a la cabeza cuando la miro... Menos mal que no hay gente cerca, porque si sigo así monto un espectáculo. Con delicadeza para no despertarla, me pongo encima de ella. Por suerte, hace tiempo que mis extremidades ya están al cien por cien, porque tengo que hacer una flexión para no aplastarla. El contacto con su piel es un puto éxtasis. Está calentita, y contrasta con la mía, aún húmeda. Apoyo la cabeza en su pecho y siento que la suya se mueve.

Me besa en la frente y me pasa los dedos por el pelo mojado.

—Qué fresquito —susurra.

Puedo oír su corazón, me gustaría quedarme horas así. Beso su piel y no puedo evitar imaginarme lo que haría si estuviéramos en la habitación. Empezaría repartiendo besos por sus pechos. La mezcla de su olor con el de la sal, la arena, el sudor, la crema solar... Mis sentidos están abiertos a otro nivel. Comienza a hacerme cosquillas en la espalda.

—Puf...

Juraría que he soñado algo parecido, y por un momento

me da vértigo pensar que todo sea producto de mi imaginación.

—¿Tú sabes lo que yo te quiero? —susurro.

Su pecho deja ir una diminuta carcajada y después me contesta:

—¿Tú sabes que yo te quiero más? —musita cerca de mi piel.

Me apoyo de nuevo en los brazos y subo hasta su boca. Joder, qué rico. Joder. De un tiempo a esta parte, «joder» es la palabra que más se repite en mi cabeza.

—Hazme hueco.

Eva se echa medio milímetro a un lado a modo de consolación, porque lo cierto es que no hay mucha más tela debajo de nosotros.

Me besa riendo de nuevo. Le hace gracia que me empeñe en compartirla.

—Cómo le gusta a mi niño un acurruque. —Me pasa la mano por la mejilla—. ¿A que sí?

Asiento con la cabeza mientras me dejo querer.

—Claro. —Me sigue acariciando y de pronto se ríe.

La miro buscando el origen de su carcajada.

—Te juro que me encantaría grabarte para que estos vean quién es Kobo.

—Ya lo conocen...

—Uy, sí.

—Soy un tío duro —bromeo—, contigo hago el papelón.

—Mira, chaval, tú tienes de duro... —suelta una carcajada— lo que me estás clavando ahora mismo.

Eso sí que no me lo esperaba.

—Es culpa tuya... —me excuso.

—Yo estoy muy quietecita.

—Pero estás muy buena.

Aprieta su pierna contra mí...

—Para o no respondo de mis actos.

—Qué miedo... —me incita.

Entonces oigo el móvil de Eva que suena en el bolso.

—¡Dejadla en paz! ¡Es mía! —suspiro.

—Es el tuyo, ¿eh? —dice mientras comprueba su teléfono.

—Qué pereza... —susurro.

Espero a que deje de sonar. Si no vuelve a hacerlo, no es importante. Por desgracia, a los dos segundos llaman de nuevo.

—Venga, cógelo, a ver si es una urgencia.

Refunfuño mientras me pongo de pie. En cuanto gano algo de verticalidad, el peso de mi dureza cae formando un ángulo con mi pubis de poco menos de noventa grados.

Automáticamente, vuelvo a tumbarme boca abajo, lo que no es muy inteligente porque no soluciona el problema, pero al menos evito un trauma a quienes pasean cerca.

—¿Qué haces?

Eva alucina.

—No puedo levantarme así.

Le indico con la mirada dónde está el problema y se descojona.

—¡Es que estás todo el día igual, Kobo!

—Bueno, ¡siéntete orgullosa!

—Si yo estoy orgullosísima, pero contrólalo —vacila—, al menos en público.

Vuelve a sonar. Eva se arrodilla y se estira ofreciéndome unas vistas espectaculares.

—¿Ves? No ayudas.

Me mira con falsa exasperación y me tiende el teléfono.

—Toma, anda.

«Óscar taller», leo en la pantalla.

—Ah, es por la moto...

Óscar lleva tiempo siendo más amigo que mecánico. Tenemos un nivel de conexión tal que solo necesito oír su voz para saber que está preocupado. Cuando tienes un accidente, todo pasa tan deprisa que es difícil saber el motivo. Era consciente de que iba rápido, pero no más que otros cientos de veces antes. Recuerdo sentirme eufórico, y probablemente eso me hizo cometer imprudencias, perder la concentración. Las consecuencias de despistarse encima de una moto son catastróficas. En una milésima de segundo, puede cambiarte la vida, incluso hacer que la pierdas. El caso es que estaba convencido de haber reaccionado a tiempo para frenar antes de darle al coche.

Recuerdo el susto justo antes del impacto, y lo siguiente fue abrir los ojos y estar tumbado en el asfalto. Una señora lloraba desesperada mientras daba vueltas con el teléfono en la oreja, y al instante la gente me rodeó.

«Se mueve», «Está vivo»... Son comentarios que desde el suelo causan un terror que no se lo desearía a nadie. Comencé a mover con cuidado cada parte de mi cuerpo. En ese momento, la adrenalina me quitaba el dolor, pero me acojonaba haber perdido la sensibilidad en alguna extremidad. Por suerte la ambulancia llegó rapidísimo, y me cuidaron con un cariño y una delicadeza que me tranquilizó al instante.

—Se te ha salido el hombro. Te voy a pinchar. Me dijo uno de los paramédicos.

Menos mal que soy más obediente que miedoso, porque, con tal de que no me pincharan, lo habría aguantado casi todo.

De camino al hospital, pasé el contacto de Tommy para que lo avisaran. Lo que más me preocupaba en ese momento era cómo iba a ir a trabajar al día siguiente. Porque, aunque no la vi, me dijeron que la moto iba a necesitar una temporada de rehabilitación en el taller, igual que yo. No imaginé que solo le dirían que había tenido un accidente. Cuando llegué a La Paz, ya estaba esperándome con Rebeca y, cuando me vieron, parecía que hubiera resucitado. Más tarde Tommy me contó que fueron los veinte minutos más largos de su vida. Rebeca me amplió la información bajo juramento y me contó que, después de verme, lloró como un bebé. Cómo le quiero. Cuando me dejaron verlos, estaban todos: mi madre, Chris, Mike, Adri, Mou, Eva, Lu... Ver por fin a Lu fue el chute que necesitaba. Tener a personas así contigo te hace sentir el corazón a prueba de balas.

A mi lado, Eva me trae de vuelta al presente. Empieza a grabar un audio. Probablemente para Rebeca o Aarón, porque todavía le cuesta desconectar de todo el trabajo.

Yo se lo cojo a Oscar antes de que cuelgue y, después de intercambiar saludos, va directo al grano.

—Ya tengo la moto lista.

Sería una buena noticia si hubiera usado otro tono.

—Pero macho, estoy muy mosqueado —dice Óscar—. Hemos tenido que cambiar el manillar, las manetas de freno, arreglar la horquilla, que ha sido horrible...

Hace una pausa.

—... pero me acojona lo que he visto cuando estaba recopilando todo lo que te hemos quitado. Ya sabes que me gusta daros todas las piezas antiguas y, al coger los manguitos de freno, me he dado cuenta de que uno tenía un corte muy extraño.

—¿Y eso?

—No lo sé, pero por la zona en la que se ha cortado... —De nuevo, una pausa.

—¿Qué?

—Pues que es muy difícil, o prácticamente imposible, que haya sido por el accidente.

No sé lo que intenta decirme.

—Pues no sé.

—¿Recuerdas si te frenó algo?

—Frené, pero no me dio tiempo.

—Es que no te quedaba líquido.

—En cristiano, Óscar.

—Pues que tiene pinta de que alguien no te tiene mucho cariño.

Me río. Este ha visto muchos capítulos de *Los Soprano*.

—Habrá sido del golpe, hombre.

—Te digo que es raro. No es una abrasión, es un corte.

—Pero qué dices, Óscar, deja de ver series, cabrón.

Es el mejor, pero siempre ha sido bastante peliculero.

—Que sí, Kobo, cojones, que es un corte.

—Pero que yo no he tocado nada.

—Claro que tú no has tocado nada, capullo. Te estoy diciendo que eso te lo ha hecho alguien.

Eva me pregunta con los ojos. La tranquilizo con un gesto de desinterés para restarle importancia.

—¡Que es imposible, Óscar! —me río—. Como no haya sido una ardilla del Retiro…

Eva me mira y no entiende nada.

—Bueno, haz lo que te salga de los huevos, macho —gruñe.

—Pero ¿qué quieres que haga?

—Pues ir con cuidado. Habla con un perito. No lo sé.

—Vale, me cubriré bien las espaldas —bromeo—. Muchas gracias por ponérmela a punto, jefe.

—A ti. Pásate a por ella cuando quieras.

Y antes de que cuelgue, le digo:

—Y gracias también por preocuparte, de verdad.

—Es que, macho, yo no jugaría con algo así.

—Lo sé, tío, pero en serio, no te preocupes.

Cuando se lo cuento a Eva, se enfada un poco porque me tomo la situación a broma. Me regaña diciendo que soy un inconsciente. A pesar de que al principio pensé que no le daría importancia, me pregunta si podría haber sido obra de los San Román. «No sería la primera vez que hacen algo así», dice preocupada.

Al oírla, me viene a la mente mi amigo. Cómo te echo de menos, Richi. Tengo claro que fuiste tú quien me recogió cuando volé por los aires. Su recuerdo, después de escuchar el nombre de esa familia, me llena de dolor y rabia. Pero, aparte de esos minutos en los que todo se me remueve por dentro, no tengo ninguna duda de que no fue intencionado.

Cuando ocurrió lo de Chris, los San Román declararon que mi hermano había sido un daño colateral en el momento de la redada.

Eso no quita que sean personas a las que odio. Si pudiera, evitaría incluso compartir el planeta con ellos. Pero, aunque creo que son capaces de todo, tengo claro que no lo harían sin motivo.

Siempre he creído que carecen de corazón, pero en el fondo, muy en el fondo, sé que incluso el demonio tiene algo de humanidad. Laura me quiere y Miguel guarda recuerdos bonitos con nosotros. Conozco a Óscar, es una bellísima persona que solo intenta protegerme, pero siento que ahora mismo todo está en calma.

Solo hay algo mejor que la playa: la ducha de después. Quedarte planchado en la cama, limpito, fresco y preparado para un paseo, cenar algo rico delante del mar y descansar hasta que el cuerpo se aburra de hacerlo. La playa es el paraíso, pero no hay nada como la sensación de llegar hasta arriba de arena, sudado, con la sal picándote en la espalda, y meterte en la ducha. Colocarte bajo esa agua que parece más dulce que nunca y dejar que te corra por el cuerpo, tras un día recargando las pilas en el mar.

Como no podía ser de otro modo, Eva y yo hemos entrado juntos y nos hemos quedado media hora bajo el grifo. Media hora en la que todo nos ha importado una mierda. Nada que no fuéramos nosotros y la sensación de estar juntos. Ni amigos, ni trabajo, ni familia, nada. Ni siquiera los embalses, el cambio climático o el destino de la civilización.

—Qué barbaridad —digo mirando al techo.

—Qué gustito —me sigue ella.

Estamos desnudos sobre las sábanas perfectamente estiradas.

Nos pasamos así un rato, disfrutando de no hacer nada, hasta que Eva se levanta de golpe. Va al baño y vuelve dando saltitos con un bote de crema en la mano. Se tumba a mi lado, la cabeza sobre los codos, me besa y, con una sonrisa de oreja a oreja, me pregunta:

—¿Quién es el mejor novio del mundo?

Algo me dice que está requiriendo mis servicios de esclavo.

—Puf, esa pregunta es muy relativa... —Intento escapar.

—No, hombre, si está muy claro... Un buen novio es el que cuida de su novia.

—O sea... ¿Yo soy un buen novio?

—Depende de lo que estés dispuesto a hacer por tu novia.

—Todo —digo seguro, pero consciente de las consecuencias.

—Respuesta correcta. —Me aprieta los mofletes—. Por ejemplo...

Aquí viene.

—Imagina que tu novia se pasa todo el día al sol, expuesta a la radiación, a la sequedad de la sal...

—Puf, qué duro, pobrecita. —Me coloco de lado dándole la espalda—. Voy a ver si me duermo un poco, que estoy...

—Eh, eh, eh... —Me vuelve a colocar como estaba mientras se ríe—. Un buen novio no se dormiría sin la compañía de su amada.

—Tienes razón. —Me pongo de lado y la coloco de espaldas a mí. Luego la rodeo con los brazos y la encierro a modo cucharita. En un segundo, se da la vuelta dentro de mi agarre. La pego contra mí y le robo un beso—. Te arrancaría la boca, te lo juro.

Ella se ríe.

—Te dejo... después del masaje hidratante.

Habría que estar loco para negarle cualquier cosa a semejante maravilla de la creación.

Cuando se coloca boca abajo, tengo que contener todos mis instintos para no recorrer cada centímetro de su piel con la lengua. Suspiro para ahuyentar los malos espíritus y se ríe. Es que esa risa encima... Venga, Kobo, mente fría. Me echo crema en las manos y me las froto para que no le resulte desagradable. Coloco las rodillas a ambos lados de su lumbar y me siento sobre sus nalgas, con el contacto que eso implica y que dificulta mis intentos por ceñirme al masaje. Vuelve a reírse al notarlo.

—Paaara... —le ruego.

Mis dedos se deslizan con suavidad por la curvatura de su espalda, ascienden desde la lumbar hasta el nacimiento del pelo. Presiono lo necesario. Siento la suavidad de su piel bajo mis manos. La crema hidratante facilita mis movimientos, lo que permite que las yemas de mis dedos se deslicen mejor. A medida que avanzo, noto cómo se relaja, y sus suspiros empiezan a acompasarse. Disfruto repasando el contorno de su espalda al tiempo que mis manos descienden y ascienden muy despacio. Exploro cada centímetro de su piel mientras la visión y el contacto de su cuerpo desnudo se vuelven cada vez más tentadores y no sé cuánto tiempo podré resistirme. Besarla es una necesidad. Soy incapaz de sentirla piel con piel y no excitarme.

La crema crea una textura resbaladiza que intensifica la sensación de contacto y, cuando llego a su cuello, mis dedos frenan justo bajo su oreja. No puedo más, así que me agacho hasta posar los labios en lo que está más cerca de un mordisco que de un beso. Eva reacciona al instante arqueando la espalda y el cuello en busca de mi boca. Esa imagen solo termina de excitarme. Sus suspiros se vuelven más profundos, y mis manos se clavan en su cintura a la vez que nuestras lenguas se rozan. Necesito estar dentro de ella. Pongo la mano en su garganta y, mientras la beso, aprieto mis caderas contra ella. No hay nada mejor que los instantes previos a sentirnos de una forma tan intensa. Me gusta estirar nuestras ganas hasta que no podamos más, pero Eva lleva la mano hacia atrás en un intento por acelerarlo. En ese momento me separo de ella y mis dedos se deslizan hasta la curva de sus glúteos. Después, hasta sus piernas. Aprieto los pulgares contra el interior de sus muslos y subo desde la parte posterior de las rodillas. Lo hago muy despacio porque sé que, en cuanto llegue, no me resistiré a quedarme ahí. Y así sucede: mis pulgares resbalan hasta su sexo y no puedo evitar deleitarme en su humedad. Mis besos y mi lengua despiertan sus gemidos al tiempo que levanta las caderas y me entrego al deseo que llevo conteniendo desde la playa. Disfruto del placer que le provoco hasta que no aguanto más. Entonces me coloco encima de ella, poco a poco, y toco el cielo cuando siento que estoy dentro.

Después del éxtasis, nos hemos quedado dormidos. No esperábamos despertarnos dos horas después, pero una de las normas de este viaje, si no la principal, es no hacer planes. Debo admitir que he sido al que más le ha costado levantarse. Eva se ha tirado un rato intentando activarme por todos los medios, utilizando tácticas de todo tipo para que me moviera. La verdad es que habría seguido durmiendo hasta mañana por la mañana. Me pesaba la vida.

El problema es que, cuando por fin he conseguido poner algunas neuronas a funcionar, ya había perdido su atención. Así que me he tirado un rato pegado a ella intentando recuperarla. Lo he probado con besos, caricias y alguna cosquilla, pero no nada. Me he rendido tras un rato hipnotizado con su algoritmo plagado de *bookstagramers*, prensas hidráulicas aplastando cosas y personas organizando la nevera de forma compulsiva. Luego ha pasado a sus seguidos y me he llevado una sorpresa.

—Qué mona es —dice mientras le da like a una foto de Lu.

Mi cabeza está a punto de explotar. ¿Desde cuándo la sigue? ¿Por qué habla de ella con cariño?

Me sorprende tanto que no puedo evitar levantar la cabeza y mirarla a los ojos buscando respuestas.

—¿Qué te pasa? —se ríe.

—No sé, dímelo tú.

Eva se queda en silencio unos segundos, buscando las palabras de una conversación que aún no hemos sido capaces de mantener.

—No me habías contado nada.

En ese momento, una nube negra se posa sobre mí. Si no le había contado nada acerca de lo sucedido con Lu era porque creía que no tenía nada que ver con lo nuestro. En lugar de contribuir, pensaba que podría desestabilizarla. Al fin y al cabo, Lu fue el detonante de la inseguridad en Eva que nos llevó a separarnos. Consideré que no sería beneficioso que ella supiera algo así. Lo que no tuve en cuenta fue que se enteraría por otros medios. Y ese medio se llama Rebeca.

Desde aquella noche, no he tenido la oportunidad de hablar con Lu. En ese momento, la parálisis se mezcló con la confirmación de que Eva aún ocupaba un lugar en mi corazón. No supe reaccionar y, cuando al fin pude hacerlo, me encontré su puerta cerrada. No respondía a mis mensajes ni cogía mis llamadas. Hablar con ella se convirtió en una necesidad, porque la necesito. Lu es un pilar muy importante en mi vida, una de las cuatro patas que la sostienen, y sin ella me siento incompleto.

Pasaban los días y no había manera, así que decidí ir a su casa. Me recibió Olivia, que me dijo que no estaba en casa. No supe si era verdad, pero sentí que fue sincera cuando me aconsejó que le diera tiempo. Me dijo que Lu estaba mal, distante y aislada, que no quería hacer nada con nadie. Esta información me destrozó. Sabía que Rebeca y los chicos habían intentado hacer planes con ella, pero no quiso. Aunque tenía la esperanza de que con sus amigas fuera diferente, ya no sabía qué hacer. Decidí seguir los consejos de Oli y dejar que el tiempo enfriara la situación, pero no estaba tranquilo; no podía. Mi gente intentaba recuperarla, incluida Rebeca, y aunque al principio no hubo avances, a las pocas semanas me informaron de que parecía más receptiva. Había venido y estaba en la misma habitación que yo. No hablamos del tema, no hizo falta. Con su mirada entendí que solo necesitábamos comprender poco a poco la forma de afrontar un nuevo episodio en una relación que tengo claro que no quiero que termine.

Me preocupaba cómo se iba a tomar Eva todo esto. Pero, para mi sorpresa, no solo me he sentido muy apoyado al intentar recuperar la relación con mi amiga, sino que ha mostrado mucha comprensión hacia ella.

Supongo que ha llegado la hora de hablar sin tapujos sobre nuestra ruptura. De los celos, del amor y de que a veces puedes hacer daño sin ser consciente. Le cuento lo que supuso para mi perderla y cómo mi amiga fue luz en un momento oscuro, al igual que soy sincero y le explico que esa amistad entró en un limbo extraño del que no supe salir hasta que por fin pude ver con claridad que para mí solo había una persona. Eva escucha con una serenidad que contrasta con su actitud de hace un año y, cuando termino, me sorprende con una vulnerabilidad que me descoloca.

—No sabes lo importante que fue para mí lo que hiciste —me dice—. Cualquier persona en tu situación me habría hecho sentir como una loca, pero tú tuviste la elegancia de hacerme ver el problema sin pisarme. Te alejaste porque tenías que hacerlo, pero no me hundiste.

Lo dice desde el corazón, mirándome a los ojos, y sé que los suyos no mienten. También me cuenta que en el hospital le dio la sensación de que Lu se sentía un poco apartada.

—Tenéis que estar muy pendientes de ella —continúa—, dejarle espacio pero hacerle saber que estáis cerca.

Hablando con ella, me siento liberado y pleno. No lo consideraba un secreto, pero sí una espinita, y saber que Eva está ahí apoyándome me reconforta.

—Y si me permites un último consejo, escríbele.

—Ya lo he intentado, pero no hay manera —le explico.

—Entonces escríbele una carta. Vomita sobre el papel todo lo que tienes dentro: lo que sientes, lo que es para ti vuestra relación. Dile lo que me has dicho a mí: que la necesitas en tu vida, todo lo que piensas, todo lo que te parece que está bien y lo que está mal. Háblale igual que hablas de ella a los demás.

Busco las palabras para responder algo así, pero creo que he perdido esa capacidad.

La miro y solo pienso en lo orgulloso que estoy de ella, de lo lejos que ha llegado en este tiempo, y en la suerte que tengo de tenerla a mi lado.

26

Esta noche he soñado contigo. Aunque no sea nada nuevo, me parece que cada vez es más real. Me gusta pensar que es porque estamos más cerca de sentirnos y, al hacerlo, me es imposible no sonreír. En mi sueño, despertábamos juntos por la mañana. Disfrutaba de tu sonrisa, notaba tus besos. Pasábamos horas entre las sábanas riendo y bromeando, haciendo el amor... El tiempo parecía detenerse a nuestro alrededor. Solo existíamos tú y yo, solo nosotros.

A veces, las cosas no salen como uno quiere. Soy consciente de los errores que he cometido, de los cuales me arrepiento. En ocasiones incluso siento que no he conseguido nada.

La vida me ha demostrado que, casi siempre, funciona de esta manera: te esfuerzas, pero parece que intenta hundirte haciéndote pensar que no has logrado nada, que sigues como al principio. Miras hacia atrás y crees que no has avanzado ni un solo paso.

Esto podría acabar con una mente débil. Alguien que no sepa mirar con perspectiva ya se hubiera rendido. Pero, en realidad, detrás de esa sensación de fracaso hay una sola pregunta: ¿hasta dónde estarías dispuesto a llegar para conseguirlo? No tengo ninguna duda: iría a cualquier sitio con tal de estar a tu lado. Ojalá pudieras entrar en mi cabeza y ver el futuro que nos espera. Ojalá pudiera decirte que cada día queda menos para que, por fin, podamos estar juntos.

27

Esta mañana, al volver al teclado tras unos días de desconexión, un haz de luz entraba por la ventana y acariciaba mi preciosa taza de café recién hecho. No he podido resistirme a hacerle una foto de esas *aesthetic* en las que mi sesión de escritura parecía un ejemplo perfecto de orden y limpieza —algo que difiere mucho de mi mesa llena de tazas vacías, papeles, bolígrafos y pósits hechos un burruño—, y me he dicho: «Venga, para stories». He pensado en qué poner, y lo primero que me ha venido a la cabeza ha sido «Vuelta a la realidad», lo típico. Entonces he concluido: «Menuda tontería de frase».

Como si los momentos que he vivido con Kobo no fuesen tan reales como que no siento los glúteos después de ocho horas delante del guion.

Estos días han sido un respiro de la rutina, pero no una huida. He disfrutado de los paseos nocturnos junto al mar, de los ratos de chiringuito y cerveza, del sexo después de la playa, del moreno..., pero ahora toca disfrutar de otras cosas: encontrar el placer en un día de trabajo fructífero, una cena con amigas, un libro, una conversación sincera, el café o la nueva obsesión de Kobo, una cama bien hecha. Creo que el placer no está en las cosas, sino en cómo las saboreamos. Así pienso hoy... Mañana, a saber.

Nada como un día sin parar de escribir para llegar a reflexiones que, aunque suelen ser bastante volátiles, me dan la vida.

Después de enviar las nuevas propuestas a Aarón, me planteo bajarme al Retiro para correr un rato, pero acabo tirada en el sofá lista para unas horas de absoluta desconexión.

Hoy Kobo me abandona.

Axel va a *Subversión*, uno de los programas televisivos con mayor audiencia, si no el que más. Me encanta, no hay nadie a quien no le guste, y eso que en esencia es un caos. Rebeca me ha dejado caer un par de veces que a lo mejor tendré que ir antes de que termine el año y me da una vergüenza que me muero. Pero bueno, es un problema de la Eva del futuro.

Busco una película que me llame la atención, algo con lo que no complicarme mucho la vida, pero nada me encaja del todo. Siempre podría recurrir a algún clásico, pero no pienso volver a ver *El diario de Noa*, que siempre acabo llorando, ni tampoco *Notting Hill*, que creo que ya van tres veces este año. Al final, me rindo. Al cabo de un rato, me veo con el portátil sobre los muslos, vomitando en un documento en blanco todos los sentimientos y reflexiones que he ido cazando estas semanas. Adicta al trabajo sí soy. Estoy absorta y concentrada en las teclas cuando, de repente, llaman a la puerta. Al instante, una sonrisa se dibuja en mi cara. ¿Querrá sorprenderme? Miro el reloj… Madre mía, han pasado más de dos horas, así que técnicamente sería posible. Me levanto y corro a abrir, pero vuelvo para cerrar el portátil, porque vergonzosa también soy.

—¡Voy! —grito para que no crea que me he quedado dormida. Cuando estoy a punto de abrir, casi por un presentimiento, echo una ojeada por la mirilla.

No me lo puedo creer.

Fabio.

El primer impulso es el de quedarme en absoluto silencio.

—Eva... —dice mientras se apoya en la puerta.

Noto los nervios en el pecho y me concentro en que no se me oiga ni respirar.

—Eva, abre...

Mierda. ¿Qué hago?

—Sé que estás ahí...

Se me corta la respiración cuando vuelve a llamar al timbre.

—Necesito hablar contigo.

Entonces cojo aire.

—Fabio, ¿qué haces aquí?

—Necesito hablar contigo —repite. Vuelvo a quedarme en silencio.

Pienso en mis opciones, pero ninguna me gusta. No me apetece escucharle, pero no dejarle entrar aumentaría la tensión entre nosotros, y tampoco quiero eso. Estoy en un punto de mi vida en que no quiero enemigos. Me incomoda saber que hay alguien por ahí odiándome.

Fabio sigue hablando contra la madera:

—No habría sido necesario plantarme delante de tu puerta si hubieras contestado a alguno de mis mensajes.

Llevo semanas sin recibir noticias suyas. Pensé que se habría cansado, que finalmente habría entendido que no quiero hablar con él. Incluso que sus amigos le habrían contado que me vieron con Kobo y que por eso se había rendido. Pero si está aquí es por algo. No hay nada que Fabio deteste más que perder el tiempo.

—No tengo nada que hablar contigo —le digo.

Suspira y mira al suelo. Siempre hace eso cuando no quiere alterarse, o mejor dicho, cuando intenta parecer tranquilo. Cuando pretende conseguir algo, se contiene y suspira, como si cada exhalación fuera una forma de despresurizar su interior.

—Eva, por favor, solo quiero disculparme y hablar.

Creo que no se va a rendir, así que lo mejor es dejar que me diga lo que tenga que decirme y acabar con esto cuanto antes.

Le dejo pasar y, cuando entra, me quedo junto a la puerta con los brazos cruzados, esperando ese perdón que tanto le urge pedirme en persona.

—¿Puedo sentarme? —Me señala el sofá, que aún conserva mi calor.

Con un gesto de la cabeza, le doy permiso. Se sienta y apoya los codos en las rodillas. Parece más delgado. Va bien vestido, como siempre, pero tiene ojeras y el pelo descuidado y más largo de lo habitual.

—Mira, Eva, estoy aquí porque, a pesar de todo, nuestra relación lo merece.

Tengo mis dudas sobre lo que merece. A veces es difícil darse cuenta de que una relación no te da lo que necesitas mientras estás en ella. Desde fuera, todo parece sencillo, pero, cuando deseas que funcione, puedes perder la perspectiva de lo que no va bien. Es fácil perderse en la ilusión de lo que queremos que sea en lugar de aceptar lo que es. Por eso en el amor y las relaciones, al igual que en todo, hay que aprender, crecer, acertar y meter la pata para construir lo que quieres y mereces.

—Fabio… —No me siento orgullosa, pero escucharle me genera más pereza que dolor.

—Déjame hablar. —Me corta de una forma que no me gusta. Sus ojos me gustan mucho menos. Muestran odio—. Te he querido mucho. Muchísimo… Creo que eres una chica increíble en muchos aspectos. Te admiro como persona, como artista, como mujer… —Su discurso es frío. Habla como quien lee la lista de la compra. Parece que se lo ha estudiado antes de venir, y yo solo quiero que se vaya.

—Tu belleza, por supuesto —me repasa de arriba abajo—, es indiscutible.

Me tenso aún más, si es que es posible. Dios, esto está siendo incomodísimo.

—Creo que me hacías mejor persona en todos los sentidos.

¿Quién lo diría? ¿Quién se hubiera podido imaginar que la

persona de la que te mofabas delante de tus amigos era la misma que te hacía ser mejor? No es capaz de apartar su ego ni cuando se supone que ha dejado de lado el orgullo. Inconscientemente, me está dejando claro lo importante que era para él por lo que le aportaba, no por lo que soy.

—Fabio…

Intento intervenir porque no aguanto más piropos vacíos.

—Déjame hablar, joder. —Vuelve a subir el tono.

Esta vez ya no puedo contenerme.

—¡Que no me hables así! —le grito de vuelta—. ¿Te das cuenta? —Se queda helado. Es lo que le pasa a este tipo de gente: el día que alguien decide contestarles, creen estar soñando—. ¿Ves cómo me tratas? —le pregunto.

—Es que necesito decirte todo lo que pienso —se queja como un niño caprichoso.

Respiro hondo e intento tranquilizarme.

—Mira… Te agradezco mucho tus palabras y que te hayas molestado en venir.

Ahora soy yo la que parece estar dando un premio, pero me da igual con tal de deshacerme de él.

—Para mí, nuestra relación también tuvo momentos bonitos —continúo.

—Muchos —añade.

Tampoco te pases.

—Pero no somos compatibles, Fabio. —Es la forma más elegante que he encontrado para repetirle que no quiero estar con él.

Intenta hablar, pero sigo con mi discurso:

—Creo que llegamos a un punto en el que no nos entendíamos como debíamos.

Hablo en plural porque lo único que quiero es terminar con esta conversación. No tengo la intención de arreglar ni de ganar nada. Solo terminar.

—Fueron dos tonterías, Eva… —se queja resignado.

Menudo hijo de puta. «Dos tonterías», dice. Me encantaría explicarle que esas «tonterías» se llaman machismo, maltrato y ser un auténtico gilipollas. Pero como solo conseguiría alterarle, respiro y continúo. Hay guerras que no hay que luchar, y en este caso prefiero alcanzar la paz y marcar distancia.

—Fabio, en serio…

Intento sonar lo más condescendiente posible. No quiero volver con él, no lo haría ni en cien vidas.

Pero entonces se levanta.

—Amor, de verdad.

¿«Amor»?

—Piensa en todo lo bueno —me ruega.

—Fabio, no es eso.

Se acerca, y retrocedo dos pasos.

—Mi vida, por favor. Piénsalo bien. Juntos éramos perfectos… —Hace una pausa y me doy cuenta de que está buscando el camino para convencerme de algo imposible—. Todo el mundo nos adoraba, la gente nos adoraba…

Ah, perdona, entonces tenemos que volver. No sabía que esto era marketing. No era consciente de que éramos los Beckham. Su discurso me resultaría gracioso si no fuera porque cada centímetro que elimina de la distancia que nos separa solo hace que aumente mi incomodidad.

—Recuerda cuando estabas mal… ¿Quién estuvo ahí para ayudarte?

¿Este tío de qué va?

—Fabio…

Nuestros cuerpos casi se tocan, ya noto mis latidos en los oídos.

—Soy el mismo, Eva. —Pone sus manos en mis caderas y no sé reaccionar—. Soy yo.

Noto el corazón latiendo en mi pecho a toda velocidad; de repente, una sensación extraña me invade. En los inicios de los que habla, en la manera que tenía de cuidarme, de mirarme…

Recuerdo sus consejos cuando estaba perdida y sus abrazos cuando me sentía sola. Sus detalles, esa manera de hablarme para subirme el ánimo, cuando me hacía reír. Me tendió la mano para salir del pozo cuando pensaba que ya no vería la luz. Me transporto a las noches de vino y conversaciones infinitas, de aventuras, al instante en que sentí el impulso de besarle por primera vez, el vértigo justo antes de hacerlo, su olor, las mañanas en su casa... Fabio llegó a mi vida en un momento muy complicado y me ofreció protección, cariño y, sobre todo, tranquilidad.

Es increíble cómo alguien puede cambiar tanto en tan poco tiempo. Porque la persona que me hacía sentir así ahora me da miedo. Tiene la mirada oscura, y cada vez está más cerca.

—Eva, nunca te querrá nadie como yo.

Eso espero.

—Tú eres mi vida —susurra.

—No, Fabio.

—Sí, Eva.

Sus manos suben a mis mejillas, me acaricia y vuelve a acercarse. Siento su aliento y detecto un invasivo olor a alcohol que provoca que el miedo se agarre con fuerza a mi pecho. Mi cuerpo reacciona de inmediato. Me inunda una ola de ansiedad, como si mi piel estuviera electrificada. Cada músculo se tensa y mi corazón comienza a palpitar con fuerza. Es como si estuviera en alerta máxima, preparada para lo que fuera, pero al mismo tiempo atrapada en un estado de congelación.

—No puedes abandonarme... —Me sonríe.

Pongo mis manos sobre las suyas y, con cuidado, las aparto. Me da pavor alterarle.

—Fabio... —le susurro despacio—. Ya está.

Trato de mantener un tono suave, como si eso pudiera apaciguar el terremoto que siento en mi interior. Es el final de esta historia, y me empeño en poner sobre la mesa el poco cariño que queda.

—He pasado momentos preciosos a tu lado, pero ya está.

Sus ojos se humedecen y asiente con la cabeza mientras traga saliva en un intento de contener las lágrimas. Una parte de mí se apiada de él y se relaja. Parece que vislumbro algo del Fabio al que quería. Sé que en el fondo no es malo; quizá no recibió la educación y el cariño que merece. No tiene la culpa, pero yo tampoco, y creo que no me lo merezco.

—Tenemos que ser maduros, saber poner fin a algo que está claro que no funcionaba. No quiero que sigamos haciéndonos daño.

—Yo nunca te haría daño.

Ya lo has hecho, Fabio, y sé que volverías a hacerlo.

—Por favor... —Le acaricio el brazo en un intento por llegar a su corazón—. Quedémonos con un buen recuerdo.

Procuro sonreír, a pesar de que la amenaza sigue en el aire.

Sin embargo, su cara se transforma poco a poco y los ojos tristes vuelven a llenarse de odio.

—¿Sabes lo que más me molesta?

Su pregunta, junto con su repentino cambio de actitud, me pillan por sorpresa. La vulnerabilidad se apodera de mí de nuevo y, en medio del *shock*, intento averiguar qué hay en su cabeza.

—Me molesta que creas que soy imbécil —continúa.

—No pienso eso.

—¿Que no piensas eso? —Se acerca hasta rozar mi cara con la suya—. Sé sincera. —Me mira a los ojos.

La proximidad se vuelve asfixiante. Mis pulsaciones aumentan de forma drástica y el miedo me paraliza.

—Fabio, estoy siendo muy sincera.

No contesta. Sigue observándome de esa manera. Vuelvo a retroceder.

—¡¿Crees que soy gilipollas?! —me grita. Repaso cada gesto, cada palabra que haya podido malinterpretar, preguntándome si he dicho o hecho algo que le haya hecho reaccionar así.

—Fabio, no me grites.

—¡Te grito lo que me sale de los cojones!

El silencio tras sus palabras me hiela la sangre. Siento pánico. Veo el móvil encima de la mesita de centro y sopeso la distancia hasta la puerta, pero ninguna de las dos opciones es viable. Ojalá tuviera la valentía necesaria para enfrentarme a la situación; la posibilidad de huir me pone más nerviosa. Intento calmarme, aunque es imposible. Al final, decido volver a hablar con él. Respiro para apaciguar el temblor que podría delatarme y lo cojo de las manos.

—Tranquilízate, por favor. —Siento la tensión y la frialdad de su piel.

Su mirada se detiene en mí durante unos segundos que se alargan como si fueran eternos. No sé qué decir ni qué hacer. Oigo su respiración. Analizo cada gesto, consciente de que el escenario es impredecible.

—¿Me quieres? —me susurra.

Su pregunta corta el aire como un cuchillo. Me quedo paralizada. Mis ojos buscan una salida, como si las paredes tuvieran la respuesta. Mi mente corre a toda velocidad.

—Fabio…

Las palabras se atascan en mi garganta.

—Contesta a la pregunta.

No sé hacerlo. Temo que mentirle tenga las mismas consecuencias que ser sincera. El silencio se vuelve ensordecedor justo antes de convertirse en respuesta:

—No me lo vas a decir, ¿verdad? —Me mira con absoluto desprecio y añade—: No sé qué esperaba de alguien que ni siquiera ha sabido serme fiel.

28

—¡Estabas cagado! —se ríe Lía.

—¡Qué va!

Axel se defiende, pero ella tiene toda la razón. Cuando ha empezado la entrevista, parecía estar a punto de desmayarse.

—Estabas blanco, mi niño. —Aday también se une al vacile.

—Pero ¡qué dices! ¿He estado mal?

—¿Cómo vas a estar mal? —vuelve Lía—. Tú nunca estás mal, pero es normal que te pusieras nerviosete.

—Es que el tío es un cabrón. Se pone a hablarte de montañas y apareamiento de aves y ya no sabes ni dónde estás.

Creo que ha sido uno de los días de curro que más me he divertido. He visto mil veces el programa desde casa, pero lo que se vive ahí dentro no es normal. No podía parar de reírme, me estaba dando incluso vergüenza porque me ahogaba con cada mínima tontería. Axel lo ha hecho muy bien. Estoy seguro de que a sus fans les encantará, y los que no lo conozcan se enamorarán de él.

Es verdad que no ha podido promocionar mucho el disco, pero ningún invitado va con esa intención. Al menos no directamente, y eso es lo que mola: ver al artista en una situación lo más surrealista y cotidiana posible. Nunca sabes de lo que acabará hablando. Ha sido brutal.

—Sí, la verdad es que hay que echarle narices para ir ahí —dice Tommy.

—Ya ves —me uno.

—Pues prepárate —me dice Tommy entre risas.

—¿Por?

—Pues porque adivina quién irá dentro de poco...

Por su mirada, sé a quién se refiere. Eva no me ha dicho nada, pero estoy seguro de que se ganaría a todo el mundo. En realidad, nadie la conoce. Creo que no son conscientes de cómo es. Seguro que muchos piensan lo mismo que yo los primeros días. Madre mía, cuando la conocí... «Vaya tía insoportable», pensé. Y mira ahora. Como un loco, deseando que esta gente se vaya a casa para llamarla antes de que se duerma. Si no se resiste mucho, me planto en su casa. Estos días tiene que acabar el guion y pretendíamos darnos un poco de distancia responsable. Ya hemos asumido que no somos productivos si estamos bajo el mismo techo.

—No jodas que va la señora de Kobo —se ríe Axel.

—Señora de Kobo, dice... —Suspira Lía—. Eva es una reina.

—Di que sí, Lía —la apoyo—. No lo sabía —le contesto a Tommy.

—Ella tampoco —se ríe.

—Verás cuando se entere la reina...

Axel me arranca las palabras de la mente. Me muero por ver su reacción cuando se entere.

Cuando la furgoneta del programa nos deja en casa de Axel y nos despedimos de los chicos, Tommy se ofrece a acercarme a casa. Se lo agradezco, pero me derrito de placer al pensar que ya no lo necesito. Estas semanas el pobre ha sido mi chófer. Por suerte, ya me han dado la moto. Hoy ha sido el primer día que la he cogido después del accidente. Sorprende cómo el ser humano, para bien o para mal, olvida rápido.

Cuando estaba en el suelo, recuerdo pensar que no volvería a subirme a dos ruedas en mi vida. Menos de un mes después, se me hace la boca agua al imaginarme el paseo nocturno que me espera.

—Te ha quedado perfecta, ¿no?

Tommy se sienta y le echa un buen repaso.

—Sí, la verdad es que Osquitar se ha portado.

—¿Seguía rayado?

Le conté su paranoia con los frenos. Tommy lo conoce, así que no tuve que darle muchas explicaciones.

—Menos. O sea, no me dijo nada, pero estaba con cara de pena.

—Es una tontería, *bro* —me tranquiliza.

—Ya, ya, si no le doy ni media vuelta.

—A mí me pasó con la Yamaha, que empezó a frenar mal. Tenía las pastillas y los discos bien, y no sabíamos qué le pasaba. Era un manguito o algo así... —Sus conocimientos de mecánica son tan poco extensos como los míos—. De estar en la calle, los cambios de temperatura... incluso una rata, *bro*, vete a saber.

La verdad es que pueden ser mil cosas, y no pienso comerme la cabeza.

—Ten cuidado, anda... —me dice cuando se despide.

Aún no se ha dado la vuelta y ya estoy sacando el móvil, ansioso. ¿Las doce ya? Qué locura. Tengo varias llamadas perdidas de Eva. Sabía que estaba en la grabación... Qué raro.

Marco su número y la línea da tono, pero no hay respuesta. Voy a enviarle un mensaje para ver si está despierta y veo que me ha escrito.

> Fabio ha estado aquí y ha sido horrible.
> Estaba como loco

El corazón se me acelera. De golpe siento las manos húmedas y la boca seca.

Intento llamarla de nuevo.

—Vamos, Eva. Cógelo.

Nada.

Mi cerebro crea mil escenarios en los que puede haberle pasado algo, en los que ese tío puede haberle hecho algo.

Ni siquiera soy consciente de que me he puesto el casco cuando ya estoy arrancando la moto. Arranco y doy gas hasta que, a mi alrededor, Madrid se desdibuja.

Necesito que esté bien.

Cuando abre la puerta, Eva se lanza a mis brazos y yo siento que puedo volver a respirar. Dios, no había pasado tanto miedo en mi vida. No me da tiempo ni de ver sus ojos, pero sentirla contra mi pecho hace que una parte de mí se relaje.

—¿Estás bien? ¿Qué ha pasado, amor?

Sin apartarse de mí, alza la barbilla y nuestras miradas se cruzan. Tiene los ojos hinchados y moquea. Esta situación me trae malos recuerdos.

—Dime qué ha pasado. ¿Te ha hecho algo?

Niega con la cabeza y se refugia de nuevo en mi pecho.

Me contengo para no avasallarla a preguntas, una mezcla de dolor, miedo y rabia se arremolina en mi estómago. Entramos y se sienta en el sofá, acurrucándose entre los cojines. Mis ojos la recorren buscando indicios de algo que me dé respuestas de lo que ha podido suceder. No entiendo nada.

—¿Qué hacía Fabio aquí?

Eva clava la mirada en el cojín que tiene entre sus brazos y lo acaricia de arriba abajo creando caminos sobre el terciopelo.

—Se ha presentado sin avisar. Hemos vuelto a discutir —dice al fin.

—¿Cómo?

No me lo puedo creer.

—Quería disculparse. Ha empezado a decirme cosas, en plan cosas buenas... En realidad no sé qué pretendía.

—Pero no lo entiendo. ¿Seguís hablando?

—¿Qué? ¡No! Claro que no —se apresura a asegurar.

La noto nerviosa, agobiada, y eso solo aumenta mi inseguridad.

—Entonces explícame qué hace ese tío viniendo aquí.

Me doy cuenta de que subo el tono. ¿Qué estoy haciendo? Hace unos minutos creía que me iba a dar algo al pensar que podría estar mal y ahora estoy dejando que los celos tomen las riendas.

—No lo sé, Kobo, ya te lo he dicho. Ha llegado disculpándose y ha empezado a decir que deberíamos volver.

—Joder...

Menudo hijo de puta. Me obligo a respirar hondo y relajarme. Eva ya está suficientemente alterada.

—¿Te ha hecho algo? —vuelvo a preguntarle.

Niega con la cabeza, pero sigue explicando lo que ha pasado. Odio pensar que haya estado aquí, que la haya hecho llorar.

—Yo solo quería que me dijera lo que tuviera que decirme y se fuera, pero actuaba muy raro. Estaba muy cerca, me repetía que estamos hechos el uno para el otro, que debemos seguir juntos. No sabía qué hacer. —Toma una buena bocanada de aire antes de añadir—: Cuando le he rechazado... No era él, Kobo. Estaba fuera de sí.

Con sus palabras, mi mandíbula se tensa y voy a destrozarme la mano de tanto apretar el puño. Siento impotencia.

—He intentado calmarle, darle las gracias por los momentos buenos y pedirle olvidar los malos... —Eva titubea—. Pero ha perdido los papeles. Ha empezado a decirme que sus amigos nos vieron juntos, que lo había engañado. Decía que le había hecho sentir que estaba loco, e incluso me ha acusado de haber tenido algo con Aarón... No paraba de repetir su nombre. Creo que había bebido. Me decía que, sin él, yo no era nada. Sus ojos... —Hace una pausa antes de seguir, con la voz estrangulada—. Dios, me ha dado un miedo. Era puro rencor. Le he visto capaz de cualquier cosa y, cuando se ha dado cuenta de que no había ninguna posibilidad de volver, se ha dedicado a humillarme hasta que se ha ido. Me ha dicho que me arrepentiría de todo esto.

No puedo hacer más que abrazarla e intentar darle apoyo para pasar el mal trago. Me encantaría partirle la cara a ese gilipollas, pero Eva no necesita eso.

La coloco sobre mi regazo y acaricio su espalda mientras se apoya en mi pecho. La oigo suspirar y poco a poco la tensión va escapando de su cuerpo.

Le digo que estoy aquí para ella y que lo estaré siempre que quiera o me necesite.

—Lo sé. Te quiero.

Respiro aliviado.

Cuando ya está más tranquila, a punto de dormirse, me susurra contra el cuello.

—Prométeme que no harás nada

Quiero que Fabio pague por cada lágrima e ir a por él parece inevitable, pero los ojos de Eva me suplican que no lo busque, que deje las cosas como están, y que todo esto quede atrás.

Después de lo que ha pasado, tengo muchas dudas sobre Fabio. Me asusta que no solo sea un corazón roto. Que haya algo más. Un hombre obsesionado es peligroso. Después de esto, si le hace algo, no me lo perdonaría nunca.

Eva me conoce y ve en mis ojos todo lo que siento.

—Por favor, Kobo.

Posa las manos en mis mejillas y me mira con una ternura que solo acrecienta mi dolor, una sensación en el pecho que me empuja a salir corriendo y liberar toda mi rabia en él.

Quiero que esté tranquila, pero no soy capaz de mentirle. No puedo quedarme sin hacer nada después de algo así.

Entonces me susurra:

—¿Vamos a la cama? Necesito que me abraces y olvidarme de esta noche.

Unos minutos después, estamos acurrucados en la cama. Y mientras su respiración se acompasa y se deja acunar por el sueño entre mis brazos, yo soy incapaz de pegar ojo.

Ha sido una noche horrible. No he dejado de darle vueltas a lo que pasó ayer. La miraba mientras dormía a mi lado y no podía quitarme de la cabeza la idea de que algo malo pudiera pasarle. Me revolvía sobre el colchón. No era capaz de acallar la ira, y el mero hecho de quedarme quieto me generaba ansiedad. Llegó un punto en el que ni siquiera pude seguir tumbado y me dediqué a dar vueltas por la casa. Todos esos pensamientos me estaban consumiendo. No sabía qué hacer. Los minutos parecían horas y la noche se volvía infinita.

En medio de la oscuridad, durante uno de mis paseos, mientras observaba la calle vacía, me invadió una inquietud.

Cada detalle de la conversación con Fabio resonaba en mi cabeza. Sus amenazas, su ira descontrolada y su sensación de haber sido humillado se mezclaron, y lo que antes consideraba imposible, algo a lo que apenas le daba importancia, se convirtió en una duda. De repente, relacioné toda esa información con las palabras de Óscar y algo hizo clic en mi cabeza: la idea de que hubiera querido vengarse, hacerme pagar el estar con Eva, se convirtió en una posibilidad. Quizá fuera una paranoia, una rayada fruto del odio que le tengo. «A lo mejor estoy exagerando», me decía. Puede que estuviera distorsionando mi percepción de la realidad. Hacía unas horas, la idea de que hubiese alguien detrás de mi accidente me parecía absurda. Pero, en mitad de la noche, esa idea se ha instalado en mi cabeza.

En cuanto ha salido el sol, me he levantado de la cama y he llamado a Tommy. Le he contado lo que pasó ayer, y también mis dudas. No puedo quitarme la rabia de encima y sé que no lo conseguiré hasta que no lo vea pidiendo perdón o mi amigo consiga convencerme de que estoy equivocado. Siempre hemos estado juntos en lo mejor y lo peor de nuestras vidas, y por eso sé que puedo contar con él para lo que sea. En este caso, Tommy me pide calma.

—Kobo, tranquilo. Antes de sacar conclusiones, deberíamos analizarlo todo. Te entiendo. Sé la rabia que sientes, el dolor, la ira, lo sé. Es tu novia, la amas con toda tu alma y quieres protegerla, pero por eso tienes que pensar en ella. En tu gente. En nosotros, cabrón. No ganamos nada yendo a por él sin asegurarnos primero.

—Lo mejor sería hablar con la policía, pero no tenemos pruebas ni sabemos si fue él, así que el primer paso tiene que ser encontrar algo que confirme nuestras sospechas.

Después de una larga conversación, decidimos que lo mejor es que Tommy vigile a Fabio durante unos días. Así descubriremos si hay algo extraño y, lo más importante, nos aseguraremos de que no se acerque a Eva. Al menos hasta que tengamos claro que no es un psicópata.

Ahora la veo ahí, tan tranquila, durmiendo. El sol entra por la ventana, iluminando su cara y parte de su espalda. Me acerco y me tumbo con cuidado para no despertarla.

No dejaré que le pase nada.

29

—Así que… —Aarón deja unos segundos para el suspense, durante los cuales sonrío a Kobo—. Definitiva y oficialmente…

—¡Venga! —le insisto.

—¡Tenemos guion! —exclama.

Creo que es la primera vez que le oigo gritar. Hace un par de días entregamos la última versión, bueno, la tercera última versión, y por suerte es la vencida.

Por fin lo han aceptado y el proyecto sigue adelante.

—¡Bieeen! —celebro con él.

Al escucharme, Kobo arquea las cejas y se le dibuja una sonrisa de felicidad. Viene corriendo hacia mí y me levanta en el aire con una euforia silenciosa.

Mientras tanto, Aarón me da las gracias por todo y me ofrece uno de sus famosos discursos, que ya se están volviendo tradición. Es muy mono. Siempre tiene palabras bonitas para mí, pero es la primera vez que las oigo con la sensación de estar subida en un tiovivo. Kobo no para de darme vueltas en el aire mientras Neo nos persigue e intenta mordisquearme. Hago todo lo posible no solo para aguantar la risa, sino para no vomitarle encima. En realidad, intento parecer una escritora normal, pero es imposible.

—¡Anda ya! Sin ti, esto no habría tirado para adelante —le digo con la dificultad que supone estar en una centrifugadora.

Kobo me deja en el suelo y se parte de risa al verme perder el equilibrio. Él no está mucho mejor.

Tengo que apartarme del teléfono para reírme.

—¡Para! —le susurro, apartándome el teléfono para que Aarón no me oiga.

Cuando vuelvo a pegar la oreja al auricular, el director me propone celebrarlo.

—¡Claro! ¡Nos lo merecemos! —Silencio la llamada—. ¡Chist! —Intento llamar la atención de Kobo, que sigue jugando con su perro como un niño.

—¿Cenamos esta semana con Aarón?

—Por mí, guay —responde mientras lucha con la mandíbula de Neo como si se estuviera peleando con un oso.

—Sí, sí, genial.

Aarón propone el jueves.

—¿El jueves? —le pregunto a Kobo repitiendo la propuesta de Aarón. Se encoge de hombros, lo que significa «Me la pela».

—Ah, no —dice justo antes de que confirme—, el jueves llego tarde.

—Kobo el jueves no está... —informo a Aarón.

—Anda, ¿viene Kobo? ¡Genial! Pues vamos otro día —contesta.

—Sí, cuando tú puedas.

En ese momento, mi novio se acerca haciendo aspavientos.

—Espera un segundo, Aarón. —Silencio otra vez—. ¿Qué pasa?

—Celebradlo el jueves —se ríe Kobo.

—Vamos, que mejor si te ahorras la cena.

Me lo confirma con una sonrisa.

—No, hombre, pero tampoco vais a estar adaptándoos a mí.

Una de mis cejas se alza con descreimiento. El muy sinvergüenza se ríe.

—Nada, el jueves está bien. Este tiene la agenda del presidente... —añado mientras lo miro desafiante—. Vamos nosotros y otro día se nos une.

Mientras sigo en la conversación, Kobo se aleja un poco y espera a que termine. No cuenta con que el director se enrolla como las persianas.

—Genial, un besito, sí. —Me río con las bromas de Aarón, pero sobre todo de la imagen que tengo delante. Dueño y perro me miran desde la otra punta de la casa esperando a que cuelgue la llamada.

—Gracias por todo, de verdad... Chao.

Estoy deseando pulsar el botón rojo y, cuando lo hago, cojo impulso y salgo corriendo hacia él como una loca.

—¡¡¡Guion aceptado!!! —grito con todas mis fuerzas. Neo me acompaña con un potente ladrido.

Salto a sus brazos y le destrozo la boca a besos.

—Enhorabuena, amor —dice sonriente.

Me besa, me besa y me vuelve a besar.

—¡Ay!

—Oye, habrá que celebrarlo, ¿no?

—Vale —digo tras varios segundos en los que me he quedado hipnotizada mirándole.

Me besa una vez más y me muerde ligeramente el labio. Dios, ¿cómo es posible que me guste tanto? Me deja lentamente en el suelo y me da un golpecito en el culo.

—Vístete y nos vamos por ahí —propone.

—¿A dónde?

—A donde la reina quiera.

No sé lo que me apetece. Llevo un montón de días pensando en las mil cosas que haría cuando terminara, y ahora que estoy libre voy y me quedo sin ideas. Entonces me acuerdo:

—Me debes un pícnic.

Siempre que vengo al Retiro me arrepiento de no hacerlo todos los días. Se siente como un refugio de tranquilidad y naturaleza en medio de la ciudad, una especie de oasis de inspiración que tiene el poder de bajarme las pulsaciones, oxigenarme el cerebro y poner en pausa todo lo demás. El mundo que hay al otro lado de las vallas se desvanece y solo existe el presente.

Paseo con Kobo y me siento la protagonista de mi propia historia. Al andar por aquí, parece que todo lo demás se detenga. Caminamos con calma, sin rumbo. Qué difícil es andar despacio y qué bien sienta. A nuestro alrededor la gente descansa en el césped, algunos charlan, otros leen, muchos se besan, se acurrucan, comparten risas, miradas... Y la mayoría están. Simplemente están.

Es un lugar increíble que guarda en su interior lo que para mí es un tesoro.

El Palacio de Cristal aparece entre los árboles y se alza como un sueño delante de nosotros. Me parece una autentica maravilla.

Cojo a Kobo de la mano y lo guío hacia el interior. Es uno de esos lugares que parecen transportarte a otro mundo construido con las descripciones de un libro de fantasía.

Dentro, los rayos del sol se filtran a través de los cristales y rebotan en el interior, formando un espectáculo de luces y colores que parecen colocados por el mejor director de fotografía. A nuestros pies, el suelo de espejo nos refleja a nosotros y las nubes, que parecen pintadas sobre nuestra cabeza.

—Es como si pudiéramos tocar el cielo, ¿verdad?

Sonríe con esa mirada que me hace sentir la única persona del mundo.

—Me encanta este lugar —le digo apoyándome en su hombro.

—Te voy a construir una casa así.

Me vuelvo y le pongo las manos en el cuello.

—¿Así de bonita?

—Sí.

Kobo retrocede unos pasos y gesticula con entusiasmo, como si estuviera desplegando un mapa invisible.

—¿Ves esto? —dice señalando hacia el espacio abierto frente a él—. Aquí irá el salón, para que, cuando te tumbes en el sofá, veas el cielo. —Señala hacia el techo abovedado.

Va de un lado a otro con las manos extendidas, delineando paredes imaginarias.

—La biblioteca la pondremos allí —comenta mientras me dedica una mirada cómplice—, con estantes hasta el techo, para que puedas colocar todos los libros que quieras.

Después, con una sonrisa pícara, señala uno de los rincones del palacio.

—El dormitorio, por supuesto, tendrá cristales tintados. No queremos que los domingueros arruinen nuestros momentos, ya sabes. —Arquea las cejas de una manera que, si no fuera porque me atraen hasta sus mocos, me daría mucho *cringe*.

Nuestras risas rebotan como la luz en los cristales, y apoyo la espalda en una de las columnas.

—Eso no sé si quedará bien…

Kobo se acerca pensativo.

—Peor sería que se acumularan cadáveres en el jardín.

—¿Por qué? —me río, entrando en el juego y sabiendo por dónde van los tiros.

Camina hacia mí con seriedad peliculera.

—Porque te verían paseando desnuda por casa y no me quedaría más remedio que matarlos —asegura a la vez que hace como si empuñara un cuchillo invisible.

En ese momento, aprovecha para agarrarme suavemente por las caderas y me besa mientras mis labios siguen formando una sonrisa. Me encanta cuando lo hace. Cuando lo miro, siento esas cosquillas en el estómago, esas que te dicen que estás en el lugar correcto, con la persona correcta.

La semana pasada fue gris. Kobo estuvo raro varios días después de lo que sucedió con Fabio.

Por eso ahora nos veo así y respiro tranquila al sentir que todo vuelve a estar en su sitio.

—¿Eres consciente de que van a hacer una película de tu libro? —Me pilla por sorpresa.

Nos hemos sentado a comer frente al lago y observo cómo disfruta de un uramaki de salmón mientras espera mi respuesta.

La verdad es que no. He pasado años soñando con este momento, pensando que sería imposible, que nunca sucedería: «A mí esas cosas no me pasan». Y de repente, mira, llega el día. Te alegras, te quedas en *shock* y, cuando quieres darte cuenta, ya lo has normalizado. Nos obsesionamos con grandes logros, grandes metas; creemos que, si las conseguimos, experimentaremos una felicidad infinita. Pero la realidad es que, cuando llegan, ya estamos buscando más. Solo cuando nos paramos a echar la vista atrás somos conscientes del camino que hemos recorrido.

—La verdad es que no.

Kobo se ríe.

—Ya me avisarás cuando haya que negociar mi contrato.

Levanto las cejas a modo de respuesta.

—Alguien tendrá que protagonizarla, ¿no?

—Mmm... No sé si eres el perfil que buscamos.

—Ah, bueno, claro... Me quieres reservar para la siguiente, ¿no?

Frunzo el ceño y arrugo la nariz en señal de rechazo.

—Entiendo... —dice mientras pesca otro suculento bocado de salmón—, no quieres que haga de mí mismo.

Esto sí que no me lo esperaba. Me entra la risa y un grano de arroz se me queda atravesado en la garganta y creo que voy a ahogarme.

—¡Pero qué dices, flipado!

Exagero mi reacción, aunque todos sabemos la verdad.

—Cuando escribiste *De espaldas a tus besos*, ¿no estabas pensando en mí?

337

Ahora sí que debo de estar como un tomate. Sabía que me lo preguntaría, pero eso no quita que me muera de vergüenza. Es obvio que me inspiré en Kobo, en lo que viví a su lado, en lo que descubrí de mí y en lo que aprendí sobre las relaciones, pero no es su protagonista, ni tampoco es nuestra historia, aunque el relato está escrito con las sonrisas y las lágrimas que él me provocó.

—Pensé en mil cosas...

—Ajá —comenta.

—Mis experiencias vitales, amoríos...

Le sonrío con picardía.

—¿Amoríos?

—Correcto, en plural.

Kobo respira aliviado.

—Menos mal.

No entiendo su reacción, pero, como lo conozco, ya me estoy riendo.

—¿Por qué? —Le doy un toquecito en la pierna.

—Porque la gente decía que era yo y no sabía qué decirles... Era horrible, no podía aguantar que pensaran que yo te llamaba «pequeña».

Cuando lo dice, se parte de risa.

—Eres idiota. —Lo miro seria.

—Ya me dirás quién es el pangolín que te llamaba así. No pienso cargar con ese muerto.

—¡Tú dices cosas peores!

—Sí, claro.

—Kobo... —Lo miro a los ojos—. ¿Te lo recuerdo?

Odia que imite su frasecita en plan «Se te olvidaba despedirte, muñeca».

—No sé de qué me hablas. —Me imita y me acerca a él.

—Eres más bobo...

Tumbada sobre el césped, encuentro refugio en su pecho.

Siento su corazón latir con calma bajo mi cabeza mientras

observo cómo el cielo se tiñe de rosa, como si el universo entero estuviera pintando un cuadro para nosotros.

Ladeo la cabeza para mirar hacia el lago y, una vez más, el Retiro parece haber salido de las páginas de un cuento. El reflejo del cielo en el agua crea la ilusión de que las barcas navegan directamente sobre las nubes. Un suspiro escapa de mis labios.

A mi lado, Kobo parece estar igual de relajado y se gira para preguntarme:

—Si pudieras transportarte a cualquier lugar del mundo, ¿a dónde irías?

Me planteo la respuesta. En cuestión de segundos, mi mente se llena de imágenes de lugares increíbles: playas, montañas, ciudades… Hay mil sitios que me encantaría ver.

—¿Ahora mismo? —le pregunto.

—Sí.

Entonces me doy cuenta de que no cambiaría este momento por nada del mundo. Hay instantes en la vida en los que todo encaja, y no dependen de estar en el mejor hotel, en la playa más paradisiaca, en el coche más lujoso o en el barco de las Kardashian. Son instantes que aparecen, perfectos tal como son.

—A ningún sitio —digo al fin—, estoy bien aquí.

Tal como estoy tumbada, no puedo verle la cara, pero se queda callado. Pasan los segundos y no dice nada.

—¿Por? —le pregunto.

—Nada… —Se calla de nuevo un momento—. Una reflexión que leí en un libro.

Entonces algo hace clic en mi cabeza y sonrío orgullosa de mi respuesta:

—Decía que «La felicidad es no querer estar en ningún otro lugar» —añade.

He susurrado la frase por debajo de su voz. A esto me refiero cuando todo encaja. Una energía acaba de recorrerme el cuerpo, siento que sube desde los tobillos hasta mi cabeza. Se me pone la piel de gallina mientras recuerdo el momento en que escribí esas palabras. Tenía en mente ese domingo en casa, al lado de Kobo, y la sensación de pensar: «No necesito nada más». Justo lo que estoy sintiendo ahora.

Cuando el sol se va y empieza a refrescar, volvemos a casa. No podría haber imaginado una forma mejor de celebrar este nuevo reto. Tengo el corazón lleno de amor y muchas ganas de demostrárselo. Le miro mientras subimos en el ascensor y me atrapa.

—¿Qué? —pregunta con una sonrisa mientras se cuela entre mis piernas.

—Nada —contesto con la mirada en su boca.

—Dame un beso —me pide.

Parece mentira que todavía no haya aprendido que obedecer no es lo mío. De hecho, no hay nada que me guste más que decirle que no. Le sonrío mientras niego con la cabeza y, en ese instante, noto que su mano se posa en mi pierna, justo donde empieza la falda. Poco a poco, se desliza hacia arriba.

Las puertas del ascensor se abren, pero Kobo no se mueve. Sigue mirándome y acariciándome la parte interna del muslo.

—¿Y esa cara?

No sé qué cara he puesto, pero mi concentración hace rato que se ha trasladado bajo mis caderas.

Las puertas vuelven a cerrarse.

—Para —le susurro.

Entonces me imita y niega con la cabeza mientras se muerde el labio, a la vez que siento sus dedos acariciando mi ropa interior.

—Para... —repito al tiempo que intento besarle.

Sus dedos levantan la tela y se cuelan acariciándome con suavidad.

Los ojos se me cierran y las piernas se me abren en un acto reflejo.

—¿Paro? —me pregunta.

—Sí... —miento agarrándome a su boca mientras se me escapa un tímido gemido.

Me acaricia de una forma cada vez más intensa y yo muevo las caderas al ritmo de sus dedos. Le noto duro contra mí.

Necesito tocarle. Pero no me deja.

Le beso apresuradamente. Sus dedos me roban un gemido.

—Vamos a casa —me susurra sin dejar de acariciarme.

Pero yo ya estoy demasiado excitada. No puedo parar.

—No.

Entierro la cara en su garganta, intentando aguantar los gritos que se acumulan en mi interior y de pronto... nada. Se aparta y saca los dedos de mi interior. Quiero llorar de frustración.

Las puertas del ascensor vuelven a abrirse y, por suerte, no hay nadie. Entramos en mi piso, acelerados.

El corazón me late a toda velocidad. No aguanto hasta llegar a la cama, así que me quito el vestido deprisa y me apoyo en el respaldo del sofá. Quiero seguir como en el ascensor. Lo observo mientras se desnuda, preparada para recibirle. Miro su brazo, sus ojos, sus manos, las venas de la parte baja del abdomen. Entonces se acerca. Me agarra con fuerza y le siento de nuevo. Aprieta mis caderas, mi culo, el pecho, me coge del cuello... Me gusta que disfrute de cada centímetro de mi cuerpo.

Lo hacemos de pie, rápido, brusco, sucio.

Nos corremos a gritos.

Después nos tumbamos en el sofá. Descansamos abrazados, besándonos y acariciándonos con pausa. Un rato después, con la luna colándose por los ventanales del salón, se coloca encima y lo hacemos de nuevo, lentamente, mirándonos a los ojos, notando cada caricia, cada roce. Se me pone la piel de gallina al sentirnos tan conectados. Pasa los labios por mi cuello, me besa infinitas veces y, cuando le miro, lo noto. Es la sensación del corazón que te pide ponerlo en palabras.

Pero entonces, como si estuviese oyendo mis pensamientos, me susurra:

—Te amo.

En ese momento me siento más desnuda que nunca, vulnerable, y lo que siento por él es tan grande que me cuesta asimilarlo.

—Yo te amo mucho más.

30

—Nada, *bro*, este tío es un coñazo. Lo más divertido que hace durante el día es salir a correr.

—Joder.

—Joder no, coño —me regaña—, parece que estés deseando que te diga que se pasa el día despellejando a sus vecinos.

Es que estoy seguro de que esconde algo.

—No es eso. Es que así no conseguiremos nada. Tengo claro que hay algo raro.

—Te estás obsesionando, macho. Ya no te lo voy a decir más veces.

—Tommy, hazme caso. No es normal. He vuelto a hablar con Óscar y me ha dicho que en cortar el latiguillo se tarda diez segundos.

—Kobo… —intenta calmarme.

—Pudo ir a casa de Eva, ver mi moto aparcada abajo y, hala, a tomar por culo.

—Hermano, no voy a discutir contigo.

—No, si yo tampoco quiero discutir. No hay nada que discutir.

—Me gustaría haber grabado la conversación en la que me decías que Óscar había visto muchas pelis.

Entiendo que Tommy piense así, pero sé que, si estuviésemos hablando de su novia, habría sido yo el que hubiera tenido que atarlo en su casa para que no le arrancara la cabeza.

—Lo hablé el otro día con Rebeca y me...

—¿Qué?

Será cabrón.

—*Bro*, no me jodas —continúo—. ¿Me estás vacilando? Si Eva se entera, se sentirá traicionada, y con razón.

—Hazme caso, hermano. No dirá nada porque sabe que me costaría mucho perdonarla.

Ya, claro... Este todavía no se ha enterado de que los dos estaríamos bien jodidos. Estamos tan pillados que seríamos capaces de ir a trabajar vestidos de flamenca si ellas lo creyeran oportuno. Cuanto antes asuma que ha entregado el mando, más feliz será. Yo hace tiempo que me rendí.

—El caso es que me dijo que a ella le han montado pollos así y mucho peores. Que no éramos conscientes de lo que hay por ahí: «A ver si entendéis de una vez que vosotros y vuestro círculo no representáis a la mayoría. Por ahí sigue habiendo mucho pirado machista que pierde las formas cuando no consigue lo que quiere». En serio, *bro*, sabes que con algo así no jugaría. Pero creo que deberías olvidarte.

Ojalá pudiera.

—Es asqueroso, pero solo otra movida de celos en la vida de una mujer —termina.

Cuando le escucho, entiendo lo que dice, pero algo en mí se niega a dejarlo estar.

—Si tienes razón, Tommy. Lo entiendo. Pero no puedo quitarme la rabia del pecho, tío. La miro y puf...

—Lo sé..., pero piensa que es lo mejor para ti. Para vosotros. Ahora mismo, él está ganando. Cada minuto que pasas pensando en esta mierda, en vez de disfrutar de lo que tenéis, es una victoria para él. Te está robando momentos de tu relación.

Touché. Qué putada ser tan cabezón.

—¿Desde cuando eres tan sabio? —le digo de coña y le arranco una carcajada—. Gracias, *bro*...

—No me las des, para eso estamos. Y tampoco le des más vueltas, por favor. Al menos, inténtalo.

—Sí, señor.

—Venga, que vaya bien lo de hoy.

—Te echaremos de menos.

—Y yo a vosotros, cabrones. Dale un abrazo a Axel y a los chicos de mi parte.

—Te voy contando.

—Oye, y por cierto, vamos a organizar una rutita o algo con estas, ¿no?

—Cuando quieras.

—Venga, se lo digo a Rebeca y montamos algo.

—¡Anda! Mira tú que sorpresa.

Acto seguido, Rebeca se tumba en el sofá, a mi lado.

—¿Qué pasa?

Me enseña una historia.

—La odio.

Al darme cuenta de que es de River Red, tengo ganas de vomitar. Siempre me ha caído mal, pero después de lo del año pasado no puedo ni verla, he tenido que bloquearla de todas partes.

—¿Por qué coño la sigues?

—Shhh, calla —me pide mientras pone el vídeo—. Hay que tener al enemigo cerca.

—Ya... —musito.

Es la típica panorámica de un restaurante pijo. Dios, qué pereza, es que la odio. La cámara va girando y, justo cuando llega a su mesa, para. Rebeca me mira con la sonrisa de un espía cotilla.

—¿Qué?

—Joe, tronca, estás empanada.

Me lo vuelve a poner. Sigo sin ver nada raro. Entonces detiene la grabación justo en la mesa y me señala una mano. Le indico con un gesto que sigo sin saber qué me quiere decir. Hace una captura y la amplía.

—¿Quién es? —me pregunta como si la respuesta estuviese clarísima.

Pongo todos mis sentidos en identificar algo que me dé información. Entrecierro los ojos mientras intento enfocar una mano borrosa.

—¡Fabio, tía! —grita.

—Si tú lo dices…

Puede ser Fabio o mi primo del pueblo, pero vamos, sea quien sea…

—Me la pela —le digo.

¡Hasta me alegro! Así se autodestruyen juntos.

—Mírala, qué ordinaria.

Habló la duquesa de Alba. Aunque igual de pasar tanto rato con ella y con los chicos se me está pegando algo.

—En serio, tía, no me puede dar más igual —insisto.

Su cara se ilumina y me extiende la mano para que choquemos los cinco.

—¡Esa es mi chica!

—No sé qué reacción esperabas —digo mientras choco sin efusividad.

—No sé… Un ex siempre es un ex.

Niego despreciando su teoría y entonces…

—Ya está otra vez la mustia —se queja.

Me río y me llevo las manos a la cara. Sé cuál será su reacción, pero tengo que seguir intentándolo.

—Tía, te lo suplico, vente a la puta cena. Porfi.

La muy sinvergüenza vuelve a su lado del sofá soltando un gruñido.

—Eva, Dios mío, mira que eres plasta… He quedado con Tommy.

346

—Ya, pero si fuese otra cosa desquedabas.

—Hombre... —se ríe—. Si dejo tirado a mi amorcito, que al menos sea por un planazo...

—Joder... —Me quedo mirando las flores de la mesa, rezando para encontrar una escapatoria.

Aarón me cae genial, pero esta cena me da muchísima pereza. Ahora que no tenemos que trabajar en el guion, ¿de qué vamos a hablar? Madre mía, ya me podría haber inventado cualquier excusa. Todo esto es culpa de Kobo. Si el muy sinvergüenza no se hubiese escaqueado...

Pero bueno, como dice Rebeca, Aarón es un contacto importante. Al fin y al cabo, es de quien depende el destino de la peli. Lo que tiene que hacer una por mantener a sus personajes a salvo.

Hoy son los premios de una radio muy importante y, además de estar nominado como Artista Revelación, Axel abrirá la gala presentando un *single*. Es un momento importante porque actúa delante de todos sus compañeros, así que la presión es alta.

E igual que me he acostumbrado a las largas esperas, durante este tiempo he aprendido a reconocer si está nervioso, y hoy no es uno de esos días... No sé qué le pasa, pero lo noto raro.

Cuando he llegado, Aday me ha recibido saliendo del camerino con cara de cabreo y un «Suerte, a ver si tú eres capaz de aguantarle».

Desde ese momento, hace ya más de una hora, no ha vuelto por aquí. Axel me ha saludado y ha seguido con los ojos fijos en la pantalla del teléfono. Tiene los cascos puestos y un gesto que me indica que no es su mejor día. Por lo general, nos tiramos horas charlando, marujeamos tanto que a veces incluso me siento mal. He intentado sacarle conversación un par de veces, pero no ha habido manera. Decido escribir a Eva:

> Cómo vas, amor?

En unos segundos, veo que está en línea. «Escribiendo...».

> Echándote de menos

Automáticamente, se me pone la sonrisa tonta. Levanto los ojos y veo que Axel sigue a lo suyo. Miro la hora. Todavía queda un huevo para que tengamos que movernos, así que me levanto y salgo al pasillo. La gente ya está nerviosa. Hay músicos y tipos de producción por todas partes, y también los típicos gorrones de artistas, buscando fotos como si fueran cromos para su álbum. Delante de su camerino está el hueco de la escalera de incendios, así que me coloco ahí como el que no quiere la cosa y pulso el icono de FaceTime.

«Conectando...».

—¡Hola, amor! —dice contenta—. Espera. —Se pelea con el móvil para colocarlo, está en el baño.

—¿Qué tal? —le pregunto cuando consigue dejarlo quieto.

—Muy bien. —Me sonríe y después sonríe a su derecha.

Rebeca aparece de un salto haciendo el payaso.

—*Bro*, ¿qué pasa, *bro*? ¿Qué pasa? —pregunta imitando mis conversaciones con su novio.

Me río y vuelvo a preguntar cómo van.

—Aquí estamos, de chapa y pintura —dice Rebeca.

Eva está concentrada en la raya del ojo. Siempre me ha costado ver ese paso del maquillaje femenino, me da una grima de la hostia.

—¿Tú qué tal? ¿Muchos nervios por ahí? —se interesa Eva.

—Puf, no sé, el ambiente está raro.

—¿Y eso?

—Algo le pasa.

—¿A Axel?

—Sí.

—¿Pero le pasa algo en plan...? —vuelve Eva.

—No sé, está serio, mustio. No me ha dicho ni una palabra.

—Intenta hablar con él, a ver si se abre...

Eva sabe que Axel se ha convertido en alguien importante para mí. He dejado de considerarlo solo un cliente. Le quiero como a un amigo, por eso me da rabia cuando veo que, con todo lo bueno que le está pasando, no es capaz de disfrutar. Sé que hay cosas que aún no me ha contado y no siempre entiendo su forma de actuar, pero quiero que sepa que estaré para apoyarle en lo que necesite.

—Sí, eso haré...

Nos quedamos unos minutos charlando en los que aprovecho para echar un vistazo a la puerta y al pasillo. Todo sigue igual. Famosos, carreras y nervios.

—¿Y tú qué? ¿A qué hora es la cena?

Eva suspira.

—Calla, amor, qué pereza, y esta traidora no me acompaña.

—No me ha invitado, Kobo. —Rebeca vuelve a asomarse.

—¡Se lo he dicho veinte veces!

—¡Me refiero a tu amiguito el director!

—Qué tontería, hija.

—¡Kobo! —Rebeca se acerca a la cámara, parece que esté viendo un *reality*—. El director se la quiere chuscar. —Se ríe—. Le ha mandado flores y todo.

—¡Rebeca! —Eva la empuja.

Alucino con la peña. Creo que a la única persona que le he regalado flores ha sido a mi madre.

—Amor, no escuches a esta mala pécora.

Me parto viéndolas.

—Tiene razón... —me uno al vacile—, todo el mundo te desea.

—Di que sí. —Rebeca le ha cogido el gusto a lo de acercarse a la cámara.

—¿Te ha mandado flores? —pregunto extrañado.

—Sí, en plan enhorabuena.

No quiero parecer antiguo, pero yo no voy por ahí mandando flores a las novias de otros... En fin.

—Amor, pero dile algo, que no me acompaña y es mi maldita representante —cambia de tema.

—La entiendo... Aarón es muy majete, pero un brasas de mucho cuidado. El día que salimos con él, me dejó la oreja...

—¡Ole, mi niño! —celebra Rebeca.

—¡Oye! No querrá chuscarme este, ¿no? —me río.

Rebeca pone carita vacilona.

—Pues tía, yo siempre le he visto con actitud gay —añade Eva dirigiéndose a Rebeca.

Rebeca se ríe.

—Las camisitas, las uñas perfectas, la perilla... —Esto lo dice con su sonrisa fastidiona.

—Oye, idiota, ¿a ti qué te pasa con las perillas?

—A mí, nada —se ríe—. Kobo, tu novia está en un plan tocanarices de narices.

Me quedaría toda la tarde observando a estas dos. Tienen un peligro...

—Os dejo, chicas, que me van a regañar.

—Vale, amor, dale un besito a Axel.

—Y otro de mi parte. —Rebeca sube las cejas.

Verás cuando se lo cuente a Tommy.

Cuelgo, entro de nuevo en el camerino y es como si no hubiera pasado el tiempo. Axel sigue en la misma posición. Le cuento que he hablado con las chicas y que me han dado recuerdos para él. Sonríe y contesta como si le cobraran por hablar. Volvemos al silencio. Pasan los minutos, entra en el baño, sale. Se asoma al pasillo. Creo que es el día más aburrido desde que he empezado a currar con él. Salgo yo también de vez en cuando a echar un vistazo. Los artistas sonríen, se hacen fotos, se saludan; este podría estar disfrutando como todos ellos, pero ha decidido ponerse en modo seta. Eva me manda una foto.

Ready

Joder, va espectacular, me encanta ese vestido. En realidad, cualquiera que se ponga me deja los ojos en blanco. Qué ganas de llegar a casa, joder.

Cuando vuelvo a entrar y veo su cara de acelga de nuevo, llego al límite de mi paciencia. Tengo que activar a este tío.

—Oye, *bro* —le digo.

Axel se gira hacia mí, se levanta el casco de una oreja y me mira atento.

—Hoy, cuando te has despertado, ¿qué has hecho?

—¿En plan?

—Nada más, ¿cuál ha sido tu proceso cuando has abierto los ojos?

Axel frunce el ceño y me sonríe. Por lo menos he conseguido quitarle la cara de culo un segundo.

—Pero ¿hablas en serio?

Asiento. Me hace gracia verlo descolocado.

—Pues habré pillado el móvil, me he metido en Insta un rato y luego ya me he levantado... ¿A qué viene esto, tío?

—Ahí es donde quiero llegar.

Entonces me tiro en el sofá que tiene delante y me tumbo simulando que es una cama. Axel me mira con los ojos muy abiertos, intentando entender qué está pasando.

—Estabas así... —Le miro—. ¿Has salido de la cama por aquí o por aquí? —Le señalo ambos laterales.

—Kobo, en serio, me estás rayando —se queja.

—Es importante... —afirmo intentando darle seriedad al asunto.

Está flipando. Después de un puchero de incredulidad, me señala el lado izquierdo.

—Lo sabía —celebro.

—¿Qué sabías? —Se levanta desesperado.

—Que por eso hoy estás tan gilipollas —le digo con una sonrisa de oreja a oreja.

—¿Qué coño dices?

—El puto pie izquierdo —me río—. El puto pie izquierdo te ha jodido el día.

Axel se queda quieto un segundo y después sonríe irónicamente.

—Me cago en tu... ¡Te voy a matar!

Viene corriendo hacia mí y acaba por alcanzarme. Comienza un forcejeo en el sofá similar a dos gatos peleándose. Me engancha por el cuello y me lo aprieta, enfurruñado. Él también se ríe.

—No puedo... —Me río—. ¡Qué cara se te ha puesto!

—¡Ríndete! —Hace el amago de estrangularme—. ¡Ríndete, capullo!

Este no sabe las horas de asfixia que tengo con Chris. Antes me caigo redondo que rendirme. Para ser un tirillas, no lo hace nada mal.

—Ahora qué, ¿eh? —dice mientras intenta inmovilizarme—. ¡Ahora qué! Esto no te lo esperabas, ¿eh?

Sigo riéndome. Estoy tumbado de espaldas sobre él y me agarra como un pulpo. Tiene los brazos alrededor de mi cuello y las piernas sobre el estómago, como si fuera un koala. Entonces alguien toca a la puerta y al segundo se abre.

—¿Pero qué...?

Vuelve a cerrar en cuanto nos ve. Solo me ha dado tiempo a reconocer a Aday, que venía con una chica que ha puesto cara de sorpresa cuando ha visto el percal.

—Un segundo —oigo que dice Aday al otro lado de la puerta.

Al instante nos levantamos y nos sentamos como si nada antes de que abra.

—¿Qué cojones, chavales?

Entonces Axel dice muy serio:

—Nada, solo estábamos buscando la tuerca de un pendiente.

Acto seguido, nos descojonamos. La chica con la que venía resulta ser la presentadora de los premios y una de las influencers más relevantes del país. Aday se pone muy serio, a veces parece que tenga sesenta años. La chica es encantadora. Se hace fotos con Axel porque resulta ser muy fan, y luego nos deja solos. A los pocos minutos llega el peluquero y, cuando quiero darme cuenta, estamos yendo hacia el escenario. El público está petado de peña importante: actores, futbolistas, modelos, cantantes, influencers... No sé por qué no han invitado a la mejor autora del país. Nos imagino aprovechando el camerino que ahora está vacío. Buf, Kobo, mente fría. Iba tan espectacular con ese vestido... Voy a escribirle para que no se lo quite hasta que yo llegue.

Cuando entro al restaurante, tengo que admitir que estoy nerviosa. Es una situación un poco extraña. A pesar de que hay confianza, me cuesta vernos cenando y hablando de algo que no sea trabajo. Una camarera se acerca para preguntar si tengo reserva y antes de que pueda contestarle veo que Aarón está apoyado en la barra. Me saluda con una sonrisa y viene hacia nosotras.

—¿No será usted la escritora más talentosa de España?

—bromea nervioso. Al menos confirmo que no soy la única—. Estás guapísima —dice justo antes de darnos dos besos.

—¡Lo conseguimos! —celebro con los puños en alto.

—¿Lo dudabas? —me pregunta en serio.

—Nooo... —recalco la ironía.

La camarera nos sonríe y nos lleva hasta la mesa.

No conocía el lugar, pero impresiona. Nada más entrar, te das cuenta de que no es el típico restaurante. La música está al volumen perfecto, lo que permite hablar sin gritar, y el personal, que viste de forma impecable, parece sacado de la pasarela de Milán.

Cuando nos sentamos, lo primero que hace es pedir una botella de vino para brindar.

—¿Blanco o tinto?

La verdad es que me encantaría que me gustara más el vino, apreciar la diferencia entre uno bueno y uno malo, incluso tener claro si prefiero blanco o tinto, pero hoy en día...

—Me da igual, la verdad.

—Blanco.

Mientras esperamos la botella, volvemos a comentar lo increíble que es haber terminado con un proceso que parecía que no iba a acabar nunca. La productora quería ir por un camino que me daba mucho miedo, pero Aarón ha protegido la historia en todo momento. Por eso me sentí tan motivada a coger el texto por los cuernos.

Cuando llega la botella, el camarero hace el amago de servirnos, pero Aarón le indica que lo hará él. Mala idea, porque, cuando el muchacho se retira y él se dispone a servirme, su mano tiembla y golpea la copa, que cae sobre la mesa, y acaba por derramar la mitad de la botella sobre mi vestido. Aarón se pone blanco, se levanta y, nervioso, intenta ayudarme.

—No pasa nada —le digo mientras hago lo que puedo con la servilleta.

—Joder, soy un desastre —se queja mientras se agacha a mi lado.

—Tranquilo, es algo que habría hecho yo.

Se ríe y coge su servilleta para intentar secar lo que ha caído por mis piernas. Qué vergüenza, la gente no deja de mirarnos. Preferiría que se quedara sentado en su sitio. Sé apañármelas sola.

—Voy al baño un momento.

La noche está yendo de puta madre. El cabrón, como siempre, lo ha clavado en el escenario. Cuando ha bajado, la gente estaba loca con él. Todo el mundo se ha levantado para aplaudirle. Se ha llevado el premio, pero ni con esas parece animarse. Ha ido a recogerlo con una mezcla de sorpresa y resignación. Sonreía de una forma muy extraña, vacío de emociones.

La verdad es que la gala ha sido increíble. Era un desfile de artistas *top* dándolo todo en el escenario. Cada actuación ha sido brutal, con voces alucinantes y unos bailes increíbles. Realmente lo he disfrutado mucho, pero no he dejado de pensar en Eva y en lo mucho que le habría gustado ver esto. Tengo ganas de ir con ella a un concierto.

Hace un rato que ha empezado la fiesta. A esta gente no hay nada que le guste más que las copas de después. Es experta en celebrar. En cuanto todos se emborrachan, hacen contactos y colaboraciones, y dedican alguna que otra sonrisa falsa. Si los fans supieran cómo son sus artistas cuando fluye la magia entre ellos, fliparían. Axel sigue con cara de pocos amigos. Aday le presenta a varias personas. Muchas lo abruman con cumplidos y todas tienen buenas palabras para él, pero parece que nada le sube la moral. No soporto que esté así, es como si presenciara que alguien se está ahogando en el mar mientras todos a su alrededor nadan tranquilos. Así que, cuando veo la oportunidad, decido intervenir.

—Ven —le digo mientras lo sujeto por el hombro. No espero a que responda, solo comienzo a caminar deseando que me siga. Y lo hace.

Cuando nos alejamos del bullicio, le pregunto:

—¿Qué te pasa?

—Nada... —Casi no me mira a los ojos e intenta volver dentro.

—Axel, que ya nos vamos conociendo. —Le freno.

—No sé, tío... —Se lleva las manos a la cara—. Estoy raro.

Parece estar a punto de romperse cuando se acercan unas chicas.

—¿Podemos hacernos una foto?

Qué oportunas. Axel se la hace.

—Me quiero pirar —dice cuando se van.

—¿Cómo que te quieres pirar? ¡Si esto acaba de empezar!

—Me da igual.

—Vale, escucha. —Ya voy conociendo cómo funciona esto—. Ya sabes lo que te dirá Aday. —Sé que querrá que se quede para hacer *networking*, pero eso no va a pasar, porque estará con la misma cara de torturado y no servirá para nada más que para que piensen que es un borde—. ¿Quieres que hable con él? Si quiere quedarse, yo te acompaño.

—Da igual... —Su tono confirma que es hora de irse.

Le pido que me espere un momento y en cuanto me alejo vuelve a sacar el móvil.

Me dirijo hasta donde Aday bromea con un par de señores cuyos trajes tienen pinta de costar una hipoteca, y le aparto un segundito. La verdad es que pensaba que iba a ser una misión más complicada, pero tras un instante de silencio, después de haberle contado la situación, me responde:

—Avísame cuando lo dejes en casa, ¿vale? Iros discretamente, sin que se note.

Al cabo de media hora, la furgoneta nos deja en casa de Axel después de un trayecto en completo silencio. No quiero ser un fastidio, pero sé lo que se siente cuando te lo guardas todo. Comprendo lo que cuesta a veces darte cuenta de que puedes abrirte, de que debes hacerlo. Piensas que lo resolverás más adelante o que pasará, pero la realidad es que los problemas no resueltos, las cosas que no se dicen, se acumulan bajo la alfombra. Hasta que un día estallas.

Caminamos hasta su portal y, justo antes de que saque las llaves, se vuelve para despedirse. Me abraza. Siento el impulso y la necesidad de preguntarle de nuevo, pero no soy capaz.

—Enhorabuena... —Le doy un toque en el hombro antes de que se aleje.

—Gracias, *bro*. —Sonríe por un segundo y se dirige hacia la puerta.

Sigo luchando en mi interior, no sé cómo abordar esto.

—Oye —se vuelve antes de entrar—, y muchas gracias por el rescate.

—Para eso estamos.

Abre la puerta, me mira una última vez y... ¡ah, no puedo!

—¡Axel! —le grito en el último segundo y se gira hacia mí—. Aquí estoy, ¿vale?

Sonríe.

—Lo sé. No te preocupes, de verdad.

—¿Estás seguro? —intento escarbar un poco más.

—Seguro. —Se queda pensativo, buscando las palabras y, de repente—: ¿Recuerdas el día del concierto en Madrid, cuando vino Eva?

Asiento con la cabeza.

Cómo no recordarlo. Fue el día en que casi tuvieron que venir los geos a sacarlo del baño.

—Algún día podré contártelo.

Siento que no he sido de mucha ayuda, pero al menos me voy seguro de que sabe que puede contar conmigo.

Veo muchas cosas de Eva reflejadas en Axel. Sé que es difícil mantenerlo todo en orden cuando el mundo entero parece girar a tu alrededor y tú solo necesitas un instante de paz. Cuando todo el mundo te ve como el triunfador, el intocable, esa imagen crea una barrera invisible que te impide mostrarte vulnerable. Pedir ayuda parece un acto de debilidad, pero espero que algún día pueda entender que, en el fondo, es de valientes.

En el baño, intento arreglar el destrozo como puedo. Parezco un cuadro de Picasso.

Le mando una foto a Rebeca.

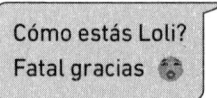

Al volver a la mesa, veo que han cambiado el mantel y Aarón ha vuelto a servir las copas.

—Lo siento —dice Aarón, y yo le quito importancia—. Brindemos. Por nosotros y por la película.

Ahora sí, conseguimos hacerlo como personas normales. Mientras esperamos los entrantes, charlamos del trabajo, de los próximos pasos, del *casting*… No soy consciente de que pronto veré a mis protagonistas en carne y hueso.

Le cuento que es algo que me asusta bastante, pero él me tranquiliza y me asegura que mi opinión seguirá siendo la más importante a la hora de tomar las decisiones.

Nos bebemos otro par de copas de vino y, poco a poco, comienzo a encontrarme mal. Estoy mareada, pero lo último que quiero es parecer una borracha, así que intento disimularlo como puedo mientras él sigue hablando.

Qué tal amor?

Mi móvil se ilumina sobre la mesa. Intento mirar de reojo porque Aarón está muy metido en el discurso sobre la importancia de usar actores comprometidos, pero ve que me distraigo.

—Contesta, tranqui.

No me gusta coger el teléfono en la mesa, pero es que igual tengo que pedirle que me venga a buscar. Me siento como si llevara cinco copas y solo he bebido tres vinos. Me cuesta acertar con las teclas, incluso fijar la mirada en la pantalla. Me da la sensación de que tardo media vida en desbloquearlo.

—Un segundito.

Mewncuntro un poco mal

—Oye, ¿y Kobo qué tal? Qué pena que no haya venido. Esta semana podríamos organizar algo con él y Rebeca. Bueno, y con el resto si quieres, son majísimos.

—Sí...

Mis pensamientos se vuelven borrosos mientras continúa hablando. Aunque intento seguir la conversación, me resulta cada vez más difícil. La sensación de mareo se intensifica, y me preocupa que alguien pueda pensar que estoy borracha. Qué calor. Trato de mantener una expresión serena mientras disimulo el malestar, pero mis manos cada vez están más torpes. Me pregunto si será del vino, pero no he tenido esta sensación en mi vida, y menos por un par de copas. Apoyo la barbilla en la mano. No se calla. No para de hablar. Creo que estoy sudando. Levanto la mano y pido agua.

—¿Estás bien?

Trago saliva y asiento con una sonrisa forzada.

—¿No tienes calor? —le pregunto intentando buscar respuestas donde no las hay. Igual me ha sentado algo mal en la comida del mediodía. Joder, pero si ha pasado un huevo de tiempo… Qué agobio.

Cuando traen el agua, doy un par de pequeños sorbos y trato de seguir, pero no hay manera.

—Voy un segundito al baño.

Antes de que pueda contestarme, ya estoy yendo. Tengo las piernas torpes. Me cuesta mantener el equilibrio y el camino que he recorrido hace apenas un rato ahora se me hace largo. Espero que un poco de agua fría en la cara me ayude a recuperarme.

Cuando me miro al espejo, me asusta lo pálida que estoy y el esfuerzo que tengo que hacer para enfocar. Respiro hondo y me mojo la cara, tratando de aliviarme. No puedo. Tengo que irme a casa. Cuando voy a echar mano del móvil para avisar a Kobo o a Rebeca y que me vengan a buscar, me doy cuenta de que me lo he dejado en la mesa.

Mierda.

Qué vergüenza. Aarón no puede seguir viéndome así. Le digo que he vomitado y que me encuentro mal, y me voy.

Después de un rato respirando hondo frente al espejo, vuelvo a la mesa y el camino es peor de lo que pensaba.

Lo que hace unos segundos era música, conversaciones y risas se convierte en un zumbido que llena mis oídos. Me siento desorientada. Las luces del bar, antes claras y brillantes, son un remolino borroso de colores. Las figuras de mi alrededor se entremezclan y a duras penas consigo llegar a la mesa.

—Me encuentro mal.

Aarón se levanta asustado y se acerca. Intento enfocarle, pero sus rasgos se desvanecen, como si su imagen se disolviese.

—Tengo que irme —le digo como puedo.

Mis manos, que buscan desesperadamente aferrarse a la

mesa para mantenerme en pie, parecen moverse a través de algo denso. Una fuerza extraña frena mis movimientos.

—Te acompaño —oigo mientras siento que su brazo me rodea.

El pánico se apodera de mí al darme cuenta de que no puedo controlar mis movimientos. Las voces a mi alrededor son ahora un murmullo incomprensible, como si estuviera bajo el agua. Pienso en Kobo, solo en él, y en que necesito que venga. Tengo que llamarle.

—Mi móvil —balbuceo. La lengua se me traba, me pesa.

—Lo tengo yo.

Llego a casa de Eva con la conversación de Axel en la cabeza. Me agobia verlo así porque sé lo que es estar en ese bucle negativo sin encontrar la salida. Sigo dándole vueltas a lo difícil que es abrirse. De repente me acuerdo de que no he avisado a Aday de que ya he dejado a Axel sano y salvo. Me quito los zapatos y me tiro en el sofá. ¡Qué gusto! Tenía las piernas destrozadas de tanto estar de pie.

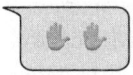

Esa es toda su contestación… En fin, que se lo pase bien. No me da envidia. Suelto el móvil y miro a mi alrededor. Disfruto del silencio unos segundos y me doy cuenta de lo vacía que parece la casa. Su olor está por todas partes. Compruebo la hora y decido escribir a Eva para ver cómo le va, y también para que sepa que me he adelantado, por si quiere finiquitar la cosa antes…

Responde al poco, pero no de la forma que esperaba:

Vaya, parece que alguien se ha tomado unas copitas.

Le pregunto si necesita que vaya a buscarla y, mientras espero la respuesta, miro a mi izquierda y me topo con unas preciosas flores encima de la mesa. He entrado tan rápido que no me había fijado. Me incorporo y les echo un vistazo. Peonías color coral... No soy un experto en flores. De hecho, aparte de estas, reconocería las rosas, los claveles y poco más. Bueno, las margaritas también. Las peonías son las favoritas de mi madre. Las huelo y me doy cuenta de que en el centro hay una flor distinta. Tiene forma de tubo blanco que se curva y se abre en la punta, con un punto oscuro en el centro, como si fuera una campana al revés. Una flor extraña, pero el caso es que recuerdo haberla visto no hace mucho.

Entonces veo un sobre en el que, con rotulador rojo, han escrito su nombre. Sé que no está bien, pero me puede la curiosidad de saber qué le ha escrito.

Mis manos cogen la tarjeta y empiezo a leer el mensaje. Al instante, un escalofrío recorre mi espalda mientras las piezas del rompecabezas encajan de pronto en mi mente. Mi corazón se acelera cuando pienso que es un mensaje que podría haber sido escrito por la misma persona que entró aquí aquella noche.

Para mi admirada Eva Mun.

Que estas flores te recuerden que el destino no es algo que sucede, sino algo que construimos con nuestras manos y corazones.

Por seguir construyendo belleza a tu lado.

Siempre juntos.

AARÓN

De pronto recuerdo el ramo de flores, las fotos, la dedicatoria... «¿Crees en el destino?». Joder. Las imágenes de aquella noche se agolpan en mi cabeza. Me lleno de angustia mientras las emociones y los recuerdos se mezclan en un torbellino. Me tiemblan las manos y mi corazón late con fuerza.

Me quedo bloqueado unos segundos.

Tengo que llamar a Eva.

Los tonos sin respuesta se me hacen eternos. No lo coge.

Vuelvo a llamar.

Nada.

Tengo que ir.

El tiempo parece deformarse. ¿Han pasado minutos u horas? Me he quedado dormida. ¿Dónde estoy?

Mi cuerpo no obedece. Los párpados se me cierran, pero lucho por abrirlos. Carretera. Creo que estoy en un coche. Todo está borroso. Me pesa la cabeza. Tengo mucho calor. Miro a mi derecha y las luces se entremezclan en hilos de colores que se estiran y retuercen. Oigo una voz. Alguien me habla. Es un sonido lejano, distorsionado. Intento agarrarme al asiento, buscando algo sólido a lo que aferrarme, pero mis manos no obedecen. Tengo miedo. Siento presión en la pierna. Una mano, no la mía, pesada y real. Mi corazón se acelera, golpeando contra mi pecho con fuerza, lo oigo. Quiero moverme, apartarme, pero mi cuerpo parece desconectado de mi cerebro.

Aparco frente al restaurante en el que han quedado. Mi corazón late a toda velocidad y siento la adrenalina en las venas. Me bajo de la moto sin prestar atención a nada de lo que me rodea; solo quiero encontrar a Eva. Entro y voy directo a la sala, paso al lado del metre y de los camareros. Para mí no existen, en mi cabeza solo está la ella. Mis ojos la buscan desesperadamente entre las mesas, pero no la veo por ninguna parte. La música retumba en mis oídos, la luz es muy tenue. Voy de un lado a otro y la gente me mira asustada. De repente, alguien me agarra del hombro.

—Disculpe.

Antes de que pueda decirme nada, le pregunto por Eva. Otros dos camareros se acercan al ver la escena y les describo cómo iba vestida y con quién estaba. Su aspecto, el de Aarón. La ansiedad me consume mientras les suplico que me digan si la han visto. Entonces se miran con complicidad y uno, el que parece mandar, dice:

—Se han ido hace un rato. —Deja un silencio en el que parece buscar las palabras exactas para darme una explicación y añade—: Ella iba un poco...

Otro de ellos suelta una risilla nerviosa, de burla.

—Iba achispada.

Se me nubla la vista. No tengo tiempo que perder. Salgo corriendo de ahí. No sé qué hacer, no sé dónde buscar. Eva sigue sin coger el teléfono. Pienso. Entonces caigo en mi única opción: la mañana que la llevé a su casa. Rezo porque los mensajes con la dirección sigan en mi teléfono. Bingo.

Por favor, que estén ahí.

Por favor, que esté bien.

31

—Tranquila, todo irá bien.

Le acaricio la pierna y una corriente de placer me recorre el cuerpo hasta el cuello. Por fin estamos juntos sin que nadie nos moleste. Intenta mirarme, pero se le cierran los ojos.

—Ya hemos llegado. —Le acaricio la cara y siento el impulso de besarla. Pero no deseo hacerlo de esta manera. Todavía no.

La ayudo a salir del coche. Siento su peso, su falta de resistencia. Solo quiero llegar a casa y estar tranquilos. Me noto nervioso. Me tiemblan las manos. Por un instante, me planteo si esto es lo que quiero, pero sentirla junto a mí me hace borrar ese pensamiento en cuestión de segundos.

—Te quiero tanto...

Cuando entramos en mi piso, el silencio me asusta. El corazón me late con más fuerza y me da miedo pensar que quizá esté haciéndole daño. La ayudo a tumbarse en el sofá.

—Despierta.

No me habla. No dice nada.

—Espero que sepas lo que estoy haciendo por ti.

Necesitaba que alguien tomara el control, que le mostrara que todo va bien y que la vida puede ser maravillosa cuando estás con la persona correcta. Lejos de aquellos llenos de inseguridades y miedos que no te permiten ser tú. Los dos lo necesitábamos.

La miro tumbada en el sofá, la contemplo como si fuera una obra de arte y disfruto de su belleza. Su piel. Mis ojos recorren su boca, su pelo, sus piernas, que asoman por debajo de la falda. Surge en mí la necesidad de acariciarla, de sentir su piel bajo los dedos. Pero no quiero invadirla, no quiero hacer nada que ella no disfrute. El corazón parece estar a punto de salírseme del pecho.

El bajo de su falda me distrae, pero el silencio de la habitación vuelve a agobiarme. Necesito que desaparezca. Me levanto como si pudiera huir de mis pensamientos y pongo el vinilo de Van Morrison que descansa sobre el tocadiscos. Comienza a sonar *Crazy Love* y se me dibuja una sonrisa al pensar en lo perfecta que es la vida cuando tomas las decisiones correctas. Es la canción ideal para este momento soñado. La música llena el espacio mientras vuelvo a sentarme a su lado.

He soñado tantas veces con esto... Con poder disfrutar de ella sin restricciones, tenerla para mí por fin y cuidarla como se merece. La he adorado tantas veces de lejos que tenerla cerca estos meses y no decirle lo que siento ha sido una tortura. Aunque, en el fondo, nunca nos han hecho falta las palabras. Recuerdo aquel día en mi despacho, nuestras primeras risas juntos, incluso las pequeñas rencillas que han surgido durante estos meses.

Me encanta ver cómo disfruta del proceso a mi lado,

cómo afronta cada reto y cada escena, su generosidad y su talento. Su sensibilidad es de otro planeta...

—Eres perfecta —digo mientras la acaricio.

—¿Aarón? —susurra mientras busca mi mano a tientas.

Quiero besarla y hacerle el amor. Cada línea y curva de su cuerpo despierta la pasión en mí, hace que mi respiración se vuelva cada vez más intensa y alimenta un deseo que ha ido creciendo en mi interior durante años. En ocasiones, al pensar en este momento, me agobiaba la idea de que, cuando recuperara la consciencia, se asustase. Me daba miedo que no lo entendiera. Pero esta noche he confirmado que nuestra conexión es de otro mundo. Nada ni nadie puede negarlo.

Entrelazo sus dedos con los míos y la acaricio. Pienso en el futuro que tenemos por delante, en la vida que construiremos juntos. Una felicidad imposible de describir me florece en el pecho... Cómo te quiero.

Me inclino hacia ella, dispuesto a besar por primera vez sus labios. Es solo un roce, pero la dulzura de su boca me produce un cosquilleo que me recorre el cuerpo. Quiero más. Nunca tendré bastante de ella. Me acerco de nuevo y, de pronto, un golpe me sobresalta. Retumba por toda la casa. Durante un instante, me quedo inmóvil, con el corazón latiendo con fuerza en el pecho. Los golpes en la puerta se suceden.

Cierro los ojos, imaginando que se esfuman. Que esta interrupción jamás ha ocurrido.

¿Qué estoy haciendo? ¿Quién será?

—¡Eva! ¿Estás ahí? —resuena bajo la música.

Me levanto.

No.

«Mierda, Eva —pienso al ver que continúa desorientada—. Joder, Eva, joder. ¿Por qué has hecho esto?».

Me siento asfixiado, como si el aire de la habitación

hubiera desaparecido. El miedo se apodera de mí, un miedo que me hace temblar.

Los golpes son cada vez más intensos.

Mis pensamientos se aceleran buscando una salida, una forma de escapar de esta situación, pero parece que no hay vuelta atrás.

—¡Abre, hijo de puta!

Me quedo paralizado, soy incapaz de actuar. El grito de Kobo, su voz llena de una mezcla de miedo y furia…

No lo entiende. ¿Cómo podría?

Y entonces respiro y pienso. No he hecho nada. Eva se encontraba mal y la he traído a casa. Eso es todo.

Entonces me dirijo a la puerta. A cada paso, el volumen de los golpes y los gritos aumenta. Todo está a punto de cambiar.

Me odio.

Le odio a él.

Te odio, Eva.

32

No existen palabras para describir lo que se siente cuando la persona por la que morirías está en peligro o crees que puede estarlo. Solo quiero llegar a esa dirección, verla y saber que se encuentra bien. Rezo por haber perdido el juicio, por que todo sea fruto de mi imaginación, por que se burlen de mí. Porque la otra posibilidad, la que ronda por mi cabeza desde que he leído esa nota, me aterra. El mero hecho de pensarlo hace que me cueste mantenerme sobre la moto.

Mi cabeza es un hervidero de imágenes. La veo, pienso en su sonrisa, en la forma en que cualquier habitación parece llena cuando ella se ríe. El estómago y el pecho se me encogen con el recuerdo de Eva sobre las sábanas, cómo echa la cabeza hacia atrás y cierra los ojos en éxtasis. Los momentos que compartimos, los silencios cómodos que preceden a un beso, su mirada en mis labios, los suyos. Todas estas imágenes me torturan cuando se mezclan con el miedo a que pueda estar sufriendo, el pánico de no volver a verla así.

En cuanto llego, salto de la moto. El portal está cerrado. Al asomarme a las rejas, el portero se acerca y me abre. Corro hasta las escaleras sin titubear, prácticamente arroyándole. Todo a mi alrededor parece ir a cámara lenta.

Subo al trote, casi sin sentir que los pies tocan los escalones. La adrenalina me empuja, cada paso impulsado por la necesidad de saber que está a salvo.

Cuando llego frente a la puerta, la golpeo sin pensarlo.

—¡Eva! —grito.

Al otro lado, se oye música. Aporreo la madera, esta vez con más fuerza. Mi rabia aumenta con cada golpe. Llamo una y otra vez. Oigo ruido dentro, pero no escucho su voz. No pienso parar hasta que la puerta se abra o ceda. Clavo los nudillos una y otra vez en la madera, pero no me duelen.

Oigo voces a mi alrededor, pero las ignoro. Golpeo la puerta con todo el cuerpo. Cojo carrerilla una y otra vez. No siento dolor. No pienso parar hasta que se abra. Pateo la cerradura con el talón. Cada segundo que pasa puede ser uno más de sufrimiento para ella. De repente, la puerta cede. Cuando lo hace, le veo delante de mí. Sin pensarlo, lo agarro del cuello con la misma fuerza que estaba descargando contra la puerta. Pero entonces me doy cuenta de que Eva está tumbada en el sofá. Lo suelto y me acerco a ella.

—¡Eva! —Me arrodillo a su lado—. ¡Eva, mi amor!

Abre los ojos lentamente. Parece drogada, pero está consciente. Repaso su cuerpo buscando golpes o heridas. A simple vista, no los encuentro. La cojo entre los brazos y le sujeto la cabeza con las manos. Me la apoyo en el pecho. Sentirla junto a mí es todo lo que necesitaba.

—Ya estoy aquí, mi vida —le susurro.

La beso una y otra vez. Parece que intenta sonreírme. El nudo en mi pecho se tensa y las lágrimas luchan por salir de mis ojos. La aprieto contra mí de nuevo y entonces me cruzo con la mirada de Aarón.

—¿Qué has hecho, hijo de puta?

Me observa nervioso. Detrás de él, la puerta sigue abierta, y varios vecinos contemplan la escena.

—Se encontraba mal.

La tumbo en el sofá de nuevo y me acerco a él.

—¿Qué has hecho? —Es lo único que puedo decirle, como si alguna explicación pudiera evitar lo que necesito hacer para calmar el dolor que tengo dentro.

—Kobo, de verdad, ha bebido y... —balbucea en un intento desesperado por justificarse.

No le doy oportunidad de hablar más. Mi puño golpea su mandíbula y cae al suelo.

Me abalanzo sobre él y no dejo de golpearle. Intenta protegerse, pero es inútil. Mis puñetazos no paran, alimentados por un odio que me ciega. Oigo que la gente grita a mi alrededor, pero sus voces son solo un zumbido en mis oídos. No puedo parar. La sangre tiñe su piel y mancha mis manos, pero ni siquiera eso me frena. Cada golpe es un grito de dolor por el daño que le haya podido causar. Siento mi furia materializándose en cada impacto, en cada sonido sordo de mis puños contra su cuerpo.

Entonces, unos brazos me rodean e intentan apartarme de él. Luchan contra mí, hasta que varios de ellos me sujetan con fuerza y logran separarme.

Solo puedo pensar en que quiero matarle.

Fracturas en el primer y segundo metacarpianos de la mano derecha, luxación en el hombro, innumerables cortes y hematomas en ambas manos y una noche en el calabozo. Esas fueron las ridículas consecuencias del «incidente». Así lo llama la policía. Son daños insignificantes comparados con el dolor que siento cada vez que me ha pedido perdón durante este mes. Eva carga con un peso mucho más grande que cualquier herida física. No hay nada más terrible que el dolor emocional.

Ha sido una época espantosa. La peor experiencia de mi vida. Nunca le perdonaré lo que le ha hecho a Eva, lo que nos ha hecho a todos los que la queremos. Ha sido una pesadilla de la que parecía imposible despertar. He visto el infierno y he aprendido que hay algo peor que la muerte: ver a la persona que quieres sin ganas de vivir. La veía marchitarse, angustiada por los recuerdos de esa noche, culpándose por no haber sabido verlo antes e incluso por habernos puesto en peligro al resto. Como si ella no se hubiese llevado la peor parte. Y yo, mientras tanto, me sentía impotente.

Cada vez que manifestaba su sufrimiento, no podía hacer más que pensar en ese monstruo.

Nos lo había quitado todo. Me había arrebatado el sueño de un futuro con ella. Todos nuestros planes dejaron de existir, porque durante semanas mi Eva ya no era la que estaba a mi lado. No era la misma. Se había escapado de ese cuerpo que aquella noche parecía vaciarse entre mis manos. He sentido tanto odio que me arrepentía de no haber acabado con él. Una parte de mí estaba convencida de que su muerte me aliviaría. Aún no he conseguido eliminar del todo ese pensamiento.

La policía encontró en su casa pruebas de todo tipo. Cajones llenos de fotos: de ella, de su familia, de Rebeca, nuestras. También descubrió en su ordenador algunas de las cartas anónimas que Eva había recibido hace un año, junto con otros escritos igual o más perturbadores. La prueba definitiva fue localizar en su domicilio la misma sustancia que habían detectado en Eva al hacerle un análisis aquella noche.

Me mata la idea de que no haberme dado cuenta, de haberlo tenido delante de mis narices y no ver nada. Sé que jamás podré perdonarme.

Tampoco he sabido ayudarla, y eso se ha convertido en mi mayor tortura. Intentaba ser fuerte y transmitírselo, ser la columna en la que pudiera apoyarse. Pero no he sido capaz. Al menos, no del todo. Me he derrumbado muchas veces, pero al menos me consuela saber que ella nunca lo ha visto. Sé que lo he hecho lo mejor que he podido, aunque siempre sentiré que no fue suficiente.

Por suerte, parece que el sol sale de nuevo.

Hace semanas que siento que Eva está de nuevo conmigo. Por fin ha recuperado la fuerza y las ganas de despertarse por las mañanas y salir de la cama.

Pero, sobre todo, ha recuperado la sonrisa. Tenerla de vuelta me da esperanzas y me ha hecho ver que lo que a veces parece el final es solo el inicio de una nueva historia. Lo único importante es seguir leyendo, no rendirse, pasar página.

Ahora la observo dormida a mi lado, frágil, preciosa, y tengo claro que, pase lo que pase, no me rendiré, no me separaré de ella aunque nos espere una trilogía de finales tristes. Porque siempre podremos reescribirnos, juntos. Porque, estando a su lado, ya he ganado.

Epílogo

Estoy nerviosa, mucho. Pensaba que no había nada peor que la presentación de una novela hasta que te ves delante de la puerta de casa de tus padres a punto de presentarles a tu novio. Técnicamente, ya lo conocen. Con todo lo que ha pasado, era imposible que no lo hubieran hecho, pero justo por el ambiente de tensión en el que todo había sucedido, hoy estamos aquí. Por fin tranquilos, cuando parece que todo ha vuelto a la normalidad.

Mi mayor miedo eran los cargos que podían presentar contra Kobo, pero no sabemos si por vergüenza, por recomendación de su abogado o por intentar levantar el menor revuelo posible, Aarón ha retirado la denuncia contra él.

Mi padre nos ha ayudado mucho en el proceso. Desde el principio, le dijo a Kobo que podía contar con él para lo que necesitase. Hoy es la primera vez que nos reunimos como una familia, y verlo sentado a mi lado no puede hacerme más feliz.

Ya estoy mucho más tranquila porque veo que él lo está. Me agarra la mano bajo la mesa, pero ahora sin tensión (menos mal, porque hace un rato, cuando le hemos dicho a mis padres que nos íbamos a vivir juntos, parecía que iba a arrancármela). Me acaricia y lo observo mientras habla. Es muy *heavy* pensar que están alrededor de la mesa las tres personas más importantes de mi vida. Bueno, falta Rebeca, pero me ha llamado hace un rato por FaceTime para que pudiese ver a Rocket, un cachorrito de labrador que ha adoptado con Tommy, un arma biológica para romper corazones. «Ahora sí que vienes a verme, capulla...», se queja cuando me paso los días en su casa.

Mis padres se ríen y comparten anécdotas con nosotros. Le preguntan a Kobo por su madre, por Chris, por el trabajo... Me quedo embobada viéndolos. Soy feliz. No hay nada más bonito que ver a tus padres escuchando atentos y con una sonrisa a la persona de la que estás enamorada. Sé que soy un poco peliculera, pero me los imagino de jóvenes, cuando comenzaron su historia, como nosotros, y también pienso que nada me haría más feliz que estar dentro de unos años conociendo a la pareja de nuestro hijo o de nuestra hija. Miraría a Kobo y sería imposible no acordarme de todo lo que hemos pasado, de todo lo que nos queda por delante. Lo bueno y lo malo. Porque ambos unen si el lazo es fuerte.

Por suerte, Kobo me ha demostrado una vez más que siempre estará a mi lado. Algo como lo que pasó puede dejarte rota, y durante un tiempo lo hizo. Los primeros días ni siquiera pensé en lo que me había sucedido. Solo me preocupaba Kobo. Me daba miedo lo que pudiera ocurrirle. Pero, cuando todo eso se arregló, mi cabeza empezó a llenarse de pensamientos negros y turbios. Me sentía insegura, tenía miedo y, lo peor de todo, una parte de mí creía que la culpa era mía. Era incapaz de mirar a Kobo a los ojos. Me daba vergüenza haber sido tan estúpida y no haberme dado cuenta. Comencé a recordar gestos, palabras y situaciones que ahora me parecían carteles luminosos alertando del peligro. Todo era tan obvio que no me perdonaba los momentos en que había disfrutado al lado de Aarón. Cada risa, cada abrazo, cada mensaje y cada gesto de cariño me asqueaba hasta el punto de sentirme sucia.

Pensaba que Aarón era de los que mejoraban mi día, lo que llaman «personas vitamina». Siempre tenía palabras bonitas, cumplidos y detalles. Yo siempre salía de nuestras reuniones con una sonrisa.

Nunca pasó por mi cabeza la idea de que nuestra relación fuese algo más que trabajo y amistad. Pero de repente me atormentaba el hecho de que pudiera haber disfrutado de todo lo que él me generaba, por haber alimentado mi ego a través de sus palabras.

¿Hasta qué punto no había sido culpa mía lo que había pasado? Acepté sus cumplidos, sus abrazos, sus flores, incluso la invitación de aquella noche. No podía dormir, me despertaba con pesadillas que eran simplemente recuerdos de los momentos que pasé a su lado. Miraba a Kobo durmiendo y me faltaba el aire. Corría al baño con la sensación de que el corazón se me iba a salir del pecho, no podía respirar. Me metía bajo una ducha fría intentando que el agua aliviase esa sensación febril.

Pasé días en el infierno, en una cueva de la que no podía salir. Parecía flotar en mitad del océano hasta que dije basta. Una vez más, la terapia y las personas a las que quiero fueron mi salvavidas para salir de todo aquello. Recuerdo la primera vez que hablé sobre el tema y aún se me pone la piel de gallina. El mero hecho de exteriorizarlo me hizo sentir mucho mejor.

Ahora por fin entiendo que solo intentaba justificar algo que carecía de justificación. Una parte de mí pensaba que la única manera de sanar era encontrar una explicación a lo que había pasado, un motivo por el que alguien a quien yo admiraba y respetaba había sido capaz de hacerme eso. Luego entendí que el camino no era justificar, sino comprender, ser consciente de que no somos responsables de los actos de los demás, y mucho menos cuando su cerebro está enfermo. Me di cuenta de la suerte que había tenido y de lo profunda que puede ser la herida después de una experiencia así, de que la mejor tirita es el apoyo y la paciencia, y de que todo es más fácil si hay una mano a la que agarrarse cuando la necesitas, alguien que te hace saber que estás acompañada y que no eres culpable.

Una vez más, Kobo ha demostrado ser mi lugar seguro y tengo claro que, pase lo que pase, este vínculo nos unirá toda la vida. No me gusta pensar en un futuro sin él, pero sé que, aunque nuestras vidas tomasen rumbos distintos, siempre podríamos contar el uno con el otro.

No importa lo que la vida nos depare. Estamos juntos en esto, y más cerca que nunca.

Agradecimientos

No sé cuántas veces he borrado y he vuelto a escribir sobre este documento. Creo que me agobia la imposibilidad de expresar completamente en estas líneas todo lo que siento por las personas que me impulsan y me motivan a alcanzar cualquier objetivo que me proponga.

A Carmen Romero, Toni Hill y a todo el equipo de Grijalbo, gracias por confiar en mí y brindarme esta oportunidad increíble.

A Pablo, David y todo el equipo de Editabundo. Gracias por seguir regalándome experiencias tan bonitas, por vuestra confianza, por vuestros consejos, por la tranquilidad de saber que tengo a los mejores guardaespaldas.

A María Terrén, por acompañarme desde la primera palabra de esta historia. Gracias por este viaje, por no soltarme nunca, por enseñarme a amar esta profesión con la misma pasión con la que tú lo haces. Por tu disposición infinita. Por tu amistad.

A mis padres: mamá, papá, Josete. A mis hermanos, Ale, Rober, Oli, Carlos, Marta, saber que siempre podré contar con vosotros me hace sentir invencible.

A mi familia al completo... Soy muy afortunado.

A Andrés Hidalgo, por absolutamente todo.

A mis amigos, y es imposible hablar de amistad sin nombrar a mi Mike, mi Picher, porque sigamos soñando y cumpliendo sueños hasta el infinito. A mi Borjita, no te pongo en los hermanos porque ibas a estar más apretado, pero sabes que *You'll never walk alone.* ¡Vamos, Guilli! Te quiero y te admiro, eres y serás siempre un ejemplo para mí en todo lo que haces. Mardepi, no sé por qué tardaste tanto en llegar a mi vida, pero no te vayas. ¡Señor Martínez! —con voz de Picher—. Siempre supiste ver en mí un «dramaturgo». A Manu y a Dieguito, por seguir descubriendo la vida juntos.

A Fita, te quiero, Fita; a Piki, grandioso, Piki.

A Iker Vega, mi Rockstar, con la «R» mayúscula, ¿Qué hay más grande que tener a alguien con quien te atrevas a hablar como contigo mismo?

A Bets, a Óscar y a Isa, porque siempre estáis, porque me inspiráis y me entendéis a la perfección. Porque vuestras palabras siempre tienen poderes mágicos.

A mi Yaya.

A la abueli.

A mi Lu, por ser una prueba fehaciente de que la perfección existe. Por llenarme la vida de luz. Por hacerme mejor cada día. Por inspirar cada beso de estas páginas.

A ti, por seguir aquí. Gracias de corazón.